화냥년이 된 성녀聖女

화냥년이 된 성녀聖女

초판 1쇄 인쇄   2014년 09월 12일
초판 1쇄 발행   2014년 09월 19일

지은이   박 민 서
펴낸이   손 형 국
펴낸곳   (주)북랩
편집인   선일영   편집   이소현, 이윤채, 김아름, 이탄석
디자인   이현수, 신혜림, 김루리   제작   박기성, 황동현, 구성우
마케팅   김회란, 이희정
출판등록   2004. 12. 1(제2012-000051호)
주소   서울시 금천구 가산디지털 1로 168, 우림라이온스밸리 B동 B113, 114호
홈페이지   www.book.co.kr
전화번호   (02)2026-5777   팩스   (02)2026-5747

ISBN   979-11-5585-300-9 03810 (종이책)   979-11-5585-301-6 05810 (전자책)

이 도서의 국립중앙도서관 출판시도서목록(CIP)은 서지정보유통지원시스템 홈페이지(http://seoji.nl.go.kr)와
국가자료공동목록시스템(http://www.nl.go.kr/kolisnet)에서 이용하실 수 있습니다.
(CIP제어번호: CIP2014026540)

화냥년이 된

성녀
聖女

나라가 버린 여인들

박민서 지음

북랩 book Lab

머리말

병자호란은 인재人災다. 조선은 무력은 돌보지도 않고 청을 반대하다가 침략 받아, 나라는 판탕되고 임금은 항복을 했다. 세자는 인질로 잡혀가고 백성은 포로가 되어 어육이 되는데도 무엇이 잘못인지 느끼지 못한 채 혼정昏政을 반복하다가, 300년 후에는 다른 적에게 나라를 바친다.

청은 조선 여자들을 50만여 명이나 붙잡아 가서 가족에게 되팔아먹는다. 포로가 된 어머니, 아내, 딸을 돈을 주고 속환贖還하여, 고향에 돌아온 여자를 환향녀還鄕女라고 반겼다. 나라에서 환향녀는 절개를 잃은 훼절자毀節者이니 내쳐도 된다는 영슈을 내리자, 아내를 화냥년이라고 배척하면서 고고한 체한다. 조강지처를 내친 집은 배은망덕이라고 욕먹고, 내치지 않은 집은 지조 없다고 욕을 먹는다.

한족이 명을 멸망시켜 청에 바치면서 청의 덕치에 감읍하는데, 조선은 망한 명을 섬기는 것을 보은인 양 제 민족을 탄압한다.

척박한 땅에서 아흔아홉 번째 쓰러지고도 백 번째 일어서는 것이 우리 배달민족이다. 위대한 슬기로 세상을 바르게 이끌어 가는 조상들의 지혜를 따르고 익혀 나가야 할 것이다. 역사는 되풀이된다. 지금도 전시 작전권 문제, 고속전철의 도롱뇽 문제, NLL 문제, 쇠고기 파동문제, 세월호 문제 등 명분과 실리를 조화시키지 못하고 있다. 과거의 잘못을 깨우쳐 명분과 실리를 조화시키고 밝은 앞날을 열어 가자는 뜻에서 이 책을 썼다.

효녀 『심청전』, 열녀 『춘향전』, 충신 『유충렬전』의 합본과 같은 국민 소설 『화냥년이 된 성녀』를 읽고 새로운 각오로 명분과 실리를 조화시켜 세계를 선도해 나가자.

목차

화냥년이 된

성녀 聖女

나라가 버린 여인들

I. 청천벽력

광해군의 묘

광해군光海君과 왕비 류씨(문성군 부인文城郡夫人 판윤 류자신柳自新의 딸)의 묘.
• 경기도 남양주시 진건읍 송릉리 산59번지 사적 제363호, 문화재 362호, 364호

선조는 20회나 전위傳位하겠다며 세자를 괴롭혔지만 광해군은 국난을
극복하여 백성의 등불이 되었다.

다급한 공 진사는 많은 가족들을 제쳐두고 둘째 아들 의록을 형과 같이 피난을 가라고 선암사로 쫓아 보낸 이튿날 며느리들을 불러놓고 당부한다.

"우리도 충청도 쪽으로라도 피난을 가야 될 것 같구나. 식량과 이부자리만이라도 챙겨서 속히 떠날 수 있도록 아랫것들에게 시켜라."

"예, 분부대로 시행하겠습니다."

두 며느리가 공손히 대답하고 밖으로 나가려는데, 문을 덜컥 열어젖히고 거무튀튀한 놈들이 신발을 신은 채 방안으로 저벅저벅 걸어 들어오고 있다.

"이놈들, 무엄하구나!"

말이 채 떨어지기도 전에 되놈이 노인을 걷어차니 노인은 화닥닥 뒤로 넘어진다.

"이놈들! 여기가 어디라고 행패를 부리느냐!"

노인의 높은 고함에 칼을 쑥 빼서 내리치려는 찰나, 안았던 아이들을 팽개친 채 맏며느리는 시아버지 앞에서, 둘째 며느리는 시어머니 앞에서 두 팔을 벌려 되놈을 가로막는다. 제발 살생만은 말아달라는 애절한 표정이 처량했던지 되놈은 칼을 거둔다. 손자 둘은 끝없이 엉엉 울어댄다. 맏며느리 순덕의 둘째 아들 광호는 겨우 생후 열세 달째이고, 둘째 며느리인 예점의 둘째 아들 명호는 첫돌이 다가온다. 할아버지는 가슴이 결려 일어나지도 못하고, 손자들은 할머니 무릎에 앉아 계속 울어댄다. 되놈들로서는 감히 상상도 못할 선녀보다 더 요염한 것들이 자신들 앞에서 흐느적거리는 것으로만 보인다.

"히히히, 흐흐흐."

세상에 어찌 이렇게도 아름다운 여자가 있단 말인가! 서시[1]보다도 예쁘고 양귀비[2]쯤은 저리가라는 귀염둥이가 자기들 앞에서 날개를 하늘거리는 나비같이 파르르 비상하는 듯한 환상을 느낀다. 되놈들은 순덕과 예점을 가운데에 세워두고 뺑 둘러서서 놀이처럼 즐긴다. 앞으로 주르르 밀기도 하고, 손가락으로 볼을 쿡쿡 찌르기도 하고, 젖통을 불끈 쥐기도 한다. 머리끄덩이를 잡아당기자 비녀가 빠져 달아나서 윤기 나는 머리채가 삼단같이 길게 늘어진다.

여자들은 되놈들의 거친 행동에 반항하듯 발로 차고 손으로 때리고 입으로 물려 하지만, 찻잔 속의 태풍일 뿐이다. 앙탈이 심할수록 히힝, 히힝하면서 여자들을 팽이 돌리듯 돌려댄다. 한 놈이 이리 돌리면 다른 놈이 저리 돌리고, 그러다가 두 패로 갈라서서 여자를 가운데 세워두고 한 여자에 네댓 명씩 붙어서 여인의 옷을 벗기기 시작한다.

여인들 앞의 두 놈은 칼을 쑥 뽑아 칼끝을 새댁의 치마 속으로 스르르 밀어 넣는다. 그러자 여인들은 반사적으로 거의 동시에 칼이 치마 속 깊이 들어오지 못하도록 칼의 손잡이를 꽉 잡으려 한다. 그때 옆에 있던 자가 손목을 잡아 비트니 약한 손이 스르르 맥이 풀린다. 치마 속 깊숙이 넣었던 칼을 앞으로 힘껏 잡아당기자 끈이 끊어진 치마가 힘없이 흘러내린다.

---

1) 서시西施: 중국 춘추시대 월越나라 미인으로, 중국 4대 미인에 속한다. 월나라 구천句踐이 오吳나라에 망한 뒤 서시를 오나라의 부차夫差에게 바쳤다. 부차는 서시에게 반하여 국사를 돌보지 않다가 구천에게 망했다.

2) 양귀비楊貴妃: 719756년. 당나라 현종玄宗이 아들 수왕壽王의 아내인 옥환을 빼앗아 후궁으로 삼고 양귀비라 했다. 귀비는 인물만 잘난 것이 아니고 노래와 춤도 잘 추어, 현종은 그 재색에 미혹되어 정사를 돌보지 않았다. 양귀비는 안록산의 난 때 민원에 의하여 현종에게 죽임을 당했다.

두 여자가 은장도를 쓰윽 뽑아 자신의 가슴팍을 콱 찌르려는 순간, 옆에 있던 자가 은장도 잡은 손목을 잡아 비트니 칼을 스르르 떨어뜨려 자결마저 할 수 없게 되었다.

"바~안항! 너희들 마음대로 주~욱어!"

조선말을 어디서 배웠는지, 너희들 마음대로 자살하면 안 된다는 뜻으로 엄포를 놓는다. 칼을 속치마 속으로 넣어서 제치니 속치마는 힘없이 흘러내리고, 고쟁이 끈을 끊어버리자 고쟁이가 밑으로 내려가 아랫도리가 알몸으로 드러난다. 아이들은 더 크게 마구 울어댄다. 할머니가 안고 얼러도 소용없다. 되놈들은 저고리 뒤로 칼을 넣어 쭉 끊어 올린 후 고름을 끊고 소매를 양쪽에서 잡아당기자 여인들은 실오라기 하나 걸치지 않은 알몸이 되었다. 여자들의 몸매가 이다지도 아름다울 수 있을까! 아무리 좋다는 명화라도 비교나 되겠는가?

붕긋한 젖통, 백설같이 흰 살결, 도도록한 음부, 팽팽한 엉덩이, 허리까지 내려오는 칠흑같이 검은 머리. 허탈해 주저앉으려는 것을 앉지도 못하게 말꼬리를 잡아당기듯이 머리채를 잡고 끌고 다니니 여인들은 금방 산발이 되고, 되놈들에게 여인들의 아름다운 몸매는 명화가 아니라 한낱 욕망의 대상인 암컷으로만 보인다. 팔과 다리를 붙들고 돼지를 잡듯 신이 나 있다.

"히히히 호호호, 히히히 호호호."

빙글빙글 돌며 괴성을 질러댄다. 반항할 때마다 때리고 비틀어서 온몸이 푸릇푸릇 멍이 들고, 고쟁이를 찢을 때 몸부림친 까닭에 넓적다리가 칼에 찔려 살이 쭉 찢어져 핏방울이 뚝뚝 떨어지고 있다.

되놈들이 두 여자를 들어서 방바닥에 화닥닥 눕힌다. 갑옷의 장식으로 보아 그 중 대장으로 보이는 두 놈이 혁대를 풀고 바지를 아래로 확 내린다.

거대한 양물이 위로 치뻗어 꿈틀거린다.

콱 엎드려서 거사를 하려 한다. 여자들이 한사코 거부하니 힘센 남자라도 성사가 되지 않는다. 옆에 있는 되놈들이 양팔을 붙들고 다리를 벌려서 보조를 하려 든다.

"이 놈드을! 이 개만도 못한 놈들!"

벽력같은 고함과 함께 공 진사가 긴 담배대꼬바리로 맏며느리를 겁탈하려는 대장의 대갈통을 후려치니, 대장의 정수리에 번갯불이 번쩍 일어나고 알밤만 한 혹부리가 금세 치솟는다. 순식간이다. 청나라 팔기군의 정황군 대장인 완안강이 벌떡 일어나면서 옷을 추스르고 칼을 쑥 뽑는다. 쇳소리가 귀청을 울린다. 놀란 며느리도 따라 일어선다.

"이 망할 놈의 영감쟁이, 죽으려고 환장을 했나!"

찢어질듯 높은 여진 말의 고함과 대장의 황급한 행동에 되놈들의 모든 행동은 중단된다. 완안강 대장이 칼로 내리치는데, 그 앞에서 알몸의 여인이 양손으로 칼을 받는다. 칼자루를 잡지 못한 여인의 손은 내리치는 칼날에 엄지손가락만 남긴 채 손바닥이 뎅겅 끊겨 방바닥에 떨어져 펄떡펄떡 뛰고 있다. 아파서 정신없는 여인의 몸이 방바닥에 데굴데굴 구른다. 여인의 팔에서 뻗치는 핏줄기가 대장의 낯짝을 벌겋게 물들인다. 대장이 얼굴에 묻은 피를 소매로 쓱 닦으며

"응급처치!"

라고 여진 말로 크게 소리치자, 밖에 있던 되놈 여러 명이 황급히 뛰어들어온다. 한 놈은 노인을 발로 차고 뒷짐을 지워 꼭꼭 묶어서 구석에 처박아 놓고, 다른 놈들은 응급처치를 하려고 여인의 팔을 잡으려 한다. 여인은 팔을 붙잡히지 않으려고 확 뿌리치면서 아파서 어쩔 줄 몰라 팔딱팔딱 뛴다. 되놈들은 다시 여인의 팔을 붙잡으려 한다. 여인은 또 뿌리친

다. 붙잡으려 하고 붙잡히지 않으려는 실랑이가 거듭되자 대장이 역군[1]에게 묻는다.

"이 여자가 응급처치를 왜 이다지도 거부하는가?"

"조선에서는 '남녀칠세부동석'[2]이라 하여, 일곱 살만 되어도 외간 남녀가 같이 앉지도 않는 풍습이 있으니 낯선 남자와 접촉하려고 하겠습니까?"

말이 떨어지기가 무섭게 대장은 고함친다.

"강압으로 속히 응급처치를 하란 말이야! 뭣 하는가? 옷도 입히지 않고."

발가벗긴 알몸으로 시아버지를 살리고 손바닥이 끊겨 피를 흘려 죽어가면서도, 팔목 하나도 잡히지 않으려는 높은 정조에 대장은 사람이 확 달라졌다.

"이 의인을 어떻게든 살려야 한다."

는 결심을 굳힌다. 여러 놈들이 달라붙어 여인을 방바닥에 눕히고 말편자를 박듯 온몸을 붙들어 누른다. 그러고는 팔다리를 붙들고 팔을 헝겊으로 처매어 지혈을 시킨다. 응급처치를 해도 피는 좀처럼 멎지 않는다. 팔을 뿌리칠 때 뻗치고 튕기는 핏줄기는 여인의 앞에 있던 되놈의 낯짝과 옷은 말할 것도 없고 온 방안이 피 철갑이요 피범벅이다. 피를 워낙 많이 흘린 여인은 새하얗게 핏기가 가시며 덜덜 떨고, 왼손으로 오른팔을 주무르면서도 고통을 이기지 못한다. 여인은 살아날 것 같지 않다. 아직까지 실오라기 하나 걸치지 않은 알몸이다. 한쪽에서는 장롱을 뒤져 옷을 찾아서 두 여인에게 입히니 남자의 바지저고리다.

---

1) 역군譯軍: 외국어를 통역하는 군인.
2) 남녀칠세부동석男女七歲不同席: 남자와 여자가 엄히 구별하여 일곱 살만 되어도 한 자리에 같이 앉지도 않는다는 뜻.

또 대장의 고함소리가 귀청을 때린다.

"데리고 나가!"

되놈들이 두 며느리에게 옷을 입히고 들것을 가져와서 실어 내가려고 하자 양주[1]는 기겁을 하면서 소리친다. 시아버지는 묶인 채 운신도 못 하면서 밭은 소리를 연신 토해낸다.

"이놈들, 이 개만도 못한 놈들, 절대로 사람을 데려가면 안 된다."

"어미야, 너희들 잘못은 하나도 없다, 절대로 지레 죽으면 안 된다. 불가항력으로 당한 것은 죄가 아니다. 살아만 있으면 꼭 찾아올 테니, 마음 굳게 먹고 기다리고 있어라."

계속 큰소리를 토해내고 시어머니도 아이들을 팽개친 채 되놈들 앞으로 무릎걸음을 걸으며 정신 나간 사람같이 연신 말한다.

"아이고! 이를 어쩌나. 애비들이 찾으러 갈 때까지 기다리고 있어라. 너희들 잘못은 하나도 없다. 만금을 들여서라도 꼭 찾아올 테니 마음을 굳게 먹고 기다리고 있어라. 애비들이 꼭 찾으러 갈 것이다."

쉰 소리를 계속 토해낸다. 아이들은 더 크게 엉엉 울면서 할머니에게 매달린다.

"어이고, 불쌍한 것들, 이걸 어쩌나! 이놈들아, 가지고 가고 싶은 것 다 가져가도 사람만은 데려가면 안 된다."

공 진사는 일어나려 했지만 일어나지 못한 채 외친다.

"어미야, 너희들 잘못은 하나도 없다. 불가항력으로 당한 것은 죄가 아니다. 다 용서가 되느니라. 절대로 죽지 말고 살아 있어라~아!"

"제발 살아만 있으면 만금이 들어도 꼭 찾아올 것이다. 절대로 죽으면 안 된다."

시어머니도 방문을 붙들고 영감의 말과 비슷하게 계속 소리치고 있다.

----

1) 양주兩主: 바깥주인과 안주인. 두 내외.

"아비들이 찾으러 갈 때까지 죽지 말고 살아 있어야 한다."

양주는 저 착하고 정결한 며느리들이 개 같은 놈들에게 능욕을 당하기 전에 스스로 자결해 죽을까봐 걱정이 태산이다. 들것에 묶어 메고 가는 뒤에다 대고 계속 부르짖는다. 시아버지를 칼로 내리치는 것을 온몸으로 막아내던 당찬 며느리를 전 재산을 탕진해서라도 어찌 찾아오지 않을 수 있단 말인가! 공 진사의 말은 며느리와의 약속이기도 하지만, 한편 공 진사 자신의 결심이기도 하다.

하늘이 무너지고 땅이 꺼지는 이런 환난이 세상천지 어디에 또 있단 말인가. 하루만 일찍 피난을 갔더라도 이런 봉변, 이런 참상은 면할 수 있었을 텐데, 후회막급이다. 정묘호란 때 포로로 붙들렸던 여인들을 거금을 내고 찾아왔다는 소문을 들어 알고 있는 공 진사는 며느리들을 속환[1] 하려는 결심을 굳힌다.

"전하! 불쌍한 백성들은 어이 살아가야 합니까? 되놈들의 침략을 방비하지 않으시고 나라를 어디로 이끌어 가십니까?"

탄식이 절로 나온다. 사랑방에서 난리를 치르는 사이에 밖에서는 더더욱 난리다. 바람이 씽씽 불고 눈발이 펑펑 날리는데, 추위에 웅크리고 지체할 여유도 없이 먼저 낌새를 눈치 챈 노비들은 옆의 노비에게 말할 사이도 없이 걸음아 날 살려라 하고 도망치거나 붙들려서 곤욕을 치르기도 한다. 되놈들이 좋고 나쁜 것을 가리지 않고 깡그리 훔쳐가려는데 짐꾼이 없다. 온 집안을 다시 샅샅이 뒤진다. 되놈들이 사람들을 붙들어 짐을 실어 나르려고 하나 도망치고 남은 사람이 없다. 여물간[2]을 들여다보니 여물이 들썩거린다. 들어가서 지근지근 밟으니 강쇠와 떡바위 녀석이 여물

---

1) 속환贖還: 청나라 군사에게 포로가 되었던 사람을 돈을 내고 찾아옴.
2) 여물간: 여물은 짚이나 마른 풀을 썰어서 소나 말의 먹이로 하는 것을 말하고, 여물간은 여물을 보관하여 두는 곳을 말한다.

을 뒤집어쓰고 엎드려 있다가 붙들렸다. 밖으로 끌고 나와 발로 차고 밟고 얼굴을 주먹으로 때려 금방 눈퉁이를 먹통으로 만든다. 실컷 두들겨 맞고 부들부들 떨고 서 있는 녀석들에게는 말이 필요 없다.

손가락만 까딱하면 척척 알아서 한다.

손가락을 까딱하니 마구간[1]에서 소를 몰고 나온다.

손가락을 까딱하니 소등에 멍에를 걸치고 걸채를 얹는다.

손가락을 까딱하니 곳간의 쌀가마니를 마주 들고 소등에 싣는다.

소등에 짐을 다 실으니 되놈 한 녀석이 소를 몰고 가버린다.

손가락을 까딱하니 한 녀석이 쌀가마니를 지개에 싣는다.

손가락을 까딱하니 두 녀석이 다른 지개에 농을 맞들어 얹는다.

손을 까닥까닥하니 강쇠와 떡바위가 지개를 지고 되놈 뒤를 따라간다.

농바리 뒤에 되놈들이 이 댁 젊은 아씨들을 들것에 싣고 가고 있다. 며느리가 실려 간 뒤 안노인이 바깥노인을 묶은 끈을 풀려고 하나 풀 수가 없다. 부엌에 가서 식칼을 가져와 억지로 줄을 끊는다. 바깥은 눈보라가 매섭게 흩날리고 있다. 안채, 아래채, 고방채의 방문은 모두 열려 눈바람에 덜커덩거리고, 방과 마루에는 눈발 자국만이 어지러이 찍혀 있다. 남아 있는 것이라고는 아무것도 없다. 곳간과 쌀독도 비었고, 옷가지는 물론 장롱도 통째로 가져가고, 며느리가 애중히 여기던 화장대도 통째로 없어졌다. 당장 저녁 지을 쌀 한 톨 남은 것이 없다.

이 난리에 대호와 선호 등 손자 녀석들은 아직도 공부를 하느라고 오지 않는가? 선암사에 있는 아들은 피난을 갔는가? 강쇠, 떡바위, 먹쇠, 선돌이 등 하인들과 분녀, 화년이, 팔삭이, 기선이 등 하녀들은 하나도 보이지 않는다. 안팎 노인의 얼굴이고 옷이고 가릴 것 없이 붉은 피점박이다. 문을 닫고 털썩 주저앉아 장탄식을 한다.

---

1) 마구간馬廏間: 말이 쉬고 자고 먹고 하는 집. 말을 기르는 집.

"아이고, 이 일을 어쩌나! 아이고, 이 일을 어쩌나!"

그때 문이 덜컥 열리며 손자 녀석들이 헐레벌떡 뛰어 들어온다.

"너희들 이제 오느냐? 이때까지 훈장 댁에 있었느냐? 다친 데는 없느냐?"

"저희들은 괜찮습니다. 어머니는요?"

사촌 형제가 동시에 대답하며 묻는다.

"이를 어쩌나! 되놈들이 와서 끌고 갔다."

"어디로 데려갔습니까?"

"그걸 어떻게 알 수 있겠느냐? 아마 되놈들 군영으로 끌고 갔겠지?"

"어머니를 데리러 가겠습니다."

둘이 짠 듯이 문을 열고 밖으로 뛰쳐나가려 한다.

"안 된다! 가지 마라. 어미를 찾지도 못하고 너희들마저 되놈들에게 맞아 죽는다."

손자들이 어미를 찾으러 가려고 떼쓰는 것을 억지로 붙들어 달래고 말려서 주저앉히고는 여섯 식구가 뜬눈으로 밤을 새운다. 대호 형제는 이웃 마을 덕수리 훈장 댁에서 공부는 시작도 못 하고, 송덕리를 오랑캐 군대가 점령하여 사람을 다 죽여서 살아 있는 사람이 한 사람도 없다는 소문을 듣고 훈장 선생인 정 참봉께서 '우리와 같이 피난을 가자.' 고 하는 것을 도망치듯 집으로 달려왔다고 한다.

이를 어쩌나? 팔이 끊겨 묶여간 며느리들은 살았는가, 죽었는가? 인록과 의록은 어찌 되었는가? 장차 우리는 어찌해야 좋은가? 어린 것들은 보채고 큰 것은 어미를 찾아가려고 발버둥 치는데, 양주는 뜬눈으로 밤을 지새운다.

사실 이 날은 버릇없이 붓과 입만 살아 나불거리는 조선의 콧대를 꺾으려고 대청제국이 12만 대군의 원정군을 일으켰다. 조선의 방어군이 지키는 산성은 거들떠보지도 않고 넓은 평야의 큰길로만 내달려 의주, 안주,

평양, 황주, 개성, 서울을 일거에 휩쓸고, 납작 엎드려 숨어 있는 조선 왕의 숨통을 조이려고 남한산성을 겹겹이 에워쌌는데, 절대적으로 부족한 식량과 군수물자를 구하기 위하여 완안강 대장이 이끄는 팔기군이 가까운 마을부터 덮쳐 송덕리를 물밀듯이 싹 쓸어버렸다.

2. 망국의 길 (병자호란)

최명길의 묘

병자호란을 수습한 지천遲川 최명길崔鳴吉의 묘.

• 충청북도 청원군 북이면 대율리 253-3
• 충청북도 기념물 제68호

최명길崔鳴吉의 묘표墓表

•최명길의 묘소 앞의 묘표墓表

정사원공영의정완성부원군최문충공
신도비

靖社元功領議政完城府院君崔文忠公
神道碑

　찬撰: 박세당朴世堂,

　전篆: 최석정(崔錫鼎, 최명길의 손자),

　서書: 최창대(崔昌大, 최명길의 증손자)[1].

최명길의 신도비[2]

•충청북도 유형 문화재 제59호

1) 최창대崔昌大: 현종 10년(1669)-숙종 46년(1720). 관향은 전주. 호는 곤륜崑崙. 문과 급제.
　이조참의. 문필가.

2) 신도비神道碑: 임금이나 고관의 무덤 남동쪽에 남향하여 큰길가에 세우는 비석.

광해군의 세자 책봉을 17년간이나 허락하지 않은 것은 부패한 명과 우유부단한 선조의 합작품이다.

광해군은 명과 후금의 다툼에 중립으로 나라를 지켰다.

인조반정 후 정적 제거에 혈안이 된 서인들이 북인에게 올가미를 건다. 반정공신인 평안병사 이괄[1]이 역모한다는 고변이 무고[2]로 판명 났는데도 아들 이전李旃을 국문[3]한 것은 반란을 일으키라고 부추긴 것이다. 모진 고문에 허위자백하면 아들만 죽겠는가? 이괄의 난은 실패로 끝났지만 그 잔당들이 후금으로 도망가서, 조선에 친명정권이 들어섰다는 말에 침입을 받아 후금을 형님으로 섬긴 것이 인조 5년(1627)의 정묘호란이다.

후금이 국호를 청으로 고치고 사대를 요구하자 조선이 반대하니 인조 14년(1636) 12월 청의 12만 대군의 출정이 병자호란이다.

왕자, 비빈들은 강화도로 피난가고 뒤따르는 왕을 사로잡으려 하자 최명길[4]이 적진에 들어가 화친 명목으로 지연작전을 펴는 사이에 왕이 남한산성으로 피난 갔다.

산성에서는 '죽어도 오랑캐와 화친할 수 없다'는 척화파斥和派와 '우선 화

---

1) 이괄李适: ?-인조 2년(1624). 관향은 고성固城. 광해군 때 북병사北兵使. 인조반정에 가담하여 2등 공신. 한성부윤漢城府尹, 평안병사平安兵使 겸 부원수副元帥. 역모에 걸려 반란을 일으켰다가 실패함.

2) 무고誣告: 사실이 아닌 것을 거짓으로 꾸며 고소함.

3) 국문鞠問: 임금이 죄인을 직접 신문함.

4) 최명길崔鳴吉: 선조 19년(1586)-인조 25년(1647). 관향은 전주. 호는 지천遲川. 문과 급제. 시호 문충공文忠公. 정사공신靖社功臣으로 완성 부원군完城府院君에 피봉. 영의정. 주화론자主和論者로 화친을 주선. 명을 치려는 청의 원군援軍 요청을 거절하여 막음. 평안병사 임경업과 승려 독보를 시켜 명과 내통함. 저서 「경서기의經書記疑」, 「병자봉사丙子奉事」, 「지천집」.

친 맺고 훗날 원수를 갚자'는 주화파主和派로 갈려 논쟁만 한다.

이신[1]들이 조선을 치라고 꼬드기고 청에 항복한 명의 군사 2만 명이 앞장서 침략해오는데 명을 섬기는 것이 바보다.

손발이 얼어 칼자루도 못 잡는 남한산성의 군인들 1만 3천 명이 펄펄 나는 20만 대군을 막을 수는 없다.

만 번 죽어도 오랑캐와 화친할 수 없다는 충신들 중에 격서[2] 한 장 성 밖에 전할 사람이 없는 것은 혀와 붓만 살아서 나불거리는 생판 거짓말 이다,

정축년(1637) 1월 18일 이조판서 최명길이 왕의 허락을 받고 항복문서를 수정한다. 예조판서 김상헌[3]이 확 빼앗아 찢으면서 '그대는 임금을 욕되 게 하는가?' 라고

나무란다.

김류[4]의 아들 경징慶徵이 강화도 수비의 최고 사령관인 검찰사檢察使가 되어 '배를 구경도 못한 되놈들이 날아서 건너오겠는가.' 라며 술주정만 부 린다.

1월 22일 새벽에 적이 침략하자 경징이 도망가니 강화도는 무장지졸[5] 이다.

---

1) 이신貳臣: 두 나라에 종사했던 신하. 명에서 청으로 넘어간 신하.

2) 격서檄書 - 격문檄文. 비상사태에 널리 세상 사람들에게 의분을 고취하려고 쓴 글.

3) 김상헌金尙憲: 선조 3년(1570)-효종 3년(1652). 관향은 안동. 호는 청음淸陰. 문과 급제. 시호는 문정공文正公. 척화파斥和派. 좌의정. 청의 원병 요청 반대 상소로 심양에 납치, 구금됨. 효종 묘정배향. 저서는 『야인담록野人談錄』, 『풍악문답風樂問答』, 『남한기략南漢紀略』, 『청음집』 등.

4) 김류金鎏: 선조 4년(1571)-인조 26(1648). 관향은 순천順天. 호는 북저北渚. 시호는 문충공文忠公. 문과 급제. 영의정. 인조반정의 1등 공신인 정사공신靖社功臣으로 승평 부원군昇平府院君에 추봉. 주화파. 저서는 『북저집』.

5) 무장지졸無將之卒 - 장수가 없는 군사. 지도자가 없어 어떻게 해야 할지 모르는 군사들.

원임 대신 김상용[1]은 남문루에서 화약을 터트려 불타 죽으니, 성은 무너져 적군이 들어와 백성들이 무더기로 죽고 포로가 되는데도 조선은 대책도 없다.

청이 남한산성의 조정을 조지려고 화의를 요청한다.

"강화도함락을 편지를 쓰고, 종실과 백관 가족 2백 명을 남한산성으로 이동해라."

강화도는 하루도 버티지 못했다. 경징의 아들 진표가

"죽지 않으면 적에게 욕을 볼 것이다."

라고 하니 조모와 모친과 아내는 자결했다.

청의 황제는 10만 명을 더 데려오면서

"너희들 가지고 싶은 것 다 가져가고 서울은 빈 성만 남겨두어라."

라고 하니, 여자 출생률이 적어 여러 형제들이 한 여자에게 장가가는 풍속을 가진 되놈들이 여자들을 붙잡아 가서 아내, 첩, 하인이 줄줄이 생기고, 남는 여자를 조선에 되팔아먹고 장안의 보물은 수레에 싣는 대로 자기들 것이 되었다.

강화도의 왕자, 비빈, 대신[2] 가족이 포로가 되어 산성 밑에 와 있음을 알고 척화의 기세가 꺾였다. 이조참판 정온[3]은 칼로 배를 찔렀다. 김상헌이 목을 매자 아들, 조카가 문밖에서 울고 있다. 나만갑[4]이 구하며 '부형

---

1) 김상용金尙容: 명종 16년(1561)-인조 15년(1537). 관향은 안동. 호는 선원仙源. 문과급제. 우의정. 강화도에서 순절殉節. 시호는 문충공文忠公. 김상헌의 형.

2) 대신大臣: 정승政丞. 영의정, 좌의정, 우의정을 말함.

3) 정온鄭蘊: 선조 2년(1569)-인조 20년(1642). 관향은 초계草溪. 호는 동계桐溪. 문과 급제. 시호는 문간공文簡公.

4) 나만갑羅萬甲: 선조 25년(1592)-인조 20년(1642). 관향은 안정安定. 호는 구포鷗浦. 문과 급제. 공조참의로서 남한산성에서 식량 공급에 공이 컸다.

의 자결을 어찌 보고만 있는가?' 라고 꾸짖는다.

부끄럽다. 김상헌이 찢은 항복문서보다 만 배도 더 비굴해졌다.

"신은 성지[1]를 받들고서부터 천지처럼 덮어주시고 포용하시는 덕에 감격하여 귀순하려는 마음이 간절했습니다. 신의 죄가 산더미처럼 쌓여 폐하의 은혜가 분명히 드러났음에도, 머뭇거리고 회피한 죄만 쌓았습니다. 폐하께서 곧 돌아가실 것이라 하오니 스스로 나아가 용안을 우러르지 못한다면 조그마한 정성도 펼 수 없게 될 것이니, 후회한들 무슨 소용이 있겠습니까? 신이 종사와 생령을 폐하께 의탁하오니 정성을 굽어 살피시어 안심하고 귀순할 수 있는 길을 열어주옵소서."

"함벽여츤[2] 의식은 생략하고 왕은 죄수의 옷이나 입고 서문으로 나오너라."

관온인성 황제는 조선왕에게 조유[3]한다.

숭덕[4] 2년 1월 28일

- 명을 섬기던 대로 청을 섬겨라.
- 너의 아들을 인질로 삼아라. 네가 유고하면 너의 아들로 왕위를 계승시킨다.
- 짐이 명을 정벌할 때 너도 명을 쳐라.

---

1) 성지聖旨: 황제의 뜻.

2) 함벽여츤銜璧輿櫬: 미자微子가 주周의 무왕에게 맹세한 의식과 같은, 손이 뒤로 묶인 채 구슬을 입에 물고 관을 메고 나오는 항복 의식.

3) 조유詔諭: 대국의 황제가 제후국의 왕에게 명령하여 깨우침.

4) 숭덕崇德: 청 태종의 연호.

- 도망한 포로는 주인에게 보내고, 돌아가려면 주인의 편의대로 속[1] 을 바쳐라.
- 양국 신하들은 사돈을 맺어라.
- 성벽 수리, 신축은 허락하지 않는다.
- 한족과 올량합[2]족은 모두 쇄환[3]하라.
- 너를 살려준 은혜를 잊지 말아라.

"청이 화친을 배척한 두목을 잡아 보내라."

고 했다. 만 번 죽어도 화친할 수 없다던 공경대부[4]들은 모두 어디로 갔는가? 척화자로 자진하여 나서는 사람이 없을 때 윤집[5]과 오달제[6]가 청에 가기를 청하는 상소를 올리자 평양서윤 홍익한[7]과 같이 보내려한다. 비변사[8] 회의에 참석 자격도 없는 당하관[9]이 나라의 책임을 지고 죽음의

1) 속贖 = 속환贖還. 청나라 군사에게 포로가 되었던 사람을 돈을 내고 찾아옴.

2) 올량합兀良哈: 여진의 한 종족.

3) 쇄환刷還: 외국으로 떠돌아다니는 사람을 돌려보내거나 데리고 옴.

4) 공경대부公卿大夫: 벼슬이 높은 사람들을 이르는 말. 공은 3정승을 말하고 9경은 좌우참찬. 판서. 한성판윤을 말함.

5) 윤집尹集: 선조 39년(1606)-인조 15년(1637). 관향은 남원, 호는 임계林溪. 시호는 충정공忠貞公. 문과 급제. 당하관인 정5품의 교리 때 "제가 청에 가겠습니다."라고 상소하여 청에 가서 지조를 지키다가 죽은 충신. 영의정에 추증. 삼학사라 하여 광주 현절사에 모심.

6) 오달제吳達濟: 광해군 1년(1609)-인조 15년(1637). 관향은 해주. 장원 급제. 호는 추담秋潭. 시호는 충열공忠烈公. 병자호란 때 남한산성에서 당하관인 종5품 부교리로서 청이 "화친을 배척한 척화자를 잡아 보내라."고 하는데 자원하는 자가 없자, "신이 청에 가겠습니다."라고 상소하여, 심양에 가서 절개를 지키다가 죽은 3학사의 한사람. 영의정에 추증. 광주 현절사에 모심.

7) 홍익한洪翼漢: 선조 19년(1586)-인조 15년(1637). 관향은 남양. 호는 화포花浦. 시호는 충정공忠正公. 사헌부 장령 때 사대를 요구하는 청의 사신을 죽이자고 요구했다. 평양 서윤 때 청에 가서 지조를 지키다가 죽은 충신. 삼학사라 하여 광주 현절사에 모심.

8) 비변사備邊司 - 비국備局. - 군국軍國사무를 맡은 관청. 왜란 후 의정부를 대신한 정치의 중추기관.

9) 당하관堂下官: 정삼품 이상의 관리를 당상관이라 하여 어전 회의나 비변사 회의에 참가할 수 있고, 그 이하를 당하관이라 하여 정책을 결정하는 회의에 참석할 수 없다. 정삼품에도 당상관이 있고 당하관도 있다.

길로 가는 것은 장한 일이요, 당상관에서 자청자가 없는 것은 부끄러운 일이다.

척화자 17인을 보내려 할 때 박황[1]이

"나라의 명인名人을 모두 호랑이굴에 보내려 하는가? 한두 사람만 보내도 된다."고 우겼다.

최명길이 윤집과 오달제를 이끌고 청의 진영으로 갔다. 황제가 말했다.

"지조 높은 선비를 어찌 묶어서 오는가. 당장 결박을 풀어라."

"너희들은 왜 화친을 배척하는가?"

"조선과 명의 우호는 부자와 같습니다. 귀국이 사대[2]를 요구하니 애비가 둘이 있을 수 없는 것과 같아서 화친을 배척했습니다."

"너희가 지금은 명을 섬기지만 300년 전에는 원[3]을 섬겼고, 그전에는 우리 금을 섬겼다. 너희들은 어찌 대대로 자식 노릇만 하고 애비 노릇은 못 하는가? 껄껄껄."

조선에도 주관이 뚜렷한 줏대 있는 사람이 영 없는 것은 아니었다.

"사이팔만[4]이 다 중국을 짓밟아도 조선만이 그 짓 한번 못했다."

---

1) 박황朴潢: 선조 30년(1597)−인조 26년(1648). 관향은 반남潘南. 호는 나헌懦軒. 문과 급제. 도승지. 대사간. 대사헌. 병조 판서. 척화파 17명을 청에 보내려는 것을 반대하여 두 사람만 보냈다. 저서는 『나헌집懦軒集』 3권.

2) 사대事大: 작은 나라가 큰 나라를 섬기는 것. 약자가 강자를 섬기는 것.

3) 원元: 몽고의 징기스칸이 세운 나라였으나 후에 세조(世祖, 쿠빌라이 칸) 때 남송南宋을 멸망시키고 세계에서 가장 강하고 가장 광대한 나라가 되었다. 고려에도 6회나 침입하여 고려는 수도를 강화도로 옮기고 항거하면서 팔만대장경을 만들었다.

4) 사이팔만四夷八蠻: 중국 주변에 있는 사방팔방의 민족을 모두 미개한 야만족이라고 칭하는 말.

고 한탄한 임제[1]가 평안도 관찰사 부임길에 송도에서 황진이를 찾으니 죽었다고 했다. 그러자 그 무덤에 가서,

"청초 우거진 골에 자는가. 누웠는가.

홍안은 어디 두고 백골만 묻혔는가.

잔 잡아 권할 이 없으니 그를 슬퍼하노라."

라고 읊었다. 자주적 선각자를 양반의 체통을 어겼다고 파면시켰다.

1월 30일 왕이 9층 수항단[2] 밑에 나아가 단 위의 황제를 향하여 섰다.

"대국에 무례하게 항거한 것을 용서하여 주옵소서."

"너는 당하관의 말을 듣고 나라를 다스리느냐? 당상관에는 척화자가 없었더냐?"

"황공하옵나이다."

"어허! 이 허껍데기야. 삼공육경[3]에는 척화자가 없었더냐?"

"황공하옵나이다."

"괴이하다만, 앞으로나 거짓 없게 하라."

"천은[4]이 망극하옵나이다."

왕의 바짓가랑이가 홍건히 젖었다. 여창[5]에 따라 왕이 고분고분 한다.

"일 배요."

---

1) 임제林悌: 명종 4년(1549) ~ 선조 20년(1587). 관향은 나주羅州. 호는 백호白湖. 문과 급제. 중국 주변의 사방팔방의 민족들이 다 한 두 번씩은 중국을 짓밟아 그들의 콧대를 꺾었는데 조선만이 그 짓 한번 못했다고 한탄한 선각자이다. 예조정랑. 평안도 관찰사. 당대의 명문장가. 사대주의 비판. 당파싸움 개탄. 저서는 『화사花史』, 『백호집』.

2) 수항단受降檀: 삼전도에 9층 단을 세우고 단위의 황막黃幕과 황산黃傘아래에 있는 청 태종에게 인조가 3배9고두를 하여 항복한 곳. 그 자리에 삼전도한비를 세웠다.

3) 삼공육경三公六卿: 삼공은 삼정승, 즉 영의정, 좌의정, 우의정을 말하고, 육경이란 육조六曹, 즉 이吏, 호戸, 예禮, 병兵, 형刑, 공工의 육조판서를 말한다.

4) 천은天恩: 하늘의 은혜. 황제의 은혜.

5) 여창臚唱: 의식 절차를 노래 형식으로 부르는 것

왕이 한 번 절했다.

"삼 고두[1]요."

왕이 세 번 머리를 땅바닥에 짓찧었다. 눈에서 번개가 번쩍 친다.

"일 배요."

왕이 또 절했다.

"삼 고두요."

왕이 또 세 번 머리를 땅바닥에 짓찧었다.

"일 배요."

왕이 또 절했다.

"삼 고두요."

왕이 또 세 번 머리를 땅바닥에 짓찧었다. 이마에서 뻗친 핏줄기가 온 낯짝을 뒤덮고 등에서는 식은땀이 주르르 흐르는데, 몸은 사시나무 떨듯이 덜덜덜 떨린다.

"대국에 무례하게 항거한 것을 용서하여 주옵소서."

"조선의 모든 잘못을 용서하노라."

세자, 3정승, 5판서[2], 5승지, 한림, 주서, 세자시강원[3]과 익위사[4]의 관료, 강화도에서 잡혀온 대군들, 그리고 세자빈과 부인들도 3배 9고두를 하고 왕이 대표로 다시 3배 9고두를 한 후 양국 군신이 동서로 마주 앉았다.

"짐은 대청제국과 조선이 한 가족이 되어 기쁘다."

---

1) 고두叩頭: 상대방을 지극히 존경하는 뜻으로 머리를 조아리는 것. 인조는 청태종에게 세 번 절하고 아홉 번 조아리는 3배 9고두三拜九叩頭를 세 차례 하고, 2배 6고두二拜六叩頭를 한 번 하여, 모두 11배 33고두를 했다.

2) 5판서: 판서 6명중 한 사람은 끝까지 항복하러 내려오지 않고 5판서만 산성에서 내려와서 3배9고두를 하였음.

3) 세자시강원世子侍講院: 조선시대 세자의 교육기관으로, 정일품에서부터 약 20명의 관원官員과 이속吏屬, 사령辭令 등 50여 명이 배속되어 있었다.

4) 세자익위사世子翊衛司: 세자의 시위侍衛를 맡은 관청.

왕에게 초구[1]와 흰말을 내리고 관료들에게도 초구를 내렸다. 왕이 초구를 입고 황제 앞에 나아가 '황은[2]이 망극 하옵나이다.'라며 2배 6고두로 사례했다. 도승지 이경직이 국보[3]를 올렸다. 석양에 환궁 허락이 내렸다.

만 명도 넘는 여자들이 길 좌우에서 울부짖는다.

"임금님이시여! 임금님이시여! 우리를 버리고 가시나이까?"

"저것은 무슨 소리인가?"

"포로가 된 조선 여자들입니다."

"저들은 어찌 되는가?"

"오랑캐의 시녀나 노비가 되고, 남는 자들은 조선에 되팔아먹겠지요."

도성은 텅 비었고 백성들이 짐을 지고 호인들에게 끌려가는 행렬이 길에 쭉 깔렸다. 왕의 일행을 보고 발버둥 치며 앞으로 나아가질 않는다. 되놈들이 한 손으로 임금의 행차를 후려치고, 한 손으로 우리 백성을 후려치면서 소리친다.

"너희들 때문에 이 무리들이 가기를 꺼려한다."

2월 2일 황제의 귀국에 왕이 전곶장에 나아가 3배 9고두로 배별했다.

2월 8일 세자를 데려가자 왕이 창릉에 나가 용골대에게 부탁한다.

"자식들이 노숙하여 병이 생겼다니 온돌방에서 자게 하여 주시오."

김류가 '포로가 된 첩의 딸을 속환시켜 주면 천금을 드리겠소.' 한다.

용렬한 왕과 영상은 백성들의 고통에는 무심하고 자기 자식만 심려한다.

막사와 수항단을 짓고, 길을 닦고, 식량을 뺏어 나르고, 풍악을 울린 것이 조선 백성이 한 일이요, 쓰러지면 목을 쳐버리고 다른 포로를 부리는

---

1) 초구貂裘: 담비 가죽의 갖옷.

2) 황은皇恩: 황제의 은혜.

3) 국보國寶: 국새國璽. 옥새玉璽. 나라의 도장.

데 자식 생각할 염치가 있는가. 손자는 조모를 자결시키고, 조부는 첩의 딸을 속환시키기 위해 천금을 바치려 한다. 서울은 텅 비었고, 집은 불타 구석마다 시체더미요. 살아남은 노약자들도 죽음 직전이다.

멍청아! 그대가 고두를 하지 않았다고 고고한 체하지 마라. 그대의 목이 붙어 있음은 저 지조 없는 자들이 고두를 한 덕인 줄이나 알아라.

가짜 충신은 삼천리에 넘친다.

팔도의 열혈 의사들이 관군을 수습하고, 근왕병과 의병[1]을 모집하여 남한산성으로 진군하다가 화친을 맺었다는 소식에 백마산성, 죽령, 조령, 추풍령, 이화령, 대관령, 황초령, 한계령, 추가령, 박달령, 우금치 등, 수많은 곳에서 피눈물을 흘리면서 돌아섰다는 기록이 군지郡誌, 읍지邑誌, 족보마다 넘쳐난다. 열흘만 늦게 화친을 맺었더라도 황제의 목을 끌어다가 고두를 시킬 텐데!

---

1) 의병義兵: 국가가 외적의 침입으로 위기에 처했을 때 자발적으로 일어나서 외적에 대항하여 싸우는 민병.

3. 만고충절

현절사顯節祠.

- 경기도 광주시 중부면 산성리 310-1(남한산성 안)
- 경기도 유형 문화재 제4호, 광주시 무형 문화유산 제2호

　자진하여 청에 가서 지조를 지킨 홍익한, 윤집, 오달제 등 삼학사의 충절
을 기리는 사당.

홍익한을 죄수의 수레에 실어다 바치니 청은 절사節士라고 연회를 베풀며 '너의 나라는 충신을 이렇게 대접하느냐?'고 한다.

홍익한은 글을 써서 용골대를 꾸짖었다.

"작년 봄 내가 너의 머리를 베자고 했다. 천하에 아비가 둘인 자식이 없고 천자가 둘이 있을 수 없다. 신하는 충을 다할 뿐, 만 번의 도륙도 달게 받겠다."

두 아들과 사위가 적의 칼에 죽고 붙잡힌 아내, 며느리가 절개를 지키고 죽었다.

윤집과 오달제에게 말한다.

"당장 죽일 것을 인명을 중히 여겨 살려 줄 테니, 처자를 거느리고 여기 와서 살아라."

그 말에 오달제가 대답한다.

"임금과 노모를 다시 보지 못한다면 죽는 것만 못하다. 속히 죽여라."

"저것이 살려주는 황제의 은혜도 모르니 용서할 수 없다."

박황이 호인[1]에게 간청한다.

"임금과 어버이를 사모하여 한 말이니 용서하여 주시오."

그리고 달제에게는 이렇게 타이른다.

"그대는 서서[2]를 모르는가? 이역에 있어도 노모에게 살았다는 말을 듣게 하라."

---

1) 호인胡人: 청나라 사람. 여진 사람. 야만인.

2) 서서徐庶: 조조曹操가 형주荊州에서 패했을 때 서서의 모친을 붙잡아 놓고 서서를 부르자, 서서가 패업霸業을 맹세했던 유비劉備를 하직하고 노모老母를 찾아 조조에게 갔다. 서서는 어머니를 살리기 위하여 유비를 하직하면서 제갈량諸葛亮을 추천하고 갔으며, 그 어머니는 아들이 자기 때문에 뜻을 펴지 못할까 하여 자결하니, 서서는 어머니를 살리려다가 어머니를 죽인 꼴이 되었다.

달제는 어머니에게 이런 시를 부쳤다.

외로운 신하 의리 바르니 부끄럽지 않고   孤臣義重心無怍

임금의 높은 은혜 죽음 또한 가벼워라   聖主恩深死亦輕

이생에서 가장 슬픈 일이 하나 있다면   最是此生無限痛

사립문 밖 어머니 홀로 두고 가는 거라오. 北堂虛負倚閭情

또 아내에게 그는 이렇게 읊어 보냈다.

부부의 은정이 지중한데   琴瑟恩情重

만나서 두 돌도 못 되었소.   相逢未二朞

이제 만 리 밖에서 이별하여   今成萬里別

백년의 언약이 헛되어졌소.   許負百年期

넓은 세상 편지마저 부칠 수 없고 地濶書難寄

긴 산 꿈조차 더디 넘으리.   山長夢亦遲

나의 살 길 기필 못 하니   吾生不可卜

뱃속의 어린 것 잘 보호하오.   須護腹中兒

　세 사람을 서문 밖에서 죽였다. 시체 수렴을 청했으나 허락되지 않았다. 청의 황제는

"태산처럼 높고 북두칠성처럼 빛난다.(三韓山斗)"

는 휘호를 써서,

"저런 충신이 있는 조선은 충의의 나라다."

라며 비석을 세워 제사 지내는데, 조선은 돌 하나 세우려는 사람조차 없다.

혀로는 지조를 외치면서 실은 청의 눈치만 살피다가 충신이 가신 지 반세기가 지난 숙종 14년(1688)에야 겨우 사당을 세우니, 만 번도 더 부끄럽다.

홍익한洪翼漢의 본관은 남양, 호는 화포花浦, 시호는 충정공忠正公이다.
윤집尹集의 본관은 남원, 호는 임계林溪, 시호는 충정공忠貞公이다.
오달제吳達濟의 본관은 해주, 호는 추담秋潭, 시호는 충열공忠烈公이다.

4. 번민의 포로생활

완안강은 단칼에 목이 뎅겅 달아날 것을 알면서도 담뱃대꼬바리로 자신의 정수리를 집어 때리던 노인의 기개와 시퍼런 칼날을 막아서던 가녀린 여인의 충용한 기상을 잊을 수가 없다. 노인의 머리를 내리치려는 순간 온몸으로 막아서는 발가벗긴 알몸의 여인을 보고 주춤하지 않았다면, 단칼에 여인의 손과 노인의 목이 함께 달아났을 것이다. 무수한 전쟁에서 칼과 죽음 앞에 목숨을 구걸하지 않은 사람이 없었는데, 오늘의 그 구부[1]는 달랐다. 여인들은 어떠한 위험 앞에서도 나신이 되면 유방과 음부를 가리려는 것이 본능적인 감성인데, 시아버지를 구하려고 온몸을 던지는 이 여인은 진정 의인이 아닌가? 아무리 전쟁이라도 지킬 도리가 있는 법인데, 오늘 자신의 행동이 경솔했음을 느끼지 않을 수 없었다. 부모와 자식들이 보는 앞에서 여자들의 옷을 벗기고 겁탈하려 한 것은 사람의 도리가 아닌 것 같아서 부장에게 아침의 작전계획을 차질 없이 시행하라고 명령을 내리고는, 의군[2]과 같이 여인들을 데리고 즉각 귀영한다. 말을 타고 부대로 돌아오면서 혼자 중얼거린다.

"남녀칠세부동석, 남녀칠세부동석!"

일개 여인네가 홀랑 벗긴 알몸으로 시아버지를 구하려고 목숨을 초개같이 던지고, 피 흘리며 쓰러지면서도 다른 사람에게 손목 한 번 잡히지

---

1) 구부舅婦: 시아버지와 며느리.
2) 의군醫軍: 병을 치료하는 군인.

않으려고 팔을 뿌리치는 높은 절개. 저 굳은 마음과 지조로 무력 증강에 힘을 쏟았다면 조선은 강대국이 되고도 남았을 것인데, 헛된 의식, 지나친 예절에만 매달리다가 망하는구나. 완안강은 여인들이 거처할 방을 정하여 약과 식사는 충분히 대주고, 혹시 자살할지도 몰라 끈, 칼, 침 같은 것을 모조리 다 치우고 군인이 철저히 감시하도록 했다.

순덕의 다친 팔의 치료에 만전을 기하지만, 심한 출혈과 통증으로 여인은 오들오들 떨면서 가만있지를 못한다. 이불을 덮어줘도 누웠다가 일어났다가, 아파서 어쩔 줄을 몰라 왼손으로 오른팔을 주무르면서도 어찌 외간 남자가 팔을 만지도록 맡겨 놓는단 말인가 하는 생각으로 치료를 거부한다.

다친 손이 덧나서 고름이 찔찔 나니 맹만화가 이해시키려고 무던 애를 쓴다.

"사람은 다 같습니다. 조선 사람이나 여진 사람이나 다를 바가 없습니다. 의군은 환자들 치료에만 전념하는 군인들입니다. 부인의 상처를 치료하고 피를 멎게 하고 고통을 덜어드리려는 것을 고맙다고 생각해야지, 그걸 거부하시면 되겠습니까?"

"어찌 되놈에게 팔을 떡 맡겨 놓는단 말씀입니까?"

동서가 말한다.

"형님은 별 말씀을 다 하십니다. 다치신 팔을 붙들지도 않고 어이 치료할 수 있겠습니까? 여진족이라도 치료하려고 손을 잡는 것마저 마다하시면 아니 되지요?"

완안강은 의군을 꾸짖는다.

"어찌 손목 하나도 제대로 치료하지 못하는가? 그래가지고 더 큰 전투에서 더 큰 상처를 어떻게 치료하겠는가? 조속히 완치시켜라."

칼로 내리칠 때는 언제고, 치료 잘하라고 의군을 꾸짖는 것은 또 무슨 까닭인가? 청나라 군사들을 치료할 때보다 훨씬 정성을 들인다. 하루에도 몇 번씩 약을 새로 바르고 헝겊을 새로 감지만, 피고름이 나고 통증이 멎지 않아 참을성 많은 순덕이도 어쩔 줄 모른다. 누웠다가 앉았다가 팔을 만지고 별짓을 다 해도 차도가 없다. 아픈 순덕이보다 옆에서 보는 동서가 마음을 더 가누지 못한다. 위로의 말도 소용이 없다.

여자들을 감시하는 역군은 조선 사람인 맹만화이다. 만화는 강홍립[1] 장군을 따라 원군으로 명에 들어갔다가 강 장군이 청으로 넘어갈 때 따라 넘어갔다. 맹만화가 너무 명민한 것이 탈이다. 여진 말이라도 한번 들으면 잊어버리지 않으니, 처음에는 만주 말의 통역으로 청군에 편입되어 좋은 대접을 받았지만, 통역을 구할 수 없자 계속 청군에 붙들려있으면서 정묘호란 때도 조선에 파견되었고, 이번 병자호란에 다시 나왔다. 맹만화가 말한다.

"부인들의 높은 효심을 존경합니다."

"효심은 무슨 효심입니까? 당연히 할 도리를 한 것뿐인데요."

"나도 조선 사람입니다. 고향은 황해도 황주인데 명나라에 원병으로 들어갈 때가 광해군 십 년이었으니, 벌써 이십 년이 되었습니다. 그때 아내의 나이가 스물일곱 살이었으니, 이제는 할망구가 다 되었겠네요."

"조선 사람이시라니 참으로 반갑습니다. 가족이 보고 싶지 않으십니까?"

"왜 보고 싶지 않겠습니까? 세월이 쌓이고 십 년이 지나니 무덤덤해지네요."

---

1) 강홍립姜弘立: 명종 15년(1560)-인조 5년(1527). 관향은 진주晉州. 호는 내촌耐村. 문과 급제. 후금이 명을 치자 명은 조선에 원병을 요청했다. 광해군은 강홍립을 오도 도원수五道都元帥로 삼아 군사 1만으로 명에 원병 보내면서 '적세敵勢를 보아 向拜를 정하라.'고 명령하여, 명보다 강한 후금에 항복함으로써 조선의 난처한 입장을 모면했다. 강홍립은 후금에 있으면서 명과 후금의 정세를 밀서密書로 보내어 조선이 나아갈 바를 제시했다. 정묘호란 때 후금 군을 따라 나와서 화친을 주선하고 조선의 오해가 풀렸다 싶어 조선에 남았다가, 역신逆臣으로 몰려 자진自盡했다.

"가족은 몇이나 되십니까?"

"내가 떠날 때 애들 남매가 있었는데 어떻게 되었는지 모르지요."

"댁에는 언제 가보셨습니까?"

"집엘 가다니요. 남의 나라의 낮은 역군이 언감생심 집에 간다는 꿈이나 꿀 수 있겠습니까? 전쟁 중에 세 번이나 황주 부근을 오가면서, '저 산 너머에는 집사람이 있겠지' 하는 생각에 젖으면서 지나쳐 왔지요."

"고향 앞을 지나면서도 들르지 못하셨으니 상심이 크셨겠습니다."

"조선 사람들은 국경을 넘자 막 도망치는데, 겁쟁이는 그 짓 한번 못했습니다."

"도망치다 붙들리면 어떻게 됩니까?"

"물을 것이 뭐가 있겠습니까? 붙들리면 참수[1] 감이겠지요."

"붙들리면 죽이는데도 도망을 갑니까?"

"죽기 살기지요. 영어[2] 생활 이십 년에 뭐가 두렵겠습니까?"

"도망치다 붙들려 참수당한 사람이 많습니까?"

"한 사람도 없습니다. 강을 건너 일사천리로 남쪽으로 내달리는데, 도망치는 사람을 붙잡을 생각이나 한답니까? 도망자를 붙잡을 생각도 안 하고 앞으로 내달리기만 하는데, 지레 겁을 먹고 도망도 못 간 내가 바보지요."

"마음이 착하셔서 그렇습니다."

"착하기요, 겁쟁이라서 그렇지요. 도망이라도 쳤더라면 고생하는 아내 얼굴이라도 한번 보고 죽을 텐데 말입니다."

이렇게 말하는 맹만화의 눈이 젖는다.

"장차 우리는 어떻게 되겠습니까?"

"완안강 대장이 부인들을 좋게 보아서 기어코 자기 사람으로 만들겠다

---

1) 참수斬首: 칼로 목을 벰.
2) 영어囹圄: 감옥. 교도소. 범죄자를 가두는 곳.

는 결심이 대단하니, 아마 만주에 가서 장군의 부인이 되시겠지요."

"되놈의 아내가 되느니 차라리 죽어버리지요."

"죽다니요! 죽기도 쉽지 않으려니와, 왜 그런 개죽음을 하시려고 하십니까? 죽을 때 죽더라도 이유 있는 죽음을 하셔야지요. 속담에 호랑이에게 물려가도 정신만 차리면 산다고 하니, 어려운 역경이라도 희망을 잃지 말고 최선을 다하십시오. 그러시면 좋은 날이 반드시 돌아올 것입니다. 부인들은 완안강 대장의 포로가 된 것이 참으로 다행 아닙니까? 졸병들에게 붙들린 포로들은 사람대접을 받지 못합니다. 방도 하나 얻지 못하는 것은 말할 것도 없고, 잠도 제대로 못 자고 먹지도 못하면서 완전히 벌 뒷간¹⁾을 면치 못합니다."

"벌 뒷간이라니, 벌 뒷간이 뭡니까?"

"되놈들로 봐서는 조선 여자들이야 완전히 자기들 노리개가 아닙니까? 이놈도 와서 올라타고 저놈도 와서 싸지르니 그게 벌 뒷간이 아니고 뭣이겠습니까? 개돼지만도 못한 짓들이니 당하는 여자들만 불쌍하지요. 내가 여기에 얼마나 더 있을지 모르겠습니다마는, 있는 동안만이라도 여진 말을 가르칠 테니 배워 보십시오."

"그까짓 거, 되놈의 말을 배워 뭣하겠습니까? 우리는 배우지 않으렵니다."

"형님요! 장차 우리의 운명이 어떻게 될지 모르는데, 되놈의 말이라도 알아듣는다면 손해 볼 거야 없지 않겠습니까? 배울 수 있는 데까지 배워 봅시다."

"이 사람아! 그까짓 되놈의 말을 배워 뭣에 써먹겠다는 말인가?"

"형님요, 그런 것이 아닙니다. 만주에 끌려가서 우리끼리만 내동댕이쳐질 때, 말이라도 알아들으면 처신하기 나쁠 것이야 없지 않겠습니까?"

---

1) 벌 뒷간: 벌은 넓은 들 또는 평야를 말하고, 뒷간은 변소, 측간, 화장실을 말하니, 즉 집 바깥의 들에 있는 변소.

"맞습니다. 뭣 한 가지라도 더 아는 것이 덕이 되지, 손해야 보겠습니까?"

"되놈들의 말은 어렵지 않습니까?"

"여진 말은 우리말과 비슷하여 참으로 배우기 쉽습니다."

완안강은 나이가 아버지뻘이 되고 진실한 맹만화를 마음속으로 존경하여 어려운 문제가 있을 때는 가끔씩 묻고 의견을 들어 본다.

완안강이 맹만화에게 묻는다.

"이 여자들을 내 사람으로 만들려면 어떻게 하면 좋겠는가?"

"대장님이 저의 말을 바로 이해하여 듣기나 하겠습니까?"

"듣고 아니 듣는 것은 나의 마음이고, 역군의 소견이나 말해 보란 말이야!"

"조선 여자들은 정조를 목숨보다 중하게 여기므로, 우선 여자들의 환심을 산 연후에 생각할 문제입니다."

"제깟 것들! 내 손 안에 있는 목숨인데 강압으로 하면 안 될 것이 뭔가?"

"말도 마십시오! 조선 여자들은 남편이 죽으면 남편을 따라 죽는 순절을 높이 칭송하니, 강압으로 정조를 빼앗는다면 여자들의 시체만 차지하겠지요."

"여자들의 마음이 그렇게도 독하단 말인가?"

"남편을 따라 죽는 것을 권장하는 세상이니, 울며 겨자 먹기로 따라 하는 사람도 간혹 있겠지만, 이 사람들은 다를 것입니다. 장군님께서도 눈으로 직접 보시지 않았습니까? 시부모를 위하여 목숨을 초개같이 여기는데, 남편을 위해서야 더했으면 더했지 덜하지는 않을 것 아닙니까? 이 여자들을 죽이는 것은 아주 간단합니다."

"여자를 죽이는 것이 간단하다니, 그건 또 무슨 말인가?"

"칼 한번 뽑지 않고 여자를 죽일 수도 있다 그 말입니다."

"역군은 점점 더 어려운 말만 하는구나!"

"장군님은 참으로 딱하십니다. 이 여자들을 죽이시고 싶다면 '겁탈해 버리면 정조를 잃은 여자들은 스스로 자결하여 죽을 것이다'라는 말인데, 뜻을 모르시겠습니까?"

"죽다니, 지금도 역군이 감시하고 있는데 어떻게 죽는다는 말인가?"

"감시란 도망가는 것을 막을 뿐, 스스로 죽는 것은 막지 못합니다."

"무슨 말을 하는가? 지금도 칼, 끈 등을 모두 치웠는데 어떻게 죽는단 말인가?"

"죽으려고 마음만 먹는다면 죽는 방법이야 얼마든지 많지요. 그거야 여자들 마음에 달린 것이지 방법이 없는 것은 아니라니까요."

"제깟 년들, 아무리 지조가 높으면 뭘 하겠는가. 만주에 가서 앞뒤가 꽉 막힐 때 내 말 안 듣고 배기는가 봐라."

"지조 높은 부인들을 그렇게 생각하시면 안 된다니까요."

"참으로 좋은 여자를 만났는데 어떻게 하는 것이 현명한 일인지 모르겠구먼."

하고 말하는 완안강의 고민이 크다.

그 후로 완안강에게는 이상한 취미가 하나 생겼다. 매일 관청과 마을을 습격할 때마다 비녀, 팔찌, 반지, 향수, 가죽신, 치마저고리, 족두리 등 여자들이 좋아할 물품을 수집해 와서 여인들에게 구경시키고, 눈치를 보면서 가지고 싶은 것이 있으면 다 가지라고 권한다. 여인들이 그까짓 것 아무짝에도 필요 없다는 듯이 거들떠보지도 않으면, 보자기에 꼭꼭 싸가지고 깨끗이 정돈하여 차곡차곡 쌓아 놓는다.

완안강은 법도가 엄정한 공 진사의 집을 엄습하여 정숙한 두 며느리를 보는 순간, 격정의 충동을 억제하지 못하고 올라타려 했지만, 시아버지를 살리려고 목숨을 초개같이 버리는 효심을 본 후로는 이 여인들을 내 사람으로 만들기 위해서는 강압만으로는 안 될 것이다 하는 생각이 들었다. 또 맹만화가 지성으로 권하는 말도 일리는 있다고 생각되어, 그들의 환심을 사서 스스로 승복해 돌아오도록 해야겠다고 다짐하고 최선을 다하고 있다. 거의 매일 엿, 떡 같은 음식을 가져와서 지성으로 권하면서 최선의 예우를 하면서도 옷깃 한번 스치지 않고 돌아간다. 사랑하고 싶은 마음이야 굴뚝같지만, 맹만화의 말처럼 시체를 만드는 짓이 아니겠는가 하고 말이다.

그러나 부하들의 마음은 달랐다. 생사를 같이 해야 할 전장에서 대장이 조선 여자를 데려다 놓고 공주 대접하는 것은 온당치 못하다고 불평을 늘어놓는다. 잠자리도 부족하고 방도 없는데 조선 여자 두 사람에게 온 방을 차지하게 하는 것이 말이 되느냐고 투덜댄다.

수많은 포로들 중 인간 대접받을 수 있는 사람이 한 사람이라도 있겠는가? 낮에는 추위에 떨며 갖은 고생을 하고, 밤에는 온전한 잠자리도 없는 곳에서 주인도 임자도 번수도 없이 마음과 몸이 갈기갈기 찢기면서도 죽으려야 죽을 수도 없는 포로들의 처지를 누가 알겠는가?

완안강은 언제나 다정하다. 엿을 한 보자기 싸와서 먹으라고 지성으로 권한다. 여인들은 침이 꼴깍 넘어가는데도 볼 가치도 없는 양 들은 체도 본 체도 않고 천장만 바라본다. 완안강과 같이 온 역군이 핀잔을 준다.

"뭐 이따위 것들이 다 있어? 사람이 지성으로 대하면 반응이 있어야지, 네깟 년들이 뭔데 유세를 부리느냐? 대장님 요! 이년들을 당장 볼기를 쳐서 사역장에 처박아 버리십시오. 이년들은 고생을 해봐야 정을 다신단 말입니다. 대장님은 미쳐도 지성으로 미치지 않았습니다. 흔해 빠진 것이 계집들인데, 저까짓 불순한 년들이 뭐가 좋다고 사정을 하고 있습니까? 당장 걷어차 버리라니까요."

여자들이 하는 꼴이 지겨워서 대장에게 화를 내며 밖으로 나간다.

"당장 들어오지 못해!"

벽력같이 쾅 하니, 명령을 거역하지 못하고 역군은 다시 방으로 들어온다.

"여자면 다 같은 여자인 줄 아느냐? 인성이 다르단 말이야."

부하에게 핀잔을 맞으면서도 여자들을 변호한다.

"다르기는 뭐가 다릅니까? 이년들은 개 불알이 두 개씩 달렸습니까? 다 같은 조선 년일 뿐이지요."

군인들은 대장 앞에서 입도 뻥긋 않는데 역군은 하고 싶은 말을 다하고 있다. 붙잡혀 온 지 한 달이 다 될 무렵 둘만 있을 때 예점은 맏동서에게 말한다.

"그래도 이 대장이 본마음은 착하고 지성으로 대하는 성의가 놀랍지 않습니까?"

"성의가 놀랍기는 뭐가 놀라운가?"

"형님도 생각을 좀 해보십시오. 제 욕심만 차리고 우리를 차 버린다면 우리는 끈 떨어진 조롱박이 되는 것 아닙니까?"

"앞으로 우리는 어떻게 되겠는가?"

"필경은 청나라에까지 끌려가겠지요."

"청나라에 끌려간 후에는 어떻게 되겠는가 말일세."

"그걸 어떻게 알겠습니까? 운명에 맡기는 도리 밖에요. 다만 이 대장이 우리를 좋게 보고 있으니, 그런 다행이 없지 않습니까?"

"자네는 또 그런 말을 하네. 다행은 무슨 다행이란 말인가?"

"다행이지 않고요? 만약에 우리가 졸병에게 붙들렸다면 방이라도 하나 얻어 걸리겠습니까? 또 이 대장이 우리를 좋지 않게 생각하면 제 욕심만 채우고 말 텐데, 얼마나 더 힘들겠습니까? 우리가 자기 말을 듣지 않을 때만 난폭하지, 그 외에는 우리의 환심을 사려고 애쓰는 것이 훤히 보이지 않습니까?"

"자네는 참 너그러운 사람일세 그려!"

"우리가 꼭 임금이 하는 행세와 똑같지 않습니까?"

"임금의 행세와 같다니, 그건 또 무슨 말인가?"

"지금 상감이 광해 대왕과 같이 명과 청의 정세를 봐가면서 청에 거역만 하지 않았다면 쳐들어왔겠습니까? 산성에 갇혀 꼼짝달싹도 못 하고 있다니, 항복 안 하고 배기겠습니까? 공연히 허세를 부리다가 그 좋은 대궐을 스스로 버리고 산 대배기에 올라가서 당신도 죽을 고생이지마는, 백성을 골병을 다 들이고 난 후에 결국에는 항복하고 말 것이니, 그 처지가 우리와 똑같지 않습니까?"

"이 사람아, 말조심하게. 쫓겨난 폭군이 대왕은 무슨 대왕이란 말인가?"

"형님요, 전들 언제 쫓겨난 임금을 대왕이라고 했습니까? 우리가 이 지경이 되니, 광해군이 있었으면 이렇게야 되었겠나 싶어 절로 대왕이라는 말이 나오네요."

"자네는 조선이 항복할지 승리할지를 어떻게 아는가?"

"짐작하지 않고요? 형님도 생각을 좀 해보십시오. 산성에 갇혀서 각처에서 온다는 근왕병[1]이 다 무너진 후, 마지막에는 항복 안 하고 배기겠습니까?"

"자네는 이 전쟁에서 어느 편이 이길 거라고 속단하지나 말게."

"우리 집도 마찬가지가 아닙니까? 아버님께서 애 아범을 선암사로 보내실 때 방에서 책만 읽으면서 세상 돌아가는 형편을 까맣게 모르고 있다가 아버님께서 시키신다고 덜렁덜렁 선암사 절로만 갈 것이 아니라, 마을에라도 나가서 세상 돌아가는 형편을 살피고 당장 피난 갈 결단을 내렸다면 이런 낭패는 당하지 않았을 것 아닙니까? 한발 늦은 것이 만 길 지옥으로 떨어진 것 아닙니까?"

"그러게 말이야. 그래서 우리가 대호 종형제를 시켜서 급히 집에 들렀다가 가시라고 심부름 보내지 않았던가."

---

1) 근왕병勤王兵: 임금과 왕실을 위하여 충성하는 군인.

순덕은 순수한 조선 고유의 요조숙녀요, 예점은 요조숙녀이면서도 정세 판단을 예리하게 하여 능숙하게 대처할 수 있는 이성적인 사람이다.

두 여자가 붙들려 온 지 한 달 하고도 열흘이나 되었을 때, 아강태가 요리사와 같이 와서 진수성찬을 차려놓고 나간다. 그러자 맹만화와 같이 네 사람이 큰 상 앞에 둘러앉아 음식을 들면서, 완안강이 말하면 맹만화가 조선말로 통역한다.

"당신은 죽으려고 환장을 했소? 시퍼런 칼로 내리치는데 왜 달랑 매달립니까?"

"그럼 아버님을 죽이려고 하는데 가만히 있을 사람이 어디 있겠습니까?"

"지금도 그런 일이 있으면 왼팔이 마저 달아나도 또 달려들겠습니까?"

"그걸 말씀이라고 하십니까?"

"바로 그것입니다. 내가 그대를 데려온 것도 그 높은 효심에 감복했기 때문입니다. 왕후장상도 칼과 죽음 앞에 비굴하지 않은 사람이 없고, 목숨을 구걸하지 않은 사람이 없는데, 당신들은 달랐습니다. 홀랑 벗겨진 알몸으로 자신의 목숨도 아니고 시아버지를 내리치는데, 제 몸을 던지는 당신의 의거를 보고 그대를 구하려고 이렇게 애쓰고 있습니다. 그리고 말입니다. 의군이 피가 철철 흐르는 팔을 지혈시키려고 하는데 왜 그렇게 팔을 뿌리칩니까?"

"남녀가 다른데 외간 남자의 접근을 막는 것은 당연하지요?"

"아무리 남녀유별이라 해도 때와 장소를 분별해야 되지 않습니까? 피가 흐르는 팔을 그냥두면 금방 빈혈이 되어 죽을 것도 모르십니까? 호의로 피를 멎게 하여 치료시켜 주려는 것을 막으시는 것은 옳은 일이 아니지요."

"당신들이 인간입니까? 이웃나라를 무고히 쳐들어와서 평화로운 아녀자를 겁탈하려는 것은 짐승만도 못한 짓거리가 아닙니까?"

"그 일만은 사과드립니다. 그래서 당신들을 이렇게 보호하고 있지 않습니까? 조선은 희한한 나라입니다. 자기 나라를 지키려고 대청제국에 반항하는 것이 아니고, 썩고 곪아서 저절로 망해 가는 명나라를 섬기려고 대청제국에 반항하다 백성들을 지옥으로 보내고 있으니, 틀려도 너무 틀렸습니다."

"하루에도 수천 명씩 죽임을 당하고, 백성들은 목숨이라도 건지려고 이리저리 도망가는데도 고관들은 '항복한다. 못 한다' 하며 허송세월을 보낸 것이 얼마입니까?"

"온 천지가 대청제국 군에 짓밟혀도 항복하지 않겠다던 것들이 산성 밑에 자기 가족이 붙들려 와서 죽을 처지가 되자 주둥아리를 꽉 닫아 버리니 말이 됩니까?"

"죽음 문턱에 다다른 임금이 오늘에야 '제발 목숨만은 살려 주십시오.' 하고 항복하면서 화친을 배척한 사람들은 나오라고 하니, '만 번 죽어도 오랑캐와는 화친할 수 없노라.'라고 침을 튀기던 것들이 고개를 꽉 꺾고 숨소리마저 죽이고 있었으니, 조선에는 모조리 거짓말쟁이 위선자들뿐이란 말입니다."

"대청 황제께서 9층 수항단 위에 턱 앉아 계시는데, 조선 임금이 푸른 죄수의 옷을 입고 자갈투성이 언 땅바닥에 머리를 쿵덕쿵덕 짓찧어 이마빼기에서 시뻘건 피가 철철 흐르는 걸 보니 불쌍하기 짝이 없습디다."

그때 벼락 치는 소리가 울린다. 인류 법도란 털끝만치도 찾아볼 수 없는 되놈이 칼이면 다인 양 마구 지껄이는 것을 차마 들을 수 없어서 순덕이 쾅 하고 한마디 내뱉는다.

"천자[1]란 억조창생[2]을 포용하는 덕이 있어야지, 짐승같이 이웃 나라를 무도하게 짓밟으면서 무슨 말씀을 하십니까? 맹 선생님도 저따위 하찮은

---

1) 천자天子: 황제. 천제天帝의 아들이라는 뜻. 천하를 다스리는 사람.
2) 억조창생億兆蒼生: 수많은 백성들.

말을 통역하지 마십시오. 차마 들을 수가 없습니다."

열기에 들뜨던 좌중이 찬물을 끼얹은 듯 착 가라앉는다. 눈이 휘둥그레진 완안강이 '무슨 말이냐?'고 묻는다. 맹만화는 입도 떼지 못한다. 드디어 완안강이 바른 대로 통역하라고 고함을 친다.

"뭣 하는가? 거짓 없이 바른 대로 통역하란 말이야!"

맹만화도 순덕이 한 말을 바로 설명하지 않을 수 없었다.

"황제는 덕을 베풀어야 하고, 이웃나라를 침략하는 것은 온당치 못하옵니다."

하고 그대로 말하자 완안강이 호탕하게 웃어젖힌다.

"허허. 과연 삼천리 조선 천지에 딱 한 분뿐인 의인을 내가 만났습니다. 이러니 내가 그대를 좋아하지 않을 수가 있겠습니까?"

하면서 헝겊을 감지 않은 성한 손을 덥석 잡으려 한다. 그러자 순덕이 손을 확 뿌리치면서 눈을 흘긴다. 완안강은 손도 잡지 못하고 하려던 말을 마무리 짓는다.

"항복이 늦어질수록 죄가 더 무거워질 것도 모르는 청맹과니들과 무슨 대화가 되겠습니까? 사실 무력대로 한다면 하루아침 해장거리도 안 되겠지만, 대청제국은 조선이 스스로 항복해 오기를 느긋하게 기다린 것이지요. 시간이 지날수록 백성들만 더 죽고 금은보화를 더 빼앗긴다는 것도 모르는 바보들과 무슨 대화가 되겠습니까?"

"대청 황제께서는 꿇어앉아 오들오들 떨고 있는 임금에게 음식을 내리시고, 털 가죽옷을 입혀 주시면서 '이 미련한 것아, 하늘 아래에 네놈이 숨을 곳이 어디 있다고 산꼭대기에서 떨고 있었더냐? 늦게라도 내려왔으니 다행이다. 우리는 한 집안이 되었다. 짐이 너를 보호하여 주겠다. 궁궐로 돌아가도 좋다.'라고 말씀하셨습니다."

"궁궐로 돌아가라는 명령이 내리자 꽁지 빠진 수탉마냥 도망치듯 황급히 돌아가는 꼬락서니란 두 눈 뜨고 볼 광경이 아니지요. 저걸 임금이라고 섬기는 백성들의 고생길이 훤히 내다보였습니다."

"작년에 국호를 청이라고 고칠 때 '축하한다.'는 한 마디면 만사형통할 것을. 바보들 때문에 그대들을 만났으니 우리로서는 참 좋은 인연이 되었지요."

"대청제국은 곧 천하를 통일할 것이요. 나는 앞으로 상서 승상으로 높이 출세하여 당신들을 아내로 삼아 영화를 함께 누리고자 합니다."

"흔해 빠진 것이 조선 계집들인데, 당신들이 나의 아내 되기를 원하신다면 혼인하여 아내로 삼을 것이나, 싫다고 한다면 팔아 버릴 것이요. 만금을 준다고 해도 당신들 남편에게는 결코 속환시키지는 않을 것이니, 그것은 당신들이 알아서 하시오. 이제 당신들 남편과는 인연이 끊어졌다는 것이나 명심하시오."

완안강만이 입에 거품을 물며 포부를 신나게 말한다. 역군이 토를 단다.

"완안강 장군은 장래가 촉망되는 훌륭한 장군이십니다. 황제께서도 특별히 총애를 하시니, 이런 훌륭하신 분을 남편으로 모시는 것은 부인들의 홍복입니다."

여인들은 전쟁이 끝나면 혹시라도 고향으로 돌아갈 수 있을까 기대하던 것이 국경 너머로 끌려가 되놈의 아내가 된다는 말에 수저를 던지고 아무것도 먹지 않는다. 포부를 다 말한 완안강과 역군은 여인들이야 어떻게 생각하든, '너희들은 내 손 안에 들어 있는 구슬이니 발버둥치고 싶은 대로 쳐봐라, 그것도 한때가 아니겠는가. 가시 없는 장미가 뭐 그리 아름다울까?' 한다.

주효[1]를 포식한 남자들은 여진 창唱을 신나게 불러재긴다.

----

1) 주효酒肴: 술과 안주

천하절색 왕소군[1]은   적국 왕비 되고 나서
양국 화평 이루오니   만백성이 태평가요
수왕 왕비 옥환이는   시아비에 발탁되어
양귀비로 현신하니   부황 자왕 온전하네.

그대님의 높은 효심   이 내 마음 사로잡아
대청제국 개선하여   부부지정 맺은 후에
가화만성 이룩하여   자손유영 번화하고
천天 조정에 등청하여   태평성세 이루리라.

　당나라 황제 현종의 아들인 수왕의 아내 옥환은 너무 예뻤다. 시아버지의 눈에 띄어 후궁으로 삼으려 할 때, 옥환이 거절했다면 옥환도 죽고 수왕도 죽고 현종은 외로웠을 텐데, 옥환이 타협하여 현종의 후궁이 되고 양귀비로 현신하여 수왕 부자도 화락했으니, 너희들도 타협하여 모두 화평하도록 하자는 노래다.

---

1) 왕소군王昭君: 서시西施, 초선貂蟬, 양귀비楊貴妃와 함께 중국 4대 미인에 속한다. 기원 1세기 후한後漢 원제元帝 때의 궁녀. 흉노匈奴의 침입을 막기 위하여 공주를 흉노 왕에게 시집보내기로 했다. 흉노의 왕 호한야선우呼韓邪單于가 장안長安에 오자 못난 궁녀들을 뽑아 시중들게 했다. 흉노 왕은 '폐하의 사위가 되기를 원하지만 공주가 아니어도 좋습니다. 여기 있는 여자도 무방합니다.' '그대의 생각이 그러하다면 그대가 한 여자를 고르시오.'라고 하여 흉노 왕은 왕소군을 지목했다. 왕소군은 흉노로 가면서 황제에게 하직 인사를 했다. 황제가 '내가 이런 미인을 왜 몰라보았던가?' 탄식을 했다. 황제는 3천 궁녀들을 다 만날 수가 없다. 화공畵工이 궁녀들의 초상화를 그려 바치면, 황제는 그 초상화를 보고 여자를 택했다. 궁녀들은 화공에게 뇌물을 바쳤다. 왕소군은 뇌물을 바칠 수 없었다. 왕소군의 초상화에는 점까지 찍혀 있었다. 황제는 그 자리에서 화공을 참수斬首했다. 왕소군은 고국을 떠날 때 장안을 바라보면서 비파琵琶로 이별 곡을 연주하니, 기러기가 왕소군의 미모에 반하여 날갯짓을 하지 않다가 땅에 떨어졌다. 왕소군을 낙안落雁이라고도 한다. 봄이 되어도 흉노 땅에는 풀 한 포기 없다. 왕소군은 '봄이 와도 봄 같지 않구나(春來不似春. 춘래불사춘.)'라고 읊었다. 왕이 죽자 전처의 아들이 왕소군과 혼인했다. 왕소군은 처음 왕의 아들 하나, 재혼 후 딸 둘을 두었다. 왕소군의 결혼으로 한에는 평화가 찾아왔다.

5. 동상이몽

완안강은 행복한 고민에 싸여 있다. 예쁘고 착하고 학문도 높은 두 여인을 만나게 되었다. 한 사람은 형에게 드려서 형수로 삼아야 할 텐데, 누구를 형수로 올려야 할지 고민이 되지 않을 수 없었다. 장가 못 간 형님을 두고 아우가 두 여자를 차지하는 것은 우애로나 도리로나 있을 수 없지 않은가? 한 여자도 놓치기 아까우니 말이다. 승전하여 개선장군으로 귀국할 때 말 두 필을 구하여 순덕과 예점이 타고 가게 하고, 수레를 구하여 그간 모아두었던 귀중품을 싣고 뒤따르게 했다. 예점은 큰 고민이 생겼다. 청나라 군인들이 철수를 시작할 때 완안강이 부하들을 데려와 짐바리를 수레에 싣고 두 동서가 타고 갈 말을 끌고 오자, 그렇게도 정정하시던 형님이 깊은 우울증에 빠진 것이다. 이젠 고향으로 돌아가지도 못하고 만주로 끌려갈 것이 확실해지고, 혹시나 귀향하여 가족을 상봉할 거라고 바라던 일말의 희망마저 무너져 버린 탓이다.

"아이고, 이를 어쩌나? 공씨 댁 귀신이 되어야 하는데……"

"아이고, 이를 어쩌나? 공씨 댁 귀신이 되어야 하는데……"

하는 말만 형님은 되뇌고 있다.

"형님요, 이제 우리는 고향으로 돌아가는 것이 확실해졌습니다."

"어떻게 고향으로 돌아갈 수 있단 말인가?"

"우리가 압록강만 건너면 고향에서는 아주버님 형제분께서 돈을 장만하여 우리를 속환하러 금방 올 것입니다."

"그걸 어떻게 아는가?"

"알지 않고요. 아버님께서 '너희들 지레 죽으면 안 된다. 내 만금을 주고라도 너희들을 꼭 속환하여 올 것이다.'라고 하신 말씀을 형님도 들으셨지요."

"그래, 서방님들이 우리를 찾으러 오겠지?"

"예, 오고말고요. 반드시 오실 것입니다."

만주로 끌려가는 것이 절망이 아니고 희망이란 것을 거듭 강조하여 안심시킨다. "만주에 가더라도 다시 고향으로 돌아올 수 있다는 데 희망을 품고 가지만, 아녀자가 어찌 말을 타고 가는가?" 하고 거부하는 것을 예점이 '말을 타지 않고 만 리나 되는 먼 길을 걸어갈 수는 없습니다.' 하면서 맏동서를 설득하는데 애를 먹는다.

포로들을 세 줄로 세워 수백 명씩 몰고 간다. 많은 포로들이 등에 짐을 잔뜩 지고 길게 늘어서서 가고 있다. 사이사이에서 감시병이 철저히 감시한다. 한 여자가 절뚝절뚝 절면서 뒤로 처져서 따라가지 못하자 되놈이 혁대로 후려친다. 가죽혁대를 맞은 여자는 풀썩 주저앉는다. 주저앉은 여자를 사정없이 거듭 후려치니 여자가 일어서서 다시 따라가려 하나 또 처지지 않을 수 없다. 혁대로 후려치는데도 따라가지 못하고 쓰러지자 감시병은 여인을 끌고 바로 길옆 풀숲에서 칼을 쑥 빼어 여인의 목을 쳐버린다. 머리는 몸체에서 떨어져 나가고, 버둥거리던 팔은 바닥에 뚝 떨어져 잠잠하다. 풀숲이 벌겋게 물들었다. 그러나 많은 사람들은 고개를 돌려 외면한 채 그냥 지나치고, 긴 행렬은 끝없이 이어지고 있다. 목불인견이다. 아아! 순후하던 인심은 어디로 가고, 누가 이런 참상을 만들었단 말인가?

이렇게 지치고 힘 빠진 사람을 죽여 나간다면, 끝에는 몇 사람이나 살아남겠는가? 이런 수모를 당하면서도 명을 향하여 망궐례[1]를 올리는가?

말을 타고 가는 순덕의 옆 행렬에서 절뚝거리며 따라가는 여자가 돌쇠 어멈이 아닌가? 말에서 펄쩍 뛰어내려 손을 탁 잡으며

"돌쇠 어멈, 고생이 심하구나!"

"아이고, 아씨님이 아니십니까?"

두 사람의 반가운 해후를 나누는데, 되놈 한 녀석이 돌쇠 어멈의 등을 후려친다. 속히 가자는 재촉의 회초리인 모양이다. 꼬나보는 순덕의 뒤에서 완안강 대장이 말을 탄 채 내려다보고 있는 것을 보고는 주춤하며 한 발 물러선다. 순덕이 돌쇠 어멈을 말에 태우려고 일으켜 세우자, 이번에는 완안강의 호위병이 말에 태우면 안 된다고 손사래를 친다. 어쩔 수가 없어 가죽신과 버선을 급히 벗어서 신겨 주면서,

"돌쇠 어멈, 힘을 내라. 살아남아야 한다. 송덕리에서 우리 다시 만나자."

하면서 손을 마주잡고 눈물의 작별을 했다.

완안강의 눈짓에 호위병이 새 가죽신과 새 버선을 내어서 순덕에게 준다.

돌쇠 어멈은 송덕리에 살면서 가끔 허드렛일을 거들어 주던 순박한 여인이다.

아씨께서 신겨 주신 담비 털버선을 신고 그 위에 가죽신을 신고 걸으니, 발도 시리지 않고 몸이 녹아 살 것 같다.

청나라 군대가 심양에 도착하자 개선 환영 행사가 대대적이다. 완안강이 집에 돌아오니 형인 완안태가 반갑게 맞이했다.

"개선하여 환국한 아우를 진심으로 축하한다."

"형님도 수도 방위에 수고가 많으셨습니다. 형님요, 이 아우가 이번에 형님에게 올릴 큰 선물을 주선하여 왔습니다."

---

1) 망궐례望闕禮: 설날 아침에 조선 임금이 세자와 신하들을 거느리고 명의 황제를 향하여 예를 드리는 의식.

"무사 환국한 것만도 다행인데 선물은 무슨 선물인가?"

"학식과 덕망이 높고 예쁜 요조숙녀를 형수님으로 모시려고 데려왔습니다."

"허허, 참 고마운 일이로다."

"그런데 형님요, 약간의 사고가 있어 여인들은 이삼일 있어야 도착할 것입니다."

환국한 날 저녁에 아우는 형에게 조선에서 있었던 일을 낱낱이 다 말씀드렸다.

예점은 형님이 하자는 대로 다 들어 준다. 압록강을 건너면서 배의 가운데에 있던 두 사람은 비비적거리며 나와서 기어코 배의 난간을 잡을 수 있었다. 강 가운데쯤 왔을 때 순덕이 동서의 손을 잡자 두 사람은 함께 물에 풍덩 뛰어 내린다. 되놈 여러 명이 따라 뛰어 들어가 건져 올린다. 호위병은 완안강의 지시에 따라 짐바리에서 여자들이 입을 새 옷을 찾아 내준다. 둘은 새 옷을 받아들고 물에 빠진 강아지마냥 넋 나간 듯 멍하니 앉아 덜덜덜 떨고 있다. 2월 찬바람에 뼈를 깎는 살얼음 낀 차가운 강물에 홀딱 젖은 몸이 사시나무 떨듯이 덜덜덜 떨리는데, 금방 고뿔이 들어서 연신 재채기를 해댄다.

완안강이 맹만화에게 감시를 철저히 못 했다고 꾸짖고는,

발발 떨고 있는 여인들의 따귀를 사정없이 두들겨 패고 가버렸다.

순덕의 팔은 언 물에 담긴 후 다시 덧나기 시작한다. 고뿔이 든 데다 손은 복어 뱃살처럼 퉁퉁 붓고, 팔목뿐 아니라 어깨까지 불룩하게 부어 후끈후끈 열이 나고, 온몸이 으슬으슬 떨려 도저히 말을 타고 갈 수가 없다. 지체 없이 완안강의 명령으로 순덕, 예점, 맹만화, 의군 1명, 감시하는 군인 1명 등 도합 5명이나 남아서 압록강 건너편 마을에서 방을 얻어 닷새

동안이나 치료하고 따뜻하게 조리를 했다.

예점은 맏동서에게 말한다.

"형님요, 완안강 대장이 무슨 짓을 하더라도 탓하지 말고 순순히 따릅시다."

"에취, 그건 또 무슨 말인가? 에취."

"완안강이 우리 동서를 한 사람은 자기 아내로 하고 한 사람은 형수로 삼을 요량인 것 같으니, 우리는 누가 무엇이 되더라도 불평 말고 잘 따릅시다."

"에취, 되놈, 되놈 하더니 별짓을 다하려 하는구나. 나는 죽었으면 죽었지 그 짓은 절대로 못하네. 에취."

순덕은 콧물에 제채기를 해대면서 동서의 말을 완강히 거부한다.

"형님요, 당분간만입니다."

"그건 또 무슨 말인가? 에취."

"서방님들이 우리를 찾으러 올 때까지만 입니다."

"서방님들이 언제 찾으러 오는데? 에취."

"곧 올 것입니다. 우리를 찾으러 벌써 집에서 출발 하셨을 지도 모를 것입니다."

"나는 환향하여 공씨 댁 귀신만 될 수 있다면 더 바랄 것이 없네. 에취."

그 말을 듣는 순간 예점은 섬뜩했으나 아무렇지도 않는 듯 형님을 안심시키는 것만이 급선무라는 것을 절실히 느꼈다.

"형님요, 형님이 맏동서가 되든 제가 맏동서가 되든 그까짓 것은 탓하지도 말고, 당분간은 저들 하자는 대로 좋은 듯이 순순히 지냅시다. 우리는 귀향한다는 희망만 달성하면 더 바랄 것이 없지 않습니까?"

"내사 환향하여 낭군님과 아이들의 길이나 열어 주고 공씨네 귀신만 될 수 있다면 아무런 여한이 없네. 에취."

이틀 동안 요양하고 가겠다고 했는데, 닷새를 요양해도 순덕의 고뿔과 팔은 낫지 않았다. 더는 지체할 수 없어 출발하려는데, 순덕이 말을 탈 수가 없어 군인 한 사람이 순덕을 안고 말을 타려 한다. 그러자 순덕은 절대로 군인과 같이 타지 않겠다고 거부한다. 하는 수 없어 순덕이 동서가 탄 말의 뒤에 올라타고 동서의 허리를 안고 가는데, 두 사람의 허리와 어깨를 함께 묶어 놓았다. 군인들이 탄 말이 여자들이 탄 말의 앞뒤에서 호위를 한다.

심양으로 들어오니 완안강이 눈이 빠지게 기다리고 있다. 순덕 일행이 도착하자 완안강이 기쁨을 누르지 못하여 형에게 외친다.

"형님요, 여인들이 이제 도착했습니다."

"참으로 예절이 높은 정숙한 여인들인 것 같구나!"

"형님이 보시기에도 그렇지요? 형님께서 먼저 형수씨를 고르십시오. 남는 여자를 저의 아내로 하겠습니다."

"아니다, 네가 먼저 골라라."

"아닙니다. 형님이 우선이지요. 형님이 먼저 형수씨를 고르십시오."

병신인 순덕이 범절은 높아 아우가 더 사랑하는 것 같아 형은 예점을 택했다.

"내가 두 손이 온전한 여자를 택해도 괜찮겠느냐?"

"아무려면 어떻습니까? 형님이 우선이지요."

이들 형제는 앞으로 출세를 높이 하여 생활이 유족하게 될 것이고, 아내들에게는 하녀들이 여러 명씩 딸릴 텐데, 일을 잘하고 못 하고가 문제가 아니라 인품이 문제라고 생각하고 있었다. 만주에 온 지 한 달 만에 완안강 형제 두 쌍은 합동 혼인을 했다. 조선에 있을 때는 순덕이 맏동서였는데, 심양에서는 예점이 맏동서가 되었다. 그러나 언사는 항상 순덕이 맏동서 행세를 했다. 혼인날을 정하던 날 순덕은 완안강 장군에게 마지막 말을 하지 않을 수 없었다.

"장군님은 겁탈자일 뿐이고, 저의 남편은 조선에 있는 공인록일 뿐이며, 장군님이 저의 몸뚱이를 탐하신다면 저는 죽어 버리는 도리밖에 없습니다."

"나는 당신의 높은 효심에 감복하여 아내로 삼고자 당신을 이때까지 보호하여 왔는데 죽다니 그게 무슨 말씀입니까?"

"조선 여자들은 죽었으면 죽었지 이부종사[1]는 하지 않습니다."

"사람이란 혼인하여 부부 화락하고 자식을 낳아 영화를 누리는 것이 옳은 일이지, 죽는다는 말씀은 하지 마십시오. 나는 앞으로 기필코 높이 출세하여 당신이 조선에 있는 것보다 열 배 이상 호강시켜 드릴 테니, 부디 마음을 고쳐먹기 바라오."

"장군님은 힘으로 나의 몸을 탐할 수는 있어도 나의 마음은 얻지 못할 것이오. 나의 몸을 강압으로 짓밟으면 짓밟을수록 나의 죽음만 빨라질 뿐입니다."

"누가 죽도록 가만히 두고 있답니까?"

"죽으려면 죽는 방법이야 여러 가지가 있겠지요. 그리고 또, 마음을 얻지 못하고 빈껍데기만 차지하는 것은 사람의 도리가 아니지요."

답답한 완안강이 맹만화에게 의견을 물어본다.

"저 고집불통이 죽기를 맹세하고 나의 아내 되기를 완강히 거부하니, 어떻게 하는 것이 좋겠는가?"

"장군님이 내 말을 듣고 실천이나 하시겠습니까?"

"따르고 안 따르는 것은 내 마음이지만, 좋은 방법이나 말해 보란 말이야."

"기일을 정하십시오. 언제까지 김순덕씨의 본 남편이 속환하러 오지 않으면 무한정 기다릴 수는 없다고 말입니다."

---

1) 이부종사二夫從事: 두 남편을 섬기는 것.

완안강이 순덕에게 말했다.

"나는 당신의 인격을 존중하여 혼인을 하고도 당신의 몸을 범접하지 않고, 당신 스스로 마음을 열고 생각을 고쳐먹기를 기다리고 있소. 그러나 무한정 기다릴 수는 없지 않소?"

"기다리지 않는다면 어찌 하실 건데요?"

"그걸 말씀이라고 하십니까? 그 많은 조선 포로들이 자기 뜻대로 할 수 있는 사람이 한 사람이라도 있다고 생각하십니까? 당신도 운명에 순응하시오."

"장군님은 장군님 뜻대로 하시고, 나는 내 뜻대로 죽어 버리면 그만 아닙니까?"

"조선에서 이곳으로 오는 데 말을 타고 오면 한 달이면 왔다가 갈 수도 있는데, 아내를 찾으러 오지도 않는 사람을 무한정 기다린다는 것은 도리가 아니지요."

"어디나 다 사정이 있고 형편이 다른데 일률적으로 말할 수는 없지요."

"나도 당신의 인격을 최대로 존중해 주었고 기다릴 만큼 기다렸으니, 지금부터 한 달 이상 더 기다릴 수 없소. 당신도 운명에 순응하여 현명한 선택을 하시오."

라고 말하고는 화가 치밀어 올라 벌떡 일어서서 밖으로 나가고 있다. 뒤도 돌아보지 않고 나가는 뒤통수에 대고 순덕이 마지막으로 한 마디 하지 않을 수 없었다.

"이왕 참으시는 김에 삼 년만 더 기다려 주십시오."

속을 삭이지 못하는 완안강이 맹만화에게 말한다.

"저 고집불통이 나더러 삼 년을 기다려 참으란다, 글쎄!"

"장군님의 성력이 대단하십니다. 참으로 많이 진전되었습니다."

"진전은 무슨 진전이란 말인가?"

"진전이지요. 죽어도 아니 된다던 것이 기한이 정해졌으니. 대단한 진전이지요."

"삼 년이 짧은 세월인 줄 아는가?"

"그런 것이 아닙니다. 절대로 안 된다던 것이 기한이 정해졌으니, 십 년도 잠깐입니다. 그러나 일단 기한이 정해졌으니 삼 년이 석 달도 되고 석 달이 삼 일이 되는 것은 장군님의 진실한 성심에 달려 있습니다."

순덕은 동서를 나무란다.

"동서는 오랑캐의 계집이 되는 것이 그렇게도 좋은가?"

"형님요, 운명에 순응하는 도리밖에 다른 방법이 없지 않습니까?"

"동서는 서방님들이 우리를 찾으러 온다고 그렇게도 말해 놓고는, 운명에 순응한다는 변명일랑 하지도 말게."

"형님요, 설령 서방님들이 우리를 찾으러 온다고 해도, 따라가는 것이 우리의 운명은 차치하고 서방님의 앞길을 막는 것인지도 모르지 않습니까?"

"그것까지 어찌 다 알 수 있겠는가? 다만 우리는 조선의 정서대로 할 뿐일세."

"형님! 저는 그림이 다 그려지는데요."

"자네는 눈도 밝다. 그림은 무슨 그림이 그려진단 말인가?"

"우리가 귀향하면 처음에야 모두 쌍수로 반가워하겠지만, 시일이 지나서 한 사람이라도 훼절자[1]라고 말하는 사람이 있으면 다른 사람들도 따라서 훼절자라고 말할 것이고, 여럿이 훼절자라고 수군거릴 때 서방님이나 저나 자식들이나 서로가 서먹서먹해서 깊은 고민에 싸이고, 시름에 젖은 긴 침묵의 세월은 지옥보다 더하겠지요. 그런 속에서 아이들의 학문의 진전은 바라지도 못할 것 아니겠습니까?"

....

1) 훼절자毁節者: 절개를 잃은 사람. 화냥년.

"동서! 술이 나올지 떡이 나올지도 모르면서 지레 짐작일랑 하지도 말게."

"흉노에게 끌려간 왕소군도 한나라 궁중에 그대로 있었다면 황제의 얼굴도 한번 보지 못하고 외롭게 늙어 죽었을지 모르지만, 흉노에 가서 왕비가 되고 아들 딸 낳고 모국에 평화를 가져다주었으면 대견한 것 아닙니까?"

"동서는 또 그런 말을 하네. 왕소군이야 삼천 궁녀가 있다는 궁중에서 궁녀 하나 더 있으나마나 마찬가지지만, 우리는 당연히 우리만 믿고 기다리는 남편과 자식들이 눈이 빠지게 기다리고 있는데, 우리를 어찌 왕소군에다 비교한단 말인가?"

의견이 다른 둘은 서로 상대의 뜻을 충분히 이해하고도 남는다. 누가 먼저랄 것도 없이 둘은 밖에 나와서 하염없이 걷고 있다. 풋풋한 풀 향기, 넓게 펼쳐진 광야, 솔솔 부는 바람이 가슴을 트이게 하는 것 같기도 한데, 어떻게 하면 상대를 이해시킬 수 있을까? 상념에 잠기면서 서로의 손을 꼭 잡고 아무런 말도 없이 걷고 있다.

완안강 형제의 아내에 대한 사랑은 참으로 깊다. 산돼지나 노루를 잡아와서는 뜨끈뜨끈한 피를 한 사발씩 받아와 몸에 이롭다며 마시라고 한사코 권하고, 고기를 불에 구워서 강냉이 술을 곁들여 권하는 것이 지성이다. 자기들의 말을 듣지 않을 때는 아주 난폭한 행동을 하지만, 그렇지 않을 때는 그렇게 다정할 수가 없다.

그러나 순덕은 완안강을 한 번도 남편으로 받아들이지 않았다.

완안강은 겁탈자일 뿐이고 남편은 조선에 있는 공인록으로서, 언젠가는 자기를 속환하러 올 것이라고 굳게 믿고 참고 기다릴 뿐이다. 완안강은 그런 아내를 탓하지 않는다. 늦더라도 마음을 고쳐먹을 때는 아주 훌륭한 현모양처가 될 것이라고 믿고 느긋하게 기다리고 있다.

순덕도 완안강을 점잖은 사람이라고 생각하고 있다. 자기 욕망대로 하지 않고 혈기방장한 사람이 인격을 존중해 주니 그런 다행이 없지 않은

가. 예점은 달랐다. 남편인 공의록이 속환하러 온다고 해도 결코 따라가지 않을 것이며, 주어진 운명에 순응하여 순직하고 장래가 촉망되는 완안태를 높이 출세시키는 도리밖에 없지 않은가라고 마음을 다잡아 눈물을 삼킨다.

순덕이 예점을 불렀다.

"동서는 서방님들 형제분이 우리를 속환하러 올 것이라고 말했지?"

"당연히 속환하러 올 것입니다."

"동서는 지금도 서방님들이 우리를 속환하러 올 것이라고 믿고 있는가?"

"믿고말고요. 오시지 않을 이유가 어디 있겠습니까?"

"서방님들이 속환하러 오면 우리는 고국으로 돌아가야 하지 않겠나?"

"형님은요, 별 말씀을 다 하십니다."

"그게 무슨 말인가?"

"그럼 형님은 고국으로 돌아가시겠다는 말씀입니까?"

"그럼 고국으로 돌아가지 않고 어쩌겠다는 말인가?"

"여기서 사는 대로 살다 보는 것이지요. 다른 도리가 없지 않습니까?

"서방님들이 우리를 찾으려고 만 리 길을 멀다 않고 찾아오는데, 모른 체하고 그냥 있단 말인가?"

"우리의 처지가 이런데 다른 방법이 없지 않습니까?"

"동서! 다른 방법이 없다니, 그게 무슨 말인가? 서방님을 따라 귀국하면 그만이지, 다른 방법은 무슨 다른 방법이란 말인가?"

"서방님을 따라 귀국하시면 절대로 안 됩니다. 형님은 귀국할 요량이십니까?"

"내야 물론 고국으로 돌아가야지."

"귀향하면 우리를 온전히 받아 주겠습니까?"

"자네는 아버님 말씀을 잊었단 말인가? 너희들의 본뜻이 아니니 모든 것을 다 이해하신다는 말씀을 잊었단 말인가?"

"잊기는요, 아버님의 그 말씀을 잠시인들 어찌 잊을 수 있겠습니까? 그러나 아버님과 서방님의 뜻대로 되겠습니까?"

"그건 또 무슨 말인가?"

"아버님과 서방님이 아무리 우리를 용서하신다고 해도, 주위 사람들 모두가 우리를 진정으로 이해해 주겠는가 그 말입니다."

"이해하지 않으면 어쩔 것인데?"

"한 사람만이라도 이해하지 않는 사람이 있으면, 그것이 번지고 번져서 결국에는 다 이해하지 않을 것이요, 나중에는 훼절녀라고 손가락질 받게 될 것인데, 그 비방을 어떻게 배겨 내겠습니까?"

"이번 난리는 그 전과 다르지 않은가?"

"다르기는 뭐가 달라요? 형님도 생각을 좀 해보십시오. 평생을 어렵게 수절한 청상과부를 어느 날 밤 도둑놈이 봇짐 싸서 둘러메고 갔다고 칩시다. 과부가 도망쳐 돌아와서는, 당하기는 당했는데 내 본뜻이 아니라고 할 때, 열녀라고 치부해 주겠습니까? 먹물을 남이 묻혔거나 본인이 묻혔거나, 검은 것이 한번 묻은 것은 천만 번 묻은 것과 마찬가지일 뿐입니다. 그 뿐 아닙니다. 아무리 정결한 여자라도, '저 여자는 오랑캐의 포로였던 사람이다. 오랑캐의 포로는 모두 오랑캐에게 당한 훼절자다.'라고 무더기로 폄훼[1]될 텐데, 그걸 어떻게 변호하시겠습니까?"

아아! 긴 탄식을 한 후에 순덕은 다시 말한다.

"이 사람아, 그래도 우리는 공씨 댁 귀신이 되어야 하지 않겠나?"

형님의 얼굴은 완전히 생 가재 씹은 모양이어서 바로 바라볼 수가 없다.

"형님요, 공씨라는 말씀은 지금부터는 하시지도 마이소. 공씨 댁 귀신이 옳게 되시려면, 우리가 만리타국에 있어서 고향에서 우리의 내력을 영

---

1) 폄훼貶毀: 남을 깎아내리고 헐뜯음.

영 모르고, 우리가 죽은 줄로만 알 때 공씨의 귀신이 될 수 있을는지 모르겠습니다마는, 고향에 돌아가서 훼절자로 몰리게 되면 공씨 댁 귀신이 되기는커녕, 공씨 댁 귀신은 되지 못하고 친정 부모님까지 욕 먹이게 될 것이 환한 일 아닙니까?"

"동서 말이 맞다. 우리가 더럽혀진 몸이 된 것을 내가 왜 모르겠는가? 그래서 나는 고향에 돌아가서 오매불망 그리던 사람들이나 만나보고, 그들의 앞길이나 깨끗이 열어 주고 죽는 것이 소원일세."

형님의 희생적인 자세가 퍼뜩퍼뜩 느껴질 때 애처로운 마음이 한이 없지만, 예견되는 말을 하지 않을 수 없어 하고 보니 또 후회가 된다. 맏동서의 눈에 어리는 눈물을 차마 바로 바라볼 수가 없다. 순덕은 고향에 돌아가서 남의 손가락질을 받고 안 받고를 떠나 스스로 자신을 용서할 수 없다고 생각한다.

반면에 예점은 낡은 자기희생은 무용한 짓이요 운명을 극복하고 개척해 가는 도리밖에 없다고 생각한다.

방문을 여니 상현달이 남산에 걸려 있다. 달은 고향의 달과 다름이 없다. 두 사람의 이야기는 다음 날, 또 그 다음날도 이어졌다. 날이 저물고 날이 새도 변함이 없다. 다만 모든 것을 달관하신 형님의 정신이 온전하신 것 같으니 천만다행이다. 두 동서의 마음은 매일같이 평행선이지만, 그래도 서로가 다 포기하지 않고 이해시키고 설득하려고 노력한다. 하지만 다시 되풀이하면서

'형님이 저러시면 안 되는데'

'동서가 저러면 안 되는데' 하면서 서로 애달파한다.

"그러면 동서는 여기에 있으면서 어떻게 할 것인가?"

"저는 형님도 귀향하지 마시고 여기에 같이 계시면 좋겠습니다."

"자네가 여기서 어떻게 살아갈 것인가 그 말이나 해보란 말일세."

"조선은 늙은 나라가 되어 융통성이 없지 않습니까? 이 사람들은 형식을 버리고 실질적으로 얼마나 순수합니까? 이 사람들의 말과 같이 명을 멸망시키고 천하를 통일한다면, 조선은 청을 섬기는 작은 제후국으로 전락하고 말 것입니다. 다행히 이 사람들이 영특하니, 학문을 많이 연구하면 출세를 높이 하여 오히려 금의환향할 길이 열릴 수 있을지도 모를 것입니다."

"동서가 이 삭막한 오랑캐의 땅에서 어떻게 살아가려고 저러는지 알 수가 없네."

"형님께서 기대에 부풀어서 귀향하려고 하지만, 훼절자라는 비방을 어떻게 감내하시려는지 걱정이 태산입니다."

두 동서는 서로를 이해시키려고 무진 애를 쓰지만, 조금의 진전도 없는 것이 안타까울 뿐이다.

'형님이 저러시면 안 되는데,

동서가 저러면 안 되는데'

만을 되뇌며 우애가 지극한 두 사람은 서로를 애처로워할 뿐이다.

예점은 형님이 기어코 귀향하시면 형님의 자긍심을 심어 주어야겠다고 생각한다.

"형님요, 사실 우리 몸이야 깨끗하지 않습니까? 아버님께서 담뱃대꼬바리로 대장의 머리를 때리시자, 되놈들이 우리를 겁탈도 못 하고 말았지 않습니까?"

"이 사람아 ,옷이 벗겨졌으면 겁탈당한 것으로 봐야지, 아이를 배어야 훼절인가?"

"형님요, 되놈들이 우리의 옷은 벗겨도 몸을 범접하지는 못했으니, 창피는 당했어도 훼절이라고 할 수는 없습니다."

"나는 치마가 흘러내릴 때 '내 인생은 이제 끝이다.'라고 생각했네."

"형님께서 기어코 귀향하시려면, 형님은 순결하다는 자긍심을 가지고 항상 떳떳하게 생각하고 당당하게 말씀하셔야 합니다. 사실이 그렇지 않습니까?"

"온 세상 사람들이 되놈의 포로는 모두 훼절자라고 지레 짐작할 것인데, 누가 그 말을 믿어주겠나?"

"아닙니다. 형님은 진실로 정결하십니다. 완안강 장군이 혼인을 하고도 손끝 하나 건드리지 않았으니 형님은 진실로 깨끗하십니다. 그러니 끝가지 당당하셔야 합니다. 형님만큼 순결하신 분은 세상 천지에 따로 없습니다."

"이 사람아! 되놈에게 옷이 홀랑 벗겨졌으면 정조를 잃은 것이지, 그 위에 무슨 말을 더하겠는가?"

"형님요, 그런 것이 아니라니까요. 남녀가 두 몸을 섞어야 겁탈이지, 옷만 벗겨진 것을 가지고 훼절이라고 할 수는 절대로 없습니다. 형님은 정결하시니 끝까지 당당하셔야 하옵니다. 조금도 기가 죽으시면 아니 되옵니다."

"이 사람, 동서! 자네도 귀향하여 그렇게 당당하게 말해 준다면 얼마나 좋겠는가."

"형님께서는 치마가 흘러내린 것을 가지고 말씀하시지만, 그까짓 차마가 벗겨진 것을 가지고 훼절이라고 할 수는 추호도 없는 것이니, 형님만큼 순결하신 분은 조선 천지에 없습니다. 형님 자신이 당당하셔야 합니다. 형님께서 자포자기 하시면 절대로 아니 됩니다. 우리 형님은 정말로 정결하십니다."

예점은 형님이 순결함을 마음속 깊이 각인시켜 주려고 무진 애를 쓰고 있다.

6. 명성 높은 양반가문

경기도 광주부의 동북쪽, 남한강 푸른 물이 넓은 평원을 비단같이 굽이 돌아 옥야 십리 물산이 풍성하고, 높이 솟은 뒷산에는 소나무 숲이 울울 창창한 송덕리. 이곳은 조선의 명문 갑족 곡부 공씨의 세거지世居地로 평화로운 반촌이다. 종손인 공치겸 진사는 풍골 좋고 덕망이 높아, 문중은 물론 향내 유림에서도 알아주는 선비다. 아들 인록과 의록은 총명하여 장래가 높이 촉망된다.

같은 광주고을 장류천변의 화전리는 인심이 순후한 고장이다. 학덕 높은 김광진 생원의 셋째 딸 순덕은 예쁘고 사려가 깊어 부모의 지극한 사랑을 받고 자랐다. 언문이야 출출 문장이지만 어릴 때부터 사서삼경[1]을 익혀 오라비들과 한시 짓기 내기도 했는데, 진서[2]도 웬만한 선비 뺨칠 정도였다. 열다섯 살에 혼설이 나서 공 진사의 맏아들 인록에게 시집가니, 범절 높고 부공도 예뻐 시부모의 사랑을 독차지했다. 혼인한 이듬해에 첫아들 대호를 낳아 모락모락 자라 재롱을 피우니, 하루해가 어떻게 지나가는지 삶이 마냥 즐겁기만 하다.

부덕 높은 순덕이 공씨 종가로 시집와서 대호를 낳던 해 가을에는 시동생인 의록이 청주 한씨 예점과 혼인했다. 이듬해에 예점이 생남하여 이름

---

1) 사서삼경四書三經: 유교의 경전. 사서는 『논어論語』, 『맹자孟子』, 『중용中庸』, 『대학大學』을 말하고, 삼경은 『시경詩經』, 『서경書經』, 『역경易經 – 주역周易』을 말함.

2) 진서眞書: 한문을 높여 이르던 말. 한글은 언문諺文이라고 낮추어 말했다.

을 선호라고 하니, 공 진사는 손자를 둘이나 보았지만 자식들이 아직은 운이 맞지 않아 급제를 못한 것이 마음에 걸려 속으로는 시무룩하다.

아들, 조카 그리고 수많은 아랫것들의 대가족 속에 순덕의 하루는 바삐 흘러갔다. 동서 간에는 의가 좋아 정답기가 자매보다도 더 다정했다. 저녁이면 부부가 같이 자리하여 사랑 나눔에 시간은 금방 흘러간다.

"어허, 이놈 대호가 제대로 걸음마를 하네. 당신은 집안일이 힘들지 않소?"

"힘들기는요. 자애하신 어머님에 상냥한 동서와 즐겁게 지내니 세월이 어떻게 흘러가는지도 모르겠는데요."

"나는 책상 앞에 앉았어도 글자는 머리에 들어오지도 않고, 당신 생각 뿐입니다."

"조용한 절에 가서 독서에 열중하시는 것이 어떻겠습니까?"

"나는 당신을 한시도 보지 못하면 견디지 못할 것 같소."

"대장부가 이까짓 계집에 마음이 쏠리셔서야 되겠습니까?"

둘째며느리인 예점은 부공도 맏동서 못지않게 짭짤하지만 소견이 깊어 매사에 맏동서를 앞세우니, 시어머니는 며느리들이 자랑스러워 못 견딘다. 학문도 높아 경전의 숨은 뜻까지 꿰뚫고 있으니 서방의 스승이나 진배없다. 의록은 부인에게 말한다.

"당신은 경전의 속뜻까지 훤히 다 알고 있으니, 나의 참 스승입니다."

"성현이 말씀하신 참뜻을 바로 이해하지 못하면 경전을 안다고 할 수도 없지요."

대호와 선호는 사촌간이지만 형제보다 더 다정하여 날마다 같이 놀고 같이 공부하여 메밀 벌처럼 늘 붙어 다닌다. 벌써 맹자를 배우며 그날 배운 것을 그날 다 익히는데, 공부를 놀이처럼 즐긴다.

형이 '군군신신君君臣臣' 하면,

아우는 '임금은 임금다워야 하고'라고 받고,

형이 또 '군군신신'이라 하면,

아우는 '신하는 신하다워야 한다.'라고 대답한다.

또 형이 '형형제제兄兄弟弟'라고 하면,

아우는 '형님은 형님다워야 한다.'라고 받는다.

손자들의 놀음놀이를 보던 할아버지가 손자들을 불렀다.

"장래의 우리 정승들 이리 와봐라."

그러자 손자들이 부르르 쫓아온다. 두 손자가 동시에 대답한다.

"할아버지 부르셨습니까?"

"너희들 지금 한 놀이가 무엇이냐?"

"군군신신이란 『맹자』에 나오는 말인데요, 임금은 임금다워야 하고, 신하는 신하다워야 한다는 말입니다. 모든 사람이 자기 책무를 다하면 나라가 잘되어 화평해진다는 뜻입니다."

"어허, 우리 정승들이 일취월장일세. 그러면 그 다음은 무슨 뜻이냐?"

"형형제제란 형님은 형님다워야 하고 동생은 동생다워야 한다는 말입니다."

"그 말은 어느 책에 나오는 말이냐?"

"그것은 저희들이 지어낸 말입니다."

"허허! 우리 손자들이 글의 뜻만 아는 것이 아니고 옛 성현의 말씀을 활용하기까지 하는구나. 참으로 장하다."

"할아버지 그뿐인 줄 아십니까?"

"또, 더 있다는 말이냐?"

"더 있고말고요. 부부자자父父子子, 조조손손祖祖孫孫 등 얼마든지 많지요."

할아버지의 입은 바소쿠리만큼 벌어진다.

"허허! 우리 정승들이 참으로 장하구나. 이 애들이 장차 가문을 빛낼 것이로다."

하며 할아버지는 회심의 미소를 머금었다.

하루는 공 진사가 아들을 불렀다.

"애비야, 어디 조용한 곳에 가서 독서에 열중하는 것이 어떻겠느냐? 다음 과거에는 기필코 등과를 해야 하지 않겠냐? 내가 선암사 주지에게 거처할 자리를 마련하라고 일러 놓았다. 내일로 떠나거라."

공 진사 자신은 향시鄕試에 한 번 붙은 것이 전부라서 속으로는 켕기는 점이 많다. 더구나 경주 김씨 가문과 청주 한씨 가문의 규수를 맞아들여 조상의 덕으로 부혼을 하고 보니, 겉으로는 큰소리 떵떵 치지만 속으로는 자식들만이라도 등과를 시켜야 체면이 선다고 닦달하고 있다. 아들의 말을 듣고 의논하는 것이 아니라, 모든 것을 다 처리해 놓고 일방적으로 명령하시는 것이다. 이튿날 하인이 소바리에 짐을 싣고 선암사로 떠나니, 인록은 부모님께 하직인사를 드리고 뒤를 힐끔힐끔 돌아보며 내키지 않는 발걸음으로 하인의 뒤를 따라가지 않을 수 없었다.

"내야 과거를 보려 했으면 옛날에 장원을 했겠지만, 선비란 행검[1]이 중요하고 조상을 섬기는 위선사업[2]이 우선 아닌가?"

하며 천재 가문임을 은연중에 뽐낸다.

순덕의 시어머니는 며느리들이 잘 들어와서 가정이 펴이는 것처럼 온 마을에 자랑이 대단하다. 대호 녀석도 충실하게 무럭무럭 자라며 식구들의 귀여움을 독차지할 뿐 아니라, 글의 문리까지 터져서 할아버지의 기대에 넘친다.

며느리들 친정에서는 아버지, 어머니는 물론이요, 오라비들까지 우리 공 서방, 공 서방 해대니 기분이 좋기만 하다.

---

1) 행검行檢: 점잖고 바른 품행.
2) 위선사업爲先事業: 조상을 위하는 사업.

인록은 지난번 과거에서는 운이 맞지 않아 낙방했지만 이번에야 문제가 있겠는가? 선암사에 온 후로는 뜨뜻한 방에 벌렁 드러누워, 벌써 급제쯤이야 따 놓은 당상인 양 장원 후의 일을 상상해 보곤 한다.

상감이 내리시는 어사주[1]를 카! 들이키고, 어사화[2]를 머리에 딱 눌러 쓰고, 쌍나팔을 불며 고을을 한 바퀴 빙 돌고, 사당[3]에 고유를 하고, 빙장어른과 고을 유림들을 초빙하여 큰 잔치를 벌인 후에 암행어사의 제수를 받아, 영호남을 돌면서 부정한 목민관의 징[4]을 쳐서 민심을 안정시키고, 밝은 환로[5]에 도승지, 대제학, 판서, 정승으로의 출세가도를 머릿속에 그려 본다.

"두고 봐라, 내 정승 한 자리쯤은 기어코 하고야 말 테니. 암, 그렇고말고!"

인록이 화려한 꿈을 꾸고 있을 때 순덕은 집에서 비슷한 그림을 그리고 있다.

"낭군님께서 정승을 하실 때쯤이면, 우리 대호군은 진사를 할까, 급제를 할까?"

아무 부러울 것 없는 새댁은 마냥 흥겹기만 하다.

순덕의 두 동서는 첫아들들을 낳은 후로 자녀들을 여럿 두었지만 홍역이다 마마다 하여 다 잃어버리고, 10년이나 지난 후에야 겨우 둘째 것을 붙들었으니 자식이 얼마나 귀하겠는가.

아들을 중시하는 공 진사는 아침 일찍 둘째 아들 의록에게 지시한다.

"흉악한 북쪽의 되놈들이 쳐내려온다는 소문이 파다하니, 공부는 당분

1) 어사주御賜酒: 임금이 내리는 술.
2) 어사화御賜花: 과거의 문과에 급제한 사람에게 임금이 내리는 꽃
3) 사당祠堂: 조상의 신주를 모셔 놓은 집.
4) 징: 돌을 다듬는 연장. 부정을 바로잡는 것.
5) 환로宦路: 벼슬길.

간 중지하고 너희들 형제만이라도 피난을 가거라. 이 길로 네 형이 공부하고 있는 선암사에 가서, 형과 같이 죽령을 넘어 영남으로 가거라. 안동에는 친척도 많이 살고 있으니 두루 찾아보고 세의[1]도 밝혀 보아라. 영남이야 여기보다는 안전하지 않겠냐?"

"부모님과 다른 가족들은 어쩌고요?"

"우리야 늙었으니 별탈이야 있겠나? 며늘아기와 애들은 차차 생각해 보마."

"오랑캐들은 여자들을 그냥 두지 않는다는데요."

"우선 귀중한 너희들 형제만이라도 안전한 데로 가거라."

"어찌 저희들만 피난 가서야 되겠습니까? 형님을 집으로 오라고 하여 온 식구가 다 같이 피난을 가는 것이 옳지 않겠습니까?"

"어허! 말을 이렇게도 못 알아듣느냐? 다음 일은 내가 알아서 처리할 테니, 인사하러 집에 들를 생각은 아예 하지도 말고 바로 떠나거라."

동생이 전하는 아버지의 명을 받은 인록은 아우와 같이 영남으로 피난을 가려고 짐을 꾸리고 있는데, 동자승이 커다랗게 접은 종이를 쑥 내민다. 동자승은 벼루와 붓까지 들고 서서 속히 수결[2]하라고 재촉한다. 동자승을 보낸 후

"글씨 한번 힘 있게 잘 썼네."

"형님, 무엇입니까?"

"주지가 쓴 유불 합동의 의병을 조직하자는 격문[3]일세. 세상은 말세야. 중놈이 양반에게 같이 의병을 일으키자니 말이 되는가?"

"형님, 나라를 지키자는 데 신분이 따로 있습니까?"

---

1) 세의世誼: 대대로 사귀어 온 정의.

2) 수결手決: 도장 대신 자기의 성명이나 직함 아래에 직접 쓰는 일정한 표지. 사인(sign).

3) 격문檄文: 격서檄書 – 비상사태에 관하여 널리 세상 사람들에게 의분을 고취시키는 글.

"그래도 중놈들과 같이 의병을 일으킬 수야 없지 않은가?"

"그러시면 수결은 어떻게 하셨습니까?"

"수결이야 의병에 가담한다고 했지. 반대한다고 할 수야 없지 않은가?"

"그러면 어찌하시렵니까?"

"어쩌기는 어째. 아버님 말씀과 같이 영남으로 피난을 가야지. 이 절에 있는 모든 사람들은 곧 가운루 강당으로 모이라고 했으니, 사람이 또 오기 전에 속히 이 자리를 떠나야 하네."

입으로는 충효를 논하면서 행동은 정반대로 한다. 의병에 가담하겠다고 수결하여 놓고 가담하지도 않고, 절에서 사용하던 모든 기물들을 그대로 버려둔 채 형제만이 줄행랑을 놓아 죽령을 넘고 있었다.

7. 고난의 피난 생활

"세상이 왜 이렇게 뒤숭숭하냐? 난리가 날 것이라는 소문이 파다하다."

"아저씨요, 그런 걱정일랑 아예 하지도 마십시오. 노루나 잡아먹고 살던 되놈들이 천방지축으로 하는 수작을 염려하실 것이 뭐가 있겠습니까? 금월 초 4일에 엄한 사신[1]을 파견했으니 차차 잠잠해지겠지요."

세자시강원의 설서[2]로 있는 족질 경록이 하던 말이 엇그제인데, 오랑캐의 날랜 침입을 도저히 이해할 수 없다. 날이 채 새기도 전에 되놈들이 또 들이닥친다. 역군이 노인에게 말한다.

"청나라 군대가 송덕리를 군용시설로 접수하고 있으니 속히 이곳을 떠나시오. 청나라 군인들은 사람 목숨을 파리 목숨만큼도 여기지 않고, 사람 죽이기를 밥 먹듯 하니 제발 고집 부리지 말고 다른 곳으로 속히 가시오."

라고 정중히 타이른다.

"이 마을 송덕리에는 그저께 다 피난을 떠나고, 지금은 노인장 식구 외에 다른 사람들은 한 사람도 없습니다. 제가 이 말씀을 드리는 것은, 어제 자부를 데려간 대장이 노인장 식구들의 생명에는 지장 없도록 하여 보내라는 명령이 있었습니다."

양주는 역군의 손을 붙들고 애걸복걸한다.

"우리 며느리는 어디에 있는가? 제발 한 번 만나도록 하여 주시오."

---

1) 사신使臣: 국명國命이나 왕명王命을 받고 외국에 사절로 가는 신하.
2) 설서說書: 조선시대 세자시강원에서 도의와 경사經史를 가르치던 정칠품正七品 관리.

"만날 수는 없지만, 절대로 죽이지는 않습니다. 속히 이곳을 떠나시오."

"아침도 못 먹었는데 가기는 어디로 가란 말인가?"

"떠나가지 않으시면 청나라 군사에게 모조리 다 죽습니다."

발등에 불이 떨어졌는데도 노인의 거동은 느리기만 하다. 도포를 꺼내 입고 갓을 쓰고 느릿느릿 사랑채 동쪽에 있는 사당으로 올라간다.

그 사이에 할머니는 밥 지을 쌀도 없어서 맹물을 끓여 간장 한 바가지를 퍼내어 뜨거운 물에 타서 애들에게 먹인다. 보다 못한 역군이 말고기 절인 것을 한 움큼 주면서 재촉한다.

"이것이라도 잡수시고 속히 떠나시오."

사당에 들어간 노인은 통곡을 한다.

"높고 높으신 조상님이시여! 저희들은 어떻게 해야 합니까? 아들놈은 몸을 피했는지 어쨌는지 알지도 못하고, 며느리들은 되놈들에게 붙들려 가서 무슨 능욕을 당하고 있는지 알지도 못하고, 식량과 입을 것은 죄다 빼앗기고, 저 철모르는 어린것들을 데리고 눈보라 치고 바람 씽씽 부는 엄동설한에 어디로 가야 합니까? 노비들은 하나도 없이 죄다 도망가고 없으니, 불초한 후손이 미력하여 존귀하신 조상님의 신주도 모시지 못하고 물러가는 것을 용서하여 주시옵소서. 평란이 되는 날 높으신 조상님의 신주를 다시 받들어 뫼시겠습니다."

조상의 신주 각위마다 절을 한 후 통곡하며 물러나오는 노인은 눈물이 앞을 가려 발걸음을 분간하지 못한다. 사당 문을 닫고 나서자 소나무에 쌓였던 눈 뭉치가 삭풍에 날려 노인을 때린다. 노인은 그 자리에 털썩 주저앉는다. 앉은 채로 방향을 대궐이 있는 북쪽으로 비튼다. 또 한바탕 통곡을 토해 낸다.

"상감마마! 이 나라를 어디로 이끌고 가시옵나이까? 동방예의지국이 어찌 이렇게도 허약하옵나이까? 조속히 오랑캐를 몰아내시어 만백성을 평안케 하옵소서. 상감마마, 내내 강녕하옵소서."

절을 하고 일어서니 도포자락이 다 젖었다.

방으로 들어오자 안노인이 장 달인 대접을 내민다.

"이거라도 마셔 놓으소."

밖에서는 무슨 소린지 꽥꽥거리는데 또 역군이 들어온다.

"속히 떠나가지 않으시면 목숨을 좌단할 수 없습니다."

어린애를 그 형들에게 업히니, 열두세 살의 형이 젖먹이 동생을 업고 먼 길을 가기는 버겁다. 그러나 어쩌겠는가? 다른 방도가 없지 않은가? 방문을 여니 진눈깨비가 휘날린다. 차라리 죽을 수만 있다면, 눈을 감았으면 얼마나 좋겠는가? 저 어린것들을 키워서 조상 향화(제사)라도 올려야지, 나의 대에 와서 대가 끊어지면 조상에 대한 죄를 어찌하겠는가?

공진사 일행이 몇 발자국 가지 않아 미투리로 물이 새어 올라와서 버선이 다 젖고 발이 언다. 어찌 발뿐이랴. 눈바람에 낯도 얼고 손도 얼었다. 언제 떠나갔는지 피난민은 한 사람도 보이지 않고, 되놈들만 수도 없이 가고 온다. 하지만 늙은 노파와 남자 아이들에게는 아무런 관심도 없는 모양이다. 겨우 20리를 걸어 깊은 산중의 절골 공 진사 조부의 산소 밑에 있는 재실에 도착했다.

"이리 오너라! 이리 오너라!"

몇 번을 불러도 대답이 없다. 그냥 방으로 들어갔다. 방바닥은 따뜻하다. 산지기 식솔들은 금방 피난을 떠나간 모양이다. 그런데 노인은 아무리 생각해도 이해되지 않는 게 하나 있다. 이 깊은 산중 한 집뿐인 독가촌[1]은 다른 곳에서 이곳으로 피난을 와야 할 곳인데, 여기서 왜 다른 곳으로 피난을 갔을까? 알 도리가 없다. 따뜻한 방에 들어오니 허기져 파김

---

1) 독가촌獨家村: 산중이나 들 가운데의 한 집뿐인 마을.

치가 된 몸을 가늠할 수가 없어서 푹 쓰러진다. 이제 더는 갈 수 없다. 죽더라도 여기서 끝을 내는 수밖에 없다. 가장 많이 지친 안노인만이 얼고 허기진 몸을 일으켜 '이러면 안 되지. 한기 들어 축 늘어진 영감과 손자들에게 무얼 먹여야 하지 않겠는가?' 하며 의식을 곤두세워 억지로 몸을 일으켜 집안을 뒤진다. 쌀은 한 톨도 없고 보리쌀과 좁쌀뿐이다.

좁쌀을 한 바가지 퍼내 부엌으로 왔으나 불씨가 없다. 방으로 들어와서 불씨가 없다고 한숨을 쉰다. 바깥노인이 '산지기가 피난을 가면서 화재가 날까봐 화롯불에 물을 부은 것 같다.'고 말하면서 화로를 가리킨다. 공 진사가 부시를 쳐서 불씨를 살리려 하나 잘되지 않는다. 천신만고 끝에 깃에 불은 일었으나 불길로 살릴 수가 없다. 입김이 약하여 되지도 않고 깃만 사그라지고 만다.

손자들을 깨워서 불씨를 살려 보라고 말하고 다시 부시를 친다. 깃에 붙은 불을 갈비 위에 놓고 살살 불어 겨우 불길이 일었다. 밥을 짓고 난 후 잉걸불을 화로에 담고 그 위에 재를 덮어 불씨를 간수하는 일에 온 식구가 신경을 쓴다.

보리밥은 조밥과 같이 한꺼번에 밥을 지을 수가 없다. 보리쌀을 한 번 끓여서 재진 후 뜸을 들이고, 다시 끓여야 밥이 제대로 된다. 반찬이 없다. 된장뿐이다. 젖먹이 어린애는 보리밥을 먹을 수 없어 조당수를 쑤어주기도 하고, 보리쌀을 절구에 빻아서 풀떼기를 만들어 먹여 본다. 그러나 먹을 생각도 않고 칭얼거리기만 한다.

마당에는 땔감이 많이 있으니 불행 중 다행이다.

그런데 큰일이다. 할머니가 열이 펄펄 끓고 오들오들 떨면서 목에 가래가 끓고 콜록콜록 기침을 한다. 약이 있을 수 없으니, 죽을 쑤고 물을 끓여 장을 타서 주는 것이 최고의 약이다. 대호가 말한다.

"할아버지요, 밥은 저희들이 하겠습니다."

밥을 태우기도 하고 선 밥을 하기도 하지만 녀석들 마음이 대견하다. 큰 일이다. 안노인은 곡기를 목구멍으로 넘기지도 못한다. 노인이 안방에 들어가서 두리번거린다. 시렁에 있는 박 바가지에 눈이 멎는다. 저것은 삼신 할머니 바가지이다. 저 안에는 기필코 쌀이 들어 있을 것이다. 저 속의 쌀이라도 떠다가 흰죽을 쑤어 주면 안노인이 조금 먹을 것이 아닌가? 순간 노인은 고개를 절레절레 흔든다.

"내가 미쳤지, 남의 집 삼신 바가지의 쌀까지 훔치려 하다니.……"

다시 사랑방으로 와서 아내를 내려다본다. 바싹 말라 쑥 들어간 눈을 감은 채, 목의 가래가 가르랑가르랑 끓고 있다. 물 이외의 곡기를 넘긴 건 언제인지 기억도 없다. 다시 안방으로 들어온다. 삼신 바가지 밑에서 목례를 하며 속으로 빈다.

"삼신님 용서하십시오. 집 사람이 병이 나서 곡기를 끊고 있어 삼신님의 쌀을 이용하려 하니 용서하여 주십시오. 훗날 좋은 쌀로 보답하겠습니다."

손자 녀석들을 불렀다. 삼조손이 궤짝을 끌고 와서 궤짝 위에 올라서 바가지를 들어 내리려 하니 제법 무겁다. 그냥 들어 내리다가는 바가지를 깰지도 모르겠다. 바가지 위에는 흰 닥종이를 덮고 노끈으로 매어 놓았다. 노끈을 풀고 먼지 쌓인 닥종이를 곱게 들어내어 손자에게 주어 밖에 나가서 털게 하고, 또 한 손자에게는 자루를 들고 대접으로 삼신 바가지에 있는 쌀을 퍼내게 했다. 그리고는 쌀이 조금 남은 바가지를 들고 내려왔다. 쌀미음을 쑤어 몇 숟갈 떠먹였다. 큰일이다. 절골 재실로 피난 온 지 스무 날 만에 기어이 할머니의 병세가 심상치 않다. 자정을 지났는가. 공 진사가 자지 못하고 병구완을 하다가 큰 손자 둘을 깨운다.

"할머니가 돌아가실 것 같다. 할머니 곁에 있어라!"

"여보, 기운을 내시오. 평란이 되면 애비들 급제하는 것도 보고 가운이 퍼일 테니, 제발 좀 힘을 내시오."

"영감님, 당신 덕에 호강도 많이 했는데, 이렇게 어려운 때 도와드리지 못하고 짐만 되어서 송구하옵니다. 부디 애비들이 돌아오거든 착한 어미들을 꼭 찾아서 효도 많이 받으시오."

유언 한 마디 남기지 못한다. 그렇게 느낄 뿐이다. 숨을 헐떡거리다가 떨꺽 그쳐 버린다. 불쌍하고 막막하기 그지없다. 이럴 수가 있는가? 죽는 복을 잘 타고 나야 한다는 말을 무심코 흘려들었으나 오늘만큼 절실할 때가 없다. 아들 며느리 하나 없이 재실 한구석에서 이렇게 가버리면, 남은 사람은 어쩌란 말인가?

이런 때는 호상[1]이 있고 주위에서 알아서 치상[2]을 치러 주는 사람이 있어 울기만 하면 되는 상주가 얼마나 행복한 상주인지 모르겠다는 생각이 들었다. 시부모가 돌아가실 때는 3개월 유월장[3]에 종손 종부 돌아가셨다고 온 문중의 종인들이 모두 두건을 쓰고 상주 노릇을 하고, 옻칠한 오동나무 관과 좋은 수의에 구름같이 많은 조객들이 몰려드는 높은 범절에도 애통함이 지극했는데, 이게 뭔가? 널 한 쪽 수의 하나도 없이 어찌 이렇게 보내야 하는가? 울음도 말도 나오지 않고 막막하여 천장만 올려다본다. 겨우 하루가 지났는데 방안에 시신 썩는 냄새가 진동하여 코를 들 수도 없다.

아무리 자기 조상의 재실이라 해도 남이 살던 집인데, 허락도 없이 마음대로 들어와서 밥 해먹고 잠자고 삼신 바가지의 쌀마저 퍼내 쓰고, 이제는 또 안방에 들어와서 남의 여자가 쓰던 장롱을 뒤진다. 삼베 한 필이 나온다.

"됐다. 이거라도 있으니, 이런 다행이 없지 않은가?"

----

1) 호상護喪: 초상 때 일을 주관하는 사람.

2) 치상治喪: 초상을 치름.

3) 유월장逾月葬: 달을 넘겨서 여러 달 만에 지내는 장사. 초상 후 세 달 혹은 다섯 달 만에 장사를 지냄.

수의도 만들 수 없어 어린 손자와 같이 삼베로 시신을 감는다. 힘이 모자라서 시신을 이리 굴리고 저리 굴려서 시신을 감쌌다. 시렁에 있는 새끼 타래를 내려 시신 밑으로 새끼를 넣어 손자에게 당기라고 하고는 머리에서 발까지 일곱 묶음을 묶었다. 시신을 들 힘도 없어 삼조손이 시신을 끌고 나간다. 축 늘어진 시신이 자리에 걸리고 문지방에 걸려, 묶었던 끈이 느슨해져 풀리고 만다.

노인이 또 헛간에 들어가서 이리저리 살피고 뒤진다. 널빤지 한 쪽이 나온다. 됐다, 이거라도 칠성판[1]으로 쓰자고 생각하며 방으로 들고 들어온다. 방에서 널빤지를 살피니 거무죽죽한 흙이 다닥다닥 붙어 있다. 널빤지는 못자리판의 흙을 고루는 것인 모양이다. 아무리 아내의 시신을 땅에 묻는다고 해도 어찌 이렇게야 할 수 있겠나 싶어, 다시 밖으로 나가서 개골 물에 씻는다. 흙은 씻기지도 않고 찬물에 손만 얼어 주체할 수가 없다. 대강 씻어서 방으로 들고 들어와 물기를 닦았다.

새끼를 한 군데에 두 가닥씩 일곱 군데로 놓고, 널빤지를 그 위에 놓고 시신을 굴려서 널빤지 위에 눕히고 새끼로 단단히 묶었다. 다시 끌고 나가서 산 밑에 옮겨놓고 가매장이라도 하려고 삼조손이 산 밑을 파려 하니 꽝꽝 언 땅을 팔수가 없다. 어찌할 방법이 없어서 시신 위에 거적때기를 덮고 그 위에 서숙 짚을 또 덮었다. 다시 장작으로 눌러놓아 바람에 날리지 않게 했다.

'평란이 되는 날 자식들이 돌아오면 장사 지낼 날이 돌아오겠지.' 하고 자위를 하고 방으로 들어오니 아내가 누웠던 자리가 썰렁하게 비어 있다. 허전한 마음을 달랠 길 없다. 아내를 죽인 것은 남편인 자신이라는 생각이 들어 죄책감이 엄습한다. 절골로 피난을 올 때 버선이 다 젖고, 손발뿐 아니라 온몸이 얼고, 어린애를 이렇게 업었다가 저렇게 업어도 허리 아

1) 칠성판七星板: 소렴한 시체 밑에 까는 얇은 널조각.

래로 자꾸 내려가서 주체할 수 없고, 한기 들고 허기져 파김치가 되어서, 지쳤다고 하나 가장 심하게 지친 사람은 바로 아내였는데 남자라는 것들은 늙은 것이나 어린 것이나 자기 한 몸 녹이는 것만 신경 쓰고 이불을 펴고 방에 누워 있었다. 하지만 아내는 몸을 녹일 사이도 없이 허기진 가족에게 무엇을 먹일까 하여 부엌과 곳간으로 먹을 것을 찾아 혼자 애쓰도록 던져 놓은 것이 다시 일어날 수 없도록 기력을 손상시킨 것이 아니었을까?

아내는 자기 몸은 돌보지도 않고 가족을 위하여 애썼는데, 남자들은 무엇을 했던가? 소리 없는 눈물이 주름진 볼을 타고 내린다. 안노인은 이 못난 남편에게 얼마나 지성이었던가? 반찬 한 가지라도 남편의 입맛에 맞게 하려고 애쓰고, 도포를 마를 때는 한 땀 한 땀 뜨는 지극 정성이 어디 한 가지도 나무랄 데 있었던가?

부모에게 효순하던 며느리요, 남편을 하늘같이 받들어 말하기 전에 알아서 척척 잘 맞게 처리하던 아내이며, 일가친척 지친 종인에게 더없이 후덕하여 인화하던 종부요, 봉제사 접빈에 빈틈없이 성실 능숙하던 조강지처를 맨땅에 서숙 짚으로 덮어 놓은 것이 못내 마음에 걸린다.

젖을 얻어먹지 못한 어린 손자들은 울 기운도 없는지 두 놈 다 가만히 누워 있기만 한다. 그 조모가 살았을 때는 조당수를 쑤어 먹여 주고 보리 풀떼기를 쑤어 지성으로 먹이니 조금 생기를 차리더니, 조모가 죽은 후로는 건사를 잘못하여 그런지, 기어이 조모를 따라 죽고 말았다. 어미가 있을 때는 얼마나 토실토실 충실했던가. 두 어린 것이 죽은 것이 할아비가 잘못해서 죽인 것처럼 마음이 쓰리다. 죽은 손자를 입은 옷 그대로 거적때기에 싸서 할머니 옆에 나란히 눕히고 또 서숙 짚으로 덮었다.

여섯 식구가 피난을 왔다가 셋은 죽고 셋만 남았다. 오랜만에 또 남의 안방에 들어온다. 삼신 바가지를 시렁에 얹고 보리쌀 자루를 가져와 손자에게 들리고, 대접으로 보리쌀을 떠서 바가지에 수북이 채워 닥종이를 덮

고, 노끈으로 매어 놓고 내려오니 송구함이 덜하다. 다시 목례를 하면서,

"평란이 되면 깨끗하고 좋은 쌀로 보답하겠습니다."

하고 속으로 뇌이고 내려오니 마음이 한결 가벼워진다. 나라도 힘을 내야지, 나마저 죽고 나면 저 어린 것들이 어찌할 것인가, 생각하며 손자들에게 타이른다.

"고진감래라고 했다. 어려운 일이 지나면 좋은 일이 있을 것이다. 너희들은 용기를 내어 열심히 노력해서 돌아가신 할머니께서도 저승에서 기뻐하시게 해라."

"예, 할아버지, 힘내세요. 저희들이 잘 뫼시겠습니다."

하면서 양쪽에서 어깨를 쭈물쭈물 주무르니 한결 시원하다. 그래도 큰손자 두 놈은 할아버지가 뭘 바라는지 그 뜻을 따르려고 대기하고 있으니, 군군신신은 못 되어도 조조손손은 되고 있다고 봐야 할 것이다.

난리는 어떻게 되어 가고 있는지 사람 구경을 도통 할 수가 없으니 답답하기 그지없다. 되놈들이 영호남까지 휩쓸고 있는지, 조선군이 승승장구하여 오랑캐를 국경 밖으로 몰아내고 있는지 알 수가 있어야 하지 않겠는가?

조선군이 이긴다면 피난 갔던 사람들이 돌아올 텐데, 그렇지 않으니 불길한 예감만 든다. 간혹 궂은 날이면 대포소리가 쾅쾅 들릴 때가 있으니 조선이 지고 있는 것은 아닌가 걱정이 덮친다.

8. 서글픈 귀향

2월 초순에 산지기 김 서방네 식구들이 돌아왔다.

"공 진사 어른, 어이하여 여기에 계십니까?"

"송덕리 마을을 되놈들이 차지하여 쫓겨서 이리로 피난 왔네."

"고생 많으셨습니다."

"방이 따뜻해서 좋았네. 식량도 많이 먹고 고마운 점이 많았는데, 우리가 여기 피난 와서 입힌 피해는 차차 갚도록 하겠네. 그래, 전쟁은 어떻게 되었는가?"

"아이고, 말도 마십시오. 전하께서 남한산성에서 내려오셔서 손이 발이 되도록 되놈에게 싹싹 빌어 겨우 용서를 받았답니다."

"상감이 빌다니, 누구에게 어떻게 빈단 말인가?"

"아이고, 말도 마십시오. 청나라 황제가 삼전도의 수항단 위에 떡 앉아 있고, 조선 임금이 그 밑에 가서 아홉 번이나 고두를 하여 겨우 용서를 받았답니다."

"수항단은 뭐고 고두는 또 뭔가?"

"수항단은 청나라 황제에게 조선 임금이 항복하는 자리를 말하는 것인데, 9층의 단을 높이 쌓고 누런 일산日傘을 넓게 펴놓은 속에 청나라황제가 떡 앉아있는 자리를 말하고 고두란 절을 한 다음에 머리를 공손히 조아리는 것을 말합니다. 조선임금이 수항단 밑에서 청나라황제를 올려다보며 자갈투성이 언 땅바닥에 쿵덕쿵덕 아홉 번이나 머리를 짓찧으니, 이마빼기에서 시뻘건 피가 철철 흘러내렸다고 합디다."

"아무려나, 상감이 청나라 황제에게 고두야 했겠는가?"

"진사어른, 말도 마십시오, 그 못된 되놈들이 상감의 고두도 받지 않고 물러가겠습니까? 어림도 없는 일이지요."

"조선이 항복하면 앞으로 어떻게 된다던가?"

"전의 대국은 명나라였는데, 이제부터는 되놈의 청나라가 대국이 되어, 나라 안에 있는 금은보화는 다 청나라에 갖다 바치고, 청나라가 시키는 대로 해야 한답니다. 게다가 명을 칠 때 조선은 앞장서서 명나라를 쳐들어가야 된답니다."

"어허, 이 사람아, 아무려나, 조선이 대국을 쳐들어가기야 하겠는가?"

"진사어른, 지금부터는 청나라가 대국이라니까요. 되놈들의 기병은 번개 같아서 당할 도리가 없답니다. 압록강에서 청나라 군인들이 쳐내려오는 것을 보고 파발마가 달려가 상감에게 알리기도 전에, 청나라 기병이 먼저 서울에 들어와서 상감이 강화도로 도망가려는 길을 가로막으니, 상감은 강화도로 들어가지도 못하고 남한산성으로 숨었답니다. 파발마보다도 더 빠른 되놈들을 어떻게 당해 낸단 말씀입니까? 그런 청나라의 말을 듣지 않다가는 고두를 천 번 해도 가차 없이 상감의 모가지를 뎅겅 베어 버릴 거라는데요."

"붙들어 간 조선 여자들은 어떻게 한다던가?"

"앞으로 조선은 저절로 망해 갈 거라고 합니다. 되놈들이 조선 여자들을 모조리 붙들어 가서, 여자라고는 씨가 말랐다지 않습니까? 그러니 밥 해 먹을 여자도 없고, 남자는 장가 갈 데도 없고, 어린아이의 울음소리도 들을 수가 없을 것이랍니다."

"이 사람아, 되놈들이 붙들어 간 여자들은 어떻게 한다고 하던가?"

"되놈들은 조선 여자들을 되놈의 아내나 첩으로 삼고, 남는 여자들을 조선에 되팔아서 명을 침략할 밑천을 장만한답니다."

"아이고, 큰일 났구나!"

"예? 무슨 말씀이신지요."

"아니야, 나대로 해본 소리야. 자네 이 길로 우리 집에 가서 애들 애비들이 왔거든 이리로 오라고 하게. 아직 돌아오지 않았으면 마을 사람들에게 인록 형제가 돌아오면 이리로 오도록 전하라고 일러 놓고 오게."

산지기 김 서방이 송덕리로 내려갔다. 그 큰 마을에 아직 피난 갔다가 돌아온 가정이 몇 집 되지도 않았다. 물론 인록 형제도 돌아오지 않았다. 피난 갔다 돌아온 사람들에게 인록 형제가 돌아오면 공 진사 계신 절골 재실로 오도록 말하라고 일러 놓고 돌아왔다.

"공 진사 어른, 송덕리는 쑥대밭이 다 되었습니다. 듬성듬성 불탄 집이 많은데, 공 진사댁은 불은 타지 않았으나 문짝도 떨어져 나갔고, 짚단 하나 남은 것 없이 다 가져가서 빈 집만 덩그러니 서 있습니다. 서방님은 아직 돌아오지 않았습니다. 돌아온 사람들에게 서방님이 돌아오면 절골로 찾아오라고 일러 놓고 왔습니다."

다시 일순이 지난 후에 인록 형제가 찾아왔다.

"아버지, 그간 무사하셨습니까?"

"무사한 게 뭐냐? 너의 어머니도 죽고 어린 것들도 죽었다. 너희들은 무탈하냐?"

"예, 저희들만 피난하여 송구하옵니다."

"긴 사설은 줄이자."

그러면서 공 진사가 자초지종을 이야기했다.

"인록과 의록은 명심해라. 의록이 선암사로 가던 이튿날 되놈들 한 떼거리가 우리 집을 덮쳤다."

하고 말을 떼면서 그 날 이후의 일을 소상하게 말씀하셨다.

"어미가 본래 착한 줄이야 알았지만, 그렇게 당찬 줄은 상상도 못 했다. 어미가 아니었으면 나는 되놈의 칼에 죽고 없을 것이다. 너희들은 만금을 들이든 무슨 수를 쓰든 간에, 어미들을 반드시 속환해 와야 한다."

공 진사의 말을 듣고 있는 아들들은 숙연해졌다.

삼부자와 김 서방이 우선 급한 일을 의논했다. 안노인의 시신을 그냥 둘수 없으니 조부의 산소 아래에다 장례를 지내는데, 먼저 송덕리로 가서 문중에 알리기나 하고, 예는 다 갖출 수도 없고 곡(울음)도 생략한 채 무덤이나 만들어 놓고 집으로 내려가기로 했다. 애들 무덤도 조모의 무덤 아래 조그맣게 만들었다.

곡부 공씨 종부의 장례를 쫓기듯 마치고 집으로 돌아오니 처량하기 그지없다. 향념이 부족하여 조상의 신주도 버려두고 도망가서, 죄를 받아 아내도 죽고 손자들도 죽었다는 생각이 드니, 사당에 들어가 조상의 신주 앞에 서서도 고개를 들 수조차 없다. 이러고도 '자손들에게 효도해라, 조상을 잘 섬겨라.'라고 말할 자격이 있는가? 성의가 부족했던 것을 한없이 뉘우친다.

집은 그대로 있으나 방은 썰렁한데, 이부자리 하나 없고 쌀은커녕 땔감조차 없다. 아들 형제와 손자들은 당장 끼니를 끓이고 불이라도 지필 것을 구하러 나갔다. 아무도 없는 빈방에 쪼그리고 앉았다가 밖으로 나와서 아궁이를 들여다보니, 되놈들이 떠나갈 때 마지막으로 태우고 갔는지, '곡부공씨세보曲阜孔氏世譜'라는 글씨가 아련하게 나타난 재가 오롯이 남아 있다. 또 후회가 엄습한다. 아하! 내가 집을 비우고 피난 갈 때 족보를 간수한다는 생각도 못 했으니, 이렇게 불효하고 무성의한 것을 아이들이 본받을까 겁이 나고 자탄이 심해진다. 그날 저녁 남자들 다섯이 이야기를 한다.

노비를 제한 본식구만도 열이었는데 반은 죽고 붙들려 가서, 남은 식구는 여자라곤 한 사람도 없고 남자들만 다섯뿐이다. 당장 끓일 식량도 없고 땔감도 없고 갈아입을 옷가지도 없어서, 아내를 속환하는 것은 고사하고 만 리 먼 길을 다녀올 여비조차 없으니, 사정을 아는 공 진사는 아무 말도 하지 않는다. 그런데 아들 녀석이 말한다.

"아버지! 어머니 찾으러 언제 가시렵니까? 저도 따라 가렵니다."

묵묵부답, 할 말을 잃었다. 부모와 자식들을 아내와 계수에게 맡겨 놓고 형제만 피난 갔다 온 것이 후회막급이다. 남자들은 자기만 살리려고 도망갔는데 아내는 아버지를 살리려다가 손바닥이 끊긴 채 되놈에게 끌려갔다니, 어떻게 은혜를 갚고 어떻게 보상을 해야 할지 방법을 모르겠다. 토지를 내놓아도 거들떠보는 사람도 없고 급전도 융통할 방도가 없으니 막막하기 그지없다.

어려운 가운데도 사람이 다치지 않은 농가에서는 농사일에 바쁘니 시름은 멀어지고 희망의 싹이 돋아난다.

처가에서 잠시 다녀가라는 기별이 왔다. 난리 후에 진작 한번 다녀왔어야 하는데, 처부모도 부모인데 죄밑이 크다. 가서 뭐라고 변명해야 할지 답을 찾지 못하겠다.

"빙장어른, 기력만중하십니까?"

하고 문안을 드리니,

"내외가 같이 오지 않고 왜 공 서방 혼자 왔는가?"

한다. 무슨 말을 더 꾸미랴! 그간의 경과를 죄다 말씀드리니 장모는 울고불고하다가 혼절하고, 가만히 듣고만 계시던 장인은 한참이나 말씀이 없다가 말문을 연다.

"공 서방 자네도 인간인가?"

"예?"

"공 서방이 충효를 아는 양반은 제쳐두고 짐승이 아닌 사람이기나 한가? 말일세. 까마귀도 늙은 까마귀에게 먹이를 먹여준다는데 어찌 부모처자를 버려두고 형제만 살겠다고 피난을 간단 말인가?"

"엄친께서 저희들 먼저 피난 가라고 분부하셔서요."

"공 서방, 그걸 말이라고 하는가? 부모야 자정으로 자식들 먼저 피난 가라고 하실지 모르겠지만, 자식이 부모처자를 그냥 두고 혼자만 살려고 피난을 간단 말인가?"

할 말을 잃었다. 잘못이 크다. 아무런 대답도 못 한다. 또 한참이나 지난 후에,

"공 서방, 생각 좀 해보게, 공 서방 형제가 피난 가고 나면 누가 남는가? 늙은 부모, 약한 여자, 어린애들만 남겨 두고 그래, 발걸음이 떨어지던가? 말을 좀 해보게."

사위는 꿀 먹은 벙어리다. 입도 뻥긋 못 하고 있다.

"그래, 앞으로는 어떻게 하려는가?"

"속환을 해와야지요."

"언제?"

"시일이 조금 지나야 될 것 같습니다."

"왜?"

"지금 준비가 미흡해서요."

"그뿐인가?"

"지금 준비만 되면 다른 문제야 뭐가 있겠습니까?"

"진정 그런가?"

"예, 그렇고말고요."

"오랑캐는 여자를 그냥 두지 않는다는데, 되놈에게 당하여 절개를 지키지 못하고 돌아와도 상관없단 말인가?"

"본의 아니게 당한 것을 뭣 하러 말하겠습니까? 그것은 탓하지 않겠습니다."

"진정인가?"

"진정이고말고요. 그 문제만은 절대로 염려하지 마십시오."

"아이라도 배어 오면 어찌할 것인가?"

"그 문제만은 조금도 염려하지 마시라니까요. 제 자식으로 잘 키우겠습니다."

"뭐? 되놈의 자식을 배어 와도 공 서방 자식으로 키우겠단 말인가?"

"전 국가적으로 겪은 이번의 난리는 유례가 없지 않습니까? 불가항력으로 당한 일을 보호하지 못한 남편의 도리는 못하고, 그것을 당한 여자에게만 책임을 묻는다는 것은 말이 아니지요."

"곡부 공씨 문중에서 받아들일 수 없다고 한다면 어찌할 터인가?"

"문중에서 무슨 말을 하더라도 당당하게 설명해서 그런 말을 절대로 못하도록 할 것이라고 엄친께서도 말씀하셨습니다. 본의 아니게 당한 것은 너희들의 잘못이 아니니, 속환하러 갈 때까지 마음을 굳게 먹고 기다리고 있으라고 말씀하셨답니다."

"사돈께서 그런 말씀을 하셨단 말인가?"

"예, 되놈에게 붙잡혀 갈 때 희망을 잃지 말라고 큰 소리로 말씀하셨답니다."

"곡부 공씨 문중의 항의를 설득할 자신이 있는가?"

"문중을 설득할 자신이 있고말고요. 그 문제만은 조금도 염려하지 마십시오."

"속환해 온 후에 딴 말을 한다면 속환하지 않은 것만도 못할 것이니 속환하지 말란 말일세."

"속환해 온 후의 일은 조금도 염려하지 마시라니까요. 그 문제만은 이

외생(사위)이 하늘에 맹세하겠습니다."

"하늘에다 맹세를 해! 어떻게 맹세한단 말인가?"

"어떤 일이 있어도 속환해 온 후에는 부부금슬 좋게 지낼 것을 맹세하겠습니다."

"공 서방 생각이 진정 그러하다면, 공 서방의 진솔한 마음을 글로 한 장 써줄 수 있겠는가?"

"예! 써드리고말고요."

서약서

외생 공인록은 아내인 김순덕을 속환해 오면서 청나라 사람에게 포로로 있었던 기간 동안의 모든 행동에 대해서 책임을 일체 묻지 않겠으며, 설령 아이를 배어 온다 해도 저의 자식으로 잘 키울 것입니다. 또한 공씨 문중이나 누가 무슨 이의를 달더라도, 그를 물리쳐 화락한 부부의 정을 지킬 것을 하늘에 굳게 맹세합니다.

정축년 삼월 일일 맹세인 외생 공인록

장모는 눈물을 뚝뚝 떨어뜨리며 말한다.

"세상에 이런 참혹한 일이 어디 있는가? 공 서방, 우리 공실이가 무슨 치욕을 당했더라도 다 이해하고 용서한다고 했지?"

"예, 이해하고 말고가 어디 있겠습니까? 온 세상이 당한 환난을 이해하지 않는다면 어찌 사람의 도리라고 할 수 있겠습니까? 난리 중에 있었던 일은 일체 책임을 묻지 않고 옛날과 같이 금슬 좋게 잘 지내겠습니다."

"설령 아이를 배어 온다고 해도 이해하고, 진실로 자네 자식으로 생각하고 잘 키울 수 있겠는가?"

"염려 놓으시라고 말씀드리지 않았습니까? 그 문제에 대해서는 이 공 서방이 하늘에 맹세하겠습니다. 믿어 주십시오."

"진정 그러하다면 공 서방이 쓴 글을 공 서방이 한번 읽어 보게."

인록은 처부모가 안심하도록 서약서를 큰소리로 읽었다. 장모는

"우리는 공 서방만 믿는다."

라고 말하면서도 울음을 그치지 못한다.

열흘이나 지난 후 인록의 처남인 김덕화는 말을 타고 왔는데, 하인은 말을 두 마리나 몰고 매가에 왔다.

먼저 사장査丈에게 ㈜사장 별세의 문상을 했다.

"㈜사장 어른께서 호란 중에 별세하신 것은 무어라 여쭐 말씀이 없습니다."

"난리 중에 가는 것도 운명 아니겠는가?"

"매제(여동생)가 포로가 되어서 상심이 크시겠습니다."

"그렇게 착하던 며느리가 붙들려 가고 나니 마음을 안정시킬 방법이 없네. 애비들에게 조속히 속환해 오도록 자금을 주선하라고 일러 놓았지만, 난리 후라 금전 융통이 어려운 모양일세."

"되놈들은 여자를 가만두지 않는다는데, 혹시 훼절되어 오면 어쩌하시렵니까?"

"이 사람아, 만고에 없는 난리에 본의 아니게 당한 것만도 억울한데, 그것을 당한 사람에게 책임을 물어서야 될 말인가? 훼절시킨 놈을 족치지 못한 것이 분할 따름이지. 안 그런가?"

"혹시 임신이라도 하여 오면 어쩌시렵니까?"

"내 손자로 잘 키워야지, 딴 도리가 있겠는가? 붙들려 갈 때 내가 어미에게 큰 소리로 다 말해 놓았네. 본의 아니게 당한 것은 너희들 죄가 아니니, 속환하러 갈 때까지 희망을 잃지 말고 마음 굳게 먹고 기다리고 있으라고 내가 일러 놓았네."

"사장어른, 참으로 감사하옵니다. 엄친께서는 사장어른의 의향이 어떠하신지 자못 궁금해 하셨습니다."

"이 사람아! 그것이 무슨 말씀인가? 이번 일을 어미한테 책임을 지워서야 되겠는가? 우리가 이 난리에 진작 조처를 못 하고 어미를 지켜 주지 못한 것이 미안할 따름일세. 이 사람, 그렇지 않은가?"

"사장어른, 정말 감사하옵니다. 엄친께서 안심하시겠습니다. 엄친께서 속환자금으로 이천 냥을 주시면서, 매부 형제가 타고 갈 말 두 필을 전해 주라고 하셨습니다."

"이렇게 감사할 수가 있는가? 모두 우리가 잘못하여 생긴 일로 사돈께서 심려하시게 하여 송구하네. 토지를 팔려고 내놓아도 농절이라 원매자가 없고, 급전도 융통이 되지 않아서, 시일이 늦어지면 어미가 많이 기다릴 것이라고 조바심이 났는데, 참으로 고맙네. 이번 일은 우리가 진작 주선했어야 하는데, 이렇게 고마운 뜻을 어떻게 표해야 할지 모르겠네."

김생원은 매가에 다녀 온 아들의 말을 전해 듣고도 마음을 놓지 못한다.

"아버지, 너무 심려하지 마십시오. 사장어른께서는 '우리가 어미를 지켜 주지 못한 것이 잘못이지, 어미 잘못이 뭐가 있는가? 요사이는 어미를 지켜 주지 못한 자탄이 심하네. 설령 되놈의 애를 배어 온다고 해도 내 손자로 잘 키울 테니, 그 일에 대한 걱정일랑 조금도 하지 말라.'고 말씀하셨습니다."

"아니야, 공 서방네 부자는 마음만 착했지 대가 약한 것이 탈이란 말이야."

9. 절망

인록 형제는 꿈에 부풀어 아내를 속환하러 간다. 하루 속히 아내를 찾아와서 아버지 진지도 따뜻하게 지어 드리고, 대호와 선호의 글공부도 돌봐 주고, 새로운 가정을 꾸려 걱정하시는 장모님께 보란 듯이 살아갈 그림을 그려 본다. 그러나 밤이 되어 주막에서 하룻밤 자려면 백성들의 고달픔이 마음에 아려온다.

"아이고 말도 마십시오. 이 마을에도 여자라고는 씨가 말랐습니다. 젊은 새댁은 물론이요, 환갑의 노인과 열 살도 덜 된 애들까지 죄다 끌고 갔으니, 여자가 어디 있겠습니까? 아기 업은 여자라도 보기만 하면 아이를 어미의 등에서 쑥 빼내어 동댕이쳐 버리고 어미를 끌고 가니, 그것이 지옥 아니고 뭣이겠습니까?"

"청나라 군인 말고 다른 나라 군인들도 있었습니까?"

"있고말고요. 한족, 몽고족 등 여러 종족, 여러 나라의 합동 군이었습니다. 청에 항복한 명나라 군인이 앞장서서 침략하는데, 명을 섬기는 것은 잘못된 것 아닙니까?"

"적군이 국경을 넘은 지 보름도 안 되어 어찌 서울까지 덜렁 빼앗깁니까?"

"조선군은 산성을 지키는데, 청군은 산성은 거들떠보지도 않고 큰길로만 내달렸답니다."

"이웃나라를 침략하는 청은 나쁜 나라가 아닙니까?"

"나쁜 나라를 막을 방법도 모르면서 반대하는 것은 더 나쁜 바보 나라지요."

"모든 것은 대명 의리 때문 아닙니까?"

"허튼 대명 의리는 집어치우고, 광해 대왕이나 복위시켜야지요."

"능지처참 당할 말을 하네요. 쫓겨난 폭군을 복위시키라니, 말조심하시오."

"광해 대왕이 계셨으면 청의 침입만은 면했을 것도 모르십니까?"

"그래도 말조심을 해야지요."

"광해 대왕이 계셨으면 당신들 부부도 갈리지는 않았을 것 아닙니까?"

"안주인은 어디에 갔습니까?"

"후유! 말도 마십시오. 이제는 눈물마저 말라 버렸습니다."

"예?"

"아내와 딸 셋, 사 모녀가 모조리 다 포로로 붙들려 갔습니다."

"한 집의 네 식구나 끌고 갔단 말입니까?

"여기야 집집이 여자들만 끌고 갔지만, 조금만 남쪽으로 올라가면 남녀 구분 없이 죄다 끌고 가서, 백 리를 가도 사람 하나 구경할 수 없답니다."

"남자는 왜 끌고 갑니까?"

"그거야 짐을 지워 조선 물건을 몽땅 청나라로 가져가려는 수작이지요."

"그래서 오는 길에 사람들이 영 없더군요. 주인은 언제 부인을 찾으러 갑니까?"

"만사 제쳐두고 당장 찾으러 가고 싶지만, 되놈들의 심보를 어찌 알겠습니까?"

"그건 무슨 말씀입니까?"

"한 사람의 몸값을 천 냥이나 만 냥을 내라고 하면, 그런 돈이 어디 있습니까?"

"돈보다도 사람이 중한데 돈을 따집니까?"

"돈을 따지지 않을 수도 없고, 아내를 찾아온들 찾아온 후가 더 문제지요."

"되놈에게 당한 것만도 억울한데 뒷걱정부터 하십니까?"

"온 세상이 욕하는 걸 배겨 낼 장사가 어디 있겠습니까?"

"이 난리에 남편만 아내를 꿋꿋이 지킨다면 안 될 것도 없지요."

"싸가지 없는 말씀 마시오. 사람이란 세상 속에 섞여 살아야 살 수 있지, 남의 손가락질 받으며 어떻게 살고, 그런 속에서 자식을 어떻게 키웁니까? 못 하지요, 못 해."

"모녀가 되놈에게 붙들려 갔는데 남편이 모른 체하는 것은 도리가 아니지요."

"귀신 볍씨 까먹는 소릴랑 아예 하지도 마십시오. 아내를 데려오기 싫은 사람이 어디 있습니까? 데려온 후가 더 문제이니 그렇지요."

주막집 주인은 가당치도 않은 일이라고 딱 잘라 말한다. 술아비뿐만 아니라 인록 형제도 힘이 쑥 빠지고 한숨이 절로 나오는 걸 어찌하랴?

"무슨 말씀을 그렇게 하십니까? 남편이 뒷걱정부터 하는 것은 도리가 아니지요?"

"훼절된 여편네를 찾아오면 뭣 하느냐라는 말뜻도 모르십니까?"

"되놈에게 부인이 붙들려 간 것이 누구의 잘못입니까? 부인을 지키지 못한 남편의 잘못 아닙니까? 가정 하나도 지키지 못한 가장의 잘못을 느껴야지요."

"큰소리치는 선비양반은 왜 부인을 되놈에게 빼앗기고 이제야 찾으러 가십니까?"

"맞습니다. 나라의 잘못으로 아내를 잃고 뒤늦게 찾으러 가는 멍청이입니다."

"업어다 난장1) 맞히는 못된 짓거릴랑 하지도 마시오."

---

1) 난장亂杖: 함부로 치는 매. 형벌의 하나로서, 규정대로 곤장을 치는 것이 아니라 닥치는 대로 마구 치는 매.

"그건 또 무슨 말씀입니까?"

"부인을 데려와서 좋다고 쭐쭐 빨다가, 남들이 손가락질한다고 그제야 훼절자라고 쫓아내어 두 번 세 번 울리는 짓거릴랑 하지 마시라고요."

"그런 말씀 마시오. 온 세상이 다 욕해도 우리는 절대로 조강지처를 몰아내지는 않을 것입니다."

"코에 혀나 대어보고 말씀하시오. 큰소리치실 일이 아닙니다."

술아비는 가당치도 않고 실천도 못 할 거짓말은 하지 말라고 아주 딱 잡아뗀다.

"우리 모두 아내도 못 지킨 팔불출입니다. 술이나 듭시다. 주인도 한잔 드시오." 팔불출 셋이 자정이 지나서야 술판을 파하고 자리에 누웠으나 잠이 오지 않는다.

"남편이란 자가 자기 잘못은 생각 않고 세상 한탄만 한다면 어찌 되겠는가?"

"술아비 주제에 마누라 정조는 되게 따지지요."

아우의 말은 종부 될 형수를 걱정하고 형을 위로하는 말인 줄 왜 모르겠는가?

"우리만 아내를 책임지고 끝까지 감싸면 아무 일 없을 것입니다."

동생이 위로하면 할수록 형의 마음은 더욱 암담해질 뿐이다. 처음 출발할 때의 싱그러운 대지처럼 부풀던 희망은 잿빛 먹구름으로 바뀌었다. 형제는 대화 한마디 없이 말 가는 대로 맡겨 두어도, 압록강을 넘어서 만주 벌판을 가로질러 심양에 도착했다.

속환소에 가니 가축시장과 흡사하다. 가축시장은 가축의 덩치에 따라 가격이 매겨지는데, 여기는 덩치는 상관도 없이 출신 신분에 따라 가격이 천차만별이다. 일반 상민들이야 닷 냥이면 거뜬했다는데, 사녀士女들의 값이 오르니 그것도 덩달아 오른단다. 특히 강화도에서 붙들려 온 관료의 가족은 부르는 게 값으로 천정부지요, 다음이 일반 양반과 서생의 가족이라 거기에도 차별이 많다.

광주부 송덕리 곡부 공씨의 종손 공인록의 처 김순덕과 공의록의 처 한예점을 속환 신청해 놓고, 소식도 모른 채 심양에서 첫 밤을 보내면서 저녁에 조선 각처에서 온 사람들을 만나 정보를 나눈다.

호인이 여자를 데려와서 열 냥만 내라고 하여 그의 남편이 열 냥을 드리겠다고 하니, 다시 백 냥을 내라고 하여 또 백 냥을 드리겠다고 하자, 그제야 천 냥을 주어도 속환시키지는 않겠다면서 여자를 데려가려 한다. 그 남편이

"당신의 요구대로 속 값을 다 드리겠다고 하는데, 왜 데려가려 하느냐?"

하고 따져 묻자,

"나는 다만 값이나 알아보려고 왔을 뿐 속환시키려고 온 것이 아니다."

하며 여자를 강압으로 끌고 간다. 여자가 끌려가지 않겠다고 버티는데도 억지로 끌고 가니, 이리 찔리고 저리 부딪쳐서 여자의 온몸이 피투성이가 된다.

아내가 울고불고 정신없이 끌려가면서 거듭하는 손짓에도 아무런 구제할 방법도 없이 보고만 있어야 하는 나약한 존재는 피를 토할 지경이다.

"당신의 요구대로 다 드릴 테니 속환시켜 주시오,"

라고 거듭 애원하는데도

"만 냥을 줘도 속환시키지는 않습니다."

라면서 끌고 간다. 남편이 보다 못해 억색한 말을 하지 않을 수 없다.

"여보, 당신 몸 상하도록 거역하지 말고 순리로 따라가시오."

라고 하는데 아내가 안중에서 사라진다. 남편은 허깨비같이 쓰러진다. 그 많은 사람들은 자기 가족 찾기에 바빠서 남의 딱한 사정까지 알아볼

여유마저 없다. 하는 수 없어서 조선 관소에 찾아가니

"관소에서도 어떻게 할 방법이 없으니 당사자들끼리 잘 타협하시오."

라고만 할 뿐이다. 되놈이 조선 사람을 강제로 끌고 가서 도리어 주인 행세를 하면서 돈을 줘도 속환시키지 않겠다니, 이런 법이 어디에 있는가? 속환도 시키지 않으려면 사람을 데려오기는 왜 데려왔는가? 결국 그 남편은 피눈물을 흘리며 귀국하고 말았다.

그날 저녁 여자가 칼로 목을 찔러 자살했다.

이튿날 호인이 시체를 섶에 싸서 지고 와서 백 냥이라도 내라고 했으나, 남편은 귀국한 후라 호인이 시체를 버리고 가버렸다.

장사 지낼 사람도 없고 시체를 치울 사람도 없어 시체 썩는 냄새에 코를 들 수가 없는데, 며칠이나 지난 후에야 군인들이 시체를 치웠다고 하니 그 부인은 원혼마저 고국에 돌아가지도 못하고 만리타국에 정처 없이 떠돌 것이 아닌가?

송도에 있는 정기한 생원은 어머니, 아내, 딸 등 3대가 포로가 되었다. 효성이 지극한 정기한이 가산을 방매하여 가족을 찾으러 속환소로 가니, 호인이 어머니와 아내만 데리고 왔다. 정기한이 하도 반가워서 어머니와 처의 손이라도 잡아 보려 하자, 속환되기 전까지는 자기 소유이므로 손 한번 만질 수 없다고 한다.

세 사람이 바라보면서 대성통곡하다가, 정기한이

"딸은 어디 갔느냐?"

고 묻는다. 호인은 딸은 본래 없었다고 손사래를 치며 잡아떼는데 어머니가 말한다.

"손녀인 화영은 호인의 집에 갇혀 있다."

어머니가 입을 떼자 호인이 늙은 안노인을 두들겨 팬다. 아들이 말리자 아들까지 두들겨 팬다.

남의 나라에 와서 법으로 되겠는가? 완력으로 되겠는가? 억지로 화를 누르고 속환하려 하자, 한 사람의 속 값을 5백 냥씩 내라고 한다. 하지만 가져온 돈이 겨우 5백 냥뿐이라 한 사람의 속환가 밖에 되지 않는다. 효성 지극한 이 사람이 어머니만이라도 속환하려 하니 어머니가 속환되기를 거부하여 속환을 못하고 그의 처도 속환되기를 거부하여 흥정이 되지 않아 그 날은 그냥 갔다.

그런데 저녁에 어머니가 늙은 사람 때문에 젊은 사람도 속환되지 못한다고 칼로 목을 찔러 자살했다. 그러자 며느리도 딸에게

"아버지와 같이 귀향하여 잘살아라."

라고 말하고는 자결하고 말았다. 이튿날 호인이 시체 2구를 운구하여 와서 반값만내라고 한다. 정기한이

"산 사람을 속환하러 왔지 시신을 찾으러 온 것이 아니다."

라며 시신 속환을 거부하는데, 그 사이 호인이 사라져 버려 찾을 길이 없다. 호인을 찾아야 딸애만이라도 찾을 텐데 방법이 없다. 억장이 무너져 길길이 뛰어도 소용없다. 다시 어머니의 시신이 있는 데로 와서, 하는 수 없이 날품을 사서 남의 나라의 산에 어머니와 아내를 묻어 놓고 한없이 울고 있다.

시신을 장사 지내 준 호인이 이튿날 가서 보니, 정 생원은 무덤 사이에 영원히 잠들어 있다. 고향에서 정 생원을 기다리는 어린 자식들은 돌아올 길 없는 북녘하늘을 바라보며 차차 시들어 갈 것이 아닌가?

조선 사람들은 너나없이 기가 팍 죽어 허약하기가 겨릅대[1]와 같다. 그

---

1) 겨릅대: 삼의 껍질을 벗겨 낸 삼의 줄기. 희고 가늘고 길고 약하지만 꺾어질망정 휘어지지는 않는다.

나마 생기 도는 사람은 금방 도착하여 가족을 속환하려는 의욕에 넘치는 사람들뿐이다. 의욕에 찬 사람도 시일이 지나도 가족을 만나지 못하거나, 만나고도 자금이 부족하여 속환하지 못하고 호인에게 도로 끌려가는 처참한 모습은 감당할 수 없는 일이다.

노인이나 환자를 데려와서 기한 없이 기다리는 호인도 많다. 인록이 말한다.

"우리 몇 냥씩 거출하여 며칠째 나와서 속환되기를 기다리는 사람을 속환시키는 것이 어떻겠습니까? 백 냥만 해도 많은 사람을 구제할 수 있지 않겠습니까?"

"착하신 노형께서나 적선하시지요."

"그것도 그렇게 간단한 문제가 아닙니다. 저 사람들은 필연코 무연고자요, 신분도 상민이나 노비일 테니, 저런 환자들은 속 값이야 별것 아니겠지만 고국으로 데려가는 것도 문제이고 귀국 후에도 계속 보살펴 줘야 할 것인데, 뒤 요량 없이 속환만 하면 문제가 더 클 것입니다."

결국 인록만 소견 얕은 사람이 되었지만 그들의 신세가 눈에 밟힌다.

속환가를 얼마 이상 주면 엄벌한다는 소문이 돌고 있으나 무슨 소용인가. 한 냥도 비싼 사람이 있고 백 냥도 헐한 사람이 있는데, 뒷북치는 나라가 아니꼬울 뿐이다. 청에서는 별의별 소문이 다 돌고 있다.

"성군聖君을 몰아내고 어리석은 왕을 세워 놓고는 공신을 역모한다고 난리를 일으키게 하자, 그 부하들이 청에 가서 조선을 침략하라고 꼬드겼단다."

"조선침략 출정식 날은 청의 노총각과 조선 여자들이 면약(약혼)하는 날이었단다."

"백성을 화냥년[1]을 만들면서 코빼기를 땅에 처박는 것은 임금도 아니다."

"한양에서 심양까지 금은보화를 실어 바치는 짐바리가 만 리나 이어졌단다."

한 사람이 결기를 내고 있다.

"지금도 한양에서는 나라를 이 모양 이 꼴로 만든 상감과 경상[2]들이 불로주를 마시며 훼절자를 욕하고 자기들만 고고한 체 떠벌리다가, 밤에는 궁녀나 첩년을 끌어안고 희희낙락하는 꼬락서니를 뒤엎어 버려야 된단 말이야."

"저 사람 결기가 살아 있는 것을 보니 여기 온 지 며칠 되지도 않았겠구먼. 보름만 지나 봐라, 입 뗄 힘도 없어질 테니까."

많은 사람들 중에 가족을 만난 사람은 가물에 콩 나듯 얼마 되지도 않고, 대부분 허탕치고 돌아가거나 가족을 만나고도 돈이 모자라 되돌아가는 사람들의 가슴은 시커먼 먹장이요, 남은 사람들은 염병 환자같이 핏기 있는 사람이 없다. 인록 형제의 부푼 꿈은 하루하루 시일이 지날수록 점점 더 암담해지기만 한다. 매일 속환소로 나갔으나 소식조차 모른 채 돈만 한 푼 두 푼 까먹고 안달만 늘어 기진맥진한다.

마침내 곡부공씨 종부를 안다는 사람이 나타났다. 때 이른 땡볕이 내리쬐던 날 인록 형제가 완안강을 만나 사람을 확인했다. 인록이 황급히 되물으니 완안강은

"송덕리 김순덕은 완안강 장군에게 항거하다가 손바닥이 끊긴 여자."

---

1) 화냥년: 서방질한 여자. 병자호란 때 오랑캐의 포로가 되었다가 고향에 돌아온 환향녀를 폄하하여 부르는 말.

2) 경상卿相: 정승과 판서.

라고 한다. 더 물어볼 것도 없이 사람은 확인된 것이다. 그러나 한예점은 모른다고 딱 잡아뗀다. 의록이 다급하게 묻는다.

"김순덕과 한예점을 한 날 한 집에서 같이 붙들어 갔는데 왜 한 사람이 없소?"

"없다는데 무슨 잔말이 많아? 싫으면 치우시오."

하며 가려고 한다.

"그러면 김씨 부인만이라도 속환을 합시다."

"지금은 안 되고 내일 이 시간 이 장소에서 속환해 주겠습니다."

"속환 대금은 얼마를 드리면 되겠습니까?"

"내일 사람을 데리고 와서 말하겠습니다."

하고는 가버렸다.

10. 상봉

예점은 형님의 결심이 굳은 것을 느끼고 형님의 앞날이 미덥지 않다.

만의 일이라도 훼절이란 말이 나오면 온 문중이 들고일어날 것은 명약관화요. 훼절이라는 말이 나오는 즉시 종부는 고사하고 송덕리에 발이나 붙일 수 있겠는가? 많은 종인들의 성화를 어찌 하겠는가?

천만 번 더 생각한 끝에 입이 떨어지지 않는 것을 억지로 말을 꺼내지 않을 수 없었다.

"서방님께서 속환소에 가시어 이러한 사람이 오면 김순덕과 한예점은 압록강에 뛰어내려 순절했다고 말하여 돌려보내는 것이 좋지 않을까요."

"형수님께서는 왜 그런 말씀을 하십니까?"

"조선에서는 훼절자를 사람 취급도 하지 않으니, 형님의 앞날이 걱정되어 드리는 말씀입니다."

"김씨 부인이 어디 훼절되었습니까? 아무리 정조를 중하게 여기는 조선이라도 김씨 부인 같은 분이야 존경하겠지요. 형수님 생각은 기우에 지나지 않을 것입니다. 김씨 부인이 자진하여 여기에 있겠다고 하지 않은 이상, 제 욕심만 차리고 어떻게 강압으로 지조 높은 분을 붙들어 둘 수가 있겠습니까?"

"서방님께서 그렇게까지 말씀하시니 제가 오히려 부끄럽습니다."

라고 말하고 더는 말할 염치가 없었다.

공인록의 형제를 만나고 온 날 저녁 완안강이 순덕에게 애원한다.

"당신이 조선에 가서 사는 열 배 이상 황후같이 호강시켜 드릴 테니, 제발 귀향하지 마시고 여기서 같이 살아 봅시다."

완안강이 지성으로 간청했으나 순덕의 마음은 요지부동이다.

"장군님의 높은 인격에 깊이 감사드립니다. 더욱이 조선에 있을 때나 여기에 와서 혼인을 하고도 저의 몸을 범접하지 않으신 것을 진실로 존경합니다. 그러나 조선 사람은 이부종사를 하지 않으니 이 점 널리 양해해 주시기 바랍니다. 장군님의 앞날에 무궁한 영광이 있으시기를 기원합니다."

형님의 마음을 돌릴 수 없음을 잘 알고 있는 예점은 계속 울기만 한다.

"이 사람아, 나야 환향하여 무슨 일이 생기더라도 그를 탓하지는 않겠네. 부모가 정해 주신 배필과 같이 살다가 그 집 귀신이 되는 것이 내 소원일 뿐이네. 다만 동서가 이 땅에서 자네 마음먹은 대로 잘 풀려 나가기만을 바랄 뿐이네."

두 동서는 뜬눈으로 밤을 지새우고 이튿날 눈물범벅으로 이별을 했다.

"형님의 지극하신 효심으로 아버님을 살리신 은공을 인정받으셔서 나라의 정려[1]를 받으시고, 공씨 문중의 종부로서 제발 만인의 추앙을 받으면서 행복하게 사시기를 천지신명께 기원하겠습니다. 부디 강녕하십시오."

"동서도 동서가 마음먹은 대로 잘 풀려 금의환향하기를 바라네. 우리다 같이 반가운 상봉을 하도록 천지신명께 비세. 부디 자네 뜻대로 잘 펴지기를 바라네."

둘은 부둥켜안고 떨어지지 않는다. 완안강이 시간이 다 되었다고 재촉한다.

세 사람이 속환소로 갔다. 예점은 뒤따라와 멀리 숨어서 동정을 살핀다.

인록 형제가 속환 장소로 나가니 완안강 형제와 김 효부가 나왔다. 그렇게도 정정하던 김 효부가 남편형제가 두루마기를 입고 바람을 가르며

---

1) 정려旌閭: 충신, 효자, 열녀 등을 마을 입구에 정문旌門을 세워 표창하는 것.

오는 것을 보는 순간 실신하여 푹 쓰러져 자빠진다. 순식간이다. 인록 형제가 황황히 달려가서 보듬어 안고 사지를 주무르고 인록이가 혁대에 차고 있던 침통에서 침을 꺼내어 열 손가락과 열 발가락을 차례로 모두 찔러 피를 내자 순덕이 겨우 정신을 차려 눈을 스르르 떴다가 다시 감는다.

"당신! 정신이 드시오?"

눈을 감은 채로 누워 있는데 두 볼에는 두 줄기 눈물이 양쪽으로 주르르 흘러내린다. 한참만에야 눈을 감은 채로 입을 뗀다.

"무엇하러 오셨어요."

"이제 정신이 드시오? 뭣 하러 왔겠어요. 당신을 속환시키려 왔지."

"조속히 속현하여 새 가정이나 꾸리지 않고 왜 왔느냐니까요?"

"무슨 말씀이요? 당신을 속환시키지 않고 누구와 산단 말이요."

순덕이 스르르 일어나 앉더니 고개를 들어 남편을 바라보며 엉엉 울면서 두 주먹으로 남편의 가슴을 쾅쾅 때리며 쌓인 울분을 토해낸다.

"도대체, 당신네 형제분만 피난을 가면 어쩐단 말씀이요? 남은 가족들은 어쩌란 말씀입니까? 말씀이나 한번 해 보시라니까요. 엉엉 어엉 엉엉엉!"

인록형제도 눈시울이 젖어온다.

아내의 쌓이고 쌓였던 울화를 감당 못한 인록이 그 부인을 확 끌어안고

"내가 잘못했소. 내가 잘못했어요. 마음을 진정시키시오."

아내는 다시 누워 눈을 감는다. 눈물이 하염없이 흐른다.

그사이에 의록은 간도 크게 청나라 대장에게 호통을 친다.

"사람이 실신하여 죽어 가는데 어찌 가만히 보고만 있단 말입니까?"

완안강이 말한다.

"남녀칠세부동석! 남녀칠세부동석!"

그 형이 '어! 이 사람이 아내의 본 남편이었구나.'라고 생각하며 말한다.

"김 효부님께서 마음을 많이 써서 그러니 별 탈은 없을 것입니다."

형제는 '이놈이 여자를 마구 조졌겠구나.'라고 생각한다.

시동생이 정신을 가누지 못하는 형수에게 인사를 드린다.

"형수님, 반갑습니다. 참으로 고생이 많으셨습니다."

형수가 마음을 추스르고 겨우 인사를 받는다.

"아이고, 반갑습니다. 먼 길 오시느라고 수고가 많으십니다."

간단한 인사만 서로 나누고는 인록이 완안강에게 말한다.

"속환가를 얼마를 드리면 되겠습니까?"

'제깟 놈들이 얼마나 가져왔겠는가? 엄청 많이 불러야 포기하고 돌아가 겠지.'라고 생각하고는,

"일천오백 냥은 주셔야겠습니다."

가슴이 철렁 내려앉은 인록은 한마디 하지 않을 수 없었다.

"일반적인 속가가 닷 냥 정도라는데, 너무 과한 것 아닙니까?"

"자기 몸을 던져 부모를 구한 효부의 몸값이 더 높은 것은 당연한 이치 아니겠습니까? 나는 김 효부님께서 여기에 남아 계시겠다고만 하면, 만 냥을 주신다 해도 사람을 택하지 돈을 택하지는 않겠습니다."

기가 찬 인록이 의록의 소매를 잡고 말한다.

"아우야, 이천 냥만으로 두 사람을 충분히 속환할 수 있을 거라고 마음 놓고 왔는데, 한 사람 속환에 이렇게 거금을 지불하면 계수씨의 속환은 어찌하면 좋겠느냐?"

"형님요, 선호 어미는 없다고 듣지 않았습니까? 선호 어미 생각은 하지 마시고, 우선 형수씨만이라도 돈을 따지지 말고 속히 속환하십시오."

"아우야, 그렇게 해도 되겠느냐?"

"되지 않고요. 이천 냥도 형수님 친정인 사가[1]에서 보내온 돈이 아닙니 까? 염려하지 말고 속히 하락하시라니까요."

---

1) 사가查家: 사돈댁.

아우의 말을 듣고서야 인록도 '아버지를 살린 아내를 찾아오는데 무슨 흥정을 하겠는가.'라고 생각하고는,

"예, 말씀대로 셈하여 드리겠습니다."

셈이 끝난 후 순덕이가 남편에게 하는 말이

"당신 자금만 된다면 한 사람 더 꼭 속환해 줘야 할 사람이 있는데요."

"그게 누구입니까?

"맹만화라는 불쌍한 조선 사람입니다."

맹만화라는 말에 완안강이 말한다.

"김 효부님 뜻이라면 만화는 돈을 안 받고 조선으로 보내드리겠습니다."

"감사합니다. 장군님은 역시 인품이 후하십니다."

"별말씀을 하십니다. 맹 역군은 진작 귀환시켜야 되는데, 너무 늦었습니다."

"참으로 고맙습니다. 장군님의 말씀을 믿고 우리는 그냥 가겠습니다."

"예, 아무런 걱정도 하지 마시고 귀국하여 행복하게 사십시오."

그제야 인록이 순덕의 다친 손을 잡고 말한다.

"당신은 진정 착한 효부입니다. 아직도 손이 덜 나았네요. 많이 아프지요?"

"이제는 거의 다 나았습니다. 시시로 아픈 거야 말로 다할 수 없지요."

"서방은 저만 살려고 도망갔는데, 당신은 자식 노릇을 잘했습니다. 참으로 고맙습니다."

"낭군님, 먼 길 오시느라 노고가 크셨습니다."

"곱던 손이 아버지를 살리시느라고 이렇게 되었네요. 참으로 감사합니다."

두 사람은 다시 엉겨 붙어 끌어안고 하염없이 눈물을 흘린다.

"부모님도 안녕하시고 애들도 잘 있습니까?"

"모두 다 무사하고, 다만 당신이 오기만을 눈이 빠지게 기다리고 있습니다."

"형수님, 참으로 반갑습니다. 선호 어미는 어찌 되었습니까?"

의록의 말에 안았던 팔을 풀고 완안강이 대답하려는 것을 가로막으며,

"동서는 글쎄 그렇게도 말렸건만, 압록강을 건널 때 강물에 풍덩 뛰어내렸습니다. 많은 청나라 군인들이 들어가서 찾았으나 사나운 홍수 중이라 시신도 못 찾았습니다. 서방님 오실 때까지 일 년만 기다려 보자고 말렸건만, '남편에게 짐이 되기는 싫고 절개나 지키는 것이 여자의 도리가 아니겠습니까?' 하고 죽었으니, 동서는 진정 열녀였습니다. 청나라 군인이 어머님을 칼로 내리치려는 것을 온몸으로 막아 어머님을 살렸습니다. 동서는 진정 효부이고 열녀였습니다."

하고는 또 말을 잇는다.

"우리 동서가 압록강을 건널 때 서로 손을 꼭 잡고 있었는데, 강 가운데에 와서는 어느새 손을 놓고 강에 풍덩 뛰어내려, 세찬 홍수의 소용돌이 물살에 휘말려 사라지는 모습이 잠만 들면 꿈에 보여 잊을 수가 없습니다."

남편을 위하여 정조를 지키려고 죽었다는데 무슨 할 말이 있으랴?

드디어 완안강 형제가 가려고 마지막 인사를 한다.

"김 효부님! 맹만화는 곧 귀환시킬 테니 아무런 걱정도 마십시오."

"장군님들! 안녕히 가십시오."

그들은 덕담을 나누며 헤어졌다. 의록은 아내가 강물에 스스로 몸을 던졌다는 말에 곧은 마음에 진정 그랬을 것이라 생각하니 가슴이 쓰리다.

"아버지께서 형제만 피난 가라고 분부하실 때 바로 집으로 와서 피난을 갔더라면 이런 사단은 없었을 텐데, 우리가 환난을 너무 몰랐습니다."

"글쎄다. 우리는 불효부모하고 가족에게 불성한 죄가 참으로 크구나."

II. 새 출발

예점은 변복을 하고 형님과 시숙[1]이 끌어안고 환희에 넘치는 모습을 바라보고 있다. 남편이 외로이 서서 먼 산을 멀뚱히 바라보는 것을 보고는 뛰어나가서 '나 여기 있소.' 하고 외치며 신랑에게 덥석 안기고 싶은 마음이 굴뚝같았다. 그러나 '저러면 안 되지. 저 환희가 얼마나 가겠는가?'라고 생각하고는 눈물을 삼키며 마음을 진정시켰다. 완안강은 돌아가서 형수에게 말했다.

"형수님, 저는 아내를 보내기 싫어서 돈을 많이 부르면 속가를 내지 못하여 포기할 줄 알고 엄청 많이 불렀는데, 두 말 않고 돈을 내고 돌아갔습니다."

"조선의 선비들은 이해타산을 하여 사람의 값을 논하지는 않을 것입니다."

"그런데 저의 아내가 거짓말을 하데요."

"형님이 무슨 거짓말을 하셔요?"

"형수씨께서 만주로 올 때 압록강에 빠져 순절하셨다고 했습니다."

"그것은 제가 여기 있는 줄 알면 아무리 힘들어도 속환해 가려고 다시 올 것이고, 저는 아무리 권해도 환향하지 않을 것을 잘 아시는 형님께서 저의 정조가 높다는 것을 조선에 알리시려 하신 것이니, 형님의 심중은 참으로 깊으시지요."

---

1) 시숙媤叔: 시아주버니. 남편의 형.

"허식에 빠진 조선 사람들을 얕잡아 보았는데, 새로이 느낀 점도 많이 있습니다."

"형님의 저 기쁨이 오래도록 지속되어야 할 텐데 걱정입니다."

"형수님, 그게 무슨 말씀입니까?"

"조선은 훼절자를 사람 취급하지 않으니, 형님의 앞날이 걱정됩니다."

"형수님은 별 걱정을 다 하십니다. 설마하니 시아버지를 살린 효부를 내칠 이유가 있겠습니까? 아무리 정조를 중하게 여긴다 해도 김 효부님 같은 분이야 존경하겠지요. 형수씨의 걱정은 기우라고 말씀드렸는데도 또 그런 말씀을 하시네요."

"서방님께 한 말씀 드릴까요"

"예, 말씀하십시오. 형수씨의 말씀이라면 무슨 말씀이라도 다 들어 드리겠습니다."

"대청제국이 천하를 통일할 때는 여러 종족의 학자들이 자신들의 역량을 펼치려 할 것이니, 그때를 대비하여 유학을 연구하시는 것이 좋을 것입니다"

"유학을 연구하라고 하시니, 어떻게 하면 좋겠습니까?"

"조선에서는 여자도 교육을 시키니까 포로 중에 학문이 출중한 사람들도 있을 것입니다. 그러니 여자를 잘 골라 아내로 맞으시면 좋을 것입니다. 또 금주나 요동 출정 때 서책을 구해 오셔서 부부가 같이 연구하시는 것도 한 방법일 것입니다."

"형수님, 감사합니다. 형수님의 말씀대로 따르도록 힘써 보겠습니다."

며칠 후 완안강은 한 여자를 데려와서는

"형수님 한번 봐주십시오."

완안강에게 끌려온 여자를 자세히 살피니, 영 맹물은 아닌 것을 직감할 수 있었다. 예점이 공포에 떨고 있는 여자의 손을 잡고,

"나도 광주에서 붙잡혀 온 조선 사람일세. 자네는 어디에서 왔는가?"

같은 조선 사람이라는 데 솔깃 반가워서 마음 놓고 사실을 기탄없이 밝힌다.

"저는 승문원의 참교 최홍기의 며느리 이난향인데요. 이번 난리에 아버님께서 식구들을 데리고 강화도에 들어갔다가, 가족이 몰살당하고 저 혼자만 살아서 포로가 되었는데, 이번에 또 이리로 팔려왔습니다."

"가장 안전한 곳이라고 모두 강화도로 피난을 갔는데 가족이 몰살당하다니?"

"말도 마십시오. 싸울 자세가 되지 않은 조선이 망하는 것이야 당연하지요."

"무슨 말을 하는가?"

"청나라에는 수군이 없다고 대책도 없이 지내다가, 청에 항복한 명의 수군대장이 앞장서 침략하자 검찰사가 남보다 먼저 도망가니 무장지졸에 오합지중[1]으로 관민이 다 싸울 생각은 하지 않고 죽을 작정만 하니 전쟁에 지는 것이야 불 보듯 빤한 것 아닙니까?"

"죽을 작정만 하다니?"

"적에게 능욕을 당하기 전에 자결하려는 것이지요."

"싸울 작정도 않고 죽을 작정만 한단 말인가?"

"수 설령 부인들이야 그렇더라도, 원임대신[2]이 남문루에 올라가 화약을 터뜨려 자살하자 적은 물밀듯이 성 안으로 들어와 수천수만을 죽이거나 포로로 붙들어 갔지요."

"그것은 이적행위가 아닌가?"

"그분의 순국이야 청사(靑史-역사)에 빛나겠지만, 실은 적을 도운 것이 되

---

1) 오합지중烏合之衆: 까마귀가 모인 것처럼 훈련이 안되고 질서 없이 좌왕우왕하는 무리들.
2) 원임대신原任大臣: 지난날의 정승.

었지요."

"조선은 실리는 망각하고 명분만 찾으니 낭패세."

"백성을 생각하는 마음이 없으니 나라라고 할 가치도 없지요."

"그것은 또 무슨 말인가?"

"이길 공산이 없으면 백기를 들고라도 화친하여 백성의 죽음이나 줄여야지요."

"화친을 맺었잖은가?"

"성이 함락되고 살육과 포로가 무더기로 쏟아져도, 높은 분들은 계책도 없이 자기 살 요량이나 죽을 작정을 하는데, 청의 화친 요청에 조선이 응한 것뿐이라니까요."

"조선이 화친을 요구하지 않고 청이 먼저 화친을 청했다고?"

"예, 형님. 그렇다니까요."

"이길 공산이 없을 때는 살육과 포로를 줄이는 것이 지도자의 도리가 아닌가?"

"그렇지만 오랑캐와는 말하는 자체를 부끄럽게 여겨 기피하니, 말이 되겠습니까?"

"전투는 오래 싸웠는가?"

"오래 싸우긴요. 지휘자가 없는 오합지중은 침략 당일에 성이 함락되었다니까요."

"세상에 어찌 그럴 수가 있단 말인가? 가장 안전하다는 강화도가 하루도 버티지 못했다니, 설마 그렇기야 했을라고?"

"말도 마십시오. 검찰사가 먼저 도망가는데 누구의 명령으로 싸우겠습니까?"

"참으로 딱하기도 했겠네."

"그때의 아비규환은 말로 다 표현할 수 없지요."

"자네는 글은 배웠는가?"

"혼인 전까지 숙부에게 글을 조금 배웠습니다."

"그래, 자네는 앞으로 어떻게 할 텐가?"

"저는 뭐가 뭔지도 모르겠습니다."

"사람은 자기에게 주어진 운명에 최선을 다해야 하지 않겠나?"

"그래야지요."

"조선은 자기 덫에 걸린 꼴이네. 우리가 귀향하여 제 나라 사람에게 배척당할 바에야, 차라리 여기서 우리 처지에 맞게 운명을 개척해 나가는 것이 옳지 않겠는가?"

"형님 말씀이 맞아요. 저는 속환하러 올 사람도 없고 돌아갈 곳도 없습니다."

"형식을 배격하고 현실을 중시하는 청은 멀지 않아 천하를 통일할지도 모르네. 그때를 대비하여 우리 남편들을 힘껏 도우세."

"어떻게 돕습니까?"

"자네 남편이 되실 완안강 서방님은 무술이 뛰어나 장래가 창창한 청년일세. 더구나 재주가 총명하니 조금만 도와주면 크게 출세할 것일세. 우리 같이 힘써 보세."

"예! 형님 감사합니다."

이들은 제 나라에서 배척당할 바엔 현실에 순응하는 길뿐이라고 눈물을 삼킨다.

완안강은 금주를 정토하고 그곳 학관을 엄습하여 사서삼경은 물론 『사기』[1] 『자치통감』[2] 등 역사서와 사서삼경 같은 유학의 경전과 문학 서적까지 몇 수레나 싣고 왔다. 완안강 형제는 자주 출정 나가는 바쁜 일정에도 틈만 나면 부인들과 같이 학문을 연마하니 일취월장이다. 부인들에게 글을 배운다는 것이 썩 내키는 일이겠는가 마는 이들은 달랐다. 늘 하는 말이 자기들은 금나라 시조인 아골타의 후손이라며, 조상 자랑도 가끔씩 한다.

"형수님은 우리 완안씨의 족보를 아십니까?"

"잘 모르겠는데요."

"신라의 김함보金函普 장군께서 만주로 오시고, 그의 후손이요 저의 조상이신 완안아골타完顔阿骨打 선조께서 세우신 나라 이름을 금金이라 한 것은 신라의 김金씨를 나타낸 것이랍니다."

"그래요? 서방님이 신라에서 가신 우리 민족의 후손이라고요?"

"그렇다니까요."

"고구려의 후예인 여진족은 우리민족인데 더구나 서방님은 신라의 후손이기도 하다니 형님과는 일가시네요."

"그렇지요. 우리 여진과 조선은 가장 가까운 민족이지요."

예점은 탁극탁托克托이가 지은 『금사金史』를 신나게 읽으니 완안강 형제는 어깨를 으쓱거리면서 조상들의 모습이 현실로 떠오르는 모양이다. 금의 대군이 송의 수도 개봉開封을 휩쓸고, 휘종徽宗과 흠종欽宗 황제 부자를 포로로 붙들어오고, 대도[3]에 수도를 정하고 한족이 쫓겨 가서 남송을 세우고도 아버지를 모셔 가려고 바치는 세폐마저 챙기는 건 강자의

1) 사기史記: 중국 한漢나라 사마천이 지은 역사책으로서, 5천 년 전 중국 역사의 시작부터 한의 무제武帝까지 역대 왕조의 사적을 기전체紀傳體로 적었음. 중국 정사와 기전체의 시작임.

2) 자치통감資治通鑑: 송宋의 사마광司馬光이 지은 연대순으로 기록한 편년체編年體의 역사책. 중국 주周의 위열 왕威烈王부터 후주後周의 세종世宗까지 113왕 1362년의 역사책. 편년사의 전형이 됨.

3) 대도大都: 연경燕京. 북경(北京, 베이징). 금金나라의 수도.

금도가 아닌가.

"금은 황제를 붙들어 왔는데, 청은 세자만 데려왔으니 얼마나 후한 통치입니까?"

"금은 송의 수도는 물론 화북 지방을 다 차지했단 말일세."

"조선을 아주 멸망시켜 직할통치하면 어쩔 건데요?"

"백성도 생각지 않는 조선은 나라라고 할 가치도 없네."

12. 환향還鄉

　　인록이 올라탄 말에 김 효부도 올라타서 남편의 허리를 안고 달리니, 내일날 먹구름이 몰려온다 해도 오늘의 기쁨은 세상천지가 다 내 세상이다. 청청한 하늘, 둥실 떠가는 흰 구름, 대륙의 땡볕도, 옆을 스치는 짙푸른 신록과 살랑거리는 바람도 상쾌하기만 하다. 낭군님의 허리를 끌어안고 그 등에 얼굴을 붙이고, 아름다운 경관을 살피며 정담에 젖어 광활한 대지를 달리는 환희에 비하면 시집 갈 때 타던 가마는 아무것도 아니다. 압록강을 넘어 조선 땅에 들어와서 첫 밤을 맞이했다.

　　"여보, 내가 만주에서는 말하지 못했으나, 고국에 돌아와서야 말하지 않을 수 없습니다. 어머니께서 난리 중에 돌아가셨습니다."

　　"아이고! 어이하여 돌아가셨습니까?"

　　"당신이 붙잡혀 가던 날, 되놈들이 우리 집 식량과 살림살이까지 다 가져가서 부모님은 저녁과 아침도 잡수시지 못하셨습니다. 이튿날 되놈들이 송덕리 전체를 군대 주둔지로 접수하니 집에 계실 수가 없어 절골 재실로 피난 가셨지요. 쌀은 없고 보리쌀과 좁쌀로 연명하다가 어머니께서 돌아가시고, 어린애들도 둘 다 죽었습니다."

　　아이고! 아이고! 곡을 하던 아내는 고향의 시어머니의 영위를 향하여 절을 한다.

　　"그러시면 집에는 아버님과 큰애 둘, 삼 조손 분만 계십니까?"

　　"그렇습니다."

두런두런 끝없이 이야기를 이어가다가

"왜 이러십니까?"

"우리가 얼마 만입니까? 참으로 오랜 만인데 어찌 그냥 잘 수야 있겠습니까?"

"어머님이 돌아가신 지 얼마가 되었다고 이러십니까?"

"아이고, 당신도 별 말씀을 다 하네요. 아무리 그래도 오랜 만에 만났는데 그냥 잘 수야 없지 않습니까?"

"이러지 마십시오. 어머님 탈상 전에는 이러시면 아니 됩니다."

"당신의 결벽이 너무 심하십니다. 이러다가는 손(자손)이 끊어지겠습니다."

"아니 됩니다. 참을 것은 참아야지요."

"당신이 무슨 병이 있소? 왜 이다지도 사람의 애틋한 정을 몰라주시오."

"병은 무슨 병이 있겠으며, 정을 몰라주기는 제가 왜 낭군님의 정을 몰라주겠습니까? 다만 사람의 도리를 하자는 것뿐입니다."

"지나친 결벽은 도리어 탈입니다. 마음을 편하게 가지십시오."

이렇게 말하는데도 남편의 청을 끝까지 거절하자 인록이 벌떡 일어나서 불을 켠다. 아내도 발딱 일어나면서 말한다.

"당신은 제가 훼절자라는 것도 모르십니까?"

"그게 무슨 말씀이요? 아버지께서 그렇게도 말씀하셨다는데, 당신은 그 말씀이 무슨 뜻인지도 모른다는 말씀입니까?"

"아버님께서야 그런 말씀을 하셨지만, 저는 저 자신을 용서할 수 없습니다."

아내는 흐느끼고 있다. 순덕의 굳은 결심은 변함이 없다. 이제 남편의 지극한 사랑도 확인되었으니, 다만 고향에 돌아가서 아버님을 뵈옵고 사랑하는 아들도 한번 안아 보고 깨끗이 이승을 마쳐, 남편에게 순결한 새 여자를 만나 새 가정을 꾸미도록 길을 열어 주는 것이 마지막 남은 아내의 도리일 것이다.

인록의 가슴은 한없이 아려온다. 이 사람이 육체적 고통보다 마음의 고통을 얼마나 심하게 앓고 있는지를 느끼자 자책이 또 엄습해 온다.

사실 선암사에서는 피난을 가야 한다고 벌써 며칠 전부터 공부하던 선비들이 거의 다 떠났는데, '학문의 정진은 하지 않고 쓸데없는 데 현혹되지 말라.'고 하실 아버지의 꾸중이 두려워 귀가하지 못했는데 아우가 피난 가자고 선암사로 왔을 때만이라도 그날 바로 귀가하여 부모님을 모시고 가족을 거느리고 피난을 갔더라면, 이렇게 혹독한 환난은 없었을 것이다. 순결무구한 아내의 마음을 어루만져 저 가슴의 응어리를 어떻게 풀어 줄까 생각하니 참으로 애처롭기 한이 없다.

"여보, 당신의 깨끗한 마음이 중요하지 몸뚱이가 뭐 대수요? 되놈이 이러자 하면 이러고 저러자 하면 저러면서 마음 편히 있다가 왔으면 얼마나 좋았을까요? 온 세상이 다 당하는 환난에 왜 당신 혼자 자책하여 마음고생을 일부러 이중삼중으로 겪고 있었소? 당신이 그런 말을 할수록 나는 당신을 지켜 주지 못한 자책이 가슴을 후빈다오. 이제 흘러간 일일랑 깨끗이 잊어버리고 우리, 앞으로 즐겁게 살아갑시다."

"저는 낭군님 형제분만이라도 난리를 무사히 넘긴 것이 한없이 존경스럽습니다."

결국 인록은 사랑하는 아내를 한번 안아 보지도 못했다. 이 사람이 무슨 독한 행동을 할까? 걱정이 태산이다. 섬뜩한 생각이 들었다. 아내를 속환하여 오면서 조선 땅에서 맞이한 첫날밤은 두 방에서 다 뜬눈으로 밤을 지새웠다.

의록은 독방에 홀로 누워 끝없는 상념에 젖는다. 얇은 벽 하나 사이에 있는 의록은 절로 들리는 형님 내외의 이야기를 듣지 않으려야 듣지 않을 수 없었다. 형수씨의 말을 들으니 아내도 형수씨의 마음과 똑같았을 것이라고 짐작이 된다. 그렇게도 단정하고 침착하던 아내가 어찌 그동안을 참지 못하고 물에 빠져 순절한단 말인가? 형수씨께서 저렇게도 마음고생이 심하신 걸 들으니, 아내도 저 고통을 이기지 못하여 순절했을 거라는 생각이 든다. 참으로 갸륵하고 애련하다. 세상이 정조라는 잣대로 여자를 짓누르니 이를 개선할 방법은 없을까? 여자에게만 덧씌워진 절개라는 굴레를 벗겨야 한다고 느꼈다. 두 동서를 같이 속환하여 왔으면 아버지께서 얼마나 기뻐하실까? 선호의 기쁨은 어떠하겠는가? 애틋하기가 그지없다.

드디어 김 효부 일행이 귀향했다. 김 효부는 시아버지를 뵙고 시어머니의 영위 아래서 한없이 서럽게 울었다.

"아버님, 어머님께서 돌아가시어 망극하기 그지없습니다."

"그래, 어미가 돌아온 것을 보았으면 얼마나 기뻐하시겠나. 어디 손 좀 보자. 그 곱던 손이 이게 뭔가. 너의 지극한 효성으로 모진 목숨 이렇게 살고 있다. 그간 얼마나 고생이 많았느냐?"

시아버지는 겨우 손가락 하나뿐인 검붉은 손의 형체를 보고 하염없이 우신다.

"어미야, 아직도 손이 덜 나았구나!"

"손이 왜 자꾸 덧나는지 모르겠습니다. 다 낫는다 싶으면 다시 덧나기를 거듭하고 있습니다."

"본래 크게 다친 것은 좀처럼 낫기가 힘드니라. 고생이 너무 심했겠다."

"쑤시고 따갑고 근지러워서 배기기가 힘들었는데, 이제는 견딜 만합니다."

"둘째는 어찌하여 못 오는가?"

"동서는 아버님 말씀과 같이 서방님들이 우리를 찾으러 올 것이니 그때까지 만이라도 참고 살아 있다가 귀향하자고 신신 당부했는데도, 압록강을 건너는 중에 소낙비가 쏟아지고 홍수가 나서 물이 사납게 넘치는데 풍덩 뛰어내렸습니다. 군인들이 여러 명 들어가서 찾았으나 결국 시체도 못 찾고 말았습니다. 많은 사람들이 절개가 굳다고 칭찬하고, 청나라 사람들도 높은 관심을 보였습니다."

"아이고 착한 것……."

시아버지는 긴 탄식을 하셨다. 대호와 선호가 어디서 놀다가 어머니가 돌아왔다는 소식에 뛰어서 달려온다.

"어머니! 오셨어요!"

"큰어머니! 오셨어요!"

"우리 착한 정승들 같이 안아 보자."

팔을 벌려 셋이서 서로 끌어안는다.

"대장부들 다 컸네."

"어머니는요?"

"작은어머니는요?"

"선호 어머니는 열녀시다. 국경을 넘을 때 압록강에 풍덩 뛰어내려 순절했다. 나라에서도 열녀 정려를 내릴 것이고, 하늘에서도 어머니의 정절을 가상히 여길 것이다. 이제부터는 이 큰어머니가 선호 어머니이니라. 어머니를 생각하여 더욱 공부 열심히 하여 과거에 급제도 하고 정승 판서도 되어서, 하늘에 계신 어머니를 기쁘게 해드려야 한다, 알겠지?"

"큰어머니, 순절이 뭡니까?"

"순절이란 말이다. 나라를 위해서나 절개를 위하여 죽는 것을 말한단다."

"어머니가 왜 죽습니까?"

"만주로 끌려가서 오랑캐들에게 고통당하기 전에 스스로 죽은 것이지."

선호는 어머니가 죽었다는 말에 '아이고 어머니, 우리 어머니……'를 연발하여 부르고 울면서 벌떡 일어나 뛰어 나간다. 그의 아버지가 붙들고 달랜다.

"어머니는 아주 훌륭한 사람이다. 너무 슬퍼하지 마라."

하면서 보듬어 안아 다독인다. 대호가 어머니의 손을 만지면서 묻는다.

"어머니 손이 얼마나 아팠습니까? 아직도 덜 나았네요. 많이 아프시지요?"

"괜찮다. 이제는 거의 다 나았다. 사람은 어려운 때일수록 절망하지 않고 더 큰 희망을 가지고 열심히 노력해야 된다. 알겠느냐?"

"예, 어머니 잘 알아요."

김 효부의 마음은 굳어졌다. 부부 상봉도 하고 아버님도 뵈었고 씩씩한 아들 대호도 반겼다. 이제 남은 것은 남편과 아들에게 새 출발할 수 있도록 길을 열어 주는 것이 아내와 어머니로서 마지막 남은 도리이다. 결심을 굳게 하고 마음을 단단히 다짐하고 왔건만, 어떤 여자가 들어와서 가정을 다스리며 대호를 자기가 낳은 자식같이 잘 감싸 주겠는가 생각하니, 저절로 솟구치는 눈물을 감추지 못하여 벌떡 일어나서 사당으로 들어가 조상 각위의 신주에 하직 인사를 올렸다.

"높고 높으신 조상님! 이 불초한 손부는 오랑캐에게 당한 몸으로 높으신 조상님의 신위에 마지막 인사나 드리고, 저 성실한 낭군님께 밝은 길이나 열어 주려고 환향했습니다. 부디 착한 후손들의 앞길을 창창하게 열어 주옵소서."

마음속으로 빌고 일어서니 소리 없는 눈물이 볼을 타고 내린다.

궤짝을 옮겨 놓고 그 위에 올라섰다. 도리에 명주 끈을 매어 걸고 단단히 묶었다. 목을 명주 고리에 꿰고는 발로 궤짝을 차버리니 몸이 공중에 매달린다.

인록이 아내를 속환하여 조선에 들어오던 첫날밤부터 이상한 낌새를 느끼고 아내를 유심히 살피고 있는데, 아내가 사당에 들어가서 나오지를 않는다. 이상하게 생각하여 뛰어가서 사당 문을 열어 보니 아내가 천장에 매달려 축 늘어져 있다. 낫으로 명주를 확 끊어 버리자 아내가 뚝 떨어져

두 팔에 안긴다. 아내를 눕히고 주무르면서 찬물을 몇 숟갈 떠먹이니 숨을 가누며 정신을 차린다.

"여보, 당신이 가버리면 나는 어이 살라고 이러십니까?"

김 효부는 울고 있다. 오래도록 흐느끼고 있다. 참으로 긴 세월이 잔잔히 흐른다.

"소첩은 오래 전부터 공씨 댁 귀신만 될 수 있다면 여한이 없다고 생각했습니다. 이제 원을 이뤘으니, 더러운 몸 깨끗이 청산하여 당신에게 순결한 여자를 맞이할 수 있도록 길을 열어 주려는 것뿐입니다."

"당신의 마음이 순결하니 몸도 순결한 것입니다. 당신은 홑몸이 아니지요."

"예, 태중입니다. 이 몸이 더럽혀진 몸이지만, 이 아이만은 당신이 선암사로 가기 전에 임신시킨 당신의 아이가 분명합니다."

"아이가 내 아이이고 아니고를 떠나서, 당신이 죽으면 살인이라는 것도 모르십니까? 당신은 아이를 위해서도 죽어서는 안 됩니다. 당신이 죽어서는 안 될 이유가 또 있습니다. 내가 장모님께 당신을 속환하여 와서 화락하게 살겠다고 서약서까지 써드렸는데, 당신이 이렇게 가버리면 장모님께 두 번 죄를 짓는 것이 됩니다. 당신이 죽어서는 안 될 이유가 또 있습니다. 당신을 속환하여 온 자금도 장인께서 보내 주신 돈입니다. 당신이 죽는다면 시체를 속환하여 왔다는 장인의 꾸지람을 어떻게 면할 수 있겠습니까? 독한 마음을 다시는 먹지 않겠다고 약속하여 주시오. 그렇지 않으면 우리 같이 죽읍시다."

같이 죽자는 말에 아내는 깜짝 놀라 펄쩍 뛴다.

"당신이 왜 죽습니까? 당신이 할 일이 얼마나 많이 남아 있는데요."

"맞습니다. 당신이나 나나 할 일이 참으로 많습니다. 당신이 죽지 않겠다는 약속을 하여 주십시오. 나는 당신을 속환하여 조선에 돌아오던 첫날밤부터 당신이 독한 마음을 먹을까 낌새를 느끼고 잠시도 마음을 놓을 수가 없었습니다. 나도 앞으로는 가족을 버리고 나 혼자 살려고 피난 가는 것과 같은 실수를 두 번 다시 하지 않겠다고 당신에게 맹세하겠습니다. 당신도 나보다 먼저 죽지 않겠다고 약속하여 주시오. 그 약속을 못 한다면 우리 같이 죽읍시다."

아내는 남편의 가슴에 안긴 채 어깨를 들썩이며 한없이 서럽게 울고 있다. 긴 세월이 먹먹히 흐른다.

"당신이 소첩을 생각하여 속현[1]도 하시지 않을까봐 이렇게 환향했는데, 이 더러운 몸도 죽어서는 아니 되겠네요?"

"그걸 말이라고 합니까? 죽어서는 아니 되고말고요. 당신은 대호가 좋아하는 걸 보지도 않았습니까?"

"이 더러운 몸이 어떻게 낯을 들고 살아갈 수 있단 말입니까?"

"당신은 더러운 몸이라는 생각도 하지 말고, 더러운 몸이라는 말도 하지 말고, 당신은 하늘이 알아주는 효부열녀라고 떳떳하게 생각하고 당당하게 말씀하시오."

남편의 지극한 사랑은 절로 확인되었다. 남편을 위하여 죽을 일이 아니라 남편이나 대호를 위해서도, 친정부모를 위해서도 죽어서는 안 되겠다는 생각이 들었다.

두 사람이 조상의 신주가 모셔져 있는 사당에 이렇게 오래도록 같이 있어 본 적은 한 번도 없었다. 김 효부가 다시는 죽을 각오를 하지 않겠다고 남편과 약속하고 두 사람이 손을 마주 잡고 사당 문을 나서니, 세상천지가 이렇게 밝을 수가 없다. 눈이 부신다. 밝은 햇볕, 볼을 스치는 바람, 짙푸른 신록……, 온 천지가 안아 반긴다.

김 효부는 치마가 흘러내리던 시각부터 어떻게 생을 마치는 것이 현명한 길인가 만을 생각해 왔다고 해도 과언이 아니다. 되놈들이 쳐들어와서

---

1) 속현續絃: 새로 장가드는 것.

옷이 벗겨지던 그 시각부터 공씨 가족이 모여 새 삶을 산다는 것은 꿈도 꿔보지 못했다. 인록은 지난 겨울 공부하러 선암사로 떠난 이후 참으로 오랜 만에 아내를 안을 수 있었다.

김 효부는 내가 이렇게 좋아해도 되는가? 내가 이렇게 행복해 해도 되는가? 내가 이렇게 하늘같은 남편의 품에 안겨도 되는가? 내가 이렇게 대호를 공부시켜 급제하는 걸 봐도 되는가? 자문자답했다. 한번 마음을 고쳐먹으니 모든 것이 새롭고 상쾌하고 희망이 넘친다. 동서의 말이 생각난다.

"형님요. 우리는 훼절된 것도 겁탈당한 것도 아니고, 다만 옷이 벗겨진 것뿐입니다. 우리는 호랑이 아가리 속에서도 순결을 고고히 지켰으니, 당당하게 긍지를 가지고 떳떳하게 사셔야 합니다."

동서가 몇 번이나 거듭 다짐하던 말이 생각난다.

'그렇다. 그 험난한 역경 속에서도 몸을 온전히 보존했으니 자부심을 가지는 것도 당연하지.'

마음을 고쳐먹으니 떳떳해지고 힘이 솟는다. 맹만화가 그렇게 고마울 수가 없다. 새로 사는 인생, 최선을 다하여 보람 있는 삶을 영위하자고 마음속으로 다짐했다.

열흘이나 지난 후에 순덕의 무사 환향을 축하하는 큰 잔치가 벌어졌다. 온 마을 사람들이 축하하고 문중의 일가 어른들이 종부의 무사 귀향을 대대적으로 경축했다. 마을과 문중의 부인들이 엄지손가락 하나뿐인 흉측한 효부의 손을 어루만지는 것이 빼놓을 수 없는 행사가 되어 버렸다. 공씨 문중의 종부가 효부라는 소문은 삽시간에 광주부를 넘어 전국으로 널리 퍼져 나갔다.

인록은 아내와 같이 처가에 갔다.

"빙장어른, 감사하옵니다. 빙장어른의 높으신 자애 덕분에 내자를 속환해 오고, 장모님의 높으신 교훈으로 따님을 효부라고 칭송하니, 황감하기 이를 데 없습니다."

어머니는 딸의 손을 어루만지며

"아이고, 이것아. 얼마나 고생이 많았느냐? 그 곱던 손이 이게 뭐냐? 아직도 덜 나았네. 많이 아프지?"

어머니는 딸의 손을 쓰다듬고 눈물을 뚝뚝 떨어뜨리면서 말을 잇지 못한다.

"이제는 거의 다 나았습니다. 그렇게 아프지도 않습니다."

"애야, 말만 들어도 혐오스러운 그 무서운 되놈과 네가 어이 맞설 수 있었더냐?"

"어머니는 항상 남편과 부모는 내 몸보다 더 중하게 여겨야 된다고 말씀하시지 않았습니까?"

"말이야 그렇게 했지만, 네가 그 강한 적군과 맞서리라고는 상상도 못했다."

"그때는 생각할 여유나마 어디 있었습니까? 다만 시아버님을 구해 드려야 한다는 일념뿐이었지요."

"암, 그래야지, 그렇고말고. 남편과 부모를 내 몸보다 더 중하게 여기는 것이야 당연하지. 내가 낳은 내 딸이라도 참으로 장하고 대견하구나. 그 고생을 하고도 이렇게 무사히 돌아왔으니, 그런 다행이 없구나! 너의 착한 행동을 만인이 우러르니, 앞으로는 긍지를 가지고 떳떳하게 살아야 한다."

"예, 어머니, 아무 심려하지 마십시오."

어머니는 딸의 손을 어루만지면서 손도 떼지 못하고 눈물도 그치지 못한다.

그때 사위가 장모에게 말한다.

"빙 부모님을 뵈올 면목이 없습니다."

"공 서방은 그때 어디 있었다고 했는가?"

"외생은 선암사에서 영남으로 도망가고 있었습니다."

"쯧쯧! 위험한 때일수록 가족은 함께 있어 협력해야 한다는 것도 모르는가?"

"예, 드릴 말씀이 없습니다. 죄송합니다."

"공 서방이 전번에 왔을 때는 공실이가 다쳤다는 말을 하지 않았잖은가? 그런 법이 어디 있는가?"

"그때는 포로로 잡혀갔다는 말씀을 드리는 것만도 송구스러워서, 다쳤다는 말씀까지 드리는 것은 엄두도 내지 못했습니다."

"아무리 그렇더라도 사실은 사실대로 말을 해야 옳지 않은가?"

"예, 드릴 말씀이 없습니다. 죄송합니다."

"인생은 여러 구비라고 했네. 앞으로나 잘해 주게."

"예, 앞으로는 절대로 불미한 일이 없도록 가정을 잘 이끌어 가겠습니다."

가는 곳마다 칭송이요, 모든 사람들이 높은 효행을 우러르니, 한때의 슬픔은 기쁨으로 바뀌고 있다.

그해 늦여름에 순덕은 떡두꺼비 같은 아들을 순산했다. 인록의 집은 고목생화와 같이 경사가 겹쳤다. 삼조손이나 죽고 살림이 거덜 나던 것이 며느리가 환향하여 생남까지 하고 보니 공 진사는 기쁘기 한량없다.

"앞으로 우리 집에는 좋은 일만 겹칠 것이로다."

문중의 안노인들이 삼칠 날 모여서 미역국을 먹으면서 한 마디씩 거든다.

"그놈 지 애비를 쏙 빼닮았네."

"허허, 형과 동생이 모양새가 쌍둥이 같네."

"그 고생을 했는데 이렇게 아이가 충실하니, 이런 다행이 없구나?"

종갓집의 경사는 온 문중의 경사로 번져 나갔다.

김 효부는 시동생에게 동서의 열녀 정려를 상신하라고 말하여 상신한 것이, 마침 나라도 차츰 안정되고 강화도에서 순절한 수백명(을) 한꺼번에 대대적으로 정려를 내릴 때 예점이도 열녀 정려를 받았다. 의록의 집 앞에는 홍살 정려문이 높이 솟았고, 열녀를 칭송하는, 임금이 내리는 대문짝만 한 교지문도 받았다. 온 세상이 예점의 정절을 높이 기렸다. 의록과 선호는 열녀의 남편이요 아들이라는 데 긍지를 느끼고 행동이 더욱 착하고 의젓해졌다. 김 효부도 당연히 효부 정려를 받아야 하겠지만 살아 있는 사람이므로 다음으로 미뤄지고, 예점만 열녀 정려를 받게 되었던 것이다.

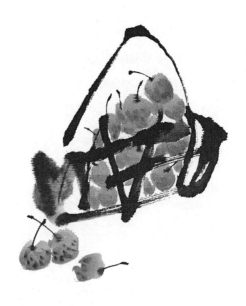

13. 삼전도한비三田渡汗碑[1]

이경석의 묘.

- 경기도 성남시 분당구 석운동 산 16–18
- 경기도 기념물 제84호, 성남시 향토유적 제8호

---

1) 삼전도한비三田渡汗碑: 병자호란 때 인조가 항복한 자리인 삼전도에 청 태종의 공덕을 기리기
위하여 세운 비석. 이경석이 비문을 짓고 표면의 왼쪽에 몽고 문자, 오른쪽에 만주 문자, 뒷면에
한문으로 썼다. 높이 3.95m. 폭 1.4m. 본 이름은 대청황제공덕비大淸皇帝功德碑이다.

이경석 묘소의 묘표墓表

•이경석 묘소 앞의 묘표

이경석의 신도비.

대광보국숭록대부의정부영의정이문충공신도비
大匡輔國崇錄大夫議政府領議政李文忠公神道碑.

박세당이 글을 짓고 이광사[1]가 글씨를 쓴 왼쪽의 비석은 영조 30년(1754)
에 세운 것으로 불손한 사람들이 글씨를 깎고 묻어버려 300여 년간 땅속
에 묻혔던 글씨가 없는 구 신도비이다. 오른쪽의 비석은 1975년에 새로 세
운 것이다.

....

1) 이광사李匡師: 숙종 31년(1705)-정조 1년(1777). 자는 도보道甫. 호는 원교圓嶠. 관향은 전주. 조선
   후기 서도가. 저서는 『원교서결圓嶠書訣』, 『원교집선圓嶠集選』 등.

삼전도한비(청태종의 송덕비)

• 서울특별시 강동구 석촌동 289번지
• 오른쪽은 만주문자, 왼쪽은 몽고문자, 뒤는 한자, 높이 5.7m

비문 지은 자를 꾸짖지 말고 비문을 짓지 않도록 준비 못한 자를 꾸짖어라. 치욕의 현장을 감추려 하지 말고 치욕스런 일이 생기지 않도록 유비무환 하라. 명·청의 땅에 그들이 조선황제칭송의 비를 세우게 하라.

인조가 청 태종에게 3배9구두를 하는 장면.

인조는 명을 섬기는 일을 지조인 양 비굴을 떨다가 청 태종에게 11배 33 고두를 올렸다. 안 해도 될 고두를 하면서도 무엇이 잘못인지 깨닫지도 못하니 한스럽다.

백성들아, 자신이 고두를 하지 않았다고 고고한 채 하지 마라.

임금을 욕되게 함을 뉘우치라.

치욕의 현장을 보고 욕된 일을 되풀이하지 않도록 각성하라.

명·청의 땅에 그들의 황제가 조선황제에게 고두를 하는 부조물을 세우 도록 국력을 기르라.

인조 16년 2월, 청이 다그친다.

"너희가 숭덕 황제의 송덕비를 아직까지 세우지 않는 이유가 뭐냐?"

혼겁을 먹은 왕이 최대 문장가인 장유, 이경전[1], 이경석[2], 조희일[3]에게 삼전도비문을 지어 올리라고 명령했다. 장유가 비문을 지을 수 없다고 상소를 올리자,

"왕명을 거역하는가? 속히 지어 올리라."

다급해진 왕이 사돈의 상소마저 물리치고 독촉했다.

이경전은 병으로 끝내 짓지 못했다.

장유, 조희일, 이경석이 지은 비문을 청에 바쳤다.

청은 이경석의 글을 고쳐 쓰라는 칙령[4]을 내렸다.

임금이 이경석만을 불러 놓고는,

"저것들이 이 글로써 우리의 복종을 시험하니 국가 존망이 이 비문에 달렸다. 월구천[5]이 오의 신첩 노릇을 했으나 오를 멸망시켰다. 나라가 강대하게 됨은 나에게 달려 있으니, 그들의 비위에 맞게 고치라."

---

1) 이경전李慶全: 명종 22년(1567)-인조 22년(1644), 관향은 한산韓山, 호는 석서石棲, 문과 급제, 호당湖堂에 들어갔고, 한평군韓平君에 추봉되고, 좌참찬左參贊에 이르렀다. 문장이 뛰어남. 저서는 『석서유고石棲遺稿』 4권.

2) 이경석李景奭: 선조 28년(1595)-현종 12년(1671), 본관은 전주全州, 호는 백헌白軒, 문과 급제, 시호는 문충공文忠公. 나라의 치욕을 홀로 걸머지고 삼전도비문을 지음. 영의정, 영돈영부사領敦寧府使에 이르렀다. 효종 때 왜구 방비를 위한 성지의 수축 신청을 청은 북벌北伐로 보고 탄압하자, 이 일은 영의정인 자신의 단독 행위임을 말하고 스스로 백마산성에 갇혀 왕의 책임을 모면시켰다.

3) 조희일趙希逸: 선조 8년(1575)-인조 16년(1638), 관향은 임천林川, 호는 죽음竹陰, 문장가, 문과 급제, 참판에 이름. 저서는 『경사질의經史質疑』 10여 책, 『죽음집』.

4) 칙령勅令: 칙명勅命, 칙지勅旨, 황제의 명령, 임금의 명령.

5) 월구천越句踐: 중국 춘추시대 오吳나라와 월越나라는 국경을 접하고 있었다. 월나라 구천이 오나라의 부차夫差에게 회계산會稽山에서 패하여 항복했다. 쓸개를 빨면서[嘗膽, 상담] 복수하기를 작정하고, 20년 후 부차를 죽여 패자覇者가 되었다.

하고 요구했다. 이경석이 비문을 고쳐 짓고 오준[1]이 글씨를 쓰고 여이
징[2]이 전자를 썼다. 이경석은 형을 보고 울었다.

"형님, 글을 배워 치욕스런 글을 짓는 것이 한스럽습니다."

삼전도한비문三田渡汗碑文

우리 편이 화의를 깨트리자 대청 숭덕 원년 겨울, 관온인성 황제께서 군
대의 위엄으로 동녘을 치시니 항거하는 자가 없었다. 임금께서 남한산성
에서 두려워 봄날 얼음을 밟는 것 같아 밝은 해를 기다리시기 5순이었다.
사방의 군사가 패해 무너지고 성 안의 양식은 떨어졌다. 황제의 대군이 성
에 육박하시니 화롯불이 조그만 새털을 태우려는 것 같았다. 황제께서
죽이지 않으시고 칙유[3]를 내려 덕을 펴셨다.

"오라. 짐은 너를 온전하게 하겠다. 오지 않으면 도륙하겠다."

임금께서 '대국에 평화를 의탁한 지 10년에 미혹하여 스스로 상국의 정
토를 불러 만백성이 어육이 되게 한 죄 크도다.' 황제께 죄를 청하니 예로
대하시고 심복으로 허락하셔서, 눈서리는 봄이 되고 가물던 땅은 단비로
바뀌어, 끊어지던 사직도 되살아나 새때처럼 흩어졌던 백성들이 제자리
로 돌아왔다.

아아! 장하도다. 한강 상류 삼전도는 황제께서 머무시던 곳, 임금께서
단을 높이고 비석을 세워 황제의 덕을 영원히 드날리게 하심은 천지자연
과 함께함이니 우리만이 의지하랴. 대국의 어지심에 모두 귀순하도다. 일

---

1) 오준吳竣: 선조 20년(1587)~ 현종7년(1666). 관향은 동복同福. 호는 죽남竹南. 문과 급제. 조선
　중기의 서도가. 판중추부사判中樞府事에 이름. 저서는 『죽남당집』.

2) 여이징呂爾徵: 17세기 인조 때의 서도가. 관향은 함양咸陽. 부제학副提學. 공조참판工曹參判.
　글씨를 잘 쓰고 역학曆學에도 밝음.

3) 칙유勅諭: 황제나 임금의 선유宣諭. 칙교勅敎. 칙어勅語.

월의 웅대함을 본떠 황제의 위대하신 공덕의 만분지일이나마 삼가 그 대략을 기록하노라.

비명碑銘[1]

하늘이 서리와 이슬을 내리심이여,

만물을 죽이기도 포용하기도 하도다.

황제만이 본받아 위엄과 은덕을 베푸시네.

동방을 정벌하신 군사 십만이라.

사방 종족이 앞장서 달리니 위세가 찬란하도다.

폐하의 밝은 가르침, 자다가 깨어난 듯,

우리 임금 신민을 이끌고 귀순하시네.

위엄이 두려워서가 아니라, 덕에 의지하셨네.

흔연히 웃음을 머금고, 병기를 거두시네.

임금께서 서울로 돌아오시니, 황제의 은혜로다.

피폐함을 애처로이 여기시어 농사를 권장하시니

국토는 예와 같이 되고, 조정이 새로워졌네.

마른 뼈에 살이 붙고, 풀뿌리에 새봄이 왔구나.

한강 가에 우뚝 선 빗돌 아름다운 공덕,

삼한에 영원토록 빛나리라.

----

1) 비명碑銘: 비의 주인공의 설명을 쓴 후에 운韻을 넣어 업적을 압축하여 찬양하는 글.

14. 심동책이

(心同策異 : 나라 사랑하는 마음은 같고 방법은 다르다.)

조선이 항복하던 해에 '청은 군사 오천 명을 뽑아 명을 치라는 요구가 빗발쳤다.' 전쟁 직후 실로 난감했다. 최명길이 파병 불가를 주장했다. 화친에 앞장섰던 분이 파병을 반대하니 군신이 모두 의아하게 여겼다. 최명길은 산성에서는 화친하지 않을 수 없었지만 지금은 명을 칠 수 없다면서, 목숨 걸고 자청하여 청에 사신 갔다. 최명길이 황제를 배알하고, 조선은 3백년간 명을 섬겼고 임란 때 조선을 지켜 준 재조再造의 은혜를 저버릴 수 없다고 담판하여 파병 취소를 허락받았다. 이듬해 또 청의 파병 요구에 최명길이 또 파병 불가를 강변했다. 비국회의에서 최명길을 말렸다. 최명길은 먼저 파병할 수 없다는 글을 지어 청에 보내고, '조선은 이 문제로 죽는 대신이 나와야 한다. 내가 그 소임을 맡겠다.'며 심양으로 갔다. 최명길이 살아 돌아올 수 없다고 친척들은 초상 도구를 가지고 울며 따랐다.

황제는 물었다.

"누가 감히 징병을 거절하는가?"

"이 일은 국사를 주관한 외신外臣이 결정한 것입니다."

"너는 모가지가 몇 개냐?"

"예, 무슨 말씀이온지요?"

"너의 목을 쳐버리면 너는 무슨 목을 이고 살겠느냐?"

"예, 황송하옵나이다."

"아! 너 같은 걸 다 죽인다면 조선은 몇 사람이나 살아남겠는가?"

황제는 긴 탄식을 했다. 화친을 주선한 최명길마저 죽인다면 황제는 폭군이 될 것이요, 살려 둔다면 성덕은 높아도 권위는 실추될 것이다. 황제는 파병 요청을 중단하지 않을 수 없었다. 유화온유의 큰 정승, 외교의 달인 최명길은 이번에도 살아났다.

왕은 파병하지 않은 게 영의정의 단독 행위라며 최명길을 파직시켰다.

청의 파병 요청은 인조 17·18년에도 계속되었다. 그러자 파병 반대 상소가 빗발쳤다. 용골대가 파병 반대 상소를 올린 다섯 신하를 체포하여 심양으로 끌고 갔다. 김상헌은 청으로 끌려가면서 시조를 읊었다

"가노라 삼각산아 다시 보자 한강수야

고국산천을 떠나고자 하랴마는

시절이 하수상하니 올동말동하여라."

칠십 노구로 장거리 압송에 기진맥진해도 오랑캐에게 굽힐 수 없다는 기백만은 하늘을 찌른다. 형부상서 질가왕이 문초한다.

"국왕이 성을 나올 때 너는 왜 따라오지 않았는가?"

"병이 중하여 따르지 못했다."

"환자가 안동은 어찌 갔는가?"

"병의 차도가 있어 갔다."

"병이 나으면 임금을 뵙고 가는 것이 도리가 아닌가?"

"늙어 벼슬을 감당하지 못하기 때문이다."

'왜 관직과 고신[1]도 받지 않았는가?"

---

1) 고신告身: 임명장.

"늙은 사람을 쓰지 않을 것이라 여겼다. 고신은 본래 없었는데 웬 말이냐?"

"청이 수군을 징발할 때 반대 상소는 왜 올렸는가?"

"상소는 신하의 도리이다. 늙어도 상소는 올릴 수 있다. 전하께서 채택도 않으셨는데 왜 따지냐?"

문초받는 자가 더 당당하다. 죄인들에게 모두 사형을 내렸다. 황제가 덕을 베풀어 사형을 면제했다.

그 후 명의 홍승주[1]의 변절로 최명길이 명과 내통한 것을 청이 알고 인조 20년 김상헌의 옆방에 가두었다. 김상헌은 마음을 열었다.

| 조용히 찾아보니 이승과 저승이 반가운데 | 從尋兩世好 |
| 문득 백년의 의심이 풀리노라. | 頓釋百年疑 |

최명길이 반갑게 화답했다.

| 그대 마음은 돌과 같아 끝내 풀릴 줄 모르건만 | 爾心如石終難解 |
| 내 마음은 고리와 같아 둥글게 돌아갈 뿐이로다. | 吾心如環信所隨 |

두 분의 나라 사랑하는 마음은 같고 방법은 달랐다. 천하를 통일한 청은 조선 죄인들을 모두 석방하면서 황제를 향하여 네 번 절하고 나가라고 했다. 그러자 김상헌은 '허리가 아파서 구부릴 수 없다.'면서 절 한 번도 안 하고 나오고, 최명길은 그까짓 것 절하는 것이 무슨 상관이냐며 절을 하고 나왔다.

---

1) 홍승주洪承疇: 명의 병부 상서. 청의 포로가 되어 변절하여 청의 병부 상서가 되었다. 명의 유신遺臣들의 반란을 진압하여 무영전 대학사武英殿大學士가 되었다. 홍의 고변으로 최명길이 명과 내통한 것을 알고 청이 최명길을 잡아갔다. 시호는 문양공文襄公이다.

성리학자 김상헌의 지조는 어렵고 쉬움을 넘어 명분에 충실했고, 양명학자 최명길의 유화는 나라와 백성을 살리는 평온과 실리를 택했다.

15. 끝없는 의구심

    왕이 궁궐에 돌아왔으나 세자는 인질 가고 백성은 포로로 끌려가고, 관료들은 오랑캐에 항복한 더러운 나라의 벼슬을 버린다.

    청은 조선의 목을 조인다.
    임금은 청에 입조[1]하여라.
    명을 칠 때 너도 파병하여라.
    양국 관료들은 사돈을 맺어라.
    도망친 환향녀[2]를 잡아 보내라.
    조선에 귀화한 한족, 올량합족을 쇄송[3]하여라.

    후궁 조소용이 세자를 헐뜯고, 왕은 세자를 의심한다. 왕이 청에 입조하는 것을 막으려고 도망하여 돌아온 포로와 그 가족, 거지, 여행자까지 잡아 보내지만, 숫자는 모자라기만 하니 낭패다. 압록강 변은 아비규환이다. 도망 오는 자를 포졸이 되쫓아 보낸다.
    심양관瀋陽館은 외교의 관문이다.

---

1) 입조入朝: 조정에 들어가는 것. 조선 왕이 청나라에 들어가는 것. 관리가 조회에 들어가는 것.

2) 환향녀還鄕女: 청의 포로였다가 속환되어 고향에 돌아온 여자들을 말하는데, 절개를 잃었다고 폄하하여 '화냥년'이라고 불렀다.

3) 쇄송刷送: 붙들어 되돌려 보냄.

세자 내외는 포로를 속환하여 농사와 무역으로 이익을 남겨 청을 반대하다가 붙잡혀 온 관료와 죄인들의 옥바라지를 하고, 현실적 타협으로 조선의 부담과 오해를 줄이고 청의 인정을 받으니, 왕은 지조 없이 굽실거리는 걸로만 본다.

인질 9년간 청은 세자의 조선 체류 기간 한 달간씩 두 번 귀국을 허락했다.

첫 번째는 왕의 병간호를 하도록 세자의 귀국을 허락하고 청 태종이 송별연을 열어 대홍단룡의大紅短龍衣를 선사하며 입으라고 했다. 세자는 깜짝 놀라 사양했다.

"폐하, 이 옷은 임금만이 입을 수 있사와 사양하오니 거두어 주십시오."

부왕父王은 세자가 옷을 사양하는 것마저 오해한다.

"저것이 오랑캐에게 굽실거리면서, 그곳에서는 왕 노릇을 하는구나?"

"황제가 왕에게는 청에 입조하라면서 세자에게는 왜 친절한가?"

세자의 귀국에 세손 석철, 동생 인평대군 내외와 용성대군 내외 등 5명을 봉황성에서 교체하여, 세자는 조선으로 오고 세손 일행은 심양으로 간다. 세자의 귀국을 요청한 정조부사[1] 이경헌[2]과 서장관 신익전[3]은 곤장[4]을 쳐서 귀양 보낸다. 인조 17년 3월 부왕을 간병하러 온 세자에게 '오랑캐에게 굽실거리면서 귀국은 왜 하는가? 청은 왕을 교체시키려고 세자를 보내는가?'라며 의심한다.

---

1) 정조부사正朝副使: 새해 인사하러 가는 사신인 정조사正朝使 중에 정사正使의 아래에 있는 부사副使.

2) 이경헌李景憲: ?-효종 2년(1651). 관향은 덕수. 호는 지전芝田. 문과 급제. 한성판윤漢城判尹, 예조참판. 인열왕후 옥책문玉册文 제작.

3) 신익전申翊全: ?-현종 1년1660. 도승지, 참판. 신흠申欽의 아들. 순박, 겸허하고 문사文辭에 뛰어남.

4) 곤장棍杖: 죄인을 때리는 막대기.

사신이 칙서[1]를 올렸다.

"너의 신하들이 보낸 아들이 서자, 양자, 먼 일가들이니 잘 살피라."

"너의 관료들이 청의 관료들과 사돈 맺기를 거절하지 못하게 하여라."

"전의 사신 마부달이 만독[2]으로 죽었음을 유념하라."

칙서를 본 왕은 '나는 세자를 보냈는데 경들은 이럴 수가 있나?'라고 한다.

혼인 문제가 대두되자 최명길이 '양자와 양녀를 정하여 청에 보내자.'고 발의하여 왕이 허락했는데, 칙서에 겁먹고 최명길마저 죄 주려 한다. 관료들은 세자의 귀국에 최대의 예우와 행사를 주선하려는데 왕은 일축해 버린다. 세자는 절망의 응어리만 안고 되돌아간다.

두 번째는 세자의 장인 강석기[3]가 죽자 청이 세자내외를 귀국시킨다.

김자점[4]이

"신이 심양에 가면, 역관 정명수가 세자의 영구 귀국을 청하게 하면 어쩔까요?"

"왕의 유고 시에 세자를 보낸다고 했으니, 청의 참뜻을 모르므로 청할 수 없다."

이번에도 세자 내외와 세손 일행이 봉황성에서 교체한다.

인조 22년 정월 20일, 세자 내외가 귀국했다.

2월 초 9일 삼정승이 아뢴다.

"세자빈의 부친 문상을 허락하여 주옵소서."

---

1) 칙서勅書: 임금이 특정인에게 알리는 문서.

2) 만독慢毒: 독살毒殺

3) 강석기姜碩期: 선조 13년(1580)–인조 21년(1643). 관향은 금천衿川. 호는 월당月塘. 문과 급제. 시호는 문정공文貞公. 우의정. 예학禮學에 정통함. 소현세자의 장인. 세자빈의 사사 사건賜死事件으로 관직 박탈됨. 숙종 때 복관復官됨.

4) 김자점金自點: ?–효종 2년(1651). 본관은 안동 김질金礩의 5대손. 호는 낙서洛西. 인조반정으로 낙흥 부원군洛興府院君. 영의정. 옥사로 처형됨.

"과인이 재변과 민심을 걱정하여 법 밖의 예는 생각할 틈이 없다."

이튿날 3정승은 세자빈의 문제로 면직을 청했다.

"빈궁이 문상 허락을 받고 와서 문상도 안 하고 간다면 청이 의심할 텐데, 전하께서 물리치시니 신들은 대죄[1]하오니 면직시켜 주옵소서."

"짐이 규례를 고집함은 뒤의 폐단을 염려해서이다. 경들은 사직하지 말라."

살을 에는 만 리 길을 왔다가 아버지의 문상은커녕 병든 어머니의 문병도 못 하고 돌아가는 세자빈의 가슴은 시꺼먼 숯덩이다.

1) 대죄待罪: 임금이 처벌하여 주기를 청하여 죄를 기다림.

16. 사람의 도리

김 효부는 환향하는 날 자진할 결심을 단단히 하고 왔건만, 남편의 지극한 사랑과 온 문중이 극진히 환영하는 바람에 그 시기를 놓치니, 뱃속의 새 생명까지 그릇되게 하는 것은 죄를 더 짓는 일이라는 생각에 영영 그 시기를 놓치고 말았다.

마음씨 착한 공씨 댁 종부가 돌아왔다는 소문이 퍼지자 식구가 불어난다.

계집종이었던 분녀와 기선이 난리가 끝난 해 가을에 돌아왔다.

"진사어른, 쇤네[1]가 돌아왔습니다."

"이것들 봐라. 난리가 언제 끝났는데 어디에 있다가 이제야 돌아오느냐?"

"죽을죄를 지었습니다."

"어디에 있었느냐고 묻는데 왜 대답을 않느냐?"

"죽을죄를 지었습니다."

되놈들이 마을을 덮치자 걸음아 날 살려라 하고 천장만장 도망갔다가, 평란이 되고 일 년 농사도 끝난 가을에 돌아오는 것은 더 물어볼 것도 없는 일 아닌가? 어디 간들 종년보다 못 하겠는가. 생각하고 돌아다녀 보았지만, 세상살이가 그리 만만하겠는가? 입에 풀칠이라도 하려면 결국 종살이밖에 더 하겠는가? 멀리 있어도 광주고을 공 진사댁 효부 아씨가 돌아왔다는 소문을 듣고 솜털같이 따뜻하던 아씨의 인품을 생각하여 찾아온

---

1) 쇤네: 하녀나 하인들이 웃어른에게 자기를 스스로 낮추어 이르는 말.

것이다. 공 진사는 더 따지지 않고 한마디 내뱉는다.

"안으로 들어가 보아라."

분녀와 기선이 들어오는 것을 본 김 효부는 두 손으로 종년들의 손을 각각 잡고

"아이고, 이것들아, 어디에 있다가 이제야 돌아오느냐?"

"쇤네가 죽을죄를 지었습니다."

"괜찮다, 괜찮아. 몸이나 성하냐? 다른 탈은 없느냐?"

"마님 뵈올 면목이 없습니다."

"괜찮다. 내 너희들 마음 다 안다. 이제라도 돌아왔으니 다행이다."

"마님 뵙기가 너무 죄송하옵니다."

"무엇이 그렇게 죄송하냐?"

"큰 마님은 돌아가시고 아씨님들은 붙들려 가서서 집이 거덜 났다는 소식을 듣고도 저희들 살 궁리만 하고 도망을 갔으니 죄송 하옵지요."

"얘들아! 난리에 몸 성히 살아 돌아왔으니 그런 다행이 없지 않느냐? 이제부터 너희들은 어머니라고 불러라."

"쇤네가 어찌 감히 마님에게 어머니라고 부를 수가 있겠습니까?"

"나는 너희들을 내가 낳은 딸로 생각할 테니, 너희들도 어머니로 생각하여라."

"예, 어머니, 참으로 감사하옵니다."

"오늘부터 너희들은 시키는 일만 하려는 생각은 버리고, 어떻게 하는 것이 사람의 도리인가, 어떻게 하면 살림을 잘사는 것인가를 생각하여 노력하여라. 모르고 어려운 일이 있으면 기탄없이 물어라. 물어서 고칠 줄 아는 사람이 현명한 사람이다."

"예, 어머니"

분녀와 기선은 한번쯤은 볼기를 맞든지 엄한 벌을 받을 각오를 하고 내

려왔는데, 마님께서 이렇게 반가워하면서 어머니라고 부르라고 하니, 이렇게 좋으신 분인데 지레 겁먹고 진작 돌아오지 않은 것이 후회가 된다. 가사 일을 알아서 척척 하니 능률도 오르고 재미가 있어 세월이 즐겁기만 하다.

강쇠와 떡바위는 무슨 수를 써서라도 종놈의 신세를 면해 보겠다고 마음을 굳게 먹고, 여주고을의 두메산골에 들어가서 움막을 묻고, 산중허리 편편한 곳의 나무를 베어 말린 후 불을 질러 열심히 화전을 일구었다. 봄에는 감자를 심고 가을에는 콩, 조, 메밀을 심어서 풍성하게 자랐는데, 늦여름부터 비가 내리지 않아 종자 값도 못 구해 일 년 헛고생만 하게 되었다. 결국 빈손으로 산에서 내려와 형주리 황참봉 댁에서 날품을 팔았다. 저녁에 그 댁 하인에게 물어보았다.

"이 댁에 분녀와 기선이가 있는 줄 아는데 어디로 갔습니까?"

"아! 분녀와 기선이는 난리 전에 광주 송덕리 공 진사 댁의 계집종으로 있었는데, 그 댁 효부 며느리가 속환되어 왔다는 소문을 듣고 공씨 댁으로 들어갔습니다."

그 말을 듣고 그들은 당장 공 진사 댁을 향해 길을 나섰다.

사실 강쇠와 분녀, 떡바위와 기선이는 공 진사 댁에 있을 때부터 눈이 맞아, 머슴애들이 화전을 일구어 밑천이 생기면 혼인하여 살기로 했었다. 그렇게 굳은 약조를 하고 계집종들은 황 참봉 댁으로 들어가고 사내종들은 큰 희망을 품고 산중으로 들어갔는데, 가뭄이 심하여 산골이나 척박한 땅에는 추수할 게 하나도 없을 것이라는 말을 듣고 계집종들은 전 주인을 찾아가고 사내종들도 계집종들을 찾아가지 않을 수 없었다.

난리가 끝난 후 노비들이 돌아오지 않은 것은 종살이를 면하려고 도망간 것을 누가 모르겠는가? 사내종들은 곤장을 되게 맞을 작정을 하고 엉덩이에 헝겊을 친친 감고 들어갔다.

"진사어른, 쇤네들이 돌아왔습니다."

"어허, 이것들 봐라. 멀쩡하게 살아 있으면서 돌아오지 않다가 이제야 오는가?"

"죽을죄를 지었습니다. 용서하여 주십시오."

"죽을죄인 줄 알면서도 진작 돌아오지 않았단 말이냐?"

"예, 잘못되었습니다. 한 번만 용서하여 주옵소서."

"난리를 무사히 넘기고 몸이나 성하다면 그런 다행이 없다. 안으로 들어가 봐라."

안으로 들어가서 젊은 서방님 인록에게 인사를 드린다.

"서방님, 쇤네들이 돌아왔습니다. 용서하여 주십시오."

"뭐 이런 놈들이 다 있어! 죽으려고 환장을 했나? 도망갔던 놈들이 제 발로 걸어 들어오다니? 이걸 곤장을 쳐서 죽이나 살려두어야 하나? 알다가도 모르겠네."

"서방님, 제발 목숨만은 살려 주옵소서."

"이놈들아, 목숨을 살려 놓으면 또 도망가려고?"

"앞으로는 절대로 도망가지 않을 것이오니 제발 살려만 주십시오."

"이놈들아, 네놈들의 볼기를 때릴 놈이 한 놈도 없다. 한 놈이 먼저 곤장을 치고 맞은 놈이 다른 놈의 볼기를 치겠느냐?"

"저희들이야 서방님 시키는 대로 하옵지요."

"그러면 곤장과 장판[1]을 찾아오너라."

두 놈이 온 집안을 돌아다니다가 와서는 말한다.

"아무리 찾아도 곤장도 없고 장판도 없습니다."

"어허, 이것들 봐라. 허허.……

네놈들의 복이다. 제 발로 찾아온 놈을 상을 줘야지 벌을 줄 수야 있겠

---
1) 장판杖板: 죄인을 엎어 놓고 팔 다리를 묶는 틀.

나? 되놈들에게 끌려가지 않고 살아 있었으니 그런 다행이 없지 않느냐? 다른 사람들은 어떻게 되었는지 모르느냐?"

"저희들 둘만 같이 있어서 다른 사람들의 사정은 전연 알지 못하옵니다."

"잘 돌아왔다. 새로운 각오로 잘 지내보자."

"예, 감사합니다요."

그날 저녁 김 효부는 남편에게 말했다.

"저것들이 돌아왔으니 몇 년 잘 가르쳐서 면천1)시키고 성례2)시켜 내보냅시다."

"그게 무슨 말이오?"

"저것들이 원하는 것을 들어 주는 것도 적선이 아니겠습니까?"

"당신은 점점 어려운 말만 하는구려."

"낭군님은 저것들이 왜 돌아왔는지 짐작이 가지 않으십니까?"

"아랫것들 마음을 내가 어찌 알겠습니까?"

"아무런 희망이 없는 남의 집 종노릇하고 싶은 사람이 어디 있겠습니까? 종살이를 벗어나 보려고 온갖 노력을 다 하다가, 잘되지 않으니까 들어오기 싫은 것을 억지로 들어오지 않을 수 없었던 것 아니겠습니까?"

"당신이 신령이요? 아랫것들 속마음까지 어떻게 꿰뚫어 안단 말이오?"

"본래 강쇄와 분녀는 눈이 맞았고, 떡바위와 기선은 서로 좋아했는데, 난리에 저희들끼리 도망가서 무진 애를 써 봐도 입에 풀칠도 못 하니, 들어오기 싫은 것을 들어오지 않을 수 없어 들어온 것 아니겠습니까? 몇 년 잘 가르쳐서 내보냅시다."

"당신의 착한 마음은 알아줘야 되겠습니다. 당신 좋으실 대로 하시오."

"낭군님, 참으로 감사합니다."

1) 면천免賤: 천인賤人 신분을 면제시킴.
2) 성례成禮: 혼인의 예를 올림. 결혼식.

며칠 후 김 효부는 연놈들 넷을 한꺼번에 불러 놓고 말했다.

"내 너희들 마음 다 안다. 세상일이란 그렇게 만만한 게 아니다. 면천하는 것이 문제가 아니다. 면천 후에 살아갈 방도가 없어서 스스로 남의 집 종으로 다시 들어 갈 때는 처음보다 더 서글플 것이다. 너희들 열심히 노력하여 스스로 살아갈 능력이 되겠다 싶을 때, 내가 너희들을 혼례 시키고 면천하여 보낼 테니 잘해 보아라. 너희들 능력이 안 되겠다 싶으면, 십 년이 되어도 면천은 고사하고 혼례도 시키지 않을 테니, 그런 줄이나 알아라."

"예, 어머님 감사합니다."

"예, 마님! 감사합니다."

"너희들 좋아하는 사람끼리 손 한번 잡아 보아라."

마님의 말이 떨어지자 강쇠와 분녀, 떡바위와 기선이 빙그레 수줍어하면서 서로 손을 꼭 잡고 놓질 않는다.

"그래, 그래, 역시 내 짐작이 맞구나! 나는 약속을 꼭 지킬 테니, 너희들도 내 기대에 어그러지면 아니 된다. 알겠느냐?"

"예, 감사합니다."

떡바위는 강쇠에게 말한다.

"양반들 심보도 모르겠고, 아씨님 마음도 알 수 없단 말이야."

"떡바위는 무슨 말을 하는 거야?"

"양반들은 자기 각시는 아들 낳기를 바라면서 종년은 왜 딸 낳기를 바라는 거야?"

"너는 그것도 모르냐?"

"대답이나 해보라니까?"

"종년의 새끼도 주인의 종이 되니, 노비의 수를 늘리려면 계집종이 더 나을 밖에."

"그런데 늙은 종도 아니고 아이 종도 아닌, 한창 값나갈 젊은 종을 한꺼번에 넷이나 면천시켜 주시겠다니, 우리가 아씨 말씀을 믿어도 되겠는가 말이야?"

"너는 별 걱정을 다하는구나. 관세음보살이라고 소문난 아씨 말씀을 믿지 못한다면 누구 말을 믿겠냐? 너는 너 할 도리나 잘하란 말이야."

"그렇다면 당장 면천시켜 주시지 않고 미루기는 무엇 때문에 미루는가 말이야?"

"이 바보야, 너는 지난 일 년 동안 진탕 고생을 하고도 그것도 모르나? 우리가 혼인하고 나가서 입에 풀칠도 못 하여 다시 남의 집 종으로 들어가지 않도록, 우리 스스로 살아갈 방도를 터득할 때까지 가르쳐서 내보내시겠다는 아씨의 깊으신 뜻을 헤아리란 말이다. 우리가 잘하면 속히 내보낼 것이고, 잘못하면 평생 붙들어 두시겠다는 뜻이니, 네가 하기에 달렸단 말이야. 이놈아, 너 때문에 나까지 붙들려 있게 하지 말란 말이야."

17. 조강지처

돌쇠 아비는 늘 어머니에게 죄송한 마음이다.

"어머니요, 이밥은 한 번도 해드리지 못하고 나물죽만 쒀드려서 죄송합니다."

"그게 어디 네 잘못이냐? 땅뙈기 하나 물려주지 못한 어미의 잘못이지. 비록 나물죽을 먹더라도 화목하니 행복하지 않으냐? 그런데 공 진사 댁에서는 며느리를 속환하여 왔단다. 너도 어미를 데려와야 되잖냐?"

"당연히 그래야지요, 어머니"

"그러면 언제 데려오려느냐?"

"농사 다 지어 놓고 추수를 마친 후에나 속환하러 가렵니다."

"그렇게 늦게 가도 괜찮으냐?"

"그러나 어찌하겠습니까? 농사철에 가면 농사도 짓지 못해서 내년에는 식량이 부족하여 낭패가 되지 않겠습니까? 추수를 일찍 마치고 속히 떠나도록 하겠습니다."

그해 농사를 마치고 추수를 일찍 끝내고 아내를 속환하러 돌쇠 아비는 만주로 떠났다. 여비도 없이 길을 나서니 마음을 느긋하게 먹을 수밖에 다른 도리가 없다. 해가 지면 아무 데서나 자고, 나무를 해주거나 일을 해주고 밥도 얻어먹으면서 북쪽으로 걸어갔다. 시월 초생에 떠났는데 동짓달 그믐께에야 찬바람이 살을 에는 만주 벌판을 지나 심양에 도착했다. 말도 통하지 않는데 묻고 또 물어서 속환 장소로 가니, 그렇게도 북적거렸다는데 지금은 한산하기 그지없다.

"조선국 경기도 광주부 송덕리에 사는 돌쇠 어머니를 찾으러 왔습니다."

그러자 내일 다시 와보란다. 이튿날 아침에 가니 한 사람이 아내를 데리고 나왔다. 아내를 데리고 온 되놈에게 꾸벅꾸벅 절을 열 번도 더하고, 두 사람이 끌어안고 한참을 울고 난 후에 묻는다.

"몸이나 성합니까?"

"동상에 걸려 쑤시고 따갑고 근지러워 배길 수가 없습니다."

하면서 발을 내보인다. 퉁퉁 부어 벌건 발이 제 모양이 아니다.

"발이 썩어 들어가는 것 아닌가? 많이 아프지요?"

하고 쓰다듬으니 열이 후끈후끈 난다. 그 사이를 참지 못하여 남편의 손을 밀어내며 두 손으로 슬슬 긁는다. 세게 긁으면 시원하겠는데, 이젠 아파서 세게 긁지도 못한다. 남편은 애처로워 눈물에 젖어 뻔질뻔질한 낯을 닦지도 않은 채 그렁그렁한 눈으로 되놈에게 묻는다.

"속환을 하려는데 얼마를 드리면 되겠습니까?"

되놈이 여자를 한번 보고 남자를 한번 보면서 사람을 번갈아보더니,

"닷 냥만 내시오. 닷 냥, 닷 냥."

하면서 다섯이란 표시로 손바닥을 쭉 펴 보인다. 사실 돌쇠 아비는 집에서 떠나올 때 겨우 닷 냥밖에 구하지 못했다. 그 닷 냥을 쌈지에 싸고 쌈지를 전대에 넣어서 어깨에 메고 있었는데, 저고리 고름을 풀고 전대를 풀어서 전대 째 되놈에게 주고 다시 허리를 푹 숙여 절을 한다. 되놈이 전대 속에 있는 쌈지를 열어 보니 딱 맞게 다섯 냥이 들어 있다. 되놈은 마음속으로 생각했다. '내가 말해도 딱 맞게 말했구나.'

되놈이 돌쇠 어멈을 한 번 보고 아범을 한 번 보더니, 넉 냥을 자기가 가지고 한 냥을 돌쇠 아범에게 도로 준다. 되놈이 보기에도 이 사람들이 돈 한 푼도 없이 이 추운 겨울에 만주 벌판을 지나 조선까지 어떻게 갈

수 있겠나 싶은 게, 하도 딱해서 한 냥을 도로 준 것일 것이다.

돌쇠 어미가 동상에 걸려 밤낮 아프고, 워낙 통증이 심하여 일도 못 해서 팔아먹으려 해도 병신이요 환자라서 단돈 한 푼이라도 돈을 주고 사갈 사람이 나타나지 않았었다. 그렇다고 그냥 죽일 수도 없어 골치 덩어리였는데, 마침 속환하러 왔으니 그런 다행이 어디 있겠는가?

대청제국의 수도 심양의 거리에는 사람 하나 얼씬거리지 않는다. 침이 탁탁 얼어붙고 오줌줄기가 금방 고드름이 되어 땅바닥에 떨어지는 깡 추위에 길가는 사람이 있을 턱이 없다. 아내를 등에 업고 걸으면서 사람만 만나면,

"아내를 속환한 조선 사람인데요, 갈 데가 없으니 어디로 가면 좋겠습니까?"

하고 물었으나 말을 알아듣는지 마는지 손사래를 치며 그냥 지나쳐 버린다. 마침 조선사람 같은 어떤 사람이 세자가 계신 조선세자 궁에 가보라면서 길을 가리켜 준다. 조선세자 궁에 들어서서 아내를 땅바닥 내려놓는다. 문 앞에서 지키던 사람이 어쩐 일이냐고 묻는다.

"아내를 속환은 했으나 동상에 걸린 아내가 걷지 못해서 여기로 왔습니다."

"당신 같은 사람이 모두 이리로 찾아오면 어찌하느냐?"

이렇게 실랑이하는 것을 마침 황제 궁에 다녀오던 세자가 보고, 날씨가 추운데 우선 안으로 들어오라고 했다. 안으로 들어가니 한기가 놓여 살 것 같은데, 세자빈께서 보고는 궁인에게 물을 가져와서 발을 씻기라고 말했다. 따뜻한 물을 가져와서 발을 씻기려 하자, 돌쇠 어멈이 황공하여 자신이 발을 씻는다. 뜨뜻한 물에 차가운 발을 담그니 발이 저려 배기지 못한다. 물이 식기를 기다려 어지간히 식은 후 발을 씻는다. 세자빈이 퉁퉁 붓고 벌겋게 달아오른 발을 보고서는 묻는다.

"어찌 이 지경이 되도록 그냥 두었느냐?"

"조선에서 만주로 끌려올 때 등에는 짐을 잔뜩 지고 다 떨어진 짚신을 끌고 걸으니, 동상에 걸려 근지럽고 따갑고 쑤셔서 견디지 못하겠습니다."

"약도 쓰지 않았는가?"

"약이 어데 있겠습니까? 호인이 소인을 팔아서 돈을 벌려고 했을 텐데, 팔려고 해도 환자를 누가 사겠습니까? 죽이지도 않아서 그 집에 그대로 있었사옵니다."

"아이고 이 사람아, 조선에서 여기까지 거의 맨발로 걸어왔단 말인가?"

"아니옵니다. 대동강 부근에서 공 진사 댁 아씨님을 만나 가죽신을 얻어 신고 왔습니다."

"아씨가 누구인가?"

"저희 마을에 살던 분이신데, 되놈에게 붙들려서도 말을 타고 가면서, 당신이 신고 있던 가죽신과 버선까지 벗어서 소인에게 신겨 주고 맨발로 가셨습니다."

"가죽신은 다 떨어졌는가?"

"아니옵니다. 소인이 간수하고 있사옵니다."

"왜 그 신을 신지 않는가?"

"언젠가는 가죽신을 아씨님께 돌려 드려야지요."

"허허, 이 사람아, 그분이 돌려받으려고 신을 주었겠는가? 그 신을 신고 자네의 발이 건강하다면, 가죽신을 드리는 것보다 더 반가워하실 걸세."

"그렇겠습니까?"

하면서 보따리를 끌러 꼭꼭 싸매 두었던 가죽신과 털버선을 꺼내 신어 본다. 가죽신은 떨어지지 않아 새것 같고, 털버선은 뒤축은 약간 헐었으나 겉은 멀쩡하다.

세자빈이 보고 말한다.

"이 담비 털버선은 질이 참 좋은 것이다. 나갈 때는 담비 버선을 신고 궁에서는 무명 버선을 신으면 발이 보호되지 않겠는가. 가죽신도 아끼지 말고 꼭꼭 신어라."

"예, 마마님."

저녁에 세자가 와서 내관에게 물었다.

"오늘 낮에 환자 내외가 온 줄 아는데 어찌 되었는가?"

"궁에 그대로 있습니다."

"그 사람들을 이리로 데리고 오너라."

내관이 안으로 들어와서 돌쇠 어미 내외를 데리고 세자 앞으로 나아갔다. 둘은 세자께서 당장 나가라고 하시면 어찌하는가 하고 마음속으로 걱정하면서 세자에게 함께 절을 올렸다. 세자가 말한다.

"몸이 성치 못하다더니 어떤가?"

"안사람이 동상에 걸려서 약간 아픈 것 같습니다."

"동상은 어디에 걸렸는가. 상처를 보여라."

"발이 동상에 걸렸습니다."

돌쇠 애비가 대답하고 돌쇠 어미는 겁이 나서 벌벌 떨면서 그대로 앉아 있다. 세자가 다시 말한다.

"속히 발을 내어 보이래도."

세자의 하명에도 그대로 앉아 있던 돌쇠 어미가 드디어 세자빈이 준 버선을 신은 채로 발을 조금 앞으로 내민다.

"버선을 벗어 보아라."

버선을 벗으라니 움찔하여 그대로 앉아 있다가 용안을 우러르다 말고, 버선을 벗어서 맨발을 앞으로 조금 내밀고 있다. 벌겋게 퉁퉁 부어 달아오른 발을 보고는 의자에 앉아 있던 저하께서 방바닥으로 털썩 내려앉더니 두 손으로 발을 감싸 쥐고 쓰다듬으며 말한다.

"얼마나 아프겠는가? 모두 다 나라가 잘못하여 순박한 백성들이 이 고통을 당하게 하는구나. 나의 죄가 참으로 크다."

서 있던 돌쇠 아범이 방바닥에 화닥닥 주저앉아

"저하! 황공하옵나이다."

하면서 감격하여 엎드려 어쩔 줄 모른다. 세자가 또 말한다.

"사람의 몸은 다 같은 거야. 발이 저 모양이 되면 얼마나 고통이 심하겠느냐? 우리 포로들이 다 저럴 테니 진실로 안타까운 일이로다. 내관은 어의를 부르라."

내관을 따라온 어의가 부복하고 있다.

"어의는 이 사람의 동상을 잘 치료하라."

"부족한 약재가 다소 있을 것 같사옵니다."

"있는 대로 최선을 다할 뿐이 아닌가?"

돌쇠 어미 내외는 이대로 쫓겨 가는 것이 아닌가 하고 떨고 있었는데, 풀솜같이 따뜻한 저하의 손이 닿자 동상이 저절로 다 낳는 것 같은 기분을 느낀다.

그 후로 두 사람은 지성이다. 남자는 허드렛일을 하고 여자는 앉아서도 음식 장만 하는 걸 도우니, 세자궁에서도 없어서는 안 될 사람이 되었다. 세자빈이 돌쇠 아범에게 말했다.

"돌쇠 아범 내외가 워낙 성실하니 여기에 계속 있었으면 좋겠는데, 돌쇠 아범 생각은 어떤가?"

"아니옵니다. 집에는 늙으신 어머니와 일곱 살배기 아들 녀석이 기다리고 있어서 날씨만 따뜻하면 어멈을 업고라도 고향으로 돌아가야 합니다."

설을 쇠고 날씨가 따뜻해지자 세자빈은 돌쇠 아범에게 당나귀 한 마리를 구해 주면서

"귀향하려면 이 당나귀를 타고 가게."

한다. 그리고는 노자까지 내어주었다.

백배사례하고 당나귀에 올라타 아내가 뒤에서 허리를 꼭 껴안게 했다. 고삐를 잡고 콧노래를 부르면서 고향으로 향하니 솜털같이 따뜻하신 세자 양위 분 덕분에 꿈에도 생각 못 했던 호강이요 장가 갈 때도 못 해본 영광을 누린다. 끝없는 대지를 나귀를 타고 달리는 기분은 정승대감도 느껴보지 못했을 것이다.

돌쇠 어멈은 한층 더 신기하여 황홀할 지경이다. 어찌 속환되어 귀향할 꿈이라도 꿀 수 있었겠는가? 보드랍고 따뜻한 털버선 위에 가죽신을 신으니 발의 통증마저 사라진다. 남편의 든든한 허리를 끌어안고 광활한 대지를 달리며 정담을 나누니, 나도 이럴 때가 있는가? 절로 행복에 겨워져 눈물이 흐른다. 가다가 지치면 파릇이 돋는 풀밭에서 나귀는 풀을 뜯고, 두 사람은 나란히 드러누워 따사로운 햇볕을 쪼이며 상념에 젖는다.

"당신은 그런 발로 이 먼 만주까지 어떻게 왔던가?"

"아이고, 말도 마이소. 등에는 짐을 잔뜩 짊어지고 발은 동상에 걸려서 걷지도 못하는데, 다 떨어진 짚신을 끌고 아무리 걸어도 따라가지 못하니 연신 가죽혁대로 후려치는데, 죽을 수만 있다면 얼마나 좋을까요? 마침 대동강 부근에서 아씨님께서 벗어 주신 가죽신과 털버선을 얻어 신고 걸으니 발이 시리지도 않고 날 것 같았어요. 하지만 저녁이면 눈 쌓인 벌판의 파오[1] 구석에서 자려면 떨려서 잠도 오지 않는데, 워낙 피곤하여 깜박깜박 졸기도 했지요."

"그러면 당신 발의 동상은 언제 걸렸단 말인가?"

"그거야 아씨님께서 가죽신을 벗어 주시기 전에 벌써 동상이 들었지요."

"당신을 그렇게 고생하도록 한 이 남편의 잘못이 큽니다. 이제 우리는 만사를 잊읍시다. 내 무슨 조약을 구해서라도 당신의 동상을 기어코 낫게 할 테니, 우리 욕심 부리지 말고 비록 나물죽을 먹더라도 즐겁게 살아갑

---

1) 파오: 몽고나 만주의 이동식 텐트 모양의 집.

시다."

"저는 당신이 찾아오리라고는 꿈도 꾸지 못했습니다. 우리 형편에 어찌 그 먼 곳까지 찾아와서 비싼 속 값을 내고 저를 찾아가리라고 생각이나 할 수 있었겠습니까? 그날 밤에 '호인이 돌쇠 애비가 너를 찾으러 왔단다.' 라고 할 때도 '그럴 리가 없습니다. 밥도 굶는 형편에 어이 사람을 찾으러 올 수 있겠습니까?' 하고 믿질 않았는데, 진실로 찾아오시니 참으로 감사합니다. 상상도 못 할 일을 하셨어요."

"나야 속 값이 적다고 아니 된다고 하면 당신이 있는 되놈 집 머슴살이를 해서라도 당신을 데려올 작정을 했는데, 당신을 찾지 않을 이유가 있겠습니까?"

하면서 몸을 숙여 아내를 꼭 껴안는다. 돌쇠 어멈은 이게 꿈인가 생시인가 하며 눈을 감고 있는데도 눈물이 흘러내려 풀밭에 떨어진다.

집에 돌아오니 시어머니는 며느리를 끌어안고,

"아이고, 어미야! 얼마나 고생이 심했느냐?"

하며 볼을 비비고 손을 어루만지다가 발을 보고는,

"아이고, 어미야! 발이 이게 뭐냐? 동상에 걸려도 단단히 걸렸구나?"

한다. 돌쇠는 어머니에게 안기려 해도 차례가 돌아오지 않아 멀뚱히 서 있다.

그날부터 콩 자루에 발을 파묻기도 하고, 절굿대 뿌리 달인 물에 발을 담그기도 하고, 쇠비름 삶은 물에 담그기도 하여 온갖 좋다는 조약을 다 해도 잘 낫지를 않아도 아픈 중세만은 덜하니 그런대로 살 만하다.

돌쇠 어멈은 가죽신을 잘 닦아서 김 효부를 찾아왔다.

"아씨님! 가죽신 참으로 고마웠습니다. 이 은혜를 어떻게 갚아 드릴까요?"

"이 사람아! 신은 자네가 신고 발이 편하라고 준 것이지 돌려받으려

준 것이 아니네. 이 신은 자네 것이니 자네가 신게."

"아씨님, 참으로 감사합니다. 이 은혜를 어떻게 갚지요?"

"은혜는 무슨 은혜? 지난날 자네의 지극정성에 대한 보답이니 오히려 내가 고맙지."

"아씨님께서 벗어 주신 털버선을 신고 그 위에 가죽신을 신으니 살 것 같아서 그 고마움을 가슴속에 깊이 새기고 있습니다."

돌쇠 어멈은 포로로 붙들려 간 지 2년이 되어 가고 환향한 지 반 년이 지난 후에 아들을 순산했다. 시어머니의 해산바라지는 지성이다.

"여자는 아이를 낳고 산후조리만 잘하면 만병이 없어진단다. 백일 동안은 꼼짝도 하지 말고 조리를 잘하거라."

하면서 며느리를 안심시키고 아들에게도 타이른다.

"애비야, 어떤 자식이라도 정을 주고 잘 키우면 다 착한 내 자식이 되는 거다. 행여 어미에게 섭섭하게 하지 마라. 알았느냐? 명심하여라."

"어머니, 그렇지요. 어머니, 감사합니다."

여자 하나 붙들려 간 후로 온 집안이 말이 적고 이 빠진 사발같이 썰렁했는데, 돌쇠 어미가 돌아온 후로는 대화가 길어지고 가정에 화기가 돈다.

18. 역사의 후퇴

나라에서 국고를 털어 포로들을 몇 번 속환했으나 한강 물을 쪽박으로 떠오는 정도에 불과하다.

인조 15년 7월에 좌의정 이성구[1]가 1천 5백 금金으로 아들을 속환하자 속 값을 올렸다고 파직시켰다.

인조 16년 3월, 상반된 상소가 있었다. 우의정 장유[2]는 며느리가 속환되자

"훼절자로 제사를 받들게 할 수 없으니 새 며느리를 맞게 하여 주십시오."

했고, 승지 한의겸[3]은

"딸이 속환되자 사위가 새로 장가들려 하니 말려 주십시오."

하고 격쟁[4]했다. 장유는 속환자를 내치라. 한의겸은 내치지 말라고 한 것이다.

좌의정 최명길이 말했다.

------

1) 이성구李聖九: ?-인조 21년(1643). 본관은 전주全州. 호는 분사分沙. 시호는 정숙공貞肅公. 영의정. 지봉 이수광芝峰 李睟光의 아들. 심양에서 좌상으로 소현세자를 모심.

2) 장유張維: 선조 20년(1587)-인조 16년(1638). 본관은 덕수德水. 호는 계곡谿谷. 시호는 문충공文忠公. 효종의 장인. 정사공신靖社功臣으로 신풍 부원군新豊府院君에 추봉. 우의정. 저서는 『계곡집 60권』. 문장에 능하고 천문, 지리, 의술, 병서까지 능통함.

3) 한의겸韓履謙: 광해군 때 문과 급제. 승지. 인조 16년에 사위가 속환되어 온 딸을 내치고 새로 장가를 가려하자, 노비에게 격쟁을 시켜 억울함을 나라에 고하여 딸이 이혼당하지 않았다.

4) 격쟁擊錚: 신문고申聞鼓가 없어진 후 재판에 불복한 자로 하여금 꽹과리를 쳐서 임금에게 호소하는 것. 조상을 위하여 자손이, 남편을 위하여 아내가, 형을 위하여 동생이, 주인을 위하여 노비가 격쟁할 수 있었다.

"임란 때 문관이 장가갔다가 아내가 속환되자 선조대왕께서는 후취 부인을 첩으로 삼으라고 했다가, 처가 죽은 후 후취 부인으로 올렸습니다. 속환자를 내친다면 속환하려는 사람도 속환되려는 사람도 없어질 것입니다"

결국 장유의 며느리는 축출되지 않았는데, 장유가 죽은 지 3년 후 장유의 부인인 정경부인 김씨[1]가 다시 상소를 올렸다.

"속환한 며느리를 축출하도록 허락하여 주십시오."

그러자 임금은

"정경부인의 아들은 출처[2]해도 좋다. 그러나 다른 사람은 본을 받지 말라."

고 했다.

여자는 한번 시댁에서 쫓겨나면 재혼이란 꿈도 꾸지 못하고 자살하지 않으면 남의 손가락질 받으며 평생을 외롭게 살아야 하고 친정마저 지조 없는 가문으로 배척되는데 나라에서 정책을 잘못하여 백성을 포로가 되게 해놓고 다시 백성을 축출하면서 고고한 체 뽐내는가? 한스럽고도 한스럽다.

속환자를 내쳐도 된다는 영이 내려지자 세상이 뒤집힌다.

아내를 내치는 일이 전염병처럼 번져 도덕을 망친다.

나라에서 여자를 지옥으로 내몬 것을 반성은커녕 자기만 지조 높은 가문인양 고개를 치켜들고 허 껍데기 세상으로 굳어진다.

---

1) 정경부인 김씨貞敬夫人金氏: 정경부인이란 정1품과 종1품 관리의 부인을 높여 부르는 칭호. 여기서는 장유의 부인인 전우의정 선원仙源 김상용金尙容의 딸인 효종의 장모를 말함.

2) 출처黜妻: 이혼. 아내를 쫓아냄.

유사有史 이래 우리나라는 남녀평등의 사회였다.

신라 때는 여자 임금이 3명이나 있었다.

딸만 있어도 양자를 들이지 않고 외손이 제사를 지냈다.

부모 제사를 여러 남매가 윤번제로 지냈다.

재산을 여러 남매가 똑같이 분배 받았다.

딸이 상속 재산이 많을 때 친정 마을에 사는 것이 관례였다.

혼인한 상대가 죽으면 남녀가 다 재혼할 수 있었다.

손소[1]는 재산을 자녀 7남매에게 똑같이 상속하니, 맏사위 이번李蕃은 장인의 재산을 많이 상속받아 처가 마을인 양동[2]에 살았고, 이번의 아들 이언적[3]은 양동에서 자라서, 양동은 손씨와 이씨의 양성 집성촌[4]이 되었다.

---

1) 손소孫昭: 세종 15년(1433)-성종 15년(1484). 본관은 경주. 문과 급제. 시호는 양민공襄敏公. 병조좌랑. 이시애李施愛의 난을 평정하여 정충포의적개공신精忠布義敵愾功臣으로 계천군雞川君에 추봉. 아버지의 상喪을 당하여 벼슬을 버리고 낙향함. 왕은 계속 녹祿을 내렸다. 벼슬은 가선嘉善에 이름.

2) 양동良洞: 경주 양동良洞 마을은 본래 경주 손씨의 세거지였는데, 이번李蕃은 이시애李施愛의 난에 공을 세워 계천군溪川君에 봉군封君된 손소孫昭의 사위가 되어, 장인의 토지를 많이 상속받고 처가 마을에 살아서 양성 집성촌이 되었다. 이번의 아들인 회재晦齋 이언적李彦迪은 문묘文廟에 배향된 대학자이다. 이 양동은 조선시대의 경주 손씨와 여주 이씨의 전형적인 양반 마을로서, 2010년에 안동 하회마을과 함께 유네스코 세계문화 유산으로 지정되어 우리나라의 자랑이 되었다.

3) 이언적李彦迪: 성종 22년(1491)-명종 8년(1553). 본관은 여주驪州. 외가인 양동에서 자랐고, 양동은 손씨와 이씨의 양성 집성촌이 되었다. 호는 회재晦齋. 시호는 문원공文元公. 문과 급제. 우찬성右贊成 동방 4현賢에 추모되고 문묘에 배향됨. 저서는 『회재집』, 『대학장구보유大學章句補遺』 등.

4) 양성 집성촌兩姓集成村: 두 성씨가 모여 사는 마을.

이황[1]이 자녀에게 나눠준 분재기分財記나 류성룡[2]이 그 어머니로부터 물려받은 분재기도 아들딸 균분 상속이 일반적인 관례였다. 재산 주인의 명의가 류성룡 모친인 김씨財主母貞敬夫人金氏로 된 것은 남녀 구분을 하지 않았던 증거다.

우리나라 최초의 족보인 안동 권씨 『성화보』[3]에는 관향이 같은 안동 권씨인 사위나 며느리가 있는 것은 동성동본도 혼인했고, 딸은 한 사람인데 사위가 두 사람인 것은 사위가 죽은 후 딸이 재혼했음을 말해 준다. 고려와 조선 양조의 일등 명문이 그렇게 했으니 다른 성씨들은 물어볼 것도 없다.

성종 20년에 전적典籍 김맹강金孟鋼은 '조모는 재가 금지법[4]이 제정되기 전에 재가하여 조모의 아들이요 저의 아버지인 김개[5]는 좌참찬까지 올랐는데, 손자인 신臣의 형 맹린이 풍덕 군수에서 파면된 것은 법 제정 전의 일을 제정 후에 저촉시킨 것은 온당치 못하옵니다.'라고 상소하여 바루었다.

---

1) 이황李滉: 연산군 7년(1501)—선조 3년(1570). 관향은 진성眞城. 호는 퇴계退溪. 시호는 문순공文純公. 문과 급제. 벼슬은 대사성大司成. 영남학파嶺南學派의 조종祖宗. 문묘에 배향. 저서 『성학십도聖學十圖』, 『자성록自省錄』, 『이학통록理學通錄』, 『퇴계집』, 『경서석의經書釋義』, 『도산십이곡陶山十二曲』 등.

2) 류성룡柳成龍: 중종 37년(1542)—선조 40년(1607). 호號는 서애西厓이다. 관향은 풍산豐山. 시호는 문충공文忠公. 퇴계 문인, 문과 급제, 광국 공신으로 풍원 부원군豊原府院君에 피봉됨. 권율과 이순신을 천거했다. 영의정, 도체찰사, 저서에 『서애집』, 『징비록懲毖錄』. 명의 사신 사헌이 도체찰사 류성룡에게 "왜적의 피해는 얼레빗(梳子 소자)과 같고 명의 피해는 참빗(篦子, 비자)과 같다는 말을 어떻게 생각하십니까?"라고 묻자, "옛말에 군대가 주둔한 곳에는 가시나무가 나서 자란다(老子의 師之所處 荊棘生焉)고 했는데, 어찌 작은 소란이야 없겠습니까?"라고 답하지 않을 수 없었다.

3) 성화보成化譜: 안동 권씨 족보로서 성종 7년(1476)에 간행. 우리나라의 최초의 족보.

4) 재가 금지법再嫁禁止法: 세조 때 최항崔恒, 노사신盧思愼 등에 명하여 만들어지기 시작하여 성종 16년(1485)에 완성된 『경국대전經國大全』은 조선시대 정치의 기준이 되는 법전이다. 이吏, 호戶, 예禮, 병兵,형刑, 공工의 육조六曹로 편성되었으며, 조선제도사朝鮮制度史의 귀중한 자료이다. 『경국대전』은 재혼한 여자의 자식은 과거를 보지 못하게 하여 여자의 재혼을 막았다.

5) 김개金漑: 본관은 안산案山. 시호는 평호공平胡公. 안산군案山君에 피봉됨. 원각사圓覺寺 선공감제조繕工監提調. 성종 15년(1484)에 80 세로 졸卒함. 의정부議政府 좌참찬左參贊. 판중추원사判中樞院事. 숭록대부崇祿大夫.

효종때 편찬한 인조실록』의 사신[1]의 논조는 어떤가?

"충신은 두 임금을 섬기지 않고 열녀는 두 남편을 섬기지 않는다. 사로 잡힌 여자들은 절개를 잃어 남편과는 의리가 끊어졌다. 절의를 잃은 부인을 취해 제사를 받들고 자식을 낳고 가세를 이을 수는 없다. 최명길이 나라의 풍속을 망쳤다."

화친을 맺을 때는 최명길의 공을 높이고,

최명길이 물러가자 척화파의 지조를 높이고,

주화파는 나라의 치욕을 가져와 풍속까지 망가뜨렸다고 매도했다.

---

1) 사신史臣: 예문관禮文館의 정구품正九品 검열檢閱로, 임금 옆에서 역사(歷史: 사초[史草])를 기록하던 관리이다. 임금이 죽은 후에 사신이 기록한 사초를 기초로 하여 『왕조실록王朝實錄』을 편찬했다.

19. 적덕積德

생벼락이 떨어진다. 정승의 아들이 속환돼 온 며느리를 훼절자라고 쫓아냈다는 말이 나가자 세상이 뒤집어진다.

곡부 공씨 문중에서는 문회를 열고 되놈에게 절개를 잃은 화냥년에게 불천위[1] 조상의 제사를 받들게 할 수 없다고 문로[2]들이 몰려와서 종손에게 항의한다.

"무슨 말을 하는가? 벌써 사년 전에 환향하여 효부라고 칭송받는 착한 며느리를 훼절자라고 몰아내라니, 말이 되는가? 그렇게는 못하니 물러가시오."

"아무리 효부라도 오랑캐에게 당한 화냥년에게 어찌 높으신 불천위 조상의 제사를 받들게 할 수 있단 말이오? 그렇게는 절대로 못 합니다."

"오랑캐에게 뭘 당했단 말이오? 우리 며느리는 정결하니 그런 말씀 마십시오."

"여자를 구경도 못 한 되놈들이 자기가 붙들어 간 여자를 그냥 둘 놈이 한 놈이라도 있을 줄 아십니까? 그런 믿지도 않을 말씀일랑 하지도 마십시오."

---

1) 불천위不遷位: 학문이 높거나 나라에 큰 공훈이 있는 사람으로서 영원히 사당에 모셔 두는 신위. 나라에서 허락한 신위. 일반적으로 고조부까지 기제사忌祭祀를 지내고, 5대 조부 이상은 조매를 하고 기제사를 지내지 않는데, 불천위는 대수가 아무리 높아도 신주를 사당에 모셔 놓고 영원히 제사를 지내는 신위.

2) 문로門老: 문중의 노인.

"어찌 인성을 그렇게도 모르십니까? 만약 우리 며느리가 되놈에게 당했다면, 그 자리에서 죽지 살아 있을 사람이 아닙니다. 제발 인성을 바로 알고 믿으시오."

"종부야 믿지마는 되놈을 어이 믿을 수 있습니까? 포로가 된 지 몇 달이 되었는데 되놈들이 그냥 두었겠습니까? 제발 허튼 말씀 그만하시고 속히 내치시오."

"우리 착한 며느리의 인성을 믿으시고, 나라에서도 속환자를 내쳐서는 아니 된다는 상감의 유시가 있었으니, 그러시면 아니 됩니다. 물러가시오."

"속환자를 물리치지 말라는 상감의 유시가 있었다고요? 그것은 지난날의 잘못된 옛날 유시입니다. 화냥년은 몰아내도 된다는 유시가 새로 나왔으니, 당연히 새로 나온 유시를 따라야지요. 화냥년을 속히 내치시오."

"착한 효부를 절대로 내칠 수 없다는데 왜 이러십니까? 제발 좀 물러가시오!"

"종인들이 말씀드리기 전에 자진하여 화냥년을 내쳐서 높으신 불천위 조상님께 죄를 짓지 말아야 하실 종손 어른께서 왜 이러십니까?"

"참 딱하십니다. 착한 효부를 내칠 수 없다는데도 왜 이러십니까?"

"장 대감의 자부는 착하지 않아서 내쳤겠습니까? 아무리 착하고 범절이 높아도 단지 오랑캐에게 당한 사실 하나 때문에 내친 것이 아니겠습니까? 제발 조상님께 더 죄를 짓지는 마십시오."

"장 대감의 자부가 효성이 높다는 말씀은 들어 보지 못했습니다. 사람의 행신을 가지고 말씀하셔야지, 남들이 한다고 무조건 따르는 것은 옳은 일이 아닙니다."

"장 대감 댁에서는 훼절하는 걸 보았겠습니까? 단지 되놈의 포로였다는 사실 하나만으로 내친 것이 아니겠습니까? 종손 어른께서도 나라의 법도를 따르시오."

문로들의 태도는 완강하다. 속환하여 올 때부터 문로들은 본인이 음심[1]이 있어 훼절한 것이 아니라 본의 아니게 불가항력으로 당한 것도 훼절은 훼절이니 받아 들여서는 아니 된다는 말이 있었지만, 나라에서 속환녀를 내치지 말라고 했으므로 말을 못 하고 있었던 것이다.

그 후에 대신의 아들이 속환하여 온 아내를 쫓아냈다는 소문이 한번 나가자, 연일 종가 집 사랑방이 비좁도록 몰려와서 계속 항의를 하니 막을 수가 없었다. 그뿐이겠는가? 김 효부가 환향하여 낳은 아들 원호는 인록의 아들이 아니라 호로자식[2]이라고 억지를 쓰니 환장할 일이다. 매일 사랑방이 터져 나가도록 문로들이 몰려와서 화냥년을 몰아내고 새 며느리를 맞이하여 문중의 체통을 바로 세워야 한다고 난리다. 사람의 행적을 하나도 모르면서 짐작만 하고 몰아대니 억장이 무너진다. 김 효부는 하도 울어 퉁퉁 부은 얼굴이 말이 아니다.

"형님요, 전들 왜 귀향하고 싶지 않겠습니까? 우리 선호가 어미가 훼절자로 몰려 욕먹는 것을 보고 실의에 빠지는 모습이 눈에 밟혀 귀향할 마음이 없어집니다."

라고 말하던 동서의 말이 나의 일이 될 줄이야 꿈인들 꾸었겠는가?

문로들의 항의가 있은 후로 남편은 얼굴 한번 비치지 않는 것은 무슨 처사인가? 자진하려 할 때 같이 죽자던 말은 말짱 헛것이었던가? 점잖은 서방이 어찌 이럴 수 있는가? 앞으로 어떻게 하겠다는 말이라도 한마디 있어야 하지 않겠는가?

머저리 같은 인성에 환멸이 느껴지지 않을 수 없다. 그러나 어쩌겠는가. 자신이 남편을 보호하는 도리밖에 없지 않겠는가. 깊이 생각한 끝에 남편을 부르지 않을 수 없었다. 너무 울어 얼굴이 퉁퉁 부은 김 효부는 고개

---

1) 음심淫心: 음탕한 마음.
2) 호로자식胡虜子息: 오랑캐의 자식.

를 돌려 말한다.

"소첩이 아랫것들에게 자활할 능력만 되면 혼인시켜 면천시켜 주겠다고 약속했는데, 저 애들을 작수성례[1]라도 시켜서 방량[2]하여 내어보냅시다."

"당신 좋으실 대로 하시오."

"몸만 내보낼 것이 아니라, 짚고 일어설 수 있도록 토지도 약간 주어 보내야 되지 않겠습니까?"

"어떤 것을 주면 좋겠습니까?"

"집에서 멀리 떨어진 곳에 있는 것을 주도록 하십시오."

"여주 고을 선산 부근의 논밭 서 마지기 정도씩만 주면 되겠습니까?"

"우선 광주부에 가서 천적[3]에서 떼어 양인[4]으로 호적부터 고쳐 주십시오."

"오늘 당장 노비문서를 고을에 가져가서 호적을 고쳐 놓겠습니다."

광주부의 예방이 이아하게 생각한다.

"노비의 값이 얼만데, 한꺼번에 다섯 사람이나 면천시키는 사유가 무엇입니까?"

"적선이 따로 있겠습니까? 면천보다 더 큰 적선이 어디 있겠습니까?"

"면천시키시는 이유가 따로 있으십니까?"

"인성이 착한 사람을 형편대로 면천시켜 주는 것이지요."

양반들이 노비의 소유 문제로 시비하고 재판하는 일이 비일비재한데, 재산목록 1호인 노비를 아무 대가 없이 한꺼번에 다섯 사람이나 면천시

---

1) 작수성례酌水成禮: 물만 떠놓고 혼례를 지냄.
2) 방량放良: 노비를 놓아 보내어 양인良人이 되게 하는 것.
3) 천적賤籍: 천한 신분의 호적. 노비의 호적.
4) 양인良人: 양민良民. 평민平民. 일반 백성.

키는 공 진사 댁 인심에 예방이 감탄하는 것은 당연한 일이다.

그날 저녁 김 효부는 강쇠네 넷을 불렀다.

"너희들 열심히 노력하고 마음 쓰는 것을 보니 대견하다. 그만하면 석벽 같은 데 가서도 충분히 잘 살아갈 것이라고 믿는다. 인륜대사인데 잘 치러 주고 싶지만, 우리 집에 복잡한 일이 생겨서 너희들을 오래 지체시킬 시일이 없다. 내일 아침 일찍 작수성례를 하고 면천시켜 줄 테니, 여주 고을 하계리에 가서 성실하게 살아라. 한 가정에 논밭 합쳐 3마지기씩만 줄 것이니, 거기 가서 살면 되겠느냐?"

"아이고! 감사합니다. 토지는 주지 않으셔도 되는데 토지까지 주신다니 정말 감사합니다요."

"그런데 한 가지 청이 있다. 홀로 있는 이천 댁의 나이가 예순이 되어 가니 자식도 없고 딸린 식구가 아무도 없지 않으냐? 그러니 너희들이 어머니로 생각하고 잘 모시면 복 받을 것 같은데, 너희들 생각은 어떠하냐?"

"이천 댁은 우리를 키워 주신 어른이라 저희들은 마음속으로 늘 어머니로 생각하고 있었는데, 그렇게 하여 주시면 저희들로서야 감사하지요."

이구동성으로 말한다. 즉시 이천 댁을 불렀다.

"그간 이천댁의 노고가 참으로 많으셨네. 여기 있는 이 애들이 어머니로 모시겠다고 하니, 이 애들을 아들과 며느리로 생각하고 같이 사는 것이 어떻겠는가?"

"아이고, 감사합니다. 늙어서 일도 못 하는 것을 아씨께서 이렇게 배려하여 주시니 감사하기 한이 없습니다."

"그러면 너희들 어머니에게 인사를 드려라."

넷은 이천댁에게 큰절을 올린다. 이천 댁은 금세 아들 며느리 두 쌍이 생겼다.

"너희들 마음이 고맙다. 누가 어머니를 뫼시겠느냐?"

"제가 어머니를 뫼시겠습니다."

"제가 어머니를 뫼시겠습니다."

마님의 말이 떨어지자 강쇠와 떡바위가 서로 모시려 한다.

"너희들 마음 쓰는 것을 보니 진실로 착하구나. 이 애들이 서로 어머니를 뫼시겠다고 하니, 이천댁은 어느 아들과 같이 살고 싶은가?"

"저야 두 아들며느리가 다 좋지마는, 이왕이면 맏아들 집에 있는 것이 맞겠지요."

말이 떨어지기가 무섭게 강쇠가

"어머니, 제가 나이가 더 많으니 제가 맏아들입니다."

하면서 어머니를 끌어안고 볼을 비빈다.

"이제 너희들은 형제로 생각하고 효우하면서 살아가거라. 곧 아이도 생길 테니, 조모가 계시면 아이도 잘 돌보실 것이라 가정 윤기가 솟아날 것이다. 어머니 앞으로 많이 주지는 못하고 논 두 마지기만 더 주겠다."

이구동성으로 감사하다는 말을 연발한다.

이튿날 아침 일찍 두 쌍이 작수성례를 하고 공 진사에게 하직인사를 드린다.

공 진사가 다섯 사람을 면천하여 새로 등록한 양인 호적등본을 주면서,

"너희들은 이제 양인이 되었다. 그간 고생 많았다. 모두 마음씨가 착하고 부지런하니 잘될 것이다. 부디 잘살고 있다는 말이 들리게 하여 다오."

"예, 진사 어른의 하해같이 높으신 은혜를 어떻게 갚을 수 있을까요?"

"너희 어머니를 잘 뫼시고 살림을 늘리면서 잘살고 있다는 소문이 들리게 하는 것이 은혜를 갚는 것이니라."

"감사하옵니다."

이천 댁도 인사를 드린다.

"후덕하신 댁에서 많은 은혜를 입고 물러갑니다. 진사 어른, 만수무강하옵소서."

하면서 눈물을 주체하지 못한다. 옷가지를 챙겨서 하계리를 향해 떠난다. 강쇠 일행이 석양녘에 하계리에 도착하니 오두막집이 하나 있다. 방은 두 개뿐이다. 다섯 식구가 이 집에서 살아야 한다. 저녁을 간단히 끓여먹고 모두 파김치가 되어 쓰러져 자려고 하는데, 강쇠 녀석이 어머니에게 채근을 한다.

"어머니, 저의 친부모는 누구입니까?"

"강쇠야, 고단하다. 내일 이야기하자."

"어머니 한 가지만 가르쳐 주십시오. 저의 친부모님은 누구입니까?"

친부모라는 말에 모두 벌떡 일어나서 눈을 말뚱거리며 어머니의 입을 주시한다.

"강쇠는 알 것인데? 네가 다섯 살 들면서 온 천지에 염병이 돌아서 강쇠 어미 호박댁과 떡바위 어미 말죽거리댁이 죽고, 내가 둘의 유모 노릇하느라고 숱한 애를 먹은 걸 너희들은 알지?"

"아버지는요?"

"둘 다 애비는 알 수 없지. 내가 어찌 알겠나?"

"남매는요?"

"둘 다 첫 애였으니 남매가 있을 턱이 없지. 에이고, 불쌍한 것들!"

눈물이 그렁그렁하면서 어머니는 숙연해진다.

"무엇이 불쌍하다는 말씀입니까?"

"애들아, 생각을 좀 해봐라. 종년을 누가 혼인시켜 주겠나? 자기 멋대로 데리고 놀다가 애가 생기자, '내가 아기의 애비다.' 하고 나서겠느냐? 종년의 새끼야 또 종놈이 될 텐데, 너희들 애비인들 선뜻 나섰겠느냐? 그러니 너희들 어미들은 얼마나 애태우고 마음 조리면서 너희들을 낳았겠느냐?

해산의 기쁨은커녕 아이를 낳은 것을 감추느라 정신없었을 테니 잘 먹지도 못하면서 몸만 망쳤을 것이다. 그런 것이 원인이 되어 피지도 못하고 일찍 가버렸는지도 모르잖느냐?"

"사랑하면서도 임신시킨 책임도 지지 않는다는 말씀입니까?"

"사랑은 무슨 놈의 사랑이냐? 남자들의 불장난에 구체 없이 끌려든 것이지."

"자기 자식이 태어나는데도 모른 체한다는 말씀입니까?"

"애가 성인 같은 말만 하는구나. 남의 집 종년에게 무슨 사랑이 있고 무슨 사람 취급을 한다는 말이냐? 얼굴이 반반한 계집종을 주인이 방에 들어오라 하면 들어가야 되고 옷을 벗으라면 벗어야 되는 처지에서, 사랑 같은 말은 지껄이지도 말아라."

"그러니 남의 종은 대대로 불쌍한 종년의 신세를 면할 수 없겠네요?"

"내가 저 여자를 사랑하여 저 여자가 내 아이를 배었다고 말만 한다면야 얼마나 좋겠는가마는, '너는 애를 낳든지 말든지 나는 모른다. 네깟 년이 누구의 애라고 입만 뻥긋하면 쥐도 새도 모르게 당장 죽여 버릴 테니 그런 줄이나 알아라.' 하고 엄포를 놓는데, 너희 어미들은 얼마나 애간장을 태우며 너희들을 낳았겠느냐?"

강쇠와 떡바위는 금방 자신도 모르게 눈물을 글썽이며 얼굴이 일그러진다. 어머니얼굴을 알 것 같기도 하고 모를 것 같기도 한데, 삼삼하여 기억이 나질 않는다. 불쌍한 어머니 생각에 가슴이 저리다. 어머니는 조금 뜸을 들이다가 또 말한다.

"너희들 어미들이 칠삭, 팔삭이 되어 배가 불러 오자 '언니, 애를 밴 것 같은데 어찌하면 죽습니까?' '죽기는 왜 죽어 아이를 배었으면 낳으면 되지, 죽기는 왜 죽는단 말이냐?' '애비도 없는 자식 낳아 뭣하겠습니까?' '남의 집 종년이 애비를 알면 어떻고 모르면 어떠냐? 애비가 있는 종년의 새끼도 주인의 종이 되고, 애비가 없는 종년의 자식도 주인의 종이 되는데, 애비를 모른다고 너무 걱정하지 마라. 똑같은 종이라도 자식이 없는 것보다는 있는 것이 더 좋으니 낳기만 해라. 내가 해산바라지도 해주고 키우는 것도 돌봐줄 것이니, 아무 걱정 말고 순산이나 하여라.'라고 하여 너희들을 낳았다. 그런데 둘 다 애가 얼마나 충실한지 모두가 놀랐단다. 너희들 어미가 살았으면 얼마나 좋겠느냐?"

하고 어머니는 또 울먹인다. 강쇠와 떡바위는 울면서 고집 부리면 어머니가 젖을 물리면서 몸이 으스러지도록 꼭 껴안긴 기억은 나는 것 같기도 한데, 낳아 주신 어머니인지 길러 주신 어머니인지는 머리를 아무리 굴려 봐도 기억이 나지 않는다.

"한번 종이 되면 대대로 종의 신세를 면한다는 것은 꿈도 꿀 수 없는데, 너희들을 면천시켜 주신 아씨 같은 분은 하늘아래 다시는 없을 것이다. 아씨의 은공을 절대로 잊어서는 아니 되느니라. 알겠느냐?"

"아씨의 은공이야 어찌 잊을 수가 있겠습니까?"

"어머님, 저희들은요?"

"너희들은 말도 마라. 흉년이 들던 이듬해 봄 이른 아침에 일어나니 대문 밖에서 애 울음소리가 들리어서 이상하다 싶어 대문을 열어 보니, 갈비 한 짐을 부려 놓은 흩껍데기 속에 갓난아기가 싸여 있지 않겠니? 한 달도 지나기 전에 똑같은 일이 또 일어났다.

너희들 키운 일은 말도 마라. 밥도 못 먹는 갓난아기 둘을 키우는데, 숱한 골몰 다 했다. 한 년이 똥을 싸면 다른 년이 똥을 싸고, 한 년이 울면 따라 울고, 한 년이 웃으면 따라 웃으니, 나도 따라 웃을 수밖에. 갓난 애 둘을 키우는데 눈물도 많이 짰단다. 거기 비하면 머슴애들을 키우는 거야 거저먹기였지. 밥이나 죽이나 숟가락을 쥐어 주고 어르면 제 손으로 떠먹으니 다 키운 것 아니냐."

"저희들은 왜 대문 밖에 있었습니까?"

"그거야, 봄은 까마득하고 식량은 떨어지고 살아갈 날은 막막하니 눈물을 삼키며 남의 집 앞에 갖다 놓으면, 종년이 되더라도 굶지는 않을 것 아니냐? 너희 부모들은 내색은 못 해도 먼발치에서 가슴 조이면서 내 딸이 잘 크고 있는가? 늘 살피고 있었을 것이 분명하다."

"가슴은 왜 조이겠습니까?"

"얘가 무슨 말을 하느냐? 구체 없이 자식을 버리지 않을 수 없는 부모의 마음은 항상 큰 바위에 짓눌린 심정으로 살아갈 것이 아니냐?"

"다른 집 앞에도 애를 버리는 일이 있었습니까?"

"좀처럼 드물지. 그래도 공 진사 댁은 인심 있는 집이라고 소문이 났으니, 이왕 버릴 바엔 인심 좋은 집에 버리지 않겠나?"

"저희들을 버린 부모는 신분이 뭐겠습니까? 양반이겠습니까, 상놈이겠습니까?"

"아들 같으면 간혹 자식 없는 집에 양자로 보낼 수도 있겠지만, 흉년에 딸애를 양녀로 들일 집은 드물지 않겠느냐? 온 식구가 다 굶어 죽을 지경인데 양반 상민도 구분할 수 없지. 다만 노비가 아닌 것만은 분명할 것이다."

어머니 말씀을 들어 봐도 자신들의 신분 출처가 더욱 궁금해지는 것을 어찌하랴! 이튿날부터 강쇠 형제는 산에 가서 나무를 베고 흙을 이겨서 통나무집을 새로 한 채 짓기 시작한다.

20. 화냥년의 비애

　김 효부는 마음을 곤두세워 강쇠 일행을 성례시켜 보내고는 쓰러졌다. 얼마나 지났는지, 깨어 보니 해가 서산에 기운다. 내가 이러면 안 되지. 마음을 가다듬어 사랑방에 나가려니 눈이 부어 떠지지 않는다. 아무것도 보이지 않아 더듬더듬 더듬어서 어림짐작하고 사랑방에 들어가 시아버지 앞에 앉았다. 공 진사는 만감이 교차한다.

　'저렇게 착한 며느리를 어찌 내칠 수 있단 말인가?'

　초췌한 며느리의 몰골이 말이 아니다. 퉁퉁 부은 얼굴을 보니 가슴이 막혀서 바라볼 염치조차 없다. 한쪽 무릎을 세우고 다소곳이 앉아 무릎 위에 양손을 포개어 마주 잡고 있다. 고운 손과 엄지뿐인 두 손이 대조적이다.

　'저 손이 아니었다면 지금쯤 나는 죽어 썩은 몸이 되어 형체도 없을 것 아닌가.'

　또 한편 포로로 끌려갈 때 약속한 맹세도 생각난다.

　"너희들 잘못은 하나도 없다. 내 만금을 주고라도 꼭 속환하여 올 테니 절대로 죽지 말고 그때까지 살아만 있어다오."

　며느리의 오라비에게 맹세한 언약도 생각난다.

　"비록 호로자식을 배어 와도 내 손자로 잘 키울 테니, 그 문제만은 조금도 걱정하지 말게. 설령 문중에서 무슨 항의를 하더라도 그를 물리쳐 내 며느리를 감쌀 테니, 아무런 염려도 하지 말고 사돈에게도 말씀드리게. 어떠한 어려움이 있어도 착한 며느리를 보호하겠다고. 맹세한다고 말일세. 믿어 주게."

아주 긴 세월이 흐른 것 같다.

"어미야, 무슨 할 말이 있느냐?"

"아버님, 저를 내치시고 새 며느리를 맞이하십시오."

"그렇게는 할 수 없느니라. 어미는 아무런 걱정도 하지 말고 가만히 있거라."

"저의 운명인 걸 어쩌겠습니까? 종인들 말을 듣지 않을 수 없지 않겠습니까?"

공 진사는 회한이 크다. 목숨을 살려 준 착하고 당찬 며느리를 내치다니!

사람이란 신의가 있어야 하는데 신의가 없으면 인간도 아니잖은가? 며느리와의 약속도, 며느리 오라비와의 언약도, 사돈에게 전하라고 한 말도 모두 허언이 되고 마는구나. 내가 이래가지고 어떻게 낯을 들고 살아갈 수 있겠는가?

인록의 생각은 그 아버지의 심정보다 훨씬 더 심하다.

아내와 얼마나 굳게 맹세했던가?

서약서를 써서 장모님께 큰소리로 읽어드린 것도 거짓말이 되고 마는구나.

점잖으신 장인에게 호로자식을 배어 와도 저의 자식으로 잘 키우겠습니다, 라고 했던 철석같은 맹세를 어찌 저버리겠는가?

아! 장인의 존안을 어떻게 뵈리오. 무엇보다 술아비에게 큰소리 펑펑 친 것이, 아우 보기조차 민망할 지경이다.

김 효부만이 결심을 굳힌다.

"내 한 몸 으스러져도 공씨 댁만 바로 선다면 기꺼이 감내해야 되지 않겠는가."

공씨 종택의 밤은 절간의 한밤중 같다. 모두 각각이다.

아비는 아비대로,

아들은 아들대로,

며느리는 며느리대로

영겁의 밤을 각각 혼자 뒤척이며 뜬눈으로 밤을 지새운다.

날이 새자 문로들뿐 아니라 젊은 종인들도 한없이 몰려온다. 사랑방은 말할 것도 없이 꽉 차 있고 마당도 발 디딜 틈조차 없다. 결국 공 진사 부자는 문중의 의사를 받아들이지 않을 수 없었다. 공 진사는 문중 종인들에게 말했다.

"며느리를 내치면 여자가 어디 있어 새 며느리를 맞이하는가?"

"종부를 새로 맞이하는 문제는 조금도 염려하지 마십시오. 문중에서 장가를 보내드리겠습니다."

문로들이 매파를 사방으로 보내 종부의 혼인을 주선했으나 열 살 넘는 처녀가 있는 마을이라고는 없다. 인근의 이름 있는 성씨들은 말할 것도 없고 낮은 하등 서민들의 집안에도 혼기가 찬 규수는 씨가 말랐다. 할 수 없이 강원도 평창의 산골에 한 규수가 있다는 소문을 듣고 매파를 보냈다. 혼주 될 사람이 물었다.

"기호 지방 양반 가문에서 왜 하필 강원도 산골 처녀를 구하십니까?"

"곡부 공씨 종부가 훼절자라서 새로 순결한 규수를 구하는 것입니다."

"그러면 유처취처¹⁾가 아닙니까?"

"아닙니다. 전처는 완전히 쫓아내 보내고 새로 장가를 가는 것이지요."

"그러시면 조건이 있습니다."

"말씀하여 보십시오."

"첫째, 시집가는 조건으로 한 살림을 떼어 주시고,

둘째, 신랑이 화냥년은 완전히 내치고,

<hr>

1) 유처취처有妻娶妻: 아내가 있는 사람이 또 아내를 얻음.

셋째, 화냥년이 낳은 자식을 서자로 인정하는 것은 무방하지만 신랑의 자식으로 인정하지 않고, 앞으로 새 신부가 낳은 자식을 대를 잇는 종손으로 인정할 것."

등의 조건을 달았다.

문로들의 말을 듣고 김 효부는 펄쩍 뛰었다.

"아버님! 이러실 수는 없습니다. 저에게는 어떤 가혹하신 처사를 하셔도 달게 받을 수 있겠으나, 대호가 무슨 잘못이 있고 무슨 죄가 있어 아버님의 대를 이을 자손이 될 수 없다는 말씀이십니까?"

"어미야! 너 볼 면목이 없다."

다음 말을 잇지 못한다.

김 효부는 뒤채의 작은 방으로 물러나 앉았다.

인록이 새장가를 들었다. 한 집에 살아도 화전댁과는 담을 쌓고 발걸음을 끊었다. 김 효부는 세상이 어떻게 흘러가는지 알 도리가 없다. 하루에 세 번 하녀가 소반에 음식을 날라다 주는 것 외에는 인적이 모두 끊겼다.

해는 솟아서 느릿느릿 넘어가고, 달도 떠서 한없이 머물다가 쉬엄쉬엄 사라져간다. 인생이 지루하기 한이 없다. 김 효부는 후회막급이다. 이 더러운 몸 뒷 때문에 진작 죽지 못했던가. 공씨 가문의 귀신만 될 수 있다면 여한이 없다고 생각했었는데, 이게 무슨 꼴인가?

"형님께서 진실로 공씨 가문의 귀신이 되려면 귀향하시지 말아야 하고, 만약 귀향하신다면 공씨 댁 귀신은 되지도 못하고 친정 부모님까지 욕을 먹이게 될지도 모르니 절대로 귀향하지 마십시오."

라며 지성으로 말리던 동서의 모습이 떠오른다.

동서는 열녀가 되고 자신은 화냥년이 되었으니, 무슨 꼴이 이런가?

남편의 지극한 타이름도 내 처지를 깊이 생각했어야 할 것이 아니던가?
남편의 사랑을 확인하던 그때가 바로 이승을 마칠 때라는 것을 천 번 만 번도 더 다짐했는데, 이게 무슨 꼴인가? 맺고 끊지 못하고 인정에 약한 자신의 우유부단한 소치가 후회막급이다. 다만 뱃속의 새 생명을 세상 구경도 못 하고 죄 많은 어미와 함께 원혼이 되게 할 수는 없었던 것 아닌가? 그러나 이 아이가 끝까지 호로자식을 면하지 못한다면 어미가 굴레를 만들어 씌운 것 아닌가? 자애 깊으신 부모님을 이승에서도 저승에서도 뵈올 면목이 없게 생겼으니, 이 망극함을 어이 하리오?

신부는 조막만 해도 아망은 황소고집이다. 인록이 뒷방 쪽으로 눈길 한 번만 주어도 트집을 잡는다. 신부는 말 한 번 곱게 하지 않는다. 형님이란 말은 아예 없고 '뒷방 년' '뒷방 것' '화냥년에게 밥이나 갖다 주어라'라는 등 언사가 거칠다.

평창댁은 처녀였다는 것 외에는 볼 것이라고는 하나도 없다. 인륜법도를 잘 모르니 종가의 높은 범절은 사라지고 문로들도 문사門事를 내 몰라라하니 문중의 일이라고는 되는 게 없고 엉망으로 흘러간다.

새어머니는 대호보다 한 살 아래다.

대호는 뒤채의 어머니가 계신 곳에는 좀처럼 가지도 않는다. 모처럼 와서는 훼창¹⁾을 쳐서 어머니의 속을 확 뒤집어 놓는다.

"동방예의지국의 대 명문 곡부 공씨의 종부께서 화냥년이 되어서 돌아오시다니요. 불쌍하고도 가련하옵니다."

"우리 착한 대호야, '인간만사는 새옹지마²⁾'라고 했다. 어려운 때일수록 자중자애하면 기필코 좋은 날이 돌아올 것이다. 너무 상심하지 말고 학문

---

1) 훼창毁唱: 크게 소리쳐 부르짖음.

2) 새옹지마塞翁之馬: 국경 지대에 사는 노인의 말이 국경을 넘어가서 찾을 수 없으니 슬펐다. 말이 수말을 데리고 와서 기뻤다. 아들이 말을 타다가 말에서 떨어져 절름발이가 되어 슬펐다. 전쟁이 나서 성한 사람은 군에 가서 죽었는데 절름발이 아들은 군에 가지 않아서 죽지 않았다. 세상의 일이 변화가 많음을 비교한 말.

에 정진하여라."

"새옹지마라고요? 허튼 말씀은 하시지도 마십시오. 우리 모자는 이제 끝났습니다, 끝났다고요. 절벽이라고요. 앞이 탁 막힌 절벽뿐이라고요."

"대호야, 무슨 말을 그렇게 하느냐? 선왕 때까지 살아 계시던 허준[1] 대감도 남의 집 첩의 아들로 태어나서, 절망 속에서도 희망을 잃지 않고 열심히 노력하여 어의[2]가 되시고, 『동의보감』[3]을 편찬하여 만백성에게 인술을 베푸셨다. 정승 판서는 몰라도 허준 대감은 모르는 사람이 없지 않으냐? 부디 딴 마음 먹지 말고 이런 때일수록 더욱 학문에 정진하여라. 너는 총명하여 뭐라도 뚫어 낼 것이다."

대호가 모처럼 와서는 어머니의 마음을 확 뒤집어 놓고 다시 모자가 끌어안고 실컷 울고 가면, 외롭고 한스럽던 가슴의 응어리가 풀리기도 하고 더욱 무겁게 짓누르기도 한다. 뒤채에 다녀온 후에는 반드시 안방에 들러 또 한바탕 훼창을 친다. 새어머니의 멱살을 확 휘어잡고 치켜들면 조고만한 것이 발도 땅에 닿지 않아 대롱대롱한다.

"뭐! 뒷방 년, 네년은 골방 채 년이냐? 어디 남의 첩년으로 들어와서 몹쓸 주둥이를 함부로 지껄이느냐? 이년이 죽으려고 환장을 했나? 또 한 번만 그 못된 주둥아리를 나불거려 봐라. 당장 죽여 버릴 것이니, 그런 줄이나 알아라."

한 마디 내어뱉고 동댕이치면 캑 하고 구석에 처박힌다.

큰방에 들른 후에는 꼭 사랑방에 들어가서 할아버지 앞에 꿇어앉아 윽박지른다.

---

1) 허준許浚: 선조 때의 한의학자. 관향은 양천陽川. 선조 때의 전의典醫. 임진왜란 때 호성공신扈聖功臣으로 양평군陽平君에 피봉되었다. 조선 최고의 의사. 저서 『동의보감東醫寶鑑』, 『신찬벽온방新纂辟溫方』.

2) 어의御醫: 궁중의 시의侍醫. 왕과 왕비를 치료하는 의사.

3) 동의보감東醫寶鑑: 선조 때의 허준許浚이 지은 한의학 최고의 의서醫書.

"천하의 대 명문 곡부 공씨의 종손이신 공 진사님요. 만고의 효부가 목숨을 살려 놓으니, 뭐! 본의 아니게 당한 것은 죄가 아니라고요. 죄가 아니면 왜 화냥년이라고 뒤채로 쫓아냅니까? 어머니가 화냥질하는 것을 보셨습니까? 어머니는 절대로 부정한 일은 못 한다는 것을 할아버지께서 더 잘 아시지 않습니까? 화냥년이라고 쫓아내려고 속환하여 오셨습니까? 시아버지의 목숨을 살려 놓은 효부 며느리를 겨우 한다는 수작이 화냥년이라고 뒷방에 처박습니까?"

"공 진사 어른! 말씀 좀 해보시라니까요! 자식에게는 거짓말을 하시면서, 문로들의 말씀은 어찌 그리도 고분고분 잘도 듣습니까? 할아버지께서 문로들에게 휘둘릴 것이 아니라, 할아버지도 소신껏 줏대를 가지고 종손의 체통을 좀 세워 나가십시오."

거침없이 내뱉는 손자의 말이 구구절절 맞는 말인 것을 어쩌랴. 그렇다고 조부로서 불공한 손자를 꾸짖지 않을 수 없어 한 마디 꾸짖어 타이르려고 '어험!' 하는데, 아들 인록이 뛰어 들어와 자기 아들의 멱살을 잡고 때린다.

"이놈이 어디서 배운 버르장머리로 할아버지께 불손한 행동을 하느냐?"

"불효막심한 사람이 아직도 할 말이 남았습니까? 머저리 같은 부자 분이 며느리나 아내가 부정한 사람이 아니라는 것을 훤히 다 아시면서도, 버들가지같이 나약하게 효부열녀를 몰아내는 망측한 짓이 어디 있습니까?"

"이놈이 불효막심하다니, 누가 불효막심하단 말이냐?"

"그것도 모르십니까? 공인록 나리가 불효자이지, 불효자가 따로 어디 있습니까?"

"애비가 왜 불효하다는 말이냐?"

"애비라니, 누가 누구의 애비입니까?"

"이놈의 자식이 말이라고 하면 다 말이냐?"

"생각 좀 해보십시오. 이 대호라는 놈은 다음 종손이 되실 인록 나리가 죽어도 종손도 못 될 텐데, 이놈이 어찌 인록 나리의 아들이 될 수 있겠습니까?"

애비가 말할 새도 없이 또 쏘아 붙인다.

"세상천지에 부모처자를 다 버리고 자기 혼자만 살려고 도망치는 사람이 불효자이지, 그보다 더 불효한 자식이 하늘아래 어디에 또 있습니까? 인록 나리가 불효 망측한 행동을 한 것 때문에 불효자의 어머니도 돌아가시고, 자기 아내도 손바닥이 끊겨 만주로 끌려가고, 계수마저 강물에 빠져 죽은 것도 진정 모르십니까?"

인록은 생전 처음 사랑하는 아들의 따귀를 이리 치고 저리 친다.

"꿇어앉아!"

라고 명령하니 대호가 꿇어앉는다. 꿇어앉아서도 제 할 말은 다한다.

"그때는 말이다. 할아버지께서 삼촌을 보내서 집에 들르지 말고 바로 피난을 가라고 하셔서 그렇게 한 것이다."

"허튼 핑계 갖다 대지도 마시오. 공 진사께서는 자정으로 그런 말씀을 하셨을지 모르겠습니다마는, 숙부께서 아침 일찍 출발하셨으니 오전 일찍 도착하셨을 것 아닙니까? 가족은 팽개치고라도 부모를 조금이라도 생각하셨다면, 그때 바로 집에 와서 피난을 가도 늦지 않았을 것 아닙니까? 입으로는 효도하고 행동은 반대로 하니, 그것이 패륜이 아니고 무엇입니까? 이 송덕리 마을에 부모 버리고 도망 간 사람이 따로 또 있습니까? 있다면 어디 그 사람 낯짝이나 한번 봅시다. 불효 망측한 사람이 조강지처 효부 아내까지 쫓아내니, 죄는 자꾸 더 불어난다는 것도 모르십니까?"

"이놈이 아버지라고도 하지 않고 어디서 배운 버르장머리냐?"

"화냥년 새끼가 지체 높은 어른에게 '나리'라고 불러야지 아버지라는 칭호를 쓰다니요. 안방 년이 낳은 자식한테나 아버지라는 말을 실컷 들으소. 다만 소원이 있습니다. 어머니를 속환하지 않았으면 작은 어머니보다 더 높은 효부 정려뿐 아니라 효부열녀 쌍 정려까지 받았을 텐데, 효부열녀를 무단히 데려와서 화냥년을 만들었으니 그런 몹쓸 짓이 어디 있습니까? 당장 어머니께 가서 용서를 비십시오. 그러면 인록 나리의 죄가 십분의 일이라도 사해질 것이 아닙니까?"

애비라고도 하지 않는 아들을 엄히 꾸짖고 싶었으나 조부가 한사코 말렸다.

"애비야! 그렇게 착하던 대호가 저렇게 버릇없이 된 것은 다 내 잘못이다. 저도 뉘우치고 바로 나아갈 때가 있겠지. 너무 상심하지 말고 그냥 보내 주어라."

성이 치솟아 오른 손자는 공 진사도 싸잡아 나무란다.

"공 진사 나리도 마찬가지지요. 아들만 소중하고 며느리는 소중하지 않습니까? 그 많은 식구들 중에 어찌 아들만 피난 가라고 보냅니까? 다른 식구들은 자손도 아닙니까? 되놈들은 여자를 가만 두지 않는다는 것도 모르십니까? 공 진사 나리가 아들만 중하게 여긴 것 때문에, 공 진사의 부인마저 죽은 것도 진정 모르신다는 말씀입니까? 제발 지금부터라도 가정을 올바로 다스리십시오."

"대호야, 오늘은 성이 많이 난 모양이다. 너의 방에 가서 푹 자고 나면 마음이 가라앉을 것이다. 내일 할아버지하고 이야기하자. 너의 방으로 가거라."

대호는 물러가면서 마지막으로 부자의 가슴에 대못을 처박으며 물러간다.

"종손을 하시려면 며느리에게 한 언약이나 지켜 배은망덕하지나 말아야지요."

대호는 그 후로 서책이라고는 손에 쥐어 보지도 않는다. 술을 먹고 고래고래 고함을 친다. 안방 문을 확 열어젖히며,

"공 진사의 맏며느리! 어데 있느냐? 화냥년 아들이 여기 와 있다. 속히 나오너라."

하고 고함치면 혼비백산하여 모두 달아나 버린다. 신을 신은 채로 방안으로 저벅저벅 들어가 화장대고 뭐고 다 때려 부셔 버리고는, 다시 사랑방으로 들어가 할아버지 앞에 꿇어앉아 크게 소리친다.

"범절 있고 도학 높으신 공 진사 어른요. 시아버지를 살려 준 효부 며느리를 왜 속환하여 오셨습니까? 속환만 하시지 않았으면 효부열녀 쌍 정려를 받아 홍살문이 높이 솟아오를 것인데, 뭣 하시려고 데려와서 뒤채에 가둬 놓고 화냥년이라고 손가락질 받게 하고 있습니까? 왜 그렇게 하십니까? 그 말입니다. 대답 좀 해보십시오."

"공 진사나리 또 있습니다. 공 진사께서도 화냥년 며느리가 한 것 같이 손바닥은 말고 손가락 한마디만 끊어 보십시오. 손가락 한마디만 끊어 보셔도 효부 노릇하기가 얼마나 힘들다는 것을 아실 것 아닙니까? 공 진사나리, 또 있습니다. 공 진사도 화냥년과 같이 독방에 갇혀 한 달만 살아 보십시오. 독방에 한 달만 살아도 화냥년하기가 얼마나 어렵다는 것을 짐작이라도 하실 수 있지 않겠습니까?"

이렇게 말하고는 '엉엉' 대성통곡을 한다. 할아버지가 꾸짖고 달래고, 아버지가 때리고 나무랄수록 못된 버릇은 점점 더 심해진다. 마지막으로 뒤채의 어머니에게로 간다.

"어머니, 불효막심한 놈 문안드리러 왔습니다."

"우리 착한 대호야! 정신 좀 차려라. 옛날에 말이다. 김유신[1] 장군은 신라 사람이 아니고 가야국에서 귀화한 사람이라고 멸시를 받았지만, 스스로 노력하여 삼국통일의 기반을 닦아서 신라 제일의 영웅이 되었다는 것

1) 김유신金庾信: 595~673. 신라 태종무열왕 때의 명장名將. 백제를 멸망시키고 삼국통일의 기초를 이룸. 흥무대왕興武大王에 봉함. 우리나라에서 신하로서 왕의 칭호를 받은 것은 장군뿐이다.

을 너도 알지 않느냐? 어려움은 자신이 극복해야지 남이 극복해 줄 수 없느니라. 비 온 다음에는 햇빛이 더 청명하고, 하늘이 무너져도 솟아날 구멍이 있다는 걸 왜 모르느냐?"

어머니의 훈계를 듣고 어머니와 같이 실컷 울고는 제 방에 들어가서 큰대자로 널브러져 잠이 든다.

문로들도 대호의 버릇을 고치려다가 혼이 났다. 종손이 손자에게 행패를 당하여 매련 없다는 소문에 문로들이 대호를 불러 놓고 타이른다.

"어찌 버릇없이 할아버지에게 행패를 부리고, 아무리 나이가 어려도 어머니는 어머니인데, 어머니 대접은 못 할망정 윽박질러서야 되겠느냐?"

"당신네들 그런 말 할 자격이 있습니까? 화목하고 다정하다는 종인들이 되놈들이 처내려온다는 소문을 들었으면 '종손 어른 속히 피난을 갑시다. 어디로 피난을 갑시다.'라고 귀띔이라도 해주시는 것이 도리가 아닙니까? 입도 뻥긋 안 하고 자기들끼리만 도망갔다 온 분들이 다정한 체 그 따위 짓거릴랑 하지도 마시오."

"그때는 워낙 다급해서……."

"아무리 다급해도 그렇지요. 입 한번 벙긋하는 사람 없이 자기들끼리만 피난을 간단 말입니까? 설령 종손이 아니고 타성이라도 그럴 수는 없을 것 아닙니까?"

"이 사람아, 그렇게 말하지 말란 말일세. 우리도 어디 피난 갈 생각이나 했던가? 태무심하고 있다가 북쪽에서 피난 행렬이 갑자기 쏟아지자 옆 사람에게 말할 사이도 없이 옷가지 하나 못 챙기고 줄행랑을 놓았다네."

"피난 가자는 말 한 마디 할 사이가 없었다고요? 알고 보니 할아버지께서 숙부를 선암사로 보내시기 전에 족친들은 벌써 피난을 다 가셨다데요. 당신들 며느리 중에 부모를 살리려고 몸을 던질 분이 몇이나 있을지 말씀이나 해보십시오. 또 줏대 없는 상감이 이 사람은 내치라, 저 사람은 내치지 말라는데, 왜 나쁜 말만 골라 듣습니까? 당장 안방 년을 첩년으로 했다가 어머니가 죽거든 후처로 올리시오."

혹 떼러 갔다가 혹을 하나 더 붙인 꼴이 되었다. 종가 마당이 비좁도록 몰려온 문로들도 청산유수로 쏘아대는 대호의 기세에 입 한번 벙긋하는 사람이 없다. 사실 대호의 말은 한 구절도 틀리는 것이 없었다. 또 대호의 버릇이라도 고칠 요량으로 관청에 고발이라도 하려 해도, 그것도 마땅치가 않다. 나라에서도 속환자에 대한 일정한 기준이 없는 데다 말썽이나 생기지 않도록 쉬쉬 하고 있으니, 잘못 고발했다가 어떤 처분을 당할지 누가 알겠는가?

21. 응징膺懲

"내가 쓸데없이 속환 자금을 보내주어 딸애의 신세를 망쳤다."

라며 김 효부의 아버지는 가슴을 치며 한탄하고, 어머니는 하인을 보내 왔다.

"모든 시름 다 털어 버리고 친정에 오너라. 살다 보면 좋은 날이 오지 않 겠느냐?"

"제가 죽어도 시집에서 죽지 친정에 무슨 낯으로 가겠습니까?"

하고는 가지 않았다. 친정어머니는 화병이 나서 견디질 못한다. 물 한 모 금도 못 마시고 잠도 못 자고, 밤낮 분간도 못 하고 딸만 부른다.

공실아! 공실이 어디 갔느냐?

순덕아! 순덕이 어디 갔느냐? 이렇게 되뇌고 있을 뿐이다.

어머니를 간호하던 아들은 참다못해 아버지에게 말하지 않을 수 없었다.

"아버지요, 어머니 우환이 참으로 위중하십니다. 식음을 전폐하고 주야 로 공실이만 찾고 계시니 낭패입니다. 소자가 공실을 데리러 가야 되겠습 니다."

"애비야, 네가 간다고 공실이가 오겠느냐? 되지도 않을 일을 그만두어라."

"아버지요, 그러나 어쩝니까? 어머니가 위중하시니 가서 달래라도 봐야 지요."

"그만두래도!"

"아버지요, 어머니를 저렇게 두고 뵈올 수가 없지 않습니까? 소자가 공실을 끌고라도 오겠습니다."

아버지 말씀을 한 번도 거역해본 일이 없는 아들은 어머니를 위하여 엄명을 거역하면서 길을 나설 수밖에 없었다. 덕화가 매가에 오자 머저리 부자는 안절부절 어쩔 줄 모른다.

"사장 어른 기력 만강하십니까?"

"김 군 오셨는가? 사돈께서도 평안하신가?"

"예, 자친께서 정신이 혼미하여 매제만 찾으셔서 하생이 이렇게 왔습니다."

"무어라 할 말이 없네."

"사장께서 정축년에 하신 말씀과 틀리잖습니까? 세상에 이런 법도 있습니까?"

"무어라 드릴 말씀이 없네."

"매제를 저렇게 두어서는 될 수 없잖습니까? 무슨 계책이 있어야 되잖습니까?"

"면목이 없네. 할 말이 없네."

"공 서방 생각은 어떤가? 매제를 저대로 둘 작정인가?"

"처남 뵐 면목이 없습니다."

뭐 이따위 것들이 다 있는가? 부자가 한통속 아닌가? 식언을 밥 먹듯이 하고 한 사람의 인생을 망치고 그 부모마저 죽게 되었는데도 눈도 깜작거리지 않지 않은가? 당장 물고를 내고 싶은 마음이 굴뚝같으나 그런다고 해결될 문제도 아니라 속을 삭이는 데 애를 먹는다.

"어머니께서 식음을 전폐하고 공 서방만 찾고 계시니, 당장 내외가 가서 안심이라도 시켜 주시게."

"처남께서 가보시지요."

"어디로 가보란 말인가?"

"매제 있는 데로 말씀입니다."

"뭐 이런 사람이 다 있는가? 매가에 온 사람에게 사갓집을 돌아다니란 말인가?"

"애비가 어미 있는 방으로 이분을 뫼시고 가거라."

그 애비의 말을 듣고서야 겨우 비시시 일어나고 있다. 똑똑하던 인간이 어찌 이 모양인가? 미련한 바보가 되었으니 한심스럽지 않은가?

"처남, 매제 있는 방으로 같이 가보십시다."

아무 꾸민 것도 없는 좁은 방에 소복을 입고 초췌한 몰골로 외로이 앉아 있는 여동생을 보자 눈물이 콱 쏟아진다. 원망이 나오지 않을 수 없다.

"공 서방도 인간인가? 부모처자를 버리고 혼자 도망갔다 와서는 온몸을 던져 시아버지를 살리고 병신이 된 효부를 이렇게 방치하는 법도 있는가? 이러고도 뻔뻔스럽게 낯을 들고 다니는가? 사람의 탈을 쓰고 이럴 수는 없네."

자책에 찌든 매부는 입도 벙긋 못 하는데 여동생이 가로 막는다.

"오라버니 오셨습니까? 어머니가 편찮으시다고요? 불초한 딸년 때문에 편찮으신 것 같으니 무어라 사뢸 말씀이 없습니다. 오라버니의 심려가 크시겠습니다. 이 여동생이 죄가 많습니다. 그러나 공 서방 말씀은 하지 마십시오. 공 서방은 아무 잘못도 없습니다. 제 스스로 물러나왔을 뿐입니다."

서방을 감싸는 동생이 더욱 불쌍하다. 그러나 온 목적만은 말하지 않을 수 없다.

"공실아, 어머니가 낭패시다. 식음을 전폐하시고 공실이 너만 찾고 계신다. 너의 내외가 오늘 나와 같이 가서 어머니를 조금이라도 안심시켜 드리고 오자. 너를 보지 못하시면 어머니는 곧 돌아가실지도 모른다."

"오라버니, 그런 말씀은 하지도 마십시오. 제가 무슨 낯으로 친정엘 간단 말씀입니까? 친정에는 절대로 못 갑니다. 그런 말씀 하시려면 매가에 오지 마십시오."

일언지하에 거절한다. 오라비가 픽 주저앉아서 동생의 손을 잡고 통사정을 한다.

"공실아, 고집부릴 일이 아니다. 너를 어디 친정에 와서 살라고 하느냐? 잠시 얼굴만 보여드려 어머니를 안심시키고 너는 돌아오면 된다. 제발 잠시만 다녀오자."

동생의 마음은 요지부동이다.

"오라버니, 저의 처지가 이런데 어떻게 친정엘 갈 수 있단 말씀입니까? 친정에는 절대로 가지 않을 테니, 오라버니는 그냥 돌아가셔서 어머니를 평안히 모시십시오."

하고는 오라비의 손을 확 뿌리치고 돌아앉는다.

"어머니가 어지간하시면 내가 오겠느냐? 언제 너에게 이런 부탁을 하더냐? 이번 한 번만 같이 가서 어머니를 안심시켜 드리자. 제발 사람의 말을 알아차려라."

"오라버니는 제가 갈 수 없다는데도 그러시네요. 죄 많은 동생을 용서하십시오."

덕화는 동생의 고집을 꺾을 수 없음을 직감하고 한 마디 내뱉는다.

"공 서방, 사람의 대접을 옳게 하거라. 공실이가 사장을 살린 효부요, 아무 잘못이 없음을 자네도 알지 않는가? 공 서방이 진작 집에 와서 피난을 갔더라면 이런 사단은 없을 것 아닌가? 모든 잘못이 공 서방에게 있다는 것도 모르는가? 온 세상 사람들이 다 부모처자를 모시고 며칠 전에 피난을 갔는데 자네는 무엇을 했는가? 원인은 공 서방에게 있으니 자네도 소신껏 행동해 보게. 사람이 어찌 그 모양인가?"

화가 난 처남은 마구 꾸짖는데 매부는 입도 벙긋하지 못한다.

"공실아, 효부라는 긍지를 가지고 당당하게 살아라. 오라비는 간다."

처남은 매부에게 마지막으로 원망의 말을 내뱉지 않을 수 없다.

"공 서방이 이 짓 하려고 속환했는가? 업어다 난장을 맞혀도 분수가 있어야지."

오라비가 가는 것을 인사도 못 하고 돌아앉아 있다가, 문 닫히는 소리가 나자 봇물처럼 터져 나오는 회 울음을 참느라 퍼렇게 멍이 들도록 입술을 깨문다. 오라비가 멀리 갔으리라고 짐작되는 시간이 흐른 후에야 울음을 주체하지 못한다.

"엉엉, 어엉, 엉엉."

오라비에게 굳건함을 보이려고 억지로 참았지만, 오라비가 가고 나니 죄 많은 딸자식을 걱정하느라 식음을 전폐하고 정신이 혼미하여 공실이만 찾으신다는 말을 듣고 어찌 온전할 수 있으랴? 울다가 쓰러졌다. 울음이 그친 방에 한없는 고요가 머문다. 적막강산이다. 잔양만이 머물다가 사라진다. 긴 고요가 칠흑으로 바뀐다.

가엾은 동생의 처지를 보고 돌아가는 덕화는 눈물을 주체하지 못하다가, 말이 멈춰 서자 집에 도착한 것을 깨닫고는 눈물을 닦고 매무새를 가다듬어 어머니가 계신 안방으로 들어간다. 아버지가 간호하고 계시는 중이다.

"여보, 공실이는 오지 않을 것입니다. 공실이는 오지 않아도 역경을 당당하게 이겨 낼 것이니, 당신이나 정신을 차리고 무얼 좀 드시오."

아버지는 앞일을 훤히 다 짐작하고 아들을 꾸짖는다.

"애비는 어찌 세상일을 한치 앞도 분간 못 하느냐? 공실이가 올 줄 알고 찾아갔다더냐? 공실이가 어떤 아인데 오겠느냐? 공연히 공실이 마음만 더 쓰이게 했잖느냐? 너의 모자가 속환 자금을 보내자고 할 때도 내가 어디 돈이 아까워서 말렸더냐? 사람은 자기 운명을 자신만이 개척해 나갈 수 있다는 것을 너도 좀 깨닫거라."

억색한 딸의 처지를 생각하여 속을 끓이던 어머니는 마침내 죽고 말았다.

인록이 옷을 갈아입는다.

"옷은 왜 갈아입습니까?"

"장모가 돌아가셔서 문상을 가자고 하련다."

"뒤채 화냥년한테는 가지 않겠다고 맹세해 놓고 가기는 왜 가는데요?"

혼인한 후 처음으로 얼굴을 붉히며 타이른다.

"사람이 어찌 이렇게도 매정한가? 친정어머니가 딸자식 때문에 속을 끓이다 돌아가셨는데, 데리고 가서 문상이라도 해야 되지 않겠는가?"

하고 말하고는 쫑알거리는 것을 들은 체도 않고 뒤채로 간다.

"여보, 장모님께서 돌아가셨는데 같이 문상을 갑시다."

"내가 무슨 낯으로 친정엘 가겠습니까? 친정에는 절대로 못 갑니다."

일언지하에 거절하고는 마당에 나가서 자리를 펴고 찬물을 한 대접 떠서 소반 위에 올려놓고 친정이 있는 북쪽을 향하여 앉아서 서럽게 운다. 인록도 눈시울이 젖어 온다. 하는 수 없이 인록 혼자만이라도 장모의 문상을 가지 않을 수 없었다. 처가 마을인 화전리에 들어서자 처남뻘 되는 사람이 꾸짖는다.

"이 풍채 좋은 허 껍데기가 여기는 어쩐 일이신가?"

"장모님의 문상을 하러 왔습니다."

"이 집에는 효부를 몰아내는 개망나니에게 문상 받을 일이 없으니 돌아가게."

"장모님의 영전에 일곡만이라도 하고 가야 되지 않겠습니까?"

"자네도 인간인가? 이 어른이 왜 돌아가셨는지 몰라서 그런 말을 하는가? 패륜의 인간 때문에 화병이 나서 돌아가신 것도 모르는가? 문상을 오려거든 자네가 돌아가신 분께 써드린 각서대로 실행한 연후에나 문상을 오게."

"장모님의 영전에 일곡만 하고 물러가겠습니다."

순리로 타이르던 처남은 기어코 큰소리를 내지른다.

"뭐 이런 인간이 다 있는가. 젊은 사람들이 오면 개망나니는 뼈도 못 추릴 테니, 좋은 말할 때 당장 꺼지게."

지성으로 말하던 처족은 결국 호통을 치고 만다. 문상은커녕 처갓집 문지방에 발도 들이지 못하고 쫓겨 오는데, 뒤통수에서 들리는 비하의 말에 고개가 더욱 수그러진다.

"저런, 저런! 저렇게 줏대 없는 것도 인간인가? 세상이 참 한심스럽네, 쯧쯧."

인록은 장모의 문상도 못 하고 쫓겨 오다가 배티재에서 건장한 선비 여남은 명에게 조리 돌리기를 당하여 지옥을 넘나든다.

"조선의 일등 선비양반 공 생원이 효부 합부인을 화냥년이라고 뒤채에 처박아 놓고 새장가 들어 호강하는데, 진짜 양반 맛 좀 봐라."

거기에는 이웃 마을 평계동에 사는 김칠봉도 함께 있는 것을 얼핏 보았다. 칠봉은 가진 것은 없어도 양반들이 상민들을 훔쳐 먹거나 나쁜 짓거리를 하면 혼을 내주는 의기남아라고 소문난 사람이다.

"이 개새끼만도 못한 곡부 공씨 종손아! 뭣 하러 잘살고 있는 부인을 데려와서는 화냥년이라고 뒷방에 처박아 놓느냐? 오랑캐에게 붙들려 가서도 황후가 된 여자도 있고 장군의 부인이 되어 호강하는 여자들도 있다는데, 속환이나 하지 않았으면 화냥년이라고 손가락질은 받지 않을 것 아니냐? 네놈이 그 따위 짓을 하니, 양반입네 하는 작자들이 네놈의 나쁜 본을 보느라고 화목하던 가정이 풍비박산이 된 집들이 얼마나 많은지 알기나 하느냐? 또 있다. 이 개새끼야! 지금이라도 어렵게 돈을 구해서 속환하러 가려던 사람들이 모두 다 포기하고 아예 갈 생각도 못 하고 있으니,

그 죄는 또 얼마냐? 네놈은 똥물에 튀겨서 독사 지옥에 보내도 부족한 놈인데, 이 정도로 하니 고마운 줄이나 알아라. 이 개망나니야."

상투를 꼬나 쥐고 이리저리 돌리고 수염을 쥐어 뽑으면서,

"이 알 양반아! 기름 가마솥에 삶아 죽일 놈아."

하고는 차고, 때리고, 밟고, 짓이기고, 코를 손가락에 꿰고 끌고 다니다가 또 소리 지른다.

"공씨 종손 알 양반님! 관청에다 고발이라도 해보시지. 제발 고발만 해봐라. 네놈 애비 공 진사를 콱 죽여 버릴 것이다."

하고는 유유히 사라졌다. 어떻게 집에까지 왔는지, 기적이다.

22. 부덕 婦德

인록은 정의의 인사들에게 똥이 타도록 두들겨 맞고, 엉금엉금 기어서
겨우 뒤채 김 효부의 방문을 열고는 문지방에 'ㄱ'자로 탁 걸치고 쓰러졌
다. 갓은 구겨져 못 쓰게 생겼고, 두루마기는 흙투성이, 피투성이로 걸레
조각이 되었건만, 사람이 살아날 것 같지가 않다. 억지로 끌어들여서 요에
눕히고 씻고 닦고 바르고 주물러서 지성껏 응급처치만 겨우 하고는 안방
으로 데려가라고 기별을 놓았다.

"화냥년 친정에 갔다가 그 지경이 되었는데, 화냥년한테 치료받으라고 해."
라고 말하고 안방 년은 코빼기도 보이지 않는다.

이 응징은 공씨 문중의 짓거리가 풍속을 망가트리고 속환자를 몰아내
는 불씨가 되고 보니, 세월을 한탄하고 세상을 이렇게 이끌어 가서는 안
되겠다고 고민하는 선비들의 자발적인 의거일 뿐, 그의 처가와는 전연 상
관도 없고 영문도 모르는 일이었다. 안타까운 아내가 묻는다.

"누구에게 이런 봉변을 당했소?"

"효부 며느리 열녀 아내 하나 건사하지 못하는 놈에게 하늘이 내린 천
벌이오."

"그런 법이 어디 있어요. 관가에 고소를 하세요."

아들이 봉변을 당했다는 소식에 아버지가 뒤채로 왔다. 며느리를 뒤채
로 보낸 후 처음 뒤채를 찾은 것이다. 며느리가 인사를 드리자 말한다.

"어미야, 너 볼 면목이 없다."

"애비야, 이게 무슨 봉변이냐?"

일어나지도 못하는 아들은 누운 채로 말한다.

"아버지, 천벌이요. 천벌이라니까요."

"그게 무슨 말이냐? 도통 알아들을 수가 없구나?"

"효부 며느리 하나 보살피지 못하는 공씨 문중에 내리는 천벌이라니까요."

가슴이 결려서 말도 잇지 못하면서 또 아뢴다.

"고을에서 내로라하는 선비들이 다 모인 것 같던데, 아버지께도 무슨 짓거리를 해올지 모르니, 옥체 조심하고 외출도 삼가시는 것이 좋을 것입니다."

"애비야, 너도 알다시피 착한 어미를 이렇게 해놓고 내가 무슨 낯으로 출입을 할 수 있겠더냐? 저절로 두문불출이 되고 말았지 않느냐."

아들은 천장만 바라보고, 아비는 먼 산만 응시하다가 나가며 한 마디 내뱉는다.

"어미야! 너의 고생이 너무 심하구나!"

말 못 할 봉변을 당하여 죽게 되었는데도 관청에 고발할 생각은 엄두도 못 낸다.

"설령 종손을 포기하더라도 문로들 강청을 물리쳐 아내를 내쳐서는 안 되는데."

라며 깊은 회한에 잠기지만, 엎질러진 물이요 때는 이미 늦었다.

인록의 아들 대호는 착하고 총명하여 조부에게 효성 있고 동생 선호를 잘 가르치고 보살피곤 했었는데, 한 번 빗나가기 시작하니 걷잡을 수가 없다. 할아버지와 아버지의 꾸지람쯤이야 콧방귀도 뀌지 않지만 어머니의 훈계만은 알아듣는 듯하더니, 이제는 어머니의 타이름마저 듣기는커녕 속만 뒤집어 놓기가 일쑤다. 모처럼 어머니를 찾아온 대호가 아버지가 와서 누워 있는 것을 보고는, 성이 머리끝까지 치솟아 올라 마구 쏘아붙인다.

"어허, 해가 서쪽에서 떠오르겠네요? 곡부 공씨 차종손[1]께서 화냥년 방에 왜 와서 계십니까? 남보기 창피스럽지도 않습니까? 당장 안방 년 방으로 올라가십시오. 엄처시하에 계시는 분이 이래가지고야 체면이 서겠습니까? 조선 천지가 껍데기 양반들로 꽉 차 있는 줄만 알았더니, 아직까지 정의의 선비들이 조금 남아 있어 천만다행이네요. 부모처자를 팽개치고 혼자만 살려고 도망갔다 돌아온 인간이 아버지를 살려 준 효열 부인을 화냥년이라고 몰아내는 개망나니에게 징을 치는 혈기방장한 정의의 선비들이 계시니, 세상이 영 썩어 문드러지지만은 않았네요."

분을 삭이지 못하는 아들은 회한에 젖어 오그라지고 통증에 결려 운신도 못 한 채 자책감에 짓눌려 자식의 얼굴도 바로 바라보지 못하고 비비적거리며 돌아눕는 애비의 가슴에 대못을 처박고 있다.

"당장 안방 년 방으로 올라가시라니까요? 화냥년 방에는 얼씬도 않겠다고 맹세하신 분이 여기 누워 계시면 어찌 되십니까? 지조 높으신 양반께서 이러시면 안 되지요. 안 되고말고요."

"우리 착한 대호야! 아버지께 하는 언사가 그게 뭐냐?"

"어머니는 아버지란 말씀은 하지 마십시오. 소자의 아버지가 하늘아래 어디에 있단 말씀입니까? 공인록 나리 자식은 안방 년 뱃속에서 나오는 종자뿐이란 걸 아직도 모르십니까?"

"얘가 못 하는 말이 없구나!"

어머니가 꾸짖어도 그 말은 들은 체도 않고 또 마구잡이로 쏘아붙인다.

"허 껍데기 곡부 공씨 차종손께서 장인에게 거짓 각서를 써서 바치고 돈 떼어먹고 화냥년과는 인연을 끊는다더니, 화냥년 방에 왜 누워 있습니까? 창피스럽지도 않습니까? 당장 나가시오."

대호는 언성을 더 높이며 목침으로 문지방을 쾅쾅 두드린다.

---

1) 차종손次宗孫: 다음 대의 종손. 종손의 맏아들.

"대호야, 아무리 성이 나도 할 말이 있고 못 할 말이 있느니라."

"어머니는 참으로 딱하십니다. 되놈 대장의 정부인으로 계셨으면 하인들을 줄줄이 부리면서 만고 호강하실 것 아닙니까? 줏대 없는 거짓말쟁이가 뭐가 좋다고 찾아오셨습니까? 부모를 살린 은인도 몰라보는 패덕자에게 무엇 때문에 돌아오셨습니까? 배은망덕하는 인간에게 끌려오시지만 않았으면, 숙모님의 홍살문보다 더 높은 효열 쌍 정려 홍살문이 높이 솟아올랐을 것도 모르십니까? 구박도 인간 같은 분에게 받으면 서럽지가 덜하지요. 왜 돌아오셨습니까? 왜요?"

"대호야, 설령 잘못이 있더라도 아버지에게 함부로 말해서야 쓰겠느냐? 너의 아버지가 마음이 여려서 그렇지, 거짓말을 하시지는 않잖냐?"

"공인록 나리가 거짓말을 하지 않는다고요? 어머니는 금방 제 말을 듣고도 아직 모르십니까? 외할아버지께 어머니를 속환하여 와서 화목하게 잘살겠다고 입에 침이 마르도록 맹세하고, 천금 같은 돈을 받아서 어머니를 속환하여 와서는 이게 화목하게 사는 것입니까? 외할아버지께서 이 짓 하라고 돈을 주셨습니까? 또 있습니다. 본의 아니게 당한 것은 죄를 묻지 않는다고요. 이게 죄를 묻지 않은 것입니까? 어디 사기 칠 데 없어서 장인에게 사기치고 장인 가슴에 비수를 꽂는단 말씀입니까?"

"아니, 그만, 그만, 그만해라. 속이 뒤틀려 못 견디겠다."

어머니는 지난 일을 생각만 해도 비위가 상하여 속이 뒤집히는 모양이다. 그러나 아들은 어머니의 속을 긁어 생채기를 더욱 깊게 내고 있다.

"어머니, 또 있습니다. 공 진사 또한 며느리와의 약속은 내팽개치고 문로들의 말만 들어서야 되겠습니까? 어머니가 붙들려 가실 때 공 진사가 뭐라고 말씀 하셨습니까? 지금 그 말을 실천하고 있습니까? 부자가 똑같이 거짓말쟁이가 아닙니까? 남에게 거짓말하는 것보다 수하에게 거짓말하는 것이 더 어렵지 않습니까? 그것도 핏줄로 내려간 자식보다 법으로 맺어진 며느리에게 거짓말을 하다니요? 생사의 갈림길에서 본의 아니게 당한 것은 죄가 아니라고요? 죄가 아닌데 왜 쫓아내느냔 말입니다. 안 되지요, 안 된단 말입니다."

어머니는 차마 듣기 거북한 것을 억지로 억누르고 또 타이른다.

"우리 착한 아들 대호야! 마음을 굳게 먹거라. '백인당중유태화'[1]라고 했다. 참고 노력해야 가정이 평화롭고 너의 앞날도 확 펴질 것이다."

"어머니가 참아서 덕을 본 게 뭐가 있습니까? 백인당중유태화는 틀렸습니다. 어머니가 참으시니까 화냥년으로 몰려 곡부 공씨 종부 자리에서 쫓겨나고, 뒤채년이 되고, 이 대호라는 놈도 공씨의 곁가지가 되는 것을 모르십니까? 어머니가 한 발 물러서는 것을 성인군자로 생각하신 것이 큰 오산이라는 것을 아직도 모르십니까? 어머니가 공인록 나리 입장을 봐주는 것이 선행이 아니라, 친정 부모님까지 욕되게 하는 불효를 저지르고 있다는 것을 아직도 모르신단 말씀입니까? 시부모에게는 효부가 되시면서 친부모에게 불효를 저질러 가문을 먹칠하질랑은 말아야지요. 백인당중유태화란 말씀은 틀렸습니다. 어머니께서 한 발 양보하시는 것이 한 발 양보로 끝나는 것이라면, 누가 입이라도 뻥긋하겠습니까? 한 발 양보가 백 보 양보보다도 더 멀고 먼 천 길 낭떠러지가 되는 걸 왜 아직도 모르십니까?"

"너의 말도 일리는 있다마는, 그렇게만 생각하지 마라. 여자란 자신보다 남편이 우선이고, 친정보다 시댁이 우선이고, 친부모보다 시부모를 먼저 생각하는 것이 도리란다. 내 한 몸 으스러져도 공씨 가문만 바로 선다면 어미는 더 바라지 않는다. 다만 너의 말과 같이 너의 외가에 죄를 짓는 것이야 어쩔 수 없지 않느냐? 너나 자중 자애하여 너의 갈 길을 바로 가거라. 어미의 소원은 그것뿐이다."

---

1) 백인당중유태화百忍堂中有泰和: 참고, 참고 또 참아 백 번이라도 참으면, 화목하고 평화가 찾아온다는 뜻.

"어머니 말씀은 틀렸다니까요. 친, 시부모를 같이 섬기라 했지, 친부모는 욕을 먹여도 된다는 말은 어느 경전에 나옵니까? 논어에 나옵니까? 맹자에 나옵니까?"

"그것은 이 어미의 신조다. 너무 상심하지 말고 좀 자중하여라."

"뭐라고요? 친부모는 욕을 먹여도 되고, 시가만 잘 섬기면 된다고요? 이 꼬락서니가 공씨가 잘되는 것입니까? 공문孔門이 더 개차반이 된 것을 진정 모르십니까?"

모자는 손을 마주잡고 또 서럽게 울고 있다. 대호 모자가 서럽게 우는 것을 누워서 곁눈으로 바라보는 인록의 눈에서도 볼을 치는 듯이 눈물이 주르르 흘러내린다.

아내가 아들에게 타이르는 말을 들으니, 내외가 서로 상대를 생각하는 마음이 차원이 다름을 느끼고 몸 둘 바를 모른다. 문중 종인들에 휘둘려 사람의 도리를 망각한 자신의 행동이 한없이 부끄럽다. '나도 인간이라고 할 수 있겠는가?' 아내를 속환하러 갈 때 '조강지처를 내치지 않는다고요? 코에 혀나 대어보고 말씀하시오. 제발 아내를 두 번 죽이는 짓거릴랑 하지 말란 말이오.'라고 말하던 주막집 술아비의 말이 또 생각난다. '이 인록은 술 애비만도 못하지 않은가?' 아내에게도 거짓말을 했고, 장인장모에게도 거짓말을 했고, 술아비에게 큰소리친 것도 거짓말이 되었다. 그런데도 아내에게 치료를 받다니. 부끄러움을 누르지 못해 돌아누워서도 아예 눈을 감고 있다. 눈을 감아도 아들이 내뱉는 말은 다 들리는 것을 어찌하랴.

인록의 장독[1]은 날이 갈수록 점점 더 심해진다. 일어나 앉지도, 돌아눕지도 못하는 것은 말할 것도 없고, 기침을 하려 해도 가슴이 결려서 못하

---

1) 장독杖毒: 두들겨 맞아서 생긴 독.

고 말을 하려 해도 전신이 마치어 말을 이어나가지 못하고 끊긴다.

"여보, 힘든데 말씀하지 말고 조용히 누워 계시기만 하셔요."

그래도 안방 년은 와보지도 않는다. 대호는 애가 타는지 매일 와서 아버지의 용태를 살피면서도 말은 항상 반대로 빈정대는 것은 어쩌지 못한다.

"잘되었습니다. 천벌을 받아야 마땅하지요. 이 정도야 약과가 아닙니까? 손이 끊겨 달아난 데 비하면 아무것도 아니지 않습니까?"

고운 말을 하기는커녕 아버지의 병세를 살펴보지도 않은 채 곁눈질을 하면서 내외의 속을 뒤집어 놓고 가기 일쑤다.

김 효부만이 애간장을 태운다. 장독에는 똥물이 좋다는 말을 듣고 뒷간에 가서 막대기로 똥을 헤집으니 노란 똥에 구덩이가 파인다. 똥구덩이에 체를 꾹 눌러 놓고 그 위에 삼베 보자기를 펴서 움푹하게 눌러 놓았다가, 이튿날 잡것이 섞이지 않은 말간 똥물을 떠와서 인록에게 먹인다. 인록이 먹지 않으려고 고개를 돌린다.

"어린아이같이 약을 드시지 않으면 어찌하십니까?"

핀잔을 주면서 억지로 먹인다. 장독에는 똥물보다 나은 약이 없다는 말에 억지로라도 먹이고 있다. 김 효부는 하루에 세 번씩 똥물을 떠와서 지성으로 먹인다. 인록은 김 효부가 정성껏 권하는 똥물을 먹고 차차 회복되어 간다. 인록은 아내에게 평소에 품었던 생각을 말한다.

"여보, 당신은 이 못난 서방이 밉지도 않소?"

"당신은 어찌 그런 말씀을 다 하십니까? 당신의 마음이 여려서 그러신 것을 내가 왜 모르겠습니까? 끌어안아도 내 낭군이요, 차 댕겨도 내 서방인 걸요."

인록이 겨우 기동을 하여 오랜만에 바람을 쐬러 마을 밖으로 나오니, 아이들이 놀다가 인록을 보고는 쌍욕을 되게 하면서 달아난다.

"줏대 없는 개망나니는 똥물을 처먹고도 정신 못 차린다."

그 말이 어찌 아이들의 말이겠는가? 어른들의 말을 흉내 내고 있을 따름인 것을! 인록은 불을 담아 붓는 듯이 낯이 화끈거려 바람도 쏘이지 못하고 휘딱 집으로 들어오는데, 아이들이 멀찌감치 따라오며 계속 놀리면서 킥킥거린다.

"줏대 없는 개망나니는 똥물을 처먹고도 정신 못 차린다."

"줏대 없는 개망나니는 똥물을 처먹고도 정신 못 차린다."

스스로 생각해도 나약하고 줏대 없는 자신의 행동이 한없이 후회스럽다.

강쇠가 어디서 소문을 듣고 와서 어머니에게 전한다.

"어머니요, 송덕리 공 진사 댁 아씨께서 화냥년으로 몰려 뒤채로 쫓겨나시고, 공생원은 새장가를 갔는데 새 여자가 독사보다 더 매섭다고 합디다."

"그렇게 착한 아씨를 쫓아내다니, 세상에 그런 법도 있단 말인가? 문로들이 그렇게 몰려와서 난리를 치더니 기어코 아씨를 몰아내고야 말았구나!"

"저희들이 난리 때 쌀가마니를 되놈 부대에 날라다 줄 때 되놈들도 '조선에 효부 나왔다고 이야기했는데, 공 진사가 효부 며느리를 몰아내다니 말이 되겠습니까? 우리가 여기 와서 잘살고 있는 것도 아씨님 덕분인데 그냥 있어도 되겠습니까?"

"형님요, 그날 되놈 대장도 의인을 알아보고 아씨를 살리려고 당장 철수하여 그렇게 애썼는데, 남편이란 사람이 아내를 몰아내다니 말도 되지 않습니다."

"너희들을 급히 성례시키고 방양하여 이리로 보낸 것도 아씨께서 그렇게 되실 줄을 미리 다 알고 급히 서두르신 것이 분명하구나."

"어머니, 우리 형제만이라도 내려가서 아씨를 찾아뵙는 것이 도리인 것 같습니다."

"그만둬라. 너희가 간다고 좋아질 일이 뭐가 있겠느냐? 아씨의 은혜를 갚는 길은 너희가 부지런히 노력하여 생활이 유족해지면 은혜를 갚을 날이 분명 올 것이다."

아씨가 화냥년으로 몰려 물러났다는 말에 분녀와 기선은 홰 울음을 낸다.

"어머님요, 다른 분은 모르겠습니다마는, 우리 두 동서만은 어머니를 찾아뵙는 것이 도리인 것 같습니다."

"오냐, 그래라. 너희가 가더라도 위로하여 드리려고 여러 말 하지 말고, 좋은 말씀만 해드리고 오너라."

두 동서는 버선을 두 켤레 만들고 백설기를 쪄가지고 첫 새벽에 길을 나서서 오전에 송덕리에 도착했다. 공 진사 댁의 골기와 집은 우람하기가 옛날과 다름없다. 뒤채의 방문 앞에 가서 서니 초겨울 햇살이 문지방을 비추는데, 바람소리 하나 없어 절간처럼 적적하다. 흘러내리는 눈물을 주체하지 못하여 흑흑 하며 울고 있는데,

"누가 왔느냐?"

하는 어머니의 음성이 들린다.

"어머님, 저희들이 왔습니다."

그러자 방문이 덜컥 열린다. 두 동서가 뜰아래에 엎드려서 절을 올린다. 방으로 들어가서 셋이서 끌어안고 하염없이 울고 있다. 얼마나 울었는지 어머니가 먼저 팔을 풀고,

"너희들이 그 먼 길을 어떻게 왔느냐?"

"어머니가 하도 뵙고 싶어서 이렇게 왔습니다."

"너희들 어머님도 잘 계시고 남편들도 잘 있느냐?"

"예, 다 무고하십니다. 어머님은 자애가 깊으시고 형제는 우애가 있어 남들의 칭송이 대단합니다.

"음, 그래야지. 듣던 중 반가운 말이구나. 농사는 잘되었느냐?"

"잘되고말고요. 오곡이 없는 것이 없습니다. 양식 걱정은 안 해도 됩니다."

"오냐, 오냐. 그래야지. 차차 쓰임새도 늘어날 텐데, 진작부터 토지도 늘려 나가야 될 것이다. 부지런한 것보다 더 보배는 없느니라."

"하늘보다도 높으신 어머니 은혜를 어이 갚아드릴까요?"

"은혜는 무슨 은혜냐? 너희 어머니께 효도하고, 부부 금슬 좋고, 부지런히 노력하여 너희들이 잘사는 것이 은혜를 갚는 것이라고 생각하거라."

어머니 신상에 대한 말은 한 마디도 물어보지도 못한다. 떠나오려 하니 자고 가라고 극구 말리시는 걸 기어코 물러나오려니 다시 목이 멘다. 찬 바람에 머리를 흩날리며 잘 가라고 손을 흔들면서 홀로 서 있는 어머니 모습이 한없이 쓸쓸해 보인다. '후덕하신 어머니께서 적막한 세월을 어떻게 보내실까?' 발길이 떨어지지 않는다.

23. 부정父情

돌쇠 녀석이 놀다가 와서는 일러 댄다.

"아버지요, 푼수가 '돌쇠 어미는 화냥년, 화냥년.'이라고 놀려요."

"뭐라고? 푼수가 우리 착한 아들 돌쇠를 놀린다고? 푼수는 아주 나쁜 아이로구나. 돌쇠 어머니는 마음씨 착하고 정절 높은 사람이다. 다음에는 '우리 어머니는 착하고 정절 높은 사람이다.'라고 큰 소리로 말하거라. 당당하게 말하거라. 알겠지?"

며칠 후 돌쇠는 또 아버지에게 이른다.

"아버지요, 바우가 '돌쇠 동생 무쇠는 호로 자식, 호로 자식이다.'라고 놀려요."

"누가 무슨 소리를 한다고?"

"돌쇠 동생 무쇠는 호로 자식, 호로 자식이라고 자꾸 놀린다니까요."

"바우도 참 나쁜 아이구나. 돌쇠 동생 무쇠는 당당한 아버지 아들이고, 돌쇠 동생이고, 조선 사람이다. 당장 아버지하고 가서 바우를 단단히 혼쭐을 내주자."

그러고는 아들의 손을 잡고 바우를 크게 혼내 주려는 태도로 성큼성큼 걸어가면서 이야기한다.

"돌쇠야, 옛날에 말이다. 진나라 시황제는 어머니 뱃속에서 열두 달 만에 태어나서 황제가 되었단다. 자기 어머니 뱃속에 오래 있다가 나오는 사람이 훌륭하게 된다는 말이 있단다."

"우리 착한 돌쇠야! 남이 나쁜 말을 해도, 나만 당당하고 기죽지 않으면 되는 것이다. 그렇지, 돌쇠야?"

"예, 아버지."

"바우가 나쁜 말 한다고 바우를 혼내 주면 우리도 바우와 똑같이 나쁜 사람이 되는 거야! 그렇지, 돌쇠야?"

"예, 아버지."

"그러니, 우리 돌쇠 동생 무쇠 보러 집으로 돌아가자."

라고 말하고는 돌쇠의 손을 잡고 발을 돌려 집으로 돌아오고 있다. 방에 들어가서 양손으로 두 아들의 손을 각각 잡고서 말한다.

"돌쇠 손가락도 다섯 개, 아버지 손가락도 다섯 개, 무쇠 손가락도 다섯 개, 우리는 닮았다. 우리는 삼부자다. 그렇지?"

"예, 아버지."

"돌쇠야."

"예, 아버지."

"나중에 말이다. 무쇠가 크면 돌쇠한테 뭐라고 하지?"

"형님요라고 하지요."

"그래! 맞다. 돌쇠는 형이고, 무쇠는 동생이다. 형제간에는 사이좋게 지내야 된다. 이 세상에서 가장 가깝고 다정한 사이가 형제간이란다. 그렇지?"

"예, 잘 알아요. 무쇠가 크면 안아 주고 업어 주고 할 거예요."

"아이고, 착하다. 우리 돌쇠 착하다."

그 해 추수를 마친 후 돌쇠 어미가 감자를 삶아 가지고 와서 울먹인다.

"아씨님, 은혜도 갚아 드리지 못하고 섭섭해서 어쩔까요?"

"이 사람아, 은혜라니. 당치도 않은 말일세. 뭐가 그리 섭섭한가? 말이나 해보게."

"돌쇠 아범이 글쎄 아이들이 돌쇠에게 '너의 동생 무쇠는 호로 자식이다.'라고 놀리니, 자식들이 더 크기 전에 밥은 굶겨도 기는 죽이며 키워서는 안 된다고 이사를 간다지 않습니까."

"이사를 가면 어디로 가는가?"

"농사지을 토지도 없으니 똥을 푸든지 짐을 나르든지 서울로 간답니다."

"돌쇠 아범은 성인일세 그려!"

"성인은 뭔 성인이요?"

"사람이 마음을 착하게 쓰는 게 성인이지 성인이 따로 있는가?"

무쇠를 포로가 된 지 스무 달 가까이 되어서 낳았으니 호로 자식인 것이 분명하건만, 호로자식이라는 말을 듣게 하지 않게 하기 위하여 이사를 간다니. 그 아내를 생각하는 마음과 자식을 사랑하는 마음이 대견하지 않은가? 돌쇠 어멈이 돌아가는 뒷모습을 하염없이 바라보는 김 효부는 방문을 열고 손님의 모습이 벌써 사라졌는데도 넋 나간 듯 밖을 바라보고 있다.

초겨울 첫눈이 펑펑 내려 논도 밭도 산도 들도 고루고루 하얗게 덮인다.

대지에는 소리 없이 눈이 내리고,

김 효부의 볼에는 소리 없이 눈물이 내린다.

온 세상은 하얗게 흰 눈으로 덮이는데,

김 효부의 가슴은 새까맣게 적막으로 덮인다.

24. 유시

포로 중에 속환되는 사람은 백분의 일도 안 된다.

속환되지 못하는 사람은 되놈이 되든지, 아니면 가다 죽더라도 도망치는 방법밖에 다른 도리가 없다. 청의 겁박에 혼이 빠진 왕은 포로가 도망쳐 오면 포졸들을 시켜 붙들어 보내고, 포로를 돌려보내지 않으면 엄벌한다는 데 겁먹은 가족은 남은 사람만이라도 살겠다고 아내나 딸을 지옥으로 되돌려 보내니 도덕이 무너지고 인심이 사나워져서 유시[1]를 내렸다.

유시문

청에서 도망쳐 온 사람들을 쇄송 하라는 독촉이 무섭다. 박덕한 내가 임금이 되어 큰 변란을 만나 백성들이 포로로 잡혀가는 참혹한 환난을 겪었다. 백성을 살리려고 항복한 4년 만에 쇄송의 공포에 떤다. 골육을 그리워한 포로들이 그물을 벗어난 토끼가 숲속으로 뛰어들듯 죽음을 무릅쓴다. 조약이 엄중하여 내가 백성을 도적을 대하듯 포박하여 지옥으로 돌려보내니 부끄럽다. 자식은 부모를, 남편은 아내를 이별한다. 헤어지는 정이 지극하여 목매 죽고 굶어죽고 수족을 잘라 이별을 보류한다. 추위와 굶주림에 옥중에서 죽는 자도 많다. 관리들의 엄한 독촉에 이웃을 침노하는 해독이 크고, 여행자도 포박하여 사지로 보낸다.

----

1) 유시諭示: 백성을 타일러 가르침. 백성을 가르치는 문서.

귀순한 중국인도 혼인하여 자손이 뒤섞였는데 쇄송 하니 앙화가 높다. 나로 인한 앙화인데, 살을 베어 창자를 채우고 사지를 손상시켜 눈을 구원하는 것과 같은 짓을 하니, 밥도 먹지 못하고 잠도 잘 수 없다. 눈물이 나고 목이 메어 부끄럽고 두렵다. 국고를 털어 속환하려도 재력이 부족하여 기약할 수 없고, 백성들이 원망해도 나의 죄니 피할 수 없다. 백성들은 영을 어기지 말고, 사직의 명맥이나 이어 가게 하라.

인조 19년(1641) 1월 2일 대제학 이식[1] 지음.

항복한 인조 15년에 가장 많은 사람을 속환하고 다음 해부터 숫자가 급격히 줄어드는데, 4년 후에 이런 유시가 나오는 것은 청의 가혹한 탄압 때문이다. 유시의 내용은 뭔가? 포로들은 돈을 주고 속환하는 것 외에는 도망도 말고, 도망쳐 오면 붙잡아 보내니, 청의 비위나 맞추고 화나 면하려는 것이 임금의 할 짓인가? 청이 포로를 자기 가족에게 되팔아 먹으려는 것도 모르던 분을 왕이라고 할 수 있겠는가?

포로들이 되놈의 구박에 견디지 못하여 도망을 가니 범 같은 팔기군이 잡아간다. 천신만고 끝에 겨우 압록강을 넘으니 조선의 포졸이 잡아가고, 천의 일로 집에까지 도착하니 남편이 절개를 잃었다고 관청에 넘기니 이게 예의의 나라인가? 심양 동쪽의 호수 유조호柳條湖에는 조선 사람들이 밤낮 빠져죽은 시체를 건져 내도 갈수록 늘어만 가니, 만리타국의 불쌍한 원혼들의 한을 누가 풀어 줄 것인가? 낚시꾼도 없어지고, 그물 치는 사람도 사라지고, 뱃놀이도 하지 않는 빈 호수에는 조선 귀신들의 통곡소리에 인적마저 끊겨 황량하기 그지없다.

---

1) 이식李植: 선조 17년(1584)-인조 25년(1647). 관향은 덕수. 호는 택당澤堂. 시호는 문정공文靖公. 문과 급제. 대제학, 판서. 문장가. 저서는 『택당집』.

25. 한 많은 세월

석양 무렵에 낯선 손님이 찾아와서 인사를 드린다.

"소인은 황해도 황주에 사는 맹만화라고 하옵니다."

"나는 이 집 주인 공치겸이라고 하네."

"높으신 선성을 익히 들어 잘 알고 있습니다."

"본인은 공인록이라고 합니다."

"지난날 청에서의 일은 참으로 고맙습니다."

"저야말로 특별히 한 것도 없는데요."

"김 효부님을 만나게 하여 주십시오."

"어허 참! 망측한 일이네. 하층 상민이 양반집 부인을 찾다니?"

"소인이 청나라 완안강 대장의 집에 있을 때 자부님의 높은 은혜를 입어서 잠시만 뵙고 가려고 합니다."

"고향이 황주라면서 오랑캐의 집에는 어찌 있었단 말인가?"

"소인은 백마산성 군졸이었는데, 광해 대왕 때 명에 원병으로 갔다가 강홍립 장군과 같이 청으로 넘어가서, 청의 군대에서 이리저리 끌려 다니다가, 마지막으로 완안강 장군 집에 있다가 김 효부님의 은덕으로 귀국했습니다."

"어허 참! 점점 해괴한 말만 하는구나. 쫓겨난 폭군을 대왕이라고 하다니?"

"모르시는 말씀 하지도 마십시오, 광해 대왕이 계셨으면 청의 침략도 없었을 것이며, 진사 어른께서도 가족들이 죽고 헤어지는 불상사는 없었을 것입니다. 진사 어른께서는 나라의 잘못으로 가정이 망했는데도 아무런 불만이 없으십니까?"

"그런 불평을 한들 무슨 소용인가? 타국에 끌려갔다니, 얼마 만에 귀국했는가?"

"꼭 이십 년 만에 귀국했지요."

"이십 년 만에 귀국했다니, 집이라도 온전하던가?"

"아이고, 말씀도 마십시오, 꽃답던 아내는 할망구가 다 되었고, 어리던 아들은 장가를 가서 손자까지 보았으니, 산천이 얼마나 변했는지 모르지요. 이 사람이 죽었다고 해마다 제사를 지냈다는데, 소인은 한 번 얻어먹지도 못했으니 말짱 헛것 아닙니까? 광해 대왕이 계셨으면 소인이 이때까지 청에 붙들려 있었겠습니까? 벌써 오래 전에 귀국했겠지요. 아무튼 김 효부님이나 만나보게 해주십시오."

"훼절자라서 쫓아내고 집에 없네."

"뭣이라고요? 김 효부님이 훼절자라고요? 효부 며느님을 내치셨다고요? 어찌 성덕 높은 자부님을 그렇게도 모르신다는 말씀입니까?"

"되놈하고 혼인을 했다면서?"

"완안강 장군하고 혼인했지만, 그것은 김 효부님의 본뜻이 아니었습니다."

"아들까지 있는 사람이 되놈하고 혼인한 것이 훼절이 아니라면, 뭐가 훼절인가?"

"같잖습니다! 같잖아요. 되놈이 시아버지를 죽이려고 할 때 시아버지는 살리고 자신은 손목이 끊겨 나간 것은 효부가 맞지요?"

"그래, 그것은 효부라고 할 수도 있겠지."

"효부라고 할 수도 있겠지 라니요. 그보다 더 높은 효부도 있다는 말씀입니까?"

"아무리 효부라도 훼절은 훼절이 아닌가?"

"훼절이라는 말씀은 함부로 쓰지 마시라니까요. 시아버지를 살리기 위하여 온몸을 초개같이 버리는 것을 본 완안강 장군은 이 의인을 자기 사람으로 만들어야겠다고 생각하고 다친 손의 치료에 만전을 기하면서 온갖 정성을 다 쏟았습니다."

"자식까지 있는 사람이 만주에서 다시 혼인했으니 훼절이 아니고 뭔가?"

"청나라 군사에 붙들린 사람이 마음대로 할 수 있는 일이 한 가지라도 있다고 보십니까? 완안강은 '혼인을 하면 마음을 돌리겠지.' 하고 생각하고 혼인날을 정했지요. 그러자 김 효부님은 '나의 남편은 공인록뿐이요, 장군님이 강압으로 이 몸을 탐한다면 나는 죽어 버리는 도리밖에 없다.'고 선언하고 열흘 동안이나 아무것도 먹지 않고 굶어 쓰러지셨습니다. 그러자 완안강은 혼인을 하고도 손끝 한번 건드리지 못했습니다."

"으음, 음, 혼인날을 정하자 우리 며느리가 단식을 하고, 되놈은 혼인을 하고도 손끝 한번 건드리지 못했다!"

하고 탄성을 지르면서 이 사람이 며느리를 만나려고 작정을 하고 왔는데, 만나지도 않고 그냥 돌아가지는 않을 것 같다고 생각한다.

"화친을 맺고 청으로 철수할 때 완안강이 말하기를, '당신은 죽으려고 환장을 했소? 칼로 내리치는데 달랑 매달리는 법이 어디 있습니까?'라고 핀잔을 주자, '그럼, 시아버지를 죽이려고 하는데 가만히 있을 사람이 있겠는가?'라고 따졌지요. 그러자 '지금도 그런 일이 생기면 왼팔이 마저 달아나도 또 달려들겠느냐?'라고 물었습니다. 그러니까 '목숨이 붙어 있는 한 열 번이라도 막을 수밖에 없지요.'라고 대답하셨습니다. 그 대답에 감탄한 완안강은 '이 사람은 강압으로만은 안 되겠다.'며 스스로 마음을 돌리도록 온갖 정성을 다 쏟았습니다."

"으음! 목숨이 붙어 있는 한 열 번이라도 막을 수밖에 없다! 그 말은 맞네. 우리 며느리는 진정 그렇게 대답했을 것이 맞네."

공 진사는 진정으로 수긍한다.

맹만화가 다시 지성으로 애원한다,

"어려우시더라도 김 효부님을 한 번만 만나게 하여 주십시오."

공 진사 부자는 생각다 못해 며느리를 부르지 않을 수 없었다. 며느리가 참으로 오랜만에 사랑방으로 들어오면서 시아버지에게 먼저 인사를 드린다.

"아버님, 기력 만강하십니까?"

"오냐, 너 볼 면목이 없다."

"맹 선생님 오셨습니까? 참으로 어려운 걸음을 하셨습니다."

하면서 큰절을 올린다. 자기에게 절하는 것을 본 만화도 황급히 맞절을 한다.

"김 효부님의 높은 은혜의 만분의 일도 갚지 못하여 무어라 사릴 말씀이 없습니다. 진작 한번 와서 뵙는다는 것이 너무 늦어 죄송합니다."

맹만화가 한 마디 말하고는 흐느껴 운다. 김 효부도 맹 선생을 보는 순간 눈물을 주체하지 못하고 흐느낌만 나직이 이어질 뿐이다. 한없이 긴 세월이 잔잔히 흐른다.

"별말씀을 다 하십니다. 저가 맹 선생님의 높으신 은혜를 입었지요."

울음을 그친 만화는 오면서 본 옆집의 홍살문에 대해 말하지 않을 수 없었다.

"들어오면서 보니 옆집에 홍살문이 서 있는 것은 어느 분 것입니까?"

공 진사는 회심의 미소를 띠면서 뽐낸다.

"에헴! 병자호란 때 되놈에게 붙들려 가던 둘째 며느리가 압록강에서 순절하여, 나라에서 내린 열녀정려 홍살문이라네."

며느리는 황급히 시아버지의 말씀을 받아넘긴다.

"맹 선생님께서도 잘 아실 텐데요. 동서가 압록강에서 순절한 것을 정려 상신한 것이 나라에서도 대대적으로 정려를 내릴 때 열녀 정려를 받았습니다."

만화는 하도 기가 차서 눈을 지그시 감고 있는데 눈물이 볼을 타고 배어 내린다. 자신은 화냥년이라는 비방을 감수하면서 시동생과 조카를 보호하려고 동서의 정려를 상신시킨 지순한 마음을 꺾을 수 없어 호통도 치지 못하고 가만히 있다. '이 배은망덕한 놈들아! 오랑캐와 혼인하여 잘살고 있는 사람의 홍살문은 세워 놓고 뽐내면서, 참된 효부열녀는 화냥년이라고 몰아내고도 부끄러운 줄 모르는 머저리들아! 지고지순한 행신의 만분의 일이라도 알아차려라, 이 허 껍데기들아!'

하고 참고 만다.

"둘째 자부가 순절한 것은 장하네요. 그러나 죽기보다 훨씬 더 고통스러운 삶을 감내하면서 남편과 아들의 앞길을 밝게 열어 주려고 기를 쓰고 환향한 맏 자부의 행신은 몇 배나 더 높다는 것을 진정 모르신다는 말씀입니까?"

'죽을 작정을 하고 귀향한 아내의 마음을 맹만화는 다 짐작하고 있었단 말인가?' 하고 인록은 마음속으로 놀라고 있다.

공 진사는 궁금한 것을 또 묻는다.

"자네는 우리 며느리에게 무슨 은혜를 그렇게도 많이 입었단 말인가?"

"김 효부님께서 저의 속환 대금을 대신 내어 주셨습니다."

이때까지 아버지와 만화의 대화를 듣고만 있던 인록이 드디어 입을 연다.

"제가 속환 대금을 지불하고 안사람을 데려오자 안사람이 하는 첫 말이, '한 사람 더 꼭 속환해 줘야 할 사람이 있는데 지금의 여유가 있습니까?' 하고 묻더군요. 그런데 안사람의 말이 떨어지기도 전에 완안강이 대뜸 하는 말이 '맹만화를 말씀하시느냐?'라면서 '김 효부님의 뜻이라면 맹만화는 돈을 받지 않고 귀국시켜 드리겠습니다.'라고 해서 우리는 땡전 한

푼 주지 않고 그냥 왔습니다."

"아! 그랬습니까? 소인은 공 생원님께서 저를 위하여 거금을 희사하신 걸로 생각했습니다. 어쨌건 완안강은 김 효부님을 하늘같이 존경한 것만은 분명합니다. 결국 김 효부님의 말씀 한 마디에 제가 풀려난 것이군요. 완안강은 '김 효부님께서 맹 역군을 귀국시켜 주라고 하여 맹 역군을 귀국시킨다.'면서, 여비와 나귀까지 딸려 주었답니다. 그러니 김 효부님의 은혜를 잊을 수가 없지요."

"맹 선생님께서 여진 말을 알아듣기 쉽게 가르쳐 주시고, 완안강에게 항상 저를 좋게 변호해 주시고, 과격한 행동을 하지 못하도록 말씀해 주시지 않았다면, 제가 어찌 몸을 온전히 보존할 수 있었겠으며 몸을 온전히 보존하지 못했다면 저가 거기서 죽지 않고 어떻게 환향이나 하였겠습니까? 저야말로 맹 선생님의 하늘같이 높은 은혜를 죽는다 한들 잊을 수가 있겠습니까?"

하면서 김 효부는 눈물이 흘러내려 말도 잘 잇지 못한다.

"제가 아무리 좋은 말로 타이른다 해도 김 효부님의 높은 성덕을 이해하지 못한다면, 호랑이 같은 그 사람이 그냥 있었을 리 만무하지요, 김 효부님의 높은 품격에 감복한 완안강으로서는 십 년이 걸려도 김 효부님께서 마음만 돌리신다면 기꺼이 기다렸을 것이요, 만 냥을 주신다고 해도 결코 돈을 택하지는 않았을 것입니다."

그때 인록도 자기 의사를 한마디 말하려고 '으음!' 하면서 목청을 가누다가 그만두고 만다. 인록은 '완안강이 김 효부님께서 마음만 돌리신다면 만 냥을 주신다고 해도, 저는 사람을 택하지 돈을 택하지는 않겠습니다.'라고 하던 말을 하려다가 뱉지 못하고 참고 만다. '만화는 아내와 완안강의 속마음까지 다 꿰뚫어 알고 있는데 더 말해 뭘 하랴.'

김 효부는 눈물을 뚝뚝 떨어뜨리면서

"맹 선생님께서는 그 거친 완안강 밑에서 그의 인성을 많이 교화시키셨습니다."

"완안강이 저를 보내 주면서 말하더군요. '너의 나라에는 사나운 범의 가죽을 덮어쓴 사람도 있고, 사람의 껍질을 쓴 여우가 뒤 석여 있어서 분간하기가 참 힘들다.'라고요."

그러면서 맹만화는 들고 온 보자기를 푼다. 진정하려고 무진 애를 쓰는데도 보따리를 푸는 만화의 손은 사시나무 떨듯이 덜덜 떨린다. 겨우 보자기를 풀어서

"하늘같은 김 효부님의 은혜에 만분의 일이라도 보답하고자 안사람이 일 년 내내 정성들여 짠 것입니다. 보잘것없는 것이지만 저의 성의이오니 받아 주십시오."

라고 하면서 풀어헤친 보자기를 김 효부 앞으로 내민다.

"아이고, 왜 이렇게 하십니까? 제가 맹 선생님의 은혜를 갚아드려야 할 텐데 죄송해서 어떡합니까?"

"저는 김 효부님으로부터 사람이 살아가는 도리를 깊이 느꼈습니다."

"보잘것없는 저를 그렇게까지 보아 주시니 정말 감사합니다."

"김 효부님의 이런 광경을 뵈니, 아니 뵙는 것만도 못합니다. 부디 자중자애 하시어 옥체 보중하십시오."

"먼 길 어렵게 오셨는데 하룻밤 유[1]하고 가시지요."

하며 인록에게 말한다.

"날도 저물었으니 맹 선생님께서 주무시고 가시도록 주선하여 주십시오."

하자 말이 채 떨어지기도 전에 만화가 벌떡 일어나면서 한 마디 한다.

"제가 어찌 이 추저분한 짐승 우리[2]에서 잠을 잘 수야 있겠습니까? 가

---

1) 유留하다: 잠을 자다. 주무시다. 묵다. 머물다.
2) 우리: 짐승을 가두어 두는 곳. 짐승의 집.

봐야지요."

절로 솟구치는 눈물을 주체하지 못해 남의 말은 다 알아듣지도 못한 채 벌떡 일어나 성큼성큼 걸어 나가며 또 한마디 내뱉는다.

"당신네들이 인간이요 짐승이요? 생판 모르는 남도 목숨을 살려주면 고마워할 것이고 부모를 살려 준 은혜에 보답할 것인데, 더구나 호랑이 아가리 같은 위난에서도 정조를 고고히 지킨 의인을 몰아내다니, 배은망덕도 유분수지, 은혜를 원수로 갚는 이런 망측한 일이 세상천지 어디에 있습니까? 오랑캐의 발뒤꿈치도 따라가지 못하는 사람들이 그래도 양반이라고! 기가 차서 말도 나오지 않습니다. 부끄럽지도 않습니까? 오랑캐도 사람의 인품을 알아보고 존경하는데, 시아버지와 서방이라는 사람들이 하는 짓이 도대체 뭡니까? 되놈이라는 말은 함부로 쓰지도 마시고, 당장 관향과 성씨나 바꾸시오. 공자가 대성통곡을 하겠소."

인록이 화가 나서

"이놈의 자식이 여기가 어디라고 감히."

하면서 당장 물고를 내려고 벌떡 일어서는데, 공 진사가 말린다.

"애비야 참아라. 그 사람 말이 절절이 옳은 걸……. 그러면 못 쓰느니라. 여비나 두둑이 줘서 보내거라."

만화가 마당 밖을 벗어나면서 혼자 중얼거리는 말이 들릴 듯 말 듯하다.

"머저리같이 지조 없는 인성을 다 알고 돌아오지 않은 것이 현명한 사람이지."

머저리 부자는 머리를 아무리 굴려 봐도 이해할 수가 없다. 두고두고 의심이 간다.

뒤채의 좁은 방으로 돌아온 김 효부는 하염없이 눈물을 흘린다. 만화의 보따리에는 고운 명주가 들어 있다. 사실 맹 선생이 완안강에게 조선 양반 댁 여자들의 정서를 설득력 있게 설명하지 않았으면 호랑이 같은 되놈의 집에서 과연 자신의 몸을 온전히 보존할 수 있었을까? 하늘같은 은혜를 자신이 입었는데, 따뜻한 밥 한 그릇을 지어 드리기는커녕 차가운 냉수 한 그릇도 떠주지 못했으니 회한의 눈물이 치마를 적신다. 석양이 지고 어둠이 깔리는데 저분이 어디 가서 유하실까? 먼 길을 어렵게 왔는데 사람의 도리도 할 수 없는 자신의 처지가 한없이 서럽다.

대호는 개망나니 짓을 하면서도 동생 선호에게는 형 노릇을 착실히 잘했다.

"선호야, 나는 글렀다만 너는 열심히 노력하여 대과 급제만은 기필코 해야 된다."

하며 타이른다. 선호도 형의 말을 잘 따르고 백모의 방에도 자주 들른다.

"선호야, 너의 어머니가 나의 손을 잡고, '형님요, 우리 선호를 잘 거두어 주십시오.' 라고 자주 말했다. 너의 어머니가 순절하려고 그런 말을 하는 것을. 그때는 순절할 거라는 생각은 하지도 못했지 뭐냐? 그런데 내가 이렇게 되고 보니, 너를 잘 돌봐 주지 못해 미안하다. 총명한 우리 선호는 열심히 노력해서 대성해야 한다. 그래야 어머니도 하늘나라에서 기뻐하지 않겠니? 큰 뜻을 이루어라. 우리 선호는 기어코 해내고야 말 것이다."

선호는 큰어머니를 보고 가서는 작심을 굳게 하고 더욱 열심히 노력했다.

더러운 데 물드는 것은 잠깐이다. 선호는 지방 향시에 진사를 하고 서울 성균관으로 공부하러 올라갔다. 성균관에 들어가니 전국에서 올라온 유생들의 청렴 강직한 기백이 대단하다. 유생들의 정서가 자신이 아무리 깨끗하다 해도, 스스로 마음이 부정하여 검은 물이 들거나 남이 먹물을 묻혀서 검게 되거나 더러워지는 것은 마찬가지라는 생각을 하게 된다. 그러자 큰어머니도 화냥년이라고 느껴지고, 그러다 보니 자연히 큰어머니를 찾아뵙는 일을 그만두고 말았다. 자기가 음심을 먹고 훼절을 했거나, 본의 아니게 당하거나 절개가 더럽혀진 것은 마찬가지라는 생각으로, 간혹 고향에 내려와도 백모를 찾아보지도 않고 올라가곤 했다. 그것을 훗날 전해 듣고도 백모는 조카를 나무라기는커녕,

"사람이 순백해야지. 암, 그래야지 젊은 사람이 높은 기백을 가지고 맑게 자라야 더 높이 날 수 있을 것 아닌가? 대과 급제를 하고 직위가 높아져서, 벼 이삭이 여물면 고개를 숙이듯이 언젠가는 이 백모를 이해할 날이 있겠지."

하고 자위하며 마음을 달랜다.

26. 웅지雄志

소경원昭慶園. – 소현세자의 묘.

• 경기도 고양시 원당동 서삼릉 지구 산 20–1번지.

세자가 인질 간 덕에 환궁한 왕은 9년 후에 환국한 세자, 세자빈, 손자까
지 죽였다.

영회원永懷園. 소현세자빈(금천 강석기[衿川姜碩期]의 딸)의 묘.

•경기도 광명시 노온사동 산 141-20 국가 사적 357호

인조는 소현세자를 독살한 이듬해 소현세자빈을 친정으로 보내 죽였다. 시신마저 남편 곁에 가지 못하여 친정의 선산에 묻혔다. 친정어머니도 죽이고 오라비 4형제도 때려 죽였다. 손자 3형제 역시 제주도에 귀양을 보내 죽였다. 효종은 살아남은 소현세자의 막내아들 석견을 강화도로 옮겨 계속 구속했다.

숙종 44년(1718)에 신원하여 민회빈愍懷嬪으로 시호했다.

고종 7년(1870)에 무덤을 영회원이라 칭했다.

소현세자는 나라를 구하고 부왕父王을 보호하고자 첫돌 전인 아들을 고국에 남겨 둔 채 내외가 자청하여 청에 인질로 갔다. 8년 동안 심양장계[1]를 계속 올려 조·명·청의 정세와 조선이 나아갈 방향을 제시하고 청의 협박과 요구를 조절했다. 포로를 속환하여 농사와 무역으로 경제난을 타개하고 붙잡혀 온 관료의 옥바라지를 했다.

조소용의 이간과 명에 대한 의리에 얽매인 부왕은 세자의 현실 타개를 이해 못 하고 지조 없이 청에 붙었다고 앙앙불락이다.

세자는 살쾡이 같은 청의 군영에 끌려가서, 흙먼지 날리고 살을 에는 칼바람에 숟가락이 입으로 들어가기도 전에 얼어 버리는 모래 밥을 씹으며, 황소 같은 명을 멸망시켜 천하를 통일하는 과정을 생생히 살폈다.

조선이 왜 여기에 잡혀 와서 되놈의 밑구멍을 닦아 주어야 하는가를 심각히 고민하고, 이를 어떻게 해쳐 나가야 하는가를 깊이 사유하며 앞으로 나아갈 방향을 명확하게 깨달았다.

도적의 두목 이자성이 북경에 입성하자 명의 황제 의종은 자살했다. 청에 항복한 오삼계가 앞장서서 북경에 입성한 것은 한족이 명을 멸망시켜 청에 바친 것이다. 대중화(명)는 나라를 멸망시켜 오랑캐에게 바치고, 소중화(조선)는 망한 명을 섬기는 걸 지조인 양 제 민족을 탄압한다.

화이[2]가 번갈아 북경을 수도로 정한다.

---

1) 심양장계瀋陽狀啓: 소현세자가 심양에 있을 때 수행원이 본국에 보낸 장계. 조 청 외교의 중요 자료이다.
2) 화이華夷: 한족과 다른 종족. 한족과 주변의 야만족들.

거란의 요 - 여진의 금 - 몽고의 원 - 한족의 명 - 여진의 청.

여진은 두 번이나 수도를 정하는데, 조선은 한 번도 못 했다. 이 여진족은 말갈족으로서 고구려 발해 때는 우리 백성이었다.

소현세자는 북경에 있는 두 달 동안 독일인 천주교 선교사 탕약망(湯若望, 아담 샤알)을 만나 '사람은 평등하다, 지구는 둥글다'는 학문에 접했다. 천주교를 종교로 믿은 게 아니라 학문으로 연구하여 달력, 천문학, 대포 제작, 지도 제작 등 과학 지식을 잘 활용하면 국력 신장에 큰 도움이 될 거라고 생각한다.

명의 창고의 쌀이 썩어 먹을 수 없게 되자 북경에 입성한 청은 식량이 부족했다. 소현세자는 인조 22년 8월 문학 이래李徠를 보내어 상주[1]했다.

"통일한 청은 식량이 부족하니 쌀 1만 석만 도와주면 훗날 큰 이익이 될 것입니다."

"저것이 오랑캐에 붙어 별짓을 다하려 하는구나."

라며 왕은 세자를 용서할 수 없다고 벼른다. 반년도 덜 되어 청은

"조선은 쌀 20만 석을 청의 수도 북경까지 운송해 바쳐라."

라고 호통을 친다. 결국 애걸복걸하여 10만 석으로 줄여, 제 백성은 굶기면서 쌀을 바침에 국력이 기운다. 세자를 죽인 후에도 쌀 운반에 여념이 없다. 일 년 내내 3분의 1을 겨우 바치는 형편에, 식량 부족으로 조선은 사람을 서로 잡아먹는다는 소문이 돌자 청은 나머지를 스스로 탕감해 준다.

---

1) 상주上奏: 임금께 글을 올림.

27. 패륜

박세당의 묘.

• 경기도 의정부시 장암동 산146-1. 경기도문화재자료 113호

성리학은 명분, 형식을 강조하고, 박세당은 실리, 내실을 강조한 중농적 실학자다. 그는 "내가 죽으면 삼년간 매일 아침저녁으로 올리는 상식上食 은 하지 말고, 초하루와 보름에 올리는 삭망朔望만 하라." 하고 유언했다.

박세당의 신도비.

중추부판중추부사증시문정박공신도비명

中樞府判中樞府事贈諡文貞朴公神道碑銘

문인 이덕수[1]가 글을 짓고 손자인 박필기[2]가 글씨를 썼다.

박세당은 중농주의를 역설하고 사서四書의 사변록思辨錄을 지어 공맹경전孔孟經典의 실증적 본지本旨를 밝혀 실리주의를 주창했다. 사변록은 주자朱子를 비판했다고 사문난적斯文亂賊으로 몰려 귀양 갔다.

인조는 세자가 소무[1]의 지조를 지켜 명을 섬기기를 바랐다. 소무는 자기 한 몸의 고통만 참으면 되었지만 심양관은 외교의 관문으로서, 청의 실체를 인정하지 않고 명을 섬겼다면 조선은 지탱할 수조차 없었을 것이다. 인조는 청의 겁박과 후궁 조소용의 농간에 내시를 파견하여 세자를 감시하고, 후속 내시들이 계속 감시한다.

명을 멸망시킨 청은 소현세자, 최명길, 김상헌, 봉림대군 등 조선 죄인들을 모두 석방하는데, 조선은 오히려 칼끝을 안으로만 겨누었다. 양사의 성화에 파직시켰던 조소용의 의붓아비 이형익李馨益을 정초의 한가한 때 전격 어의에 복직시켰다.

인조 23년 2월 18일, 소현세자가 귀국했다.

4월 23일 세자는 콧물감기에 걸렸다. 이형익은 학질이라며 매일 침을 놓았다.

4월 26일 세자가 죽었다.

4월 27일 양사는 세자를 죽인 어의의 국문을 요청했다.

왕실[2] 변고에 어의의 책임을 묻는 관례를 깨고 왕은 국문 요청을 재차 물리쳤다. 세자의 죽음에 내관들이 대·소렴하는 관례를 버리고 종실에서 했다.

세자의 이모 진원군 이세완珍原君李世完의 처가 소염하고 와서 말했다.

"온몸이 전부 검은 빛입니다. 이목구비 일곱 구멍에서 선혈이 흘러나오고 검은 멱목[3]으로 얼굴 반쪽만 덮었는데, 약물에 중독된 것 같았습

1) 소무蘇武: 전한前漢 무제武帝 때 흉노匈奴에 사신 가서 흉노 왕의 모친을 납치하려다가 실패하고 억류되어 고생하다가, 소제昭帝 때 화친이 맺어져 19년 만에 풀려난 한나라의 충신.
2) 왕실王室: 임금의 집안.
3) 멱목幎目: 소염할 때 얼굴을 싸는 보.

니다."

5월 14일 봉림대군이 귀국했다.

5월 20일 지평 송준길[1]이 소현세자의 장남인 원손元孫의 위호位號를 정하고 김상헌에게 보도輔導의 책임을 맡기라는 상소를 물리치고 체직[2] 시켰다.

윤유월 2일 왕이 삼공육경 등 나라의 동량 16명을 인견하여 세자의 맏아들로서 세손을 정하는 정도를 버리고 둘째 아들 봉림대군을 세자로 삼으니,

사신史臣은 '곧은 도리를 따름이 군자요, 무조건 순종은 비부[3]인데, 임금 비위만 맞춤은 소인이다.' 라고 왕과 신하의 잘못을 지적했다.

인조 24년 1월 3일 왕의 수라[4]상에 독 있는 전복을 올렸다고 세자빈을 가뒀다. 3월 15일 세자빈을 친정에 보내 사사[5]했다. 어머니와 오라비 4형제를 죽이고, 죽은 아버지의 관작을 추탈하고 재산을 몰수했다.

인조 25년 5월 13일. 세자의 아들인 열두 살의 석철, 여덟 살의 석린石麟, 네 살의 석견石堅을 제주도로 귀양 보냈다.

9월 18일 석철이 풍토병으로 죽었다.

12월 23일 석린이 풍토병으로 죽었다.

보필하던 나인들도 때려 죽였다.

---

1) 송준길宋浚吉: 선조 39년(1606)−현종 13년(1672). 관향은 은진恩津, 호는 동춘당同春堂. 시호는 문정공文正公. 문묘文廟 배향. 대사헌, 판서. 저서 『동춘당집』, 『어록해語錄解』.

2) 체직遞職: 체임遞任. 벼슬을 갈아 냄. 파면시킴.

3) 비부鄙夫: 더러운 사람.

4) 수라: 임금에게 올리는 밥.

5) 사사賜死: 나라에서 독약을 내려 죽임.

왕의 훙거[1]에 묘호[2]를 열조烈祖로 지으니, 효종이 묘호를 인조로 바꿨다.

"선왕의 행적으로 열조가 타당하다."

라고 상소한 유계[3]와 심대부[4]를 귀양 보냈다.

효종 2년 조귀인, 사위 김세룡, 사돈 김자점이 역모로 처형되었다.

효종 5년 황해 감사 김홍욱[5]이

"강빈을 신원하고 석견을 석방하시오."

라는 상소를 올리자 장살했다.

숙종 때 최명길의 손자 최석정[6]과 이경석의 손자 이하성[7]의 상소는 이채롭다. 화친을 주선한 최명길은 명을 치는 군사차출을 반대하고, 임

---

1) 훙거薨去: 홍서薨逝. 임금이나 왕후의 죽음을 높여 부르는 말.

2) 묘호廟號: 임금의 시호諡號.

3) 유계俞棨: 선조 40년(1607)–현종 5년(1664). 관향은 기계. 호는 시남市南. 시호는 문충공文忠公. 문과 급제. 척화 주장. 이조참판. 인조의 묘호 문제로 귀양 감. 저서는 『시남집』, 『여사제강麗史提綱』, 『가례원류家禮源流』.

4) 심대부沈大孚: 선조 19년(1586)–효종 8년(1657). 관향은 청송. 호는 범재泛齋. 문과 급제. 응교應敎. 인조의 묘호는 열조烈祖가 마땅하다고 상소했다가 귀양 감.

5) 김홍욱金弘郁: 선조 35년(1602)–효종 5년(1654). 관향은 경주. 호는 학주鶴州. 황해도 관찰사 김홍욱이 소현세자 빈(강빈)과 소현세자의 아들이 억울하게 죽었으니 복권시키고, 하나 남은 아들 석견을 보호하라고 간청했는데, 효종은 장살杖殺했다. 영의정 김육, 좌의정 이시백, 우의정 심지원, 대사간 유경창이 간원懇願했는데도 고문을 계속하여 죽였다. 숙종 45년에 용서하여 시호를 문정공文貞公이라 했다. 저서는 『학주집』.

6) 최석정崔錫鼎: 인조 24년(1646)–숙종 41년(1715). 호는 명곡明谷. 관향은 전주. 최명길의 손자. 문과 급제. 시호는 문정공文貞公. 영의정을 8번이나 했다. 숙종 묘정배향. 저서는 『명곡집』, 『예기유편禮記類編』, 『경세정운도설經世正韻圖說』, 『좌씨집선左氏輯選』, 『운회전요韻會箋要』, 『전록통고典錄通告』.

7) 이하성李厦成: 이경석의 손자. 신천 군수信川郡守. 송시열의 문인들이 이경석이 삼전도비문을 지은 것을 폄하하자, 조부 이경석이 왕명에 의하여 나라의 수모를 홀로 걸머지고 만부득이하여 비문을 지었음을 호소하는 상소문을 올림.

경업[1]과 독보[2]를 시켜 명과 연락하고 청 태종과 담판하여 나라의 부담을 줄이는 데 목숨을 초개같이 여겼다.

이경석은 왕이 부탁하여 삼전도비문을 지었다. 청나라에 왜구 방비를 위한 성지 수축과 군인 양성을 청한 것을 청은 북벌[3]로 보고 문책하자,

"이 일은 영의정인 나의 단독행위요, 왕은 모르는 일이다."

라며 스스로 백마산성에 감금되었다.

이경석의 천거로 벼슬하며 스승으로 섬기던 송시열[4]마저 지조 없다고 비방했다.

박세당[5]이 이경석의 신도비문에서 이경석을 봉황으로 송시열을 올빼미에 비유하니 그가 지은 사변록은 주자를 비판했다고 사문난적으로 몰아 귀양 보냈다.

---

1) 임경업林慶業: 선조 27년(1594)-인조 24년(1646). 관향은 평택平澤. 호는 고송孤松. 무과 급제. 시호는 충민공忠愍公. 진무원종공신振武原從功臣. 평안병사平安兵使. 병자호란 때 의주부윤義州府尹으로 명과 내통하여 청에 대항. 심기원의 모반사건에 혐의가 없는데도 반대파의 모함에 피살됨.

2) 독보獨步: 인조 때의 승려. 병자호란 후 청淸이 서울을 함락한 것을 명에 알림.

3) 북벌北伐: 북쪽 청을 치려는 계획. 실현 불가능한 일이었다.

4) 송시열宋時烈: 선조 40년(1607)-숙종 15년(1689). 본관은 은진恩津. 호는 우암尤庵. 시호는 문정공文正公. 사마시司馬試에 장원. 병자호란 때 남한산성에 들어갔다. 화의 후 고향에서 나오지 않았다. 효종 때부터 다시 벼슬했다. 문묘 배향. 봉림대군의 스승. 좌의정. 영중추부사領中樞府事. 장희빈을 반대했다. 세자책봉 문제로 귀양을 갔다가 사사賜死됨. 후에 숙종이 뉘우침. 저서는 「주자대전차의朱子大全箚疑」, 「이정서분류二程書分類」, 「논맹문의통고論孟問義通攷」, 「심경석의心經釋義」, 어류소분語類小分 소분노량대첩비(露梁大捷碑 용남소재). 이순신충렬묘비(李舜臣忠烈廟碑 용남 남해 소재). 문집 등.

5) 박세당朴世堂: 인조 7년(1629)-숙종 29년(1703). 관향은 반남. 호는 서계西溪. 문과장원급제. 이조 형조 공조판서, 판중추부사判中樞府事. 시호는 문절공文節公. 문정공文貞公. 사변록思辨錄을 지어 주자학을 재해석하고 대명의리를 버리고 실리주의를 주창하였다. 실학서인 색경穡經, 산림경제山林經濟를 지어 농민생활을 안정시키려 하였다. 유언으로 3년 상식上食은 하지 말고 삭망朔望만 드리라고 하여 번거로운 예禮를 줄였다. 노장학도 연구하여 도교에 까지 학문의 폭이 넓었다. 최명길과 이경석의 신도비문을 지었다.

"박태보[1]의 공덕이 아버지도 구하지 못합니까?"

라는 이인엽[2]의 상소로 귀양은 풀렸으나, 그 해에 죽었다.

주화파는 치욕을 불러왔다고 최명길과 이경석은 종묘[3]에 배향[4] 않고,

척화파는 춘추대의를 선양했다고 김상헌과 송시열은 배향했다.

1) 박태보朴泰輔: 효종 5년(1654)−숙종 15년(1689). 호는 정재定齋. 박세당의 둘째 아들. 문과 장원급제. 숙종이 장희빈에 현혹되어 왕후인 인현왕후仁顯王后를 축출하자, 왕후를 내쳐서는 안 된다는 상소를 올려 왕의 친국親鞫으로 곤장, 압슬, 낙형 등 밤새 모진 친국親鞫을 받았으나 당당히 간했다. 날이 밝자 귀양 가는 도중 노량진에서 죽었다. 후에 숙종이 뉘우치고 문열공文烈公이라는 시호를 내리고 노강서원鷺江書院을 세워 사액했다.

2) 이인엽李寅燁: 효종 7년(1656)−숙종 36년(1710). 본관은 경주. 호는 회와晦窩. 문과 급제. 박세당의 문인. 숙종이 민중전閔中殿을 폐하려 하자 박태보와 함께 반대소를 올렸다. 홍문관 대제학. 이조판서.

3) 종묘宗廟: 왕과 왕비의 위패位牌를 모신 나라의 사당祠堂.

4) 배향配享: 공신의 신주를 종묘에 모심. 문묘文廟나 서원에 학덕 있는 선비를 같이 모시는 것. 종향從享.

28. 믿는 도끼에 발등 찍다

인조 24년 선호가 대과 급제를 하니 명성이 높이 드날린다.

홍살문의 정절 높은 열녀의 아들 선호는 급제하고,

화냥년의 아들 대호는 파락호가 되었다.

"행실 높은 여자는 자식도 잘 낳는데, 화냥년이야 자식인들 온전하겠는가?"

하는 말이 퍼진다.

대호는 더욱 호탕해지고, 선호는 더욱 교만해지고, 인록은 더욱 우울해진다.

선호가 어사화를 탁 눌러쓰고 말을 타고 풍악을 울리며 고향에 당도하자 할아버지의 입이 귀밑까지 째진다.

"허허, 우리 집에도 이제 봄이 찾아오는구나."

대호는 동생이 급제하니 자신이 급제한 것보다 더 흥이 솟는다. 사당에 고유제사[1]를 지내고 도문[2] 잔치 준비에 여념이 없다. 원근 인사 지친들이 몰려와서 푸짐한 잔치에 온 마을이 흥청거리는데, 김 효부의 방은 쓸쓸하기 짝이 없다. 흥겨운 소리는 귀청을 울리고 고기 굽는 냄새가 코를 자극하지만, 방 문고리 한번 잡아 보는 사람조차 드물다. 간혹 비하의 말

---

1) 고유제사告由祭祀: 큰 일이 생겼을 때 그 이유를 사당에 알리는 제사.

2) 도문到門: 과거에 급제하여 홍패를 타서 집으로 돌아옴.

만이 신경을 건드린다.

"화냥년이 방안에 틀어박혀 있다고 더러운 몸뚱이가 깨끗해지는가? 별꼴이야."

"똥고집이 세기도 하지. 여기가 어디라고 버티고 있단 말인가?"

"새댁은 그런 소릴랑 하지도 말게. 화전댁만큼 조신하는 사람은 세상에 없다. 나도 그분의 손을 만져 보았지만, 우리는 그런 일을 당하면 그래 못한다. 턱도 없지."

"공연히 품도 높은 분을 몰아내는 세상이 가관이지. 덕 있는 효부를 몰아낸 후로 문중이 어이 되어 가는지를 자네는 몰라서 그런 못된 말을 하는가? 말세야, 말세!"

"어쨌건 화냥년은 화냥년 아닙니까?"

"이 사람아, 화전댁이 화냥질하는 걸 자네가 봤는가? 괜한 소릴랑 하지도 말게. 사람이 인품과 행신을 가지고 말해야지, 겉판 허식에 휩쓸리면 못쓰네. 화전댁이 물러나신 후 종가 댁 범절이 엉망이 된 것을 자네는 몰라서 그런 못된 말을 하는가?"

"그러게 말이야! 문로들 중에도 후회하면서, 화전댁을 다시 종부로 모셔야 된다고 하는 분이 많다고 하니, 세상이 이래가지고 되겠는가? 한 사람의 인생을 망치고 도덕을 망치고 문중을 들쑤셔 놓고는, 지금 와서 새로 깁고 빨고 다린다고 온전히 펴지겠는가? 또 한바탕 홍역이나 치르고 말걸세."

푸짐한 행사에도 공 진사는 도무지 흥이 나질 않는다. 유수[1]까지 축하하고 갔는데도, 도학 높은 선비요 공 진사의 절친한 친구이며 손자들의 스승인 정 참봉은 끝까지 얼굴 한번 비치지 않았다. 사실 정 참봉에게는

---

1) 유수留守: 수도 이외의 요긴한 곳을 맡아 다스리던 특수 외관직. 개성, 강화, 광주, 수원, 춘천 등에 두었다.

통문만 보낸 것이 아니라, 선호가 직접 가서

"도문 행사에 선생님께서 왕림하여 주시면 하생으로서는 무한한 영광이겠습니다."

하고 정중히 초청했는데도 끝까지 나타나지 않았다. 그뿐이랴! 왔으면 좋겠다 싶던 선비들은 오지 않고, 어중이떠중이 사람 숫자만 많았을 뿐이다.

매일 몰려와서 시회를 열고 유림과 문사를 논하던 선비들이 모두 어디로 갔는가? 며느리를 내친 후로는 인적이 끊겼다. 종부가 덕이 있어야 종인들이 모일 것인데, 손님을 부르고 초청해도 무슨 핑계를 대고 오지도 않는다. 잔치가 파하고 식구들만 모여 서로 노고를 위로할 때, 대호는 피로한 심신을 가누며 아우에게 말한다.

"선호가 장하다. 너라도 급제하여 부조父祖의 원한을 풀었으니 다행이다."

하면서 자랑스러운 아우를 격려하는데 아우는 발끈하여 원망한다.

"형님은 부끄럽지도 않습니까? 저는 우리 집에 화냥년이 있는 것이 창피스러워 몸 둘 바를 모르겠는데요."

그 말을 듣는 순간 화가 머리끝까지 치솟아 오른 대호는 단박에 요절을 낸다.

"이 배은망덕한 놈! 너마저 그 따위로 지껄이느냐? 작은어머니가 누구 때문에 열녀 정려를 받았는지도 모르느냐? 급제한 것이 너 혼자의 힘인 줄 아느냐?"

따귀를 때리고 발로 차고 밟아서 금방 골병을 들인다. 사실 대호는 어머니가 몰려 물러난 후 자신은 대망을 포기했지만, 선호만은 큰 뜻을 이뤄 주기 바라면서 갖은 뒷받침을 다했다. 그런데 선호는 성균관에 들어간 후 백모가 화냥년이라는 것이 창피스러워 말도 못 하고, 간혹 귀향해도 백모가 있는 방 쪽으로는 고개조차 돌리지 않고 상경했다. 그리고 형의 타이름에 반발심만 커졌던 것이다. 형에게 두들겨 맞아 골병이 든 선호는 굴신도 못 하고 누워 있다.

한 사나흘 뒤에 관아의 형방[1]이 찾아와서 선호를 찾는다. 의록이 방으로 안내하여 푸짐하게 대접한다.

"이번에 급제한 자제를 만나보려고 왔습니다."

"아, 그러하십니까? 바쁘신데 일부러 찾아 주셔서 감사합니다. 집의 아이는 외가에 다니러 가고 집에 없습니다."

"그래요? 많이 다치셨다는 말을 듣고 찾아왔는데, 몸은 좀 어떠합니까?"

"다치기는요. 흥겨운 일에 잘 지내고 있습니다."

"그래요? 파락호 함씨[2]가 또 못된 짓을 했다면서요? 차제에 함씨의 못된 버릇도 고쳐 주고 국가의 동량도 보호하려고 이렇게 방문했습니다."

"못된 짓이라니요? 걔가 동생이 급제한 것을 제일 기뻐하고 이번 도문잔치를 다 주선했는데, 그럴 리가 있겠습니까? 그것은 순전히 오해요, 헛소문입니다."

의록은 은자[3]로 형방의 입을 틀어막아 돌려보냈다.

대호는 선호만은 어머니를 이해하는 줄 알았는데, 촉새보다도 좁은 속아지에 비애를 느껴 자신을 가누지 못한 채 매일 술독에 빠져 있다.

인록은 아이들이 클 때를 생각하면 후회막급이요, 무지, 무력, 무정, 무소견, 무도덕했던 자신의 짓거리를 뉘우치며 점점 우울증에 빠져든다. 사는 것이 사는 게 아니라 방향 없는 세월에 그냥 휩쓸려 흘러가고 있을 뿐이다. 대호가 얼마나 총명했던가. 한 자를 가르치면 열 자를 알고 다음 자를 스스로 터득하여 깨우치고, 동생을 스승보다 더 잘 이끌어 가르치

1) 형방刑房: 고을의 형벌 재판을 맡아보는 아전衙前.
2) 함씨咸氏: 남의 조카를 높여서 이르는 말.
3) 은자銀子: 은으로 만든 돈.

던 것을 생각하면 선호보다 적어도 3년은 앞서 급제하고도 남을 것이 아니었던가. 지고지순한 조강지처를 절망의 늪에 빠뜨리고, 창창한 아들의 앞길을 가로막아 가문을 몰락의 구렁으로 몰아가고 있다고 느낀다. 총기로 말하면 대호가 선호보다 열 배나 더 총명하고, 신동이라고 소문까지 나지 않았던가. 종반이 다툰 이후로 자책과 침잠은 더욱 심해진다.

대호가 대낮부터 고주망태가 되어 오가는 사람을 모두 불러들여 술을 권한다.

"여보, 친구, 내 술 한잔 드십시오."

"한잔 더 마셔도 되겠습니까?"

"좋지, 좋고말고요."

"또 한잔 더 마셔도 되겠습니까?"

"되고말고요. 쉬지 말고 단숨에 쭉쭉 들이키시오."

그때 마침 공인록이 주막 앞을 지나가는 것이 보였다.

"여보, 주모, 저기 가는 저 어른을 모셔오면 한 푼을 거저 드리겠네."

하면서 엽전 한 푼을 술판 위에 탁 놓았다. 주모가 뛰어가서 공 생원을 모셔 왔다.

"아이고, 공 생원 나리, 소인 술 한잔 받으십시오."

술잔이 철철 넘치도록 따른다. 인록이 아무 말 없이 단숨에 술을 목구멍에 탁 털어 넣고 술잔을 쑥 내민다. 대호가 또 잔이 넘치도록 따른다. 인록이 또 술을 쭉 마시고 잔을 쑥 내민다. 대호가 또 넘치도록 따른다.

"이놈아, 아까운 음식 넘친다. 넘치는 술 아껴서 기갈 든 사람 적선이나 하거라."

또 술을 단숨에 들이키자 대호가 묻는다.

"공 생원 나리, 안방마님이 아직도 태기가 없습니까?"

"태기가 있고 없는 것이 네놈이 어째서 궁금하냐?"

"대 명문 곡부 공씨 종손의 대가 끊기면 낭패가 아닙니까? 혜혜혜."

"이놈아, 네놈이 여기에 있는데 뭐가 걱정이냐?"

"혜혜혜! 화냥년 새끼야 천 명이면 뭣하고 만 명이 있은들 무슨 소용이 있습니까?"

이들 부자는 자정이 넘어서야 남의 등에 업혀 집으로 돌아온다.

사랑방에서는 놋 재떨이에 할아버지의 담뱃재 터는 소리가 허공을 울린다.

탕탕탕 탕탕탕 타당탕탕…….

29. 가식假飾

　대청 순치 5년 정조사의 사신이 청나라에 들어갈 때, 공선호가 서장관으로 발탁되었다는 소식을 듣고 백모는 사람을 보내, 조카에게 청나라에 가기 전에 꼭 집에 들러 백모를 보고 가라고 일렀건만 화냥년인 백모의 말은 들은 체도 않은 채 찾아보지도 않고 청으로 떠났다. 백모는 조카가 청에 들어가면 꼭 너의 어머니를 찾아보라고 당부하려 했는데 그냥 가버리니 동서에 대한 애틋한 그리움이 물밀듯이 밀려와 눈물이 볼을 타고 내린다. 사랑하는 동서의 말이 생각난다.

　"형님께서 귀향하시면 훼절자라는 비아냥을 어떻게 감내하시렵니까? 형님께서 진정 공씨 댁 귀신이 되시려면 청나라에 계셔야만 공씨 댁 귀신이 옳게 되실 수 있을 것임을 명심하십시오."

　극구 말리던 모습이 눈에 선하다. 선호가 소식도 없이 청나라로 들어간 후, 동서에 대한 그리운 정감이 한없이 밀려와 김 효부는 깊은 추념에 젖는다.

　"동서! 대단히 미안하네. 내가 선호의 교육을 잘못하여 지금은 내 말을 듣지 않네. 청으로 가면서 나를 보지도 않고 갔으니 어미를 찾지도 않을 것이 아닌가? 이런 낭패가 어디 있는가. 동서 볼 면목이 없네."

　예점은 매일 새벽에 일어나면 정화수 세 그릇을 떠놓고 촛불 세 개를 켜서 기도를 드린다. 완안태가 묻는다.

"기도는 누구에게 드리며, 촛불은 왜 세 개를 켜는가?"

"기도는 천지신명에게 소첩이 사랑하는 사람이 성공하기를 빌며, 촛불 세 개는 소첩이 인연을 맺은 차례대로 불을 밝히는 것입니다."

"인연을 맺은 차례라니, 그건 또 무슨 말씀이오?"

"인연을 맺은 차례란 소첩이 조선에서 처음 혼인 한 공의록과, 소첩의 아들인 공선호, 그리고 세 번째 인연을 맺은 당신의 승승장구를 비는 것입니다."

"허허, 그러면 나는 세 번째란 말이오?"

"차례가 무슨 상관이 있겠습니까? 세 분은 저에게 똑같이 귀한 분이신 걸요."

"허허, 나를 세 번째라도 넣어 주니, 그런 다행이 없구려!"

완안태는 참으로 너그러운 사람이다. 전 남편과 그 아들의 성공을 비는 것을 탓하지도 않고, 맨 끝에라도 자신을 넣어 주니 다행이라니, 얼마나 도량이 넓은가!

완안태 형제는 500년 전 조상들이 중국을 휩쓸어 한족의 콧대를 납작하게 눌러 천하를 호령한 것을 생각하면 절로 어깨가 으쓱거린다. 그들은 그때보다 더 융창한 시대가 도래 할 것이라고 확신하며, 아무리 치열한 전투를 치르고 와도 출전하기 전에 읽은 유학 서적의 내용을 환히 꿰뚫고 있으니 아내는 진심으로 칭찬을 아끼지 않는다.

"낭군님은 참으로 영특하십니다. 그 치열한 전투 가운데서도 어찌 한 구절도 잊지 않고 환하게 다 꿰고 계십니까?"

"그까짓 것쯤이야 한 번 읽으면 구만 리가 훤하지요."

"낭군님은 하늘이 내신 천재이십니다. 자, 강냉이 술이나 한잔 들고 하십시다."

"여보, 당신은 나의 참 스승이오."

"아이고, 별 말 말씀을 다하십니다. 소첩이 가르친 것이 뭐가 있겠습니까? 영특하신 서방님의 훌륭하신 작전이었겠지요."

진심에서 우러난 아내의 칭찬은 용기백배하게 한다.

조선 포로들의 고통이 이루 말할 수 없다는 소문이 예점의 귀에 계속 들려온다. 무서운 고통을 견디기도 힘든 데다 한없이 그리운 가족이 보고 싶어 도망가는 사람들이 부지기수라고 한다. 국경을 넘기 전에 청나라 군인들에게 붙들리는 사람보다, 조선에까지 왔던 사람들을 조선에서 붙잡아 쇄환시키는 사람이 더 많다니, 조선의 왕은 백성을 생각하는 마음이 눈곱만큼이라도 있는가? 포졸들의 성화에 남은 식구만이라도 살리려고 아내를 되돌려 보내지 않을 수 없는 처참한 현실을 누가 짐작이나 할 수 있겠는가. 붙들려 온 사람들은 모조리 작두로 발뒤꿈치를 잘라 버려서 앉은 뱅이나 다름없는데, 그 모진 구박에도 자신이 꿈지럭거리지 않으면 강냉이 알 하나 입에 들어갈 수 없다고 하니, 차라리 죽여 버리기라도 하면 얼마나 좋겠는가?

도망도 못 가고 청과 몽고군의 첩이나 노리개로 떨어진 사람도 그 본처의 투기로 인해 죽기보다 더한 고통을 당해 살아갈 수 없다고 한다. 펄펄 끓는 물을 낯짝에 퍼붓기도 하고, 창고에 가두고 창으로 찔러 대기도 한다니, 어찌 사람의 도리로서 그렇게 참혹할 수 있겠는가? 눈물이 솟구치는 예점은 남편에게 심정을 토로하지 않을 수가 없다.

"낭군님께서라도 조선 포로들의 고충을 조금이라도 덜어 주도록 힘써 주십시오."

"여보, 너무 상심하지 마십시오. 황제 폐하께서도 참혹한 행동을 하는 사람은 순장[1]시켜 버리겠다고 유시를 내렸으니, 당신의 건강이나 잘 돌보

----

1) 순장殉葬: 임금, 귀족, 남편이 죽을 때 산 사람을 같이 묻어 장사 지내는 것.

도록 하시오."

예점은 완안태 형제에게, 혹시라도 청에 들어오는 조선 사신의 명단에 시숙이었던 공인록, 남편이었던 공의록, 큰집 조카 공대호, 자기 아들 공선호가 끼어 있으면 알려 달라고 부탁했다. 이들 네 사람 중에 누구라도 급제하고 사신으로 올 수도 있을 거라고 믿고, 춘향이가 이 도령 기다리는 것보다 더 초조하게 기다리고 있다.

예점이 천지신명에게 기도한 덕이 있었던가? 청나라 세조 순치 5년 무자 년에 그렇게도 그리던 아들 공선호가 조선 정조사의 서장관으로 대청 제국에 들어온다는 명단을 남편인 완안태가 가지고 왔다.

"낭군님, 참으로 감사합니다. 소첩의 아들 공선호가 조선 사신의 서장관으로 온다니, 이렇게 반가울 데가 어디에 또 있겠습니까?"

"여보, 너무 기뻐하지 마세요. 혹시 동명이인일 수도 있지 않겠습니까?"

"우리 선호가 스물다섯 살이니, 급제하고 서장관으로 발탁된 것이 분명합니다."

예점은 완안태의 아들을 셋이나 낳았다. 아홉 살의 맏아들 완안창, 여섯 살의 둘째 아들 완안선, 세 살의 셋째 아들 완안필을 앞에 앉히고는 타이른다.

"조선에서 공선호 형이 오니, 너희들은 인사를 잘해야 한다."

"인사를 어떻게 해야 잘하는 것입니까?"

"'형님, 안녕하십니까? 저는 형님의 동생 완안창입니다.'라고 하면 되지 않느냐?"

완안태가 아내에게 말한다.

"여보, 의붓아비도 아비인데, 공선호가 나를 아버지라고 불러 줄까요?"

"아니지요, 조선 사람의 정서로 봐서 자기 집에 제 아버지가 있는데, 아버지라는 칭호는 쓰지 않을 것입니다. 아마 대감님이라고 높여 부를 것입니다. 그러나 어미를 호강시키는 분이신데 싫어하지는 않을 것이고, 감사히 여길 것입니다."

완안씨 형제는 이제 대학자요, 벼슬도 높이 올랐다. 완안태는 예부 상서요, 완안강은 병부 상서로서 청나라 조정을 이끌어 가고 있다. 예부의 산하에 있는 각국 사신을 관리하는 관청인 홍려시鴻臚寺에 조선의 정조사 일행이 들어왔다고 등록한 이튿날 사신들이 묵고 있는 남관[1]에 예부의 통인[2]이 찾아왔다.

"사신 일행 중에 공선호라는 분이 계십니까?"

"사신 일행 중에 공선호라는 분이 계시느냐고 묻습니다."

"서장관이 공선호이니, 있다고 말해 주게나."

역관의 말에 부사가 대수롭지 않게 대답했다.

"공선호라는 분을 예부 상서 완안태 대감 댁으로 뫼시고 오라는 전갈이옵니다."

예부 상서라는 말에 좌중은 깜짝 놀랐다. 의견백출이다. 누가 예부 상서 완안태를 아는 사람이 있는가? 각국 사신을 관리하는 부서인 홍려시가 예부의 산하에 소속된 부서이다. 예부에 줄이 닿는 것만 해도 큰 다행이라고 봐야 할 것이다.

그것도 예부의 일반 관원이 아니라 제일 높은 상서가 초청하고, 또 정사나 부사를 찾는 것이 아니라 서장관을 찾는 이유는 도대체 뭘까? 공 서장관을 보내야 하는가? 간다면, 가서 어떻게 행동해야 하는가? 의견 규합이 되지 않는다. 정사가 공선호에게 묻는다.

"공 서장관은 혹시 뭐 짚이는 것이 있는가?"

"소관이 청나라에는 초행 길이온데, 짚일 것이 뭐가 있겠습니까? 소인은

---

1) 남관南館: 명이나 청에 들어간 조선 사신들이 유숙하는 곳.
2) 통인通人: 관청의 심부름하는 사람.

전연 무슨 영문인지 요량하지 못하겠습니다."

"관아로 부르지 않고 예부 상서 완안태의 저택으로 부르는 것으로 보아 나쁜 일은 아닐 것 같으니, 보내드리는 것이 도리가 아니겠습니까?"

정사가 정중히 하시한다.

"공 서장관은 조선 사신의 체통에 흠결이 없도록 행신을 신중히 하고 오게."

공선호는 무슨 연유일까? 하고 의구심에 싸여 상서 대감 댁에서 보낸 사인교에 올라탔다. 으리으리한 저택에 하인들이 아주 다정하고 정중하게 안내한다. 사랑방이 아니라 내실로 안내한다. 괴의하구나 하고 생각되었다. 방안에는 진수성찬이 차려져 있고, 아주 우아한 부인이 선호를 반갑게 맞이한다. 눈이 뒤집히고 가슴이 요동친다. 한눈에 턱 보아도 꿈에도 잊지 못하고 그리던 어머니가 아닌가!

'아! 아니다. 어찌 이럴 수가 있는가? 어머니가 여기에 계실 까닭이 없지 않은가? 어머니는 분명 압록강에서 순절하여 열녀 정려까지 받아서 우리 집에는 홍살문이 높게 세워져 있다. 저 여자가 어머니라면, 어머니는 필경 오랑캐에게 정조를 빼앗긴 훼절녀이다. 눈이 핑핑 돌고 가슴이 뛰고, 어떻게 하는 것이 옳은 일인지 모르겠다. 정부인은 환하게 웃으며,

"반갑다. 내 아들 선호야! 어서 오너라."

두 팔을 벌려 아들을 맞는다.

'아! 아니다. 우리 어머니일 까닭이 없다. 진정 어머니라면 훼절녀이다. 성균관 출신 일등 유생이 훼절녀에게 어머니라고 하다니?'

훼절녀를 어머니라고는 절대로 할 수 없는 일이다. 애라! 모르겠다. 문을 박차고 천장만장 정신없이 들고 뛰었다. 처음에는 하인인 듯한 사람들이 뛰어서 따라오더니, 뒤처져서 보이지도 않는다. 예점은 마음이 한껏 부풀어 있었다.

아들들에게도

"형님에게 공손히 대해야 한다."

고 이르고, 남편에게도

"조선 사람의 정서가 그러하니 혹여 아버지라고 하지 않더라도 너무 섭섭하게 생각하시지 마십시오, 차차 익숙해지면 어미를 호강시키는 분이신데, 나쁘게야 생각할 까닭이 있겠습니까?"

꿈속에서도 잊지 못하던 모자 상봉을 얼마나 가슴 벅차게 기다려 왔던가? 예점은 아들이 처음 문을 열고 들어오는 것을 보고 깜짝 놀랐다. 꼭 공의록이 장가올 때의 모습 그대로가 아닌가. 피는 못 속인다더니, 닮아도 어찌 이렇게도 닮았단 말인가? 내가 낳아도 어찌 자기 아버지를 이렇게도 쏙 빼닮도록 낳았을까? 선호가 참으로 대견하구나! 그런데 이게 뭔가? 오매일념 그리던 아들이 문을 박차고 달아났으니 이 허탈함을 어떻게 달래리오. 눈물이 비 오듯 쏟아진다.

아들 완안창이

"어머니 울지 마세요."

어깨를 흔들어 달래도 소용없다. 완안태는 일찍 퇴청하면서 지금쯤은 반가운 모자 상봉에 화기 만당일 거라 생각하며 만면에 웃음을 가득 띠고 방문을 열었다. 이게 웬일인가? 음식들은 수저도 대지 않은 채로 그대로 있고 아내는 울고 있다.

"조선 형이 앉지도 않고 도망갔어요."

아들 창의 말에 완안태가 아내에게 묻는다.

"선호가 앉지도 않고 도망가다니, 그게 무슨 말이요?"

"전들 그걸 어떻게 알겠습니까?"

"당신이 청나라로 올 때 선호가 몇 살이었다고 했소?"

"딱 열두 살이었지요."

"그렇다면 그 애가 자기 어머니 얼굴을 모를 리가 없지 않소."

"알 수 없지요."

"알 수 없다니요? 열두 살에 헤어졌는데 자기 어머니 얼굴도 모른단 말이오?"

아내는 대답도 못 한다.

"한 번 생각해 봐요, 선호가 도망간 이유가 뭔가. 생각해 보란 말이오."

한참 침묵이 흐른다. 완안태가 입을 연다.

"조선에서는 훼절자를 남편이 집에서 쫓아내고, 남들은 손가락질하면서 배척한다지요."

예점은 대답도 못 하는데 완안태가 버럭 고함친다.

"이 배은망덕한 놈! 글쎄, 자기를 낳아 준 어미를 어머니라고도 하지 않는 그런 불효한 놈을 당신은 십 년도 넘게 그렇게 정성 들여 천지신명께 빌었단 말이오?"

이 말 속에는 아무리 너그러운 완안태로서도, 자식 같은 나이 어린 선호의 촛불을 먼저 켜고 기도드리는 것을 예점의 말과 같이 인연을 맺은 차례대로 기도드린다는 것에 이의를 달지는 않았었지만, 지금 와서 생각하니 괘씸하기 짝이 없지 않은가라는 뜻도 내포되어 있는 것 같기도 하다.

완안태는 도저히 이해가 되지 않는다. 또 큰 소리를 버럭 지른다.

"이 불효 막심한 놈, 자기를 낳아 준 어미를 그 오랜 세월 헤어져 그리다가, 만나서는 본 체 만 체 도망치는 놈이 세상천지 어디에 있단 말인가? 이놈의 자식을 어떻게 요절을 내야 정을 다실까?"

그 말 속에는 조선에서는 항상 청나라를 야만족이라고 깔보고 비웃으며 예절 없다고 멸시하는 데 대한 반발심이 내포되어 있음을 직감할 수 있었다. 그날 저녁 완안태의 집에서는 가족회의가 열렸다. 완안강이 말한다.

"이번 일은 공선호 한 사람의 일만이 아니라, 조선이라는 나라 전체의 문제입니다. 대청제국은 출신 지방과 인종을 가리지 않고 고루 등용하여 구분 없이 채용하여 쓰고 있으니, 이 얼마나 높은 선정입니까?"

"지금 청나라는 세금을 줄이고 근검절약하여, 황실 전체의 비용이 명나라 때의 상궁 한 사람의 경비보다도 적게 쓴다는 말이 명나라 때의 환관들 입에서 나왔으니 한족들조차 우리 청나라의 검소한 덕치에 감복하고 있다네. 또 지금 관리들의 비율을 보게. 관료의 9할 이상이 한족 아닌가? 다른 나라를 점령하여 이렇게 피 정복민을 차별하지 않고 등용하여 쓰는 나라는 고금 천하에 없었다네. 그러므로 한족들도 청나라의 관리가 되겠다고 기를 쓰고 있지 않은가?"

"한족은 청의 덕치에 감읍하는데, 콩알만 한 조선을 유지시켜 놓은 은혜도 모르고 죄인들을 석방하여 돌려보내는 선정을 깨닫지도 못하니, 이런 배은망덕한 것을 그냥 두어도 되겠습니까? 당장 휩쓸어 직할지로 만들어 버립시다."

"아우는 소현세자의 이야기를 들어 보았는가?"

"소현세자를 영구 귀국시키지 않았습니까?"

"조선에서는 세자가 귀국한 지 두 달 만에 독살하고 세자빈과 그 아들마저 죽였다네. 이런 일련의 살육을 아버지요, 시아버지이며, 친조부가 했으니, 이런 패륜이 천지간에 어디 또 있단 말인가? 왜 그랬겠는가? 그것은 세자가 명을 섬기지 않고 청에 협조한다고 죽인 것이 분명하다네. 임금이 자기 아들을 죽이는 망덕한 나라를 그냥 두어도 되겠는가? 선호란 놈도 분명 어머니에게 인사도 안 하고 도망친 것은 어머니가 훼절자라고 침을 뱉고 간 것이 분명하니, 선호만 혼을 낼 것이 아니라 차제에 조선을 아주 요절을 내야 한단 말일세."

"아이고, 낭군님 제발 좀 참으십시오. 선호는 제가 버릇을 단단히 들일 테니 선호만은 그냥 두어 주십시오. 제가 이렇게 빕니다."

"여보!, 헛된 자애는 당장 집어치우세요. 썩은 싹은 뿌리째 잘라 버려야 합니다."

"낭군님, 안 됩니다. 선호에게 위해를 가하시면 절대로 안 됩니다 선호의 버릇은 제가 고쳐 놓겠습니다."

"도망친 그놈의 버릇을 당신이 어떻게 고칠 수 있단 말씀입니까?"

예점은 선호의 몸에 혹시라도 위해가 미칠까 한사코 말리면서 걱정이 태산이다.

남관에 돌아온 선호는 이불을 덮어쓰고 누워 있다. 부사의 불호령이 떨어진다.

"서장관은 어디 갔다 왔으면 보고를 해야 할 것 아닌가? 당장 일어나서 다녀온 내용을 소상하게 말하지 못하겠는가?"

"별것 아니옵니다."

"별것이거나 아니거나 간에, 자초지종을 보고해야 될 것 아닌가?"

불호령을 묵묵부답으로 듣고만 있다.

서장관인 공선호야 하급 관리지만, 정사나 부사는 정승이나 판서 같은 높은 지위에 있는 사람들이 사신으로 들어갔는데도 사신을 맞이하는 청의 접대관은 하급 관리들이다. 말도 통하지 않고 풍속도 달라 어색한 점이 많다.

이튿날 조선 사신이 홍려시에 들어가자 벼락이 떨어진다. 벼락의 출처는 두 곳이라는 것을 직감할 수 있다. 조선에서는 정조사로 정일품 영의정이 정사로 왔는데, 사신을 맞이하는 홍려시의 장관인 홍려경(卿)은 코빼기도 보이지 않고 전의 관례는 아예 깨버리고, 저 끝의 말석 중에도 말석인 종 9품 훈도 나부랭이가 호통을 치지 않는가? 속이 뒤틀리고 구역질이

나지만 어쩌겠는가? 조선 같은 작은 나라의 영의정이면 자기 나라에서 영의정이지 대국에 와서야 무슨 고개를 치켜들겠는가?

홍려시에서 내리는 청의 요구 조건은 세 가지다.

첫째, 표문[1]의 내용이 무례하고 방자하게 이 따위가 어디에 있는가? 당장 표문의 제작자를 묶어서 보내고 표문을 다시 지어 올리라.

둘째, 청이 천하를 통일하여 온 천하가 청의 풍속을 따르는데 조선만이 따르지 않고 있다. 조선에서도 상투를 자르고 변발[2]을 하라.

셋째, 조선은 삼전도의 약속을 이번에는 꼭 지켜라. 지금 대청제국에는 명의 유신遺臣들이 각지에서 반란을 일으키고 있다. 조선은 군사 5만 명을 내어 한 군데만이라도 책임지고 담당하여 막아라. 물론 군사 5만에 필요한 무기와 군량과 군마는 조선이 책임지고 담당하라."

청의 요구가 도저히 실현 불가능한 것임을 직감하고 안절부절 어쩔 줄 모른다. 여기에는 필연코 어떤 연유가 있을 거라고 느꼈다. 사신들은 감정을 표출하지 않고 침착하게 응대하여 나간다.

"표문의 잘못된 점이 무엇이옵나이까?"

"뭐! 이런 작자들이 다 있어? 표문의 문장, 문구가 방자하고 무례한데, 그걸 상국에 올리는 표문이라고 지었단 말인가? 그런 것까지 일일이 설명하란 말인가? 알아서 하란 말이야!"

"조선에서는 상국의 칙유를 철저히 지켰사온데, 무슨 잘못된 점이 있습니까?"

"모든 제후국들이 청의 풍속을 따르니, 조선도 상투를 자르고 변발을 하여라."

"소국이 다른 것도 미비한 것이 있습니까?"

---

1) 표문表文: 황제에게 올리는 글.
2) 변발辮髮: 앞머리는 깎고 뒷머리는 땋는 청나라(만주)의 풍속.

"조선은 남한산성에서의 서약을 다 지켰는가?"

"무슨 말씀이온지?"

"삼전도에서 한 약조를 하나도 빠트리지 않고 다 지켰는가 묻지 않는가?"

"조선은 힘껏 지켰습니다."

"뭐 이런 것들이 다 있어? 약조를 지켜? 명을 치는 데 파병하라는데 변명이나 하고, 화친에 앞장섰던 최명길마저 중놈을 보내 명과 내통이나 하고도 약조를 지켰다고 할 수 있는가? 이번에는 군말하지 말고 군사 오만을 착실히 보내라"

상투를 자르고 변발을 하고 돌아간다면 하늘이 두 쪽 나도 살아날 수 없을 것이다. 삼전도의 일이 언제인데 지금 와서 끄집어내 트집을 잡는 이유가 도대체 뭔가? 사신을 대하는 관례를 깨어 버리고 무례하게 거듭 윽박지른다. 사신들로서는 도저히 감당 못 할 협박이었다.

"이번에도 엉뚱한 핑계만 댄다면 조선을 청의 직할지로 만들어 버리겠다."

하고 으름장을 놓는다. 아무리 자기들의 제후국이라고 해도 사신을 이렇게 거칠게 다루는 예가 있었던가? 청나라에서 하고자 한다면 무엇인들 못 하겠는가? 사신들은 어느 것부터 어떻게 풀어 나가야 할지 도무지 감을 잡을 수조차 없다. 뒤통수를 된통 맞고 나왔다. 사신 일행은 다시 모여 구수회의를 했지만 뾰족한 답이 나오지 않는다. 정사가 말한다.

"여기에는 양국 사이에 무언가 막히고 꼬인 것이 있어서 생긴 사단인 것 같습니다. 첫째와 둘째 조항은 예부의 사항이고, 셋째 조항은 병부에 관한 사항인데, 전에는 이렇게 과격하게 몰아붙인 일이 한 번도 없었습니다. 조선으로서는 힘껏 시행하면 할 수 있는 일을 요구했지, 결코 이번과 같이 도저히 불가능한 것을 요구하지는 않았습니다. 여기에는 사신들을 골탕 먹이려는 고의성이 다분히 내포되어 있는 것 같습니다. 또 홍려시 관원들의 무례한 언사는 외국 사신을 대하는 언사라고는 도저히 상상조차 할 수 없습니다. 무슨 연유로 이런 막된 협박을 하는지 그 연유를 알아내는 것이 급선무인 것 같습니다."

정사가 또 지시한다.

"역관이 예부와 병부의 저의가 무엇인지 잘 파악하도록 하라."

그리고는 공 서장관에게

"청나라 사람을 따라갔던 내력을 소상하게 말하여라."

"별것 아니었습니다. 조선 사신들의 관직과 신상 문제만 약간 물어보았습니다."

"뭐? 사신들의 신상 문제를 물어? 허튼 수작하지 마라. 사신들의 신상 내역은 사신 명단에 모두 기재되어 있는데, 그까짓 것을 물으려고 서장관을 데려갔겠는가?"

"다른 일은 없었습니다."

끝까지 발뺌을 하고 있다. 정사는 더 추궁하지 않는다. 차차 알게 될 방도가 있을 것이라고 생각했다. 다음날 아침 일찍 포도청에서 공 서장관을 구인하여 갔다. 포도청에서는 공선호를 부모를 배척한 불효망측지죄不孝罔測之罪로 다스렸다.

"일전 네놈의 망측한 행동을 응징하려고 구인했다. 네놈의 죄를 알겠는가?"

"잘 모르겠습니다."

"모른다고? 매우 쳐라."

"곤장 한 대요."

"곤장 두 대요."

"곤장 세 대요."

곤장 한 대에 엉덩이의 살이 터져 피범벅이 되고 사람은 초죽음이 된다.

완안태 형제로서는 조선 사람들을 이해할 수가 없다. 아내가 얼마나 고국을 그리워하고 고국에 대한 애정이 깊었던가는 설명이 더 필요 없다.

완안태는 아내가 매일 새벽 천지신명께 지성으로 빌던 것을 생각한다. 만리타국에 홀로 떨어져서 그리던 아들이 와서는 어머니를 보고 인사도 안하고 그냥 뛰쳐나갔으니, 도저히 이해도 되지 않고 용서도 되지 않는다. 당장 때려 죽여 버리려고 포도청에 명을 내리고는 단단히 벼르고 있는데, 또 아내가 하인을 시켜 급히 서찰을 보내왔다. 예점은 남편이 관아로 나가는 것을 보고 미심쩍어 황급히 하인을 보냈던 것이다.

"공선호는 소첩이 잘 타이를 터이니, 제발 신상에 위해를 가하지는 마십시오."

아내를 한없이 존경하고 사랑하는 완안태는 서찰을 받은 즉각 형벌을 중지시키라고 명령을 내리면서 아래와 같이 일러주고 돌려보내라고 명령했다.

"너의 행동에 대하여 반성하고 내일 다시 이리로 오너라."

공선호는 걷지도 못하고 엉금엉금 기어서 인력거를 잡아타고 겨우 남관에 도착해서는 쓰러졌다. 엉덩이가 쓰라리고 아파서 바로 눕지도 못하고 엎드려 있다. 엉덩이에 피가 배어 나와서 옷의 아랫도리가 벌겋게 물들었다. 공선호는 엎드려서 곰곰이 생각해 보았다. 곤장 백 대를 때린다고 선포해 놓고는 어찌하여 세 대만 때리고 돌려보내는가? 곤장을 얼마나 세게 때리는지, 백 대가 아니라 열 대만 때렸어도 그 자리에서 죽고 살아나오지 못했을 것이다. 그것을 짐작한 선호는 이가 탁탁 부딪치고 소름이 쫙 끼쳤다. 아무리 머리를 굴려 봐도 이해가 되지 않는다.

처음 서장관의 어명을 받고 '이제 환로가 훤히 열리는구나!' 생각하며, 넓은 천지에 나가서 견문을 넓히고 확 트인 출세가도를 그리며 왔는데 이게 뭔가?

역관이 예부와 병부에 다녀와서 정사에게 아뢴다.

"병부 상서 완안강은 병자호란 때 조선으로 출정하여 대공을 세우고 조선 포로를 많이 데려가서 그 중 한 명은 아내로, 한 명은 형수로 삼았다가, 정축년에 아내는 조선으로 속환되어 갔고, 그의 형수인 지금 예부 상서 완안태의 부인은 학문과 덕행이 매우 높다고 하옵니다."

"뭐? 예부 상서 완안태의 부인이 포로였던 조선 사람이라고?"

"예, 그러하옵니다."

정사는 엎드려서 앓고 있는 공 서장관에게 호통을 친다.

"사신으로 출발하는 그 시각부터 모든 행동은 공무라고 그렇게도 일렀거늘, 공 서장관은 사실대로 말하지 않고 속이고 있었으니, 그 죄가 얼마나 큰지도 모르는가?"

"죽을죄를 지었습니다. 황송하옵니다."

"당장 가문의 내력부터 소상하게 말하여라."

공선호는 가문의 내력을 소상하게 말하지 않을 수 없었다.

"병자호란 때 오랑캐가 집을 덮쳐 되놈이 할아버지를 죽이려고 칼로 내리치는 것을 백모가 맨손으로 막다가 손바닥이 뎅겅 끊겨 나가고 할아버지는 겨우 목숨을 구했습니다. 호인들이 백모와 어머니를 포로로 붙들어 갔는데, 정축년에 백모를 속환하여 왔습니다. 백모의 말씀이, 어머니께서는 압록강을 건널 때 강물에 뛰어내려 순절했다고 했습니다. 그래서 어머니는 나라로부터 열녀 정려를 받고, 백모는 할아버지를 살린 효부라고 명성이 높았으나, 그 후 정승의 며느리가 속환되어 온 것을 나라의 명령으로 쫓아냈다는 소문이 나자, 문중에서 백모를 훼절자라 하여 내치고 말았습니다. 일전에 예부 상서의 집에 가니 어머니가 거기에 계시므로 너무 황망하여 인사도 드리지 않고 그냥 뛰쳐나왔습니다. 이것이 전부이옵니다."

"뭐? 예부 상서의 부인이 서장관의 어머니란 말인가?"

"예, 그러하옵니다."

역관과 공선호의 말을 들은 사신들의 의견은 두 가지로 갈렸다.

첫째는, 절개를 지키지 못하고 훼절하여 오랑캐와 사는 어머니에게 인사도 하지 않고 온 것을 당연히 그래야 한다는 잘했다는 의견이고,

둘째는, 나를 낳아 준 어머니를 10여 년 만에 만나 그냥 뿌리치고 온 것은 사람의 도리가 아니라는 정반대의 의견이었다.

지금은 그런 걸 따질 때가 아니라 선후책을 강구해야 할 때라고 의견이 모아졌다. 저들은 오래 떨어져 있던 어머니를 모른 체하는 것을 불효한 짓거리로 보고 있으니, 당연히 모자 상봉을 하고 그간의 잘못을 사과해야 한다고 의견을 모았다. 모자 상봉도 하지 않고 버티다가는 서장관만 포도청에 불려가는 것이 아니라, 사신들 전원이 포도청에 구인되어 시체가 될 것이라고 덜덜 떠는 사람마저 있었다. 여럿의 의견을 듣기만 하면서 눈을 지그시 감고 있던 정사가 드디어 입을 연다.

"서장관은 자당이 보고 싶지도 않았던가?"

"왜 어머니가 보고 싶지 않았겠습니까? 어머니가 보고 싶어 견디지 못할 때는 큰어머니에게 달려가 안겨 울기도 많이 울었지요."

"그렇게 보고 싶던 자당을 보고도 뿌리치고 도망을 왔단 말인가?"

"그러니 어쩝니까? 어머니가 훼절자이면 어머니의 열녀 정려는 회수될 것이고, 소생의 급제도 취소될지도 모르는데, 지금의 서장관 노릇인들 온전히 하겠습니까?"

"이런 밴댕이 소갈지 같은 인간을 다 보았나? 허튼 예나 법도 따위보다 모자의 정이 앞선다는 것도 모르는가? 자당이 훼절하고 싶어 훼절했겠는가? 나라가 정책을 잘못하여 피눈물을 흘리면서 구처 없이 한 일이 아니었겠는가? 오매일념 아들을 그리는 자당의 정을 뿌리치는 망측한 사람이

세상천지 어디에 있단 말인가? 자사[1]는 자식을 버리고 시집간 어머니의 복服도 입고 곡을 하여 상주 노릇을 했는데, 하물며 자애 깊은 자당을 뿌리친단 말인가? 저것들(청)이 예의지국 조선을 뭐로 보겠는가? 예부 상서가 서장관을 때려죽이지 않은 것만도 다행인 줄이나 알게."

부사는 한 술 더 뜬다.

"이 가재만도 못한 사람아. 가재는 옆걸음이라도 치지만, 공 서장관은 옆걸음은커녕 뒷걸음만 치지 않았는가? 모자 상봉을 하고 돌아가면 설령 벼슬이 떨어져 초야에 묻힌다 하더라도, 어머니를 만난 효자라는 말만은 남을 것도 모르는가?"

"청나라 상서부인의 아들을 파면이라니요, 어림도 없는 말씀은 하지도 마십시오. 조선은 도리어 높이 영전시키지 않고는 배기지 못할 것도 모르십니까?"

좌중은 숙연해지고, 선호는 고개도 들지 못한다.

---

1) 자사子思: 공자의 손자, 증자의 제자, 맹자의 스승. 「중용中庸」을 지었다. 공자의 아들인 리鯉는 전처는 출처했고 후처에서 자사를 낳았다. 자사가 3세 때 그 아버지가 죽자 자사의 어머니는 자사를 그 조부인 공자에게 맡기고 서庶씨에게 재혼했다. 자사는 그 어머니의 죽음에 상주 노릇을 하고 복을 입고 곡을 했다.

30. 모자 상봉

이튿날 일어서지도 못하는 공선호를 인력거에 태우고 어머니에게 올릴 예물을 사가지고 정사와 부사가 예부 상서 댁을 방문했다. 사신들이 어느 부서에 가더라도 그 부서의 장은 만나보지도 못하고 면회 신청도 받아 주지 않는다. 낮은 하급 관리를 상대하려 해도 힘들었는데, 예부 상서가 직접 나와서 인사를 하고 우아한 정부인도 나와서 조선 사신 일행을 공손히 맞이하고 있다.

"아이고! 이게 뭐냐? 아이고, 이게 뭐냐?"

정부인은 일어나 앉지도 못하고 엎드려 있는 아들을 끌어안고 어루만지며 눈물을 비 오듯 쏟는다. 선호는 크게 잘못했고 조선 사람들의 정서는 틀렸다. 죽은 줄 알았던 어머니를 만나는데 무슨 예절이 따로 있고 체통이 따로 있단 말인가?

지조, 절개가 도대체 뭔가? 조선은 허 껍데기다.

오매불망 그리던 어머니, 죽었다고 생각했던 어머니를 보고 도망을 친단 말인가? 망측한 행동을 한 아들도 한없이 뉘우치면서 눈물을 주체하지 못한다.

"어머니! 어머니!"

"조선은 껍데기 예절, 헛된 의식 때문에 망한다."

는 호인들의 말은 맞다. 완안태는 선호가 친아들이나 되는 양 사례의 인사를 한다. 당장 죽여 버리려고 곤장을 칠 때는 언제이고, 선호를 보호하려는 것은 또 뭔가?

"선호의 다친 몸을 돌보도록 모자가 함께 있게 선처하여 주시면 고맙겠습니다."

"당연히 그래야지요. 그렇게 하여 주시면 참으로 감사하겠습니다."

사신들은 자신들이 큰 잘못이나 한 양 백배사죄하고 물러 나온다.

정부인은 의원을 불러서 아들의 치료에 만전을 기한다. 의원이 환자의 옷을 벗기자 눈뜨고는 볼 수가 없다. 엉덩이가 흡사 쇠고기를 난도질하여 놓은 것 같다.

"아이고, 이게 뭐냐? 애야, 곤장을 몇 대 맞았는데 이 지경이냐?"

"세 대를 맞았습니다."

"설마 세 대를 맞고 이럴 수 있겠느냐?"

의원이 말한다.

"치도곤¹⁾을 치는 놈의 기술이야 보통이 넘지요. 백 대를 치고도 멀쩡하게 하기도 하고, 한 대를 치고도 죽음에 이르게 하는 것이 그놈들의 기술입니다요."

"아이고, 내가 이렇게 미련했으니……. 후유! 애야, 어미가 미안하다."

"예?"

"어미가 미안하다. 어미가 미안해!

"예?"

"아무것도 아니야. 나대로 해본 소리야."

어머니는 남편의 마음을 진작 읽어 일찍 조치를 못 한 걸 한없이 후회한다. 의원은 환부에 약을 바르고 약을 달여서 먹이고 있다.

---

1) 치도곤治盜棍: 죄인의 볼기를 치는 곤장 중에 제일 큰 곤장.

완안태 형제는 허례에 빠진 조선의 버릇을 고쳐 주기로 단단히 마음먹는다.

"형님, 이 판에 조선의 길을 단단히 들입시다."

"맞다, 어떻게 하는 것이 백성을 위하는 것인가를 단단히 가르쳐 주자."

청의 조정에서는 조선 사신들을 다그친다. 예부와 병부의 명령을 받은 홍려시의 관리들은 먼저 사신들의 혼쭐부터 빼놓는다.

"청에 들어온 사신들부터 상투를 자르고 변발을 해야 되지 않겠는가? 지금 시범으로 변발을 해주겠다. 정사는 머리를 내미시오. 변발을 해드리겠습니다."

"아닙니다! 아닙니다! 저들이 귀국하여 대국의 유시를 알린 후에 나라의 지시에 따라 하겠습니다. 그때까지만 유보하여 주십시오."

"뭐 이런 것들이 다 있어! 정사가 영의정이라면서 그 정도의 결정도 못 한단 말인가? 결정도 못 할 것이면 뭣 하러 사신으로 왔는가?"

저 말석 중의 말석 관리가 일인지하요 만인지상인 영의정에게 말을 탁탁 놓는다.

"안 됩니다. 안 됩니다. 아무리 영의정이라도 나라의 관례와 예법을 고치는 것은 귀국하여 절차에 따라서 고쳐야 합니다."

"제후국 중에서 대청제국의 예법을 따르지 않는 나라가 한 나라라도 있는 줄 아는가? 기어코 상투도 자르지 않고 변발도 하지 않겠다는 의도가 도대체 무엇인가?"

"변발을 하지 않으려는 것이 아니옵고, 다만 소국의 조정에 알린 후에 차차 따르려는 것이오니, 그동안만 유보하여 주십시오."

"일각이면 마칠 변발을 끝까지 하지 않겠다는 의도가 뭔가? 아무리 이해하려 해도 이해할 수가 없네. 변발을 못 하는 이유를 알아들을 수 있게 말해 보아라."

"말씀드리지 않았습니까? 조정에 알린 후에 차차 따르겠다고 하지 않았습니까?"

"시각이 급한 일을 사신들이 언제 귀국하여 언제 결정해서 언제 실천하고 언제 상주하겠다는 것인가? 다른 나라에서는 벌써 마친 일을 결정도 못 하면서, 사신은 뭣 하러 왔는가? 변명만 늘어놓으니, 사신들이 할 수 있는 일은 도대체 뭔가?"

"저희들은 최선을 다하고 있습니다. 조금만 양찰하여 주옵소서."

"뭐, 최선을 다해? 한 가지도 결정 못 하면서 최선은 무슨 최선인가? 이번 사신들은 그냥 돌아가고 결정할 수 있는 다른 사신들을 속히 보내어라."

하면서 상대하려고도 하지 않는다.

"다른 미흡한 것도 있습니까?"

"표문을 지은 작자를 대국에 들어오도록 연락을 했는가?"

"아직 본국에 연락하지 못했습니다. 저희들이 귀국하여 고쳐 올리겠습니다."

"한족, 몽고족, 거란족, 탕구우트족, 티베트족 등 온 천하가 대청제국의 유시에 순종하는데, 조선만이 허튼 핑계를 대면서 거역하는 이유가 도대체 뭔가?"

"유시를 거역하는 것이 아니라, 조정의 지시에 따라 차차 따르려는 것입니다."

"조선은 명나라 유신들의 반란을 격퇴할 군대를 언제 파병하겠는가?"

"조정에 대국의 유시를 알린 후에 조속히 힘쓰겠습니다."

사신들이 상투를 자르고 귀국하면 모가지가 열 개라도 살아남지 못할 것이요, 명을 치는 데 군사 5천 명을 파견하라는 것도 청음 대감이 반대하다가 붙들려 와서 사형선고까지 받았는데, 그 열 배나 되는 군사 5만으로 반란군을 막으라니, 이번 사신들의 모가지가 온전할지가 의문이다.

"국가 막중대사를 사신들이 어찌 결정할 수 있겠습니까? 전하에게 아뢰고 비국회의에서 의논하여 상주하여 올리겠사오니, 소국의 사정을 양찰하여 주옵소서."

이렇게 발뺌하는 수밖에 도리가 없다. 이번의 정조사로 온 사신들은 특별한 임무가 부여된 것도 아니고, 단지 대국에 새해 인사로 온 세배의 형식인 관례일 뿐인데 나라의 엄청난 짐을 만들어서 간다면, 나라는 헤어날 수 없을 것이요, 자신들의 신상은 천 길 낭떠러지로 떨어질 게 불 보듯 환하다.

사신들은 의논을 거듭한 결과 예부 상서 댁을 방문하여 그 부인의 협조를 구하기로 했다. 사신 일행이 예부 상서 댁을 방문하니 상서는 없고 정부인이 반갑게 맞이한다.

"공 서장관의 몸은 어떠합니까?"

"아직 완쾌되지는 않았지만 많이 좋아졌습니다. 여러 가지로 부족한 자식이 괜히 심려를 끼쳐드려 죄송합니다."

사신 일행이 사죄해야 될 텐데, 정부인이 도리어 사죄를 한다.

"조선의 예풍[1]이 현실에 맞지 않는 것이 많아 죄송합니다."

"별 말씀을 다 하십니다. 제 자식이 제 할 일도 하지 못하고 여기에 누워 있어 죄송합니다."

"그런 염려는 조금도 하지 마시고 치료만 잘되기 바랍니다."

"이 애가 조금만 회복되면 제 할 일을 할 수 있도록 곧 돌려보내 드리겠습니다."

"공 서장관이 맡았던 사무는 다른 사람이 맡아서 잘 처리하고 있으니 조금도 걱정하지 마십시오. 다만 대국의 하시가 너무 지엄하여 소국으로서는 감당하기가 어렵습니다. 상서 대감께서 소국의 사정을 양찰하시어

---

1) 예풍禮風: 예절과 풍속.

한 번 더 배려해 주시면 감사하겠습니다."

"이 집 대감께서 어려운 요구를 하십니까?"

"아닙니다. 아닙니다. 절대로 그렇다는 것은 아니옵고, 다만 소국의 형세가 너무 미약하여 유시를 따르기가 다소 힘들 것 같아 드리는 말씀입니다."

"예, 대감님들의 말씀을 잘 여쭤 보겠습니다. 선호를 보아서도 조선이 힘들게야 하시겠습니까? 큰 염려는 하지 마십시오."

조선 사신들이 다녀간 날 저녁 시동생이 형의 집에 와서 형제가 의논을 한다.

"사신들에게 너희들부터 상투를 자르고 변발을 하라고 다그치니, 사색이 되어 벌벌 떨면서 갖은 변명을 늘어놓더라는 말을 들으니 가련하기 짝이 없더군."

"형님, 참 잘하셨습니다. 병부에서는 명나라 유신들의 반란을 한 군데만이라도 조선에서 책임지고 평정시키도록 으름장을 놓으라고 했으니 ,어떻게 하는가 보고 한 번 더 혼쭐을 내줘야지요."

남편 형제의 말을 듣고 있던 정부인은 기겁하며 선처를 바란다.

"조선 사신들이 선호의 덕을 보도록 하셔야지 짐이 되게 하셔서야 되겠습니까?"

"아니요, 선호는 선호이고 조선의 버릇은 이번에 고쳐 놓아야 합니다."

"아닙니다, 아니라니까요. 진정 조선의 버릇을 고치시더라도 이번만은 절대로 아니 됩니다. 이번 사신들이 다녀간 후 조선이 고역이 심하다면 선호는 배겨날 수 없을 것이니, 제발 이번만은 참아 주십시오."

"형수님은 조선에서 하는 꼴이 지겹지도 않으십니까?"

"그러하나 어쩝니까? 저의 조국인 걸요."

그러자 아내를 사랑하는 남편과 형수를 존경하는 시동생은 형수의 청을 들어 주지 않을 수 없었다.

선호에 대한 어머니의 정성은 한이 없다. 송덕리의 일을 하나도 빼놓지 않고 샅샅이 다 묻는다. 이야기를 듣고 울다가 웃다가 희비가 교차한다.

"할머니께서 돌아가셔서 참으로 망극하구나! 너의 동생이 그렇게 가버리다니!"

하고 어머니는 또 눈시울을 적신다.

"너의 새어머니는 어떤 사람이냐?"

"아버지께서는 어머니가 아버지를 위하여 순절하셨는데, 내가 어이 새장가를 들겠느냐고 하면서 혼자 계십니다."

"아이고! 미안해라. 조선에서는 남자는 상처를 하면 열 번이라도 새장가를 가도 되는데 너무하시는구나. 너라도 속히 아버지를 속현시켜 드려라. 네가 주선하거라. 너의 아버지는 이 어미에게 열다섯 살에 장가를 오셨는데, 너의 혼인도 너무 늦다. 너도 하루 속히 장가를 가거라. 그리고 너의 백모님은 어떠하시냐?"

"큰어머니께서는 아버지에게 동서의 순절 정려를 청원하라고 권유하여, 나라에서는 어머니의 열녀 정려가 내렸습니다. 그래서 우리 집에는 어머니의 열녀 정려 홍살문이 높게 서 있습니다."

"백모님이 이 어미의 열녀정려를 내리도록 하였단 말이냐?"

"예, 그렇다니까요."

"큰어머니는 효부정려를 받았느냐?"

"효부정려라니요. 나라에서 속환녀는 훼절자이니 내쳐도 된다는 영(令)이 내리니, 문로들이 몰려와서 훼절자에게 불천위 제사를 맡길 수 없다고 항의를 계속하자, 큰어머니께서 할아버지에게 '저를 내치십시오.'라고 아뢰고는 스스로 뒤채로 물러가시고, 큰아버지께서는 새로 장가를 드셨습니다."

"그러면 종부가 두 사람이란 말이냐?"

"종부가 두 사람이긴요. 큰어머니는 쫓겨나신 것이고 새 여자가 종부가 되고 대호 형은 훼절자의 자식이므로 훗날 종손도 못될 처지가 되자 할아버지에게 화냥년이라고 배척하시려면 왜 속환하여 왔느냐고 따지고, 책도 보지 않고 모든 의욕을 상실하여 술을 먹고 마음을 잡지 못하고 있습니다."

"너는 마음을 잡지 못하는 대호에게 무엇을 했느냐?"

"소자가 뭘 할 수 있겠습니까?"

"얘가 무슨 소리를 하느냐? 너는 큰어머니가 화냥년으로 몰려 물러나는데도 아무런 감정도 없단 말이냐? 대호는 어릴 때도 너를 가르쳐 주려고 애쓰고, 다른 사람이 너를 해코지하지 못하도록 너를 감싸고 보호해 주었는데 너는 형을 위하여 아무 짓도 할 수 없다는 것이 말이나 되느냐? 형이 너의 바람막이 역할을 했으면, 너도 형이 어려울 때 형을 위하여 무슨 역할이라도 하는 것이 도리가 아니냐?"

"소자가 어떻게 할 방도가 없지 않습니까?"

"얘가 무슨 소리를 하는 거냐? 이렇게 배은망덕한 인간이 어디 있느냐? 변절하여 자식까지 낳은 어미의 열녀 정려를 상신시켜 홍살문까지 서게 하여 네놈의 자긍심을 세워 주신 큰어머니에게 네놈은 아무런 일도 할 수 없다는 것이 말이나 되느냐? 큰어머니는 어미가 호인과 혼인한 것을 몰라서 열녀 정려를 상신시켰느냐? 큰어머니 모자분은 너를 위하여 애쓰시는데, 너는 아무 일도 할 수 없다는 것이 말이나 되느냐? 너는 윤리가 무엇이라고 생각하느냐?"

"예?"

"윤리 도덕이 무엇인지 그 뜻을 말해 보란 말이다."

"예?"

"너무 어렵게 생각하지 말라. 윤리란 사람이 지켜야 할 도리를 말하는 것이다. 남을 편하고 쉽게 해주려는 마음이 도덕의 시작이라는 것도 모르느냐?"

선호는 어머니의 말씀을 듣기만 하고 아무 말도 못 하고 있다.

"백부에게 백모를 내치는 것은 옳은 처사가 아니라고 말씀드리고, 백모에게는 위로의 말씀을 드리거라. 형에게도 우리가 열심히 노력하여 출세해서 백모를 잘 모시자고, 마음을 잡도록 해주는 것이 도리가 아니냐?"

선호는 어머니의 말씀을 듣고 보니 자신이 한 번도 건의나 위로의 말을 해본 기억은 없고, 오히려 위로받고 격려 받은 기억뿐이다.

"너의 종반이 클 때를 생각하면, 너그럽고 총명한 것으로 보아 나는 너희들 종형제가 동방급제[1]를 할 줄 알았다."

그 말은 총명한 형이 너보다 먼저 급제하고도 남을 것이란 뜻이기도 하다.

예점은 아들이 이기적인 것 같아 더 나무라고 싶어도, 오랜만에 만나서 너무 꾸짖기만 하는 것도 도리가 아닌 것 같아 화제를 돌린다.

"너는 큰어머니를 자주 찾아뵙느냐?"

"처음 큰어머니께서 속환되어 오셔서 소자에게 '내가 너의 어머니이니라. 열심히 공부하여 하늘에 계신 너의 어머니를 기쁘게 해드려야 된다.'고 말씀하실 때는 하루에도 몇 번씩 찾아뵈었는데, 성균관에 들어가니 화냥년은 인간 취급을 하지 않는 정서가 깊어 그 후로는 찾아뵙지 못했습니다."

"뭐 이따위가 다 있느냐? 온 세상이 다 백모를 욕하더라도, 너만은 백모를 나무라서는 아니 되느니라."

아들은 묵묵부답 아무 말도 못한다.

"나라가 정책을 잘못하여 백성들이 상상도 못 할 고초를 겪었으면 보상하고 사죄할 줄 알아야 할 텐데, 위정자들 자신은 반성하지 않고, 절망에 빠진 백성들만 나무란다면, 백성들이 어떻게 배겨날 수 있겠느냐?

----

1) 동방급제同榜及第: 같은 때에 급제함.

완안강 장군이 우리 집을 습격하여 정숙한 우리 동서를 보고 겁탈하려 했지만, 큰어머니께서는 맨몸으로 시퍼런 칼을 막아서 손이 끊겨 나가면서도 조금도 동요하지 않고 할아버지를 감싸 구하시는 걸 보고, 백모의 효심에 감복한 후로는 지극 정성으로 우리를 보호했을 뿐 손끝 하나도 건드리지 못했다. 그런 백모를 내치다니, 어미는 도저히 이해가 되지 않는다. 우리 집이 어떤 집이냐? 고을에서도 예절 높은 집이라고 소문난 집이 아니냐? 효열 아내를 내치고도 범절 있는 가문이라고 말할 수 있겠느냐?"

"저는 뭐가 뭔지도 모르겠습니다."

"젊은 사람이 세상을 어떻게 이끌어 가는 것이 온당한가를 깊이 사유하고 주견을 확고하게 세워나가야 하느니라. 네가 사신으로 올 때 백모님은 무슨 말씀 하시지 않더냐?"

"소자가 사신으로 간다니까 큰어머니께서 사신 가기 전에 반드시 집에 들러 큰어머니를 보고 가라고 하셨는데, 바빠서 뵙지 못하고 그냥 왔습니다."

말이 채 떨어지기도 전에 그렇게도 다정하던 어머니가 화를 버럭 내면서 따귀를 이리 치고 저리 친다. 어머니의 손매가 그렇게도 매서운 줄은 상상도 못 했다. 난생 처음 어머니에게 따귀를 맞았는데 볼이 얼얼하고 화끈거린다.

"이 자식이! 껍데기만 사람의 허울을 쓰고 속은 불효막심, 배은망덕한 놈이네.

이놈아, 나는 너의 몸뚱이만 낳았지만, 너를 인간이 되도록 교육시키신 분은 큰어머니이신 것도 모르느냐?"

"이놈아 조선에서 붙들려 오면서 압록강을 건널 때 내가 강물에 뛰어내린 것이 아니고, 큰어머니께서 내 손목을 꽉 잡고 뛰어내리니, 나는 큰어머니가 하시는 대로 끌려서 따라 뛰어내렸을 뿐이다. 그때 나는 이 많은 군인들이 설마 우리를 죽도록 그냥 두겠는가라고 생각하고 큰어머니가 하시는 대로 몸을 맡겼을 뿐이다. 큰어머니는 진실로 죽으려고 뛰어내리셨고, 나는 물에 빠져도 구호되어 살아날 것을 알고 뛰어내렸으니, 결국 우리는 죽으려 해도 죽을 수도 없는 몸이었다. 큰어머니는 정조를 그렇게도 중하게 여기셨는데, 네놈이 큰어머니를 그렇게 대하다니, 기가 찬다, 기가 차!"

"이놈아, 조선 사신의 명단에 서장관이 공선호라는 것을 보고 네가 먼저 어미를 찾을 줄 알았는데 네놈이 도망을 가니, 아무리 생각해도 이유를 모르겠더니 이제 네놈의 못된 심보를 알겠구나."

"이놈아, 마음 쓰는 것으로 봐서는 내가 화냥년이지 큰어머니가 왜 화냥년이냐? 큰어머니는 진실로 효부시고 열녀시니, 귀국하면 당장 홍살문을 큰집에 옮겨다가 세워야 할 것이니라. 이놈아, 입으로만 공자 왈, 맹자 왈 천 번 만 번 외운들 무슨 소용이 있느냐? 인간이 되어야지. 인간도 겉에 뽀얗게 도배를 해놓은 인간 말고, 마음속 깊이 정이 넘치는 사람냄새 나는 인간 말이다."

그렇게 말하고 어머니는 밖으로 나갔다. 화가 난 어머니는 쉬지 않고 줄줄줄 꾸짖으시지만 볼에서는 눈물이 줄줄줄 흘러내린다. 정말 어머니는 아들에 대한 기대가 무너져 내리는 모습이다. 조금 있으니 완안창이 들어온다.

"성님! 어머니와 다투었어요?"

"다투기는 왜 어머니와 다퉈? 어머니가 무슨 말씀을 하시더냐?"

"아니요, 어머니가 울고 계시니까요."

"어머니가 울고 계셔?"

"성님, 볼이 벌건 걸 보니 어머니에게 맞았지? 그렇지?"

한참 동안 서먹한 침묵이 흐른다.

"어머니가 너희들도 꾸짖느냐?"

"아니요, 그렇지만 저희들이 잘못했을 때는 눈물이 쏙 빠지도록 꾸짖어요."

선호는 곰곰이 생각해 보았다. 과연 나는 큰어머니의 격려가 없었다면 진사 초시라도 할 수 있었을까? 나는 큰어머니에게 화냥년이라고 욕할 자격이 있는가? 허와 실, 명분과 실질을 어떻게 조화시켜 나가야 할까?

하루 종일 어머니는 선호 방에 얼씬도 하지 않는다. 밤늦게 어머니가 들어왔다. 선호가 아픈 허리를 참으며 일어나려고 하니 어머니가,

"그냥 누워 있어라. 어미가 너무 심하게 나무랐지? 어미가 미안하다."

오랜 침묵이 흐른다.

"선호야, 수신제가치국평천하[1]라고 했다. 귀국하면 우선 가정부터 다스리고, 그 다음에 더 높은 것을 하는 것이 어떻겠느냐? 선호의 집에는 선호의 따뜻한 배려를 기다리는 사람이 많다. 자신의 몸이 가려워도 긁지 못하는 사람이 많다. 연못에 돌을 던지면 돌이 떨어진 곳에서부터 물무늬가 멀리멀리 퍼져 나간다. 그 물무늬와 같이 선호는 가까운 곳에서부터 가려운 사람을 긁어 주어, 세상을 시원하게 보살펴 주는 사람이 되어라. 너는 장차 도승지도 되고 대제학도 되고 영의정도 되지 않겠느냐? 사람은 직위가 중요한 게 아니다. 남을 배려하고 남의 가려운 데를 긁어 주려고 애쓰는 사람, 어려운 백성의 고충을 덜어 주려는 사람이 되어야 한다."

완안태 집에서는 또 가족들이 모여서 의논을 한다. 정부인은 만동서였던 형님이 화냥년으로 몰려 고생이 심하다는 말을 하고 도울 방법이 없느냐고 묻는다.

"조선은 참으로 희한한 나라입니다. 온몸을 던져 아버지를 살린 아내를

---

1) 수신제가치국평천하修身齊家治國平天下: 학문을 연구하고 수양을 하여 먼저 자기 자신을 연마한 다음에 가정을 잘 다스리고, 가정을 잘 다스린 연후에 나라를 다스리고, 나라를 잘 다스린 연후에 천하를 태평하게 다스려야 한다는 말.

배척하다니, 남도 그럴 수는 없을 텐데. 남편이란 사람이 그 짓을 하고도 효도를 논하고 예의를 논한다니 말이 되겠습니까? 김 효부는 참으로 성인입니다. 여론이 그러해서 시아버지에게 스스로 물러가겠다고 아뢰었다니, 성인이 아니고 무엇이겠습니까? 이럴 줄 알았으면 압록강에서 모두 순절했다고 말하고 보내지 않을 것인데, 김 효부를 생각하여 보낸 것이 도리어 크게 잘못되었습니다."

완안강은 김 효부를 보낸 것이 못내 아쉽고 후회스러워 벌떡 일어서서 창 너머 먼 산을 응시하고 있다. 눈에는 눈물이 어린다. 완안강은 김 효부를 진실로 사랑하고 한없이 존경했다. 보내기 싫은 것을 본인이 원하므로 거역하지 못하고 보내 놓고 마음속으로 잘살기를 바랐는데, 허사가 되고 말았다.

"형수님께서 속환소에 가서 형님의 두 동서분이 압록강에 빠져 순절했다고 말하여 김 효부의 귀향을 막으라고 하신 것을, 김 효부의 인품을 생각하여 차마 실천하지 못했는데, 이제 와서 조선의 짓거리를 보니 후회 막급입니다. 반평생이 지난 이때까지 형수씨의 예견은 일호의 어긋남도 없으니 저절로 머리가 숙여집니다."

"서방님께서 그렇게까지 이해하여 주시니 감사하기 그지없습니다."

완안강은 김 효부를 속환시킨 후 그 이튿날 김 효부가 '맹 역군을 귀국시켜 주라'는 간곡한 부탁이 있어서, 맹 역군을 고국으로 돌려보낸다면서 맹만화를 귀국시켰던 것이다. 조선을 요절내어 버릇을 고쳐 주고 싶지만, 사랑하는 아내와 존경하는 형수의 지극정성을 들어 주기로 했다.

"형수님께서 김 효부를 도와주라 하시니 만리타국에서 도울 방법이 있겠습니까?"

"서방님은 형님의 효성을 잘 알고 계시지 않습니까? 섭정 왕이신 예친

왕[1]께서는 결단력이 강하시다고 하니, 대청제국에서 효부 정려를 내리고 조선에서도 거기에 상응한 처우를 하라고 엄한 칙유를 내리면 어떨까요?"

"형수님, 참 좋은 의견이십니다. 저가 당장 예친 왕에게 상주하여 보겠습니다."

예부 상서 완안태와 병부 상서 완안강 형제가 예친 왕을 알현했다.

"대청제국에서 저 아망 센 조선에 성덕을 한 번 베푸심이 어떻겠습니까?"

"어떻게 하면 좋은가 의견을 말씀해 보시오."

"병자년에 조선을 정토하여 남한산성을 포위했을 때 군량과 병참 물자가 태부족하여, 소신이 그 주변 마을을 습격하여 식량과 물자를 수거하여 온 일이 있습니다. 그때 송덕리의 공씨 종택에 가니 노인이 항거하여 거절하므로, 소신이 그 노인의 목을 칼로 내리치려는 찰나에 그 며느리가 맨손으로 칼을 막다가 손바닥이 뎅겅 끊겨 방바닥에 떨어져 나가고 노인은 살았습니다. 가녀린 여자가 맨몸으로 시아버지를 살린 것이지요. 그 여자를 포로로 데려왔다가 그 남편이 속환하여 갔는데, 처음에는 효부라고 칭송하다가 나중에는 훼절자라고 쫓아내고 새 여자를 맞이하는데도 그 여자는 죽어도 그 집 귀신이 되겠다고, 구박을 받으면서 그 집 뒤채에서 고생하고 있다고 하니, 대청제국에서 효부 정려를 내리시고 조선에서도 상응한 처우를 하라고 엄한 칙유를 내리신다면, 그 은혜가 조선 천지를 덮을 것 같사옵니다."

"그때는 병부 상서의 공로가 참으로 컸습니다. 조선을 단기간에 요절을 내버리려고 속전속결로 끝맺으려 했으나, 산성에 갇힌 조선이 지구전으로 끌고 나갔지요. 무력으로 산성을 점령해 버리는 것이야 문제도 아니지만,

---

1) 예친왕(睿親王 多爾袞): 청 태조의 열네 번째 아들로, 태종이 죽자 황제의 뜻을 포기하고 태종과 장비莊妃의 아들인 여섯 살의 순치제를 황제로 앉히고, 섭정을 하면서 실권을 잡고 장비와 운우의 정을 나누었다. 황숙부皇叔父라 하다가 황부皇父라고 했다. 명을 멸망시켜 천하를 통일하고 조선의 죄인들을 모두 돌려보냈다.

조선의 자발적인 항복으로 유도하자니 시일을 두 달이나 끈 것이 아닙니까? 그때의 부족한 군량과 보급물자를 병부 상서의 기민한 활동으로 원만하게 해결했으니, 병부 상서부터 포상해야겠네요. 이제 병부 상서의 말씀을 들어 보니 참으로 좋은 생각입니다. 조선은 형식적인 것에만 치우치니 가소로운 일입니다. 정려 첩지만 보낼 것이 아니라 포상금도 푸짐하게 내려 대국의 좋은 규범을 보이고, 경의 말과 같이 조선에서도 상응한 처사를 하라고 칙유를 강하게 보내시오."

예친 왕은 다시 말을 잇는다.

"그것이 어찌 효부만입니까? 시아버지와 남편이 몰아내는데도 그 집 귀신이 되겠다고 버티고 있으니 효부와 열녀를 겸했네요. 효부 열녀 쌍 정려를 내리시오."

그러더니 즉시 호부 상서를 부른다. 호부 상서가 대령하자 예친 왕이 말한다.

"예부와 병부 상서가 이와 같이 상주하니 호부 상서의 의견은 어떤가?"

"참으로 좋은 시책이옵니다. 조선 천지가 천은에 감읍할 것이옵니다."

31. 자애 높은 교육

선호의 장독이 나아지자 어머니는 도서실로 데려갔다. 만권 장서가 가득하다. 역사책 서가에는 사마천[1]의 『사기』부터 정사[2]는 물론 각종 역사책이 다 있다.

"야만족인 요[3], 금[4], 원의 역사가 어이하여 중국의 정사가 되었느냐?"

"요, 금, 원이 한족을 지배한 까닭이지요."

"청이 중원[5]을 차지했으니 조선도 그런 시대를 열어야 할 것 아니냐?"

"우리나라가 중원을 차지하는 것이 가당키나 한 일이겠습니까?"

"뜻이 있는 곳에 길이 있다고 했다. 그런 높은 뜻을 가져라. 너는 『삼국사기』[6]와 『고려사』[7]를 어떻게 보느냐?"

"잘 모르겠는데요."

---

1) 사마천司馬遷: 한의 무제 때 이능李陵이 5천 명으로 흉노匈奴와 싸우다가 항복한 것을 변호하다가 생식기가 잘리는 궁형을 당하고 기전체紀傳體의 역사책인 『사기史記』를 지음.

2) 정사正史: 바르고 확실한 역사. 정통적인 역사.

3) 요遼: 거란契丹족이 세운 나라(916-1125). 동호東胡족 계통의 유목민족 야율아보기耶律阿保機가 세운 나라. 발해를 멸망시키고 고려를 3회 침입했다. 3차 침입 때 강감찬이 귀주대첩龜州大捷에서 대승했다. 고려는 요에 이기고도 요에 사대하였다. 송宋의 항복을 받고 송의 조공을 받았다.

4) 금金: 여진의 아골타阿骨打가 세운 나라. 요遼나라를 멸망시키고 이어 송宋나라도 멸망시켜 북경北京으로 수도를 옮김. 송은 강남으로 쫓겨 가 남송南宋을 세움. 남송도 금에 조공을 바침.

5) 중원中原: 중국 문화의 발원지인 황하 유역.

6) 삼국사기三國史記: 고려 인종 때 김부식이 지은 삼국과 통일신라의 역사책. 사마천의 사기를 본떠서 지음.

7) 고려사高麗史: 조선 태조가 정도전, 정총鄭摠에게 명하여 지은 고려시대의 역사를 기록한 책. 세종대왕 때 왕명으로 정인지, 김종서金宗瑞 등이 다시 지음.

"지금 일별[1]하고 느낀 점을 말해 보아라."

"저는 뭐가 다른지 모르겠습니다."

"이 목차를 봐라. 『삼국사기』는 삼국의 왕을 본기[2]로 기록했는데, 『고려사』는 고려의 왕을 세가[3]로 기록했으니, 말이 되느냐?"

"그것이 뭐가 다른데요?"

"이렇게 주견이 부족한 사람이 급제하고 나라를 이끌면 나라가 망하지 않을까?"

"어머니 말씀이 지나치십니다."

"『삼국사기』는 『사기』와 같이, 삼국의 왕을 중국의 왕이나 황제와 같이 본기로 기록했는데, 『고려사』는 고려시대의 왕을 제후나 관리처럼 세가로 낮추어 기록했으니, 기가 차지 않느냐?"

"그것이 뭐가 다른데요?"

"야만족들도 자기 나라 문자가 있는데, 조선만 글자가 없다고 세종대왕께서 훈민정음을 창제하실 때 훈민정음 서문까지 지으신 학역재[4]가 그랬으니, 다른 분이야 말해 뭣 하겠느냐?"

아들은 입도 떼지 못하는데 어머니는 또 묻는다.

"조정에서 하는 일들 중에 고칠 것이 없더냐?"

"잘 모르겠는데요?"

---

1) 일별一瞥: 한번 흘깃 봄.

2) 본기本紀: 제왕帝王의 사적事迹을 기록한 기전체紀傳體 역사의 한 부분.

3) 세가世家: 여러 대를 이어 나라의 높은 지위에 있는 집안. 세족世族.

4) 학역재學易齋: 정인지의 호. 태조 5년(1396)−성종 9년(1478). 관향은 하동河東. 시호는 문성공文成公. 문과 급제. 훈민정음訓民正音 창제에 협조하고 훈민정음 서문을 지음. 계유정난癸酉靖難의 공으로 하동 부원군河東府院君에 추봉. 영의정. 저서는 『고려사』, 『치평요람治平要覽』, 『학역재집』, 『자치통감훈의自治通鑑訓義』.

"경연[1]할 때 경사[2]를 고루 하고 국사의 경연을 해보는 것이 어떠냐?"

"문화가 낮은 우리나라의 예를 들 것이 뭐가 있겠습니까?"

"자긍심을 가지고 보면 조선과 중국의 장단점에 대한 판단이 생길 것 아니냐?"

"우리 것이 보잘것없으니 드리는 말씀이지요."

"너의 말을 들으니 구역질이 나는구나. 우리 것이 보잘것없다니, 무슨 뜻이냐?"

"우리 문화가 낮은 것은 사실이 아닙니까?"

"우리 문화에 대한 긍지를 좀 가져라. 강감찬[3] 장군은 어떻게 했느냐?

"강감찬 장군이 구주대첩[4]에서 요를 물리쳤지요."

"그래, 맞다. 요를 물리친 후에는 어떻게 했느냐?"

"모르겠는데요."

"고려는 구주대첩에서 크게 이긴 후에 화친을 맺어 사대하여 요를 섬겼다."

"전쟁에 이기고도 사대를 받지 않고 요를 도로 섬겼단 말씀입니까?"

"사대가 문제가 아니라, 어찌하면 평화를 유지하고 백성을 편케 하느냐가 문제이지. 고려는 전쟁에 이기고도 화친을 맺어 요를 섬기고, 요를 섬기면서도 침입을 염려하여 국경에 천리장성[5]을 쌓고, 그러고도 개성

---

1) 경연經筵: 임금의 학문을 높이기 위하여 학식과 덕망이 높은 사람이 유교 경전과 역사를 임금에게 강의하던 일.

2) 경사經史: 유교의 경전과 역사.

3) 강감찬姜邯贊: 고려 정종 3년(948)-현종 22년(1031). 관향은 금주衿州. 시호는 인헌공仁憲公. 장원 급제. 추충협책안국공신推忠協策安國功臣. 문하평장사門下平章事. 현종顯宗 9년(1018) 거란의 3차 침입 때 서북면행영도통사西北面行營都統使로 있다가 상원수上元帥가 되어 구주대첩龜州大捷에서 크게 이김. 저서는 『낙도교거집樂道郊居集』, 『구선집求善集』 등이 있음.

4) 구주대첩龜州大捷: 고려 현종顯宗 10년(1119)에 요장遼將 소배압蕭排押의 10만 대군을 강감찬 장군이 구주에서 크게 물리친 승리로 을지문덕의 살수대첩薩水大捷. 이순신의 한산대첩閑山大捷과 함께 우리나라 3대첩三大捷에 속한다.

5) 천리장성千里長城: 고려에서 거란의 요를 물리친 후 거란과 여진을 막기 위하여 압록강 입구에서 동해안 원산만의 도련포까지 천리장성을 쌓았다. 덕종 2년(1033)에 유소柳韶가 쌓기 시작하여 정종 10년(1044)에 완성했다.

둘레에 나성[1]을 쌓아서 유비무환[2]을 철저히 했다. 그런 조상들의 지혜를 배워라."

"명이 조선을 구해 준 은혜를 망각하면 도리가 아니지요."

"은혜라고? 명은 자국방어가 목적이요, 전쟁에는 방해만 했다."

"명군이 방해만 했다고요?"

"명의 사신 사헌[3]이 왜군은 얼레빗[4]. 명군은 참빗[5]이란 말을 왜 했겠느냐?"

"왜군보다 명군이 우리 백성을 더 괴롭혔다고요?"

"명은 일본과 화친한다면서 조선군이 왜군과 싸우지도 못하게 간섭하고, 조선의 남쪽 4도道를 일본에 떼어 주느냐? 하는 문제로 세월만 보내어 전쟁을 7년이나 끌었단다."

"명은 자기 나라의 입장만 생각하네요."

"그렇다니까. 고려 인종은 고려를 섬기던 여진의 금이 강성해지자, 어제까지 사대 받던 금을 도로 섬겨 나라를 지켰다. 광해 대왕이 계셔도 호란이 있었겠느냐?"

"형제를 죽이고 대명 의리도 모르는 광해군을 왜 말씀하십니까?"

"얘가 무슨 소리를 하느냐? 선조가 아들을 죽였지, 누가 누구를 죽였느냐?"

"광해군이 임해군과 영창대군을 죽였지 않습니까?"

"역사를 바로 봐라. 광해군의 세자 자리가 공고했다면 골육상쟁은 없었

---

1) 나성羅城: 외적을 막기 위하여 도시 둘레에 쌓은 성城. 거란의 침입을 막기 위해 개성 둘레에 쌓음.

2) 유비무환有備無患: 방비나 준비를 철저히 해놓으면 환란이 없다는 말.

3) 사헌司憲: 명나라 사신 사헌이 왜군은 얼레빗, 명군은 참빗이라는 말을 류성룡에게 한 말이 『징비록』에 기록되어 있다.

4) 얼레빗: 소자梳子. 빗살이 듬성듬성하여 긴 머리를 얼레빗으로 먼저 빗고 참빗으로 빗는다.

5) 참빗: 비자篦子. 얼레빗과 반대로 빗살이 촘촘한 빗. 참빗으로 머리를 빗으면 머리의 이를 잡는다.

을 것이다. 선조가 죽자 영창대군 측은 광해군이 선조를 독살했다는 말을 퍼뜨리고, 명의 사신은 임해군이 왕이 못된 이유를 조사하는데, 광해군 측은 어떻게 해야 되겠느냐?"

"그렇다면 인조반정의 원인도 선조에게 있단 말씀입니까?"

"그렇지. 선조가 광해군의 세자 자리만 확고히 해놓았다면 왕권을 넘보는 자가 없을 것이고, 왕권이 튼튼하면 형제를 죽일 까닭이 없지 않느냐?"

"그래도 대명 의리만은 지켜야지요."

"이성량[1]은 조선을 명의 군현郡縣으로, 서광계[2]는 감호론[3]을 주창하는데도 명을 섬겨야 되느냐? 국가 간의 의리는 목적이 아니고 나라를 지키는 방편일 뿐이다. 명에 원병 간 강홍립이 후금으로 넘어가자 비국[4]과 양사[5]가 그 가족을 처벌하라고 할 때, 광해대왕께서 '짐이 강 원수에게 정세를 봐서 향배向背를 정하라고 명령했다. 조선이 후금을 이길 수 있겠는가? 남의 싸움에 우리 백성들이 희생이 안타까워 짐은 잠도 잘 수 없다. 제발 백성들이나 생각하라.'고 하셨다. 너는 병자호란의 공신은 어떻게 생각하느냐?"

"그거야 끝까지 항복하지 않은 척화파에서 찾아야지요."

"적을 불러들여 임금이 항복하는데 홀로 고고함은 책임회피요, 힘없는 지조는 허세다."

"그러면 주화파가 공신이란 말씀입니까?"

"척화파는 큰 잘못이고, 주화파는 화를 줄인 것뿐이지."

---

1) 이성량李成梁: 임진왜란 때의 원병대장 이여송李如松의 아버지. 조선을 명의 군현으로 만들려 함.

2) 서광계徐光啓: 1562-1633. 명나라 말엽의 정치가. 천주교로 개종함. 조선을 명나라에 의해 직할 통치하려고 조선 감호론監護論을 주창함.

3) 감호론監護論: 직할 통치.

4) 비국備局: 비변사備邊司. 임진왜란 이후 직무가 강화되어 의정부의 기능을 대신해서 나라의 일을 총괄했다.

5) 양사兩司: 임금에게 간언諫言하는 두 관청인 사헌부司憲府와 사간원司諫院을 말함.

"그렇다면 공신도 없다는 말씀입니까?"

"국파민망에 공신은 무슨 공신이냐? 청의 요구에 처음부터 주화파가 있었더냐?"

"처음에는 한 사람도 없었습니다."

"청이 침입하기 전에 화친했으면 침입이 없어서 왕이 고두도 하지 않고, 세자도 인질 안가고, 백성들 포로도 없고, 우리 모자도 헤어지지 않았을 것 아니냐?"

"예, 그렇겠네요."

"맹자는 백성이 귀하고, 나라는 그 다음이고, 임금은 가벼운 존재(民爲貴 社稷此之 君爲輕)라고 했는데, 하물며 남의 나라를 섬기려고 제 백성을 죽이느냐?"

"예, 그렇습니다."

"네가 끝까지 어미를 찾지 않았다면 시체인들 고국에 돌아가겠느냐?"

아들은 입도 벙긋 못 하는데 어머니는 또 쏘아붙인다.

"너는 무슨 명목으로 청에 왔느냐?"

"정조사의 서장관으로 왔습니다."

"정조사가 뭐냐?"

"정조사가 정조사이지요."

"네가 서장관이 된 것을 어떻게 생각하느냐?"

"영광으로 생각했습니다."

"남들은 너를 어떻게 보더냐?"

"출세가 빠르다고 흠선했습니다."

"정조사란 약한 나라가 강한 나라에 세배 온 것 아니냐?"

"예, 그러네요."

"오랑캐에 세배 온 말석에 낀 게 영광이라면, 어미가 화냥년이 되기 전에는 왜 그런 생각을 못 했느냐?"

"그러네요. 일찍 화친했으면 환난은 없었겠습니다."

"한족과 만주족이 조선에 정조사로 오고 명·청에 조선 칭송의 비석을 세울 때는 훈민정음으로 기록하여라."

"어머님요, 대국 땅에 조선 칭송의 비석을 세우는 것이 가당한 일입니까?"

"끼니도 굶는 심마니 누루하치[1]가 나라를 얽고 삼대 만에 천하를 통일하는 데 모든 걸 다 바쳤다. 명의 병부 상서 홍승주가 붙잡혀서도 항복 않자 태종의 황후 장비[2]가 몸을 던져 회유했다. 조선도 그런 실리를 챙겨 봐라."

"정말 대단하시네요."

"태종은 장비의 용기에 여섯 살짜리 그 아들을 태자로 삼은 것이 지금 황제이다."

"조선은 아무리 나라를 위한 일이라도 훼절이라고 당장 폐비시킬 것입니다."

"너의 아버지가 다녀간 후 불면증으로 애를 먹었다."

"어머님, 그렇게도 마음고생을 하셨습니까?"

"대호는 기가 살고 선호는 기가 죽은 것이 환히 떠오르는데, 걱정되지 않겠느냐?"

"집에는 어머님의 홍살문이 높이 서고, 큰어머니께서 하늘에 계신 어머니가 기뻐하게 하라고 닦달하시니, 소자는 긍지를 가지고 참으로 열심히 노력했습니다."

"너는 큰어머니의 자애를 잠시도 잊지 말아라. 내가 압록강에서 순절했

---

1) 누루하치奴兒哈赤: 후금後金을 세우고 아들 태종 때 청淸으로 국호를 고쳐 청의 태조가 됨.
2) 장비莊妃: 청나라 태종의 황후. 명의 홍승주가 포로가 되어 잡혀 와서 죽기를 맹세하고 항복하지 않자, 장비가 황제의 허락을 받고 몸을 던져 회유하여 청의 충실한 책사策士가 되게 했다.

다는 형님의 말씀을 되새기며, 형님께서 우리 선호를 잘 보살펴 주시리라고 마음을 놓았다."

"어머님, 불효자의 소견이 너무도 좁았습니다."

"백모님이 부르시는데도 찾아뵙지도 않고 왔다니, 그게 인간이냐?"

"소자의 잘못이 너무도 크옵니다."

"어미는 네가 달아난 이후를 생각하면 아찔하여 소름이 끼친단다."

"왜요?"

"어미를 모른 체 도망간 놈을 장살[1]하려 할 때, 일각만 늦어도 어이 되었겠느냐?"

"소자의 좁은 소견이 송구할 뿐이옵니다."

모자의 대화는 환하게 웃는 밝은 얼굴로 시작했지만, 마칠 때는 절망으로 번질번질한 눈물 젖은 모습이 죄송스럽기 짝이 없다. 어머니는 항상 솔직담백하고 직설적인데, 아들은 무얼 가려 놓은 것 같음이 안타까울 지경이다. 젊은 아들은 어머니의 뜻도 잘 이해하지 못하니 한스러운 일이었다.

어머니가 나간 후 선호는 혼자 이불을 펴고 누웠으나 잠이 오질 않는다. 어머니는 예부 상서의 등청을 보고 소자를 장살하려는 생각을 어찌 짐작하셨을까? 편지를 본 즉각 형벌을 중지시킨 예부 상서는 어머니를 하늘같이 존경한 것만은 분명하다. 묵사발같이 물러터진 소자의 엉덩이를 보시고 진작 예부 상서의 마음을 읽어, 방지하지 못한 것을 한탄하며 울던 그 심정이 이제야 겨우 이해가 된다.

어머니도 속환되어 와서 화냥년으로 몰렸다면 자신도 폐인이 되었을 거라는 생각에 미치자 선호는 큰어머니의 은공이 온몸으로 저려 온다. 미련한 조카를 닦달하면서 잘되기를 바랐는데, 자신은 급제를 하고도 찾아보지도 않았다. 대호 형님은 자신이 급제한 것보다 더 기뻐하며 잔치 준비

----

1) 장살杖殺: 곤장을 때려서 죽임.

를 했는데, 올챙이 소가지보다도 더 좁은 소갈머리가 한없이 뉘우쳐진다. 큰어머니는 홀로 뒤채에서 그 적적한 세월을 어떻게 보내고 있는가? 이 밤을 돋우어 달려가 용서를 빌고픈 마음 간절했다.

완안창이 '조선 이야기 좀 해주시오.' '송덕리 이야기 좀 해주시오.' '형님 외가나 우리 외가가 한 집인데, 외가 이야기 좀 해주시오.' 하고 조르는데. '사람 사는 것이 다 그렇지 뭐, 별다른 것이 있겠나?' 하고 얼버무리고 만 것이 미안하기 짝이 없다.

32. 석별

공 서장관 어머니의 덕으로 까다롭던 일들은 씻은 듯이 사라지고, 사신 업무를 다른 해보다 오히려 훨씬 속히 마치고 마지막으로 홍려시에 들르니, 홍려경이 직접 나와서 인사를 한다.

"조선은 효열 사상이 높아 폐하께서 내리시는 효열 쌍 정려 포상도 있습니다."

"예?"

"칙유문에 있으니 널리 홍보하여 백성들이 따르게 하시오."

"예! 황은에 감읍하옵나이다."

선물 받은 짐바리가 올 때보다 많이 늘어났다. 대청제국의 형세도를 살펴보니 조선은 청의 한 성省의 반쪽도 되지 않는 아주 작은 나라에 불과하다. 황궁에 들어가 섭정 왕을 뵈었다.

"대청제국이 만천하에 덕치를 펼치오니 천은이 망극하옵나이다."

"먼 길에 오느라 수고가 많았소."

"폐하께서 내리시는 효열 정려와 많은 자료를 받아 가오니 황감하옵나이다."

"아아! 이번의 그 효열 부인은 열국[1]의 모범이며 만천하의 귀감이오. 천하를 통일한 후 조선의 죄인들을 모두 사죄[2]시켜 돌려보냈으니, 앞으로

---

1) 열국列國: 여러 나라.
2) 사죄赦罪: 죄를 용서하여 석방함.

는 좋은 일만 남았소."

"대국의 덕치에 거듭 사례 드리옵나이다."

"강건하던 소현세자가 귀국 직후 요절하니 영문을 모르겠소."

등에서 진땀이 흘러내린다.

"소국의 국운인가 보옵나이다. 조선에서도 군신이 다 애석하게 여기고 있습니다."

어려운 업무를 무사히 마친 사신들은 홀가분한 마음으로 귀국하는 일만 남았다. 공선호가 생모를 어머니라 하지 않고 도망친 것 때문에 혼쭐이 났는데, 다행히 그 어머니의 선처로 지옥에서 살아난 것을 생각하면 예부 상서 부인이 고맙기 한이 없다. 조선은 허식을 버리고 실질을 중시하는 나라로 만들어야 한다고 입을 모았다.

"사신의 용무를 다 마쳤으니 속히 와서 같이 귀국하자."

하는 정사의 전갈을 받은 선호는 깊은 자책에 휩싸인다.

자애 깊으신 어머니에게 불효막심한 짓거리를 행하여 죽을 고비를 넘기고, 지난날 자신의 생각대로라면 화냥년의 집에만 머물러 있으면서 사신의 책무는 한 가지도 보지 못한 채 귀국길에 합류하려니, 어머니도 뵈올 면목이 없고 사신 일행들도 볼 면목이 없고, 돌아가서 백모님을 뵐 면목 또한 없다. 무슨 낯으로 백모님을 뵐 것인가. 깊은 회오에 젖는다.

"소자는 하해와 같이 높으신 어머님의 자애를 받고 새 인간이 되어 돌아갑니다."

"선호야, 우리 모자가 언제 다시 만나 볼꼬? 큰어머니가 너를 낳아 주신 어머니라고 생각하고, 이 어미는 잊어버려라."

"어머님을 어찌 잊을 수 있으리까마는, 큰어머니도 정성껏 모시겠습니다."

"오냐! 그래라. 선호야, 너에게 부탁이 있다. 네가 실천할 수 있겠느냐?"

"예, 어머님, 소자는 어머님 말씀을 명심하여 거행하겠습니다."

"환로에는 파당에 들지 말고, 혹 경연할 처지가 되면 국사의 경연을 해 보아라."

"예, 어머님 말씀 명심하겠습니다."

"네가 여기까지 온 것만도 자랑스러운데, 너를 나무라기만 하여 안쓰럽다."

"어머님의 꾸지람이 전부 자애임을 소자는 깊이 깨닫고 있습니다."

"네가 이렇게 헌헌장부가 되고 대과 급제를 하여 사신으로 와서 어미를 찾으니 진실로 자랑스럽다. 꿈같이 만나 꿈같이 보내니, 너를 어찌 잊을 수 있겠느냐?"

"어머니, 소자가 자주 상서를 올리겠습니다. 부디 옥체 보중하시옵소서."

"사신 일행들이 많이 기다릴 것이다. 어서 가거라."

하인은 벌써 말을 몰고 와서 기다리며 서 있은 지 오래다.

"어머님, 만수무강하옵소서."

드디어 말에 올랐다. 줄곧 어머님 집에만 있으면서 사신의 업무를 보기는커녕 사신들에게 심려만 끼치고 귀국하는 길에 함께 끼이려니, 미숙했던 행위에 고개도 들지 못한다. 사신 일행들이 어머니의 폭 넓은 경륜, 해박한 학덕, 높은 충성심을 이야기할 때마다 선호는 더욱 쪼그라드는 느낌이 들어 똑바로 바라보지도 못한다.

33. 사고의 괴리

　귀국하여 상감에게 대국의 칙유문을 올렸다. 상감은 깜짝 놀란다. 칙유문 끝에는 조선국 광주부 송덕리 김순덕에게 청나라 황제가 내리는 효부 열녀 쌍 정려 교지를 내린다고 했고,

　"조선국왕은 효부 김순덕에게 대청제국에서 내리는 포상에 상응한 처우를 하여 아름다운 행신을 권장하고 백성들이 널리 따르도록 하라."

　별도로 교지문과 포상금으로 비단 일백 필, 황금 일백 냥, 백은 일천 냥이 있다.

　"여기 적혀 있는 김순덕은 누구인가?"

　"김순덕은 공서장관의 백모이옵니다."

　왕은 사신들을 물리치고 공선호만을 앞에 앉혀 독대했다.

　"공 서장관은 가정 내력을 숨김없이 사실대로 말하라."

　공선호는 가정의 내력과 호란과 그 후의 일을 빠뜨리지 않고 다 말씀드렸다.

　"그러면 백모는 지금 어디에 살고 계시는가?"

　"백모는 죽어도 공씨 댁 귀신이 되겠다고, 몰아내도 물러가지 않고 지금도 종가 뒤채의 작은방에서 외롭게 살고 있습니다."

　"서장관의 어머니는 어떻게 되었는가?"

　"백모는 어머니가 절개를 지키려고 압록강에 뛰어내려 순절했다고 말하여 나라에서 열녀 정려를 내렸습니다. 그런데 이번에 청나라의 예부 상서

완안태 댁에서 소신을 부르기에 가서 보니, 그 집에 어머니가 있었습니다. 어머니가 성찬을 차려 놓고 아들을 기다리고 있는데, 소신은 순간 머리가 돌았습니다. '어머니는 압록강에서 분명히 순절했다. 저 여자가 어머니라면 훼절녀다. 어머니가 훼절녀이면 열녀 정려도 회수될 것이고, 소신의 문과 급제마저 취소될지도 모른다. 저 여자는 어머니가 아니다.'라고 생각하면서 도망을 와버렸습니다. 예부 상서는 자기를 낳아 준 어머니, 죽었다고 생각했던 어머니를 십 년이 지난 후에 만나서는, 못 본 체 배반하고 도망간 놈은 불효 망측한 놈이라고 장살하려고 소신을 형틀에 묶어 놓고 곤장을 쳤습니다. 그때 어머니가 급히 서찰을 남편인 예부 상서에게 보내어 소신을 살려 주었습니다. 그래서 그분은 소신에게는 낳아 주고 살려 준 두 번의 어머니가 됩니다."

"공 서장관은 어찌 짐을 그렇게도 쏙 빼닮았단 말인가?"

"예? 무슨 말씀이신지요?"

"아니야, 아니야. 나대로 해본 소리일 뿐이야."

상감의 말뜻은 국호를 청으로 고쳤을 때 축하한다는 한 말만 올렸으면 천하가 태평할 것이요, '너도 어머니, 오랜만입니다.'라고 한 말만 드렸으면 기뻐서 못 견딜 것인데, 그렇게 쉽고 간단한 것을 하지 않고 굳이 힘들고 어렵게 하여 일을 그르쳤으니, 너나 나나 옹졸하기는 마찬가지라는 뜻이었다.

"백모는 왜 거짓말을 했는가?"

"큰어머니께서는 소신의 자긍심을 심어 주려고 그렇게 말씀하셨습니다. 병부 상서 완안강은 포로로 데려간 백모와 어머니가 효부요 학문도 높아, 존경하여 백모를 그의 아내로 삼고 어머니를 그의 형수로 삼았습니다. 이분들은 수많은 서책을 수집하고 연구하여 모든 학문에 해박합니다. 병부 상서 완안강은 소신에게 말했습니다. '너의 백부는 이해하려야 이해할 수 없는 사람이다. 아버지를 살려 준 은인이요 절개를 지킨 열녀 아내를 박대하고, 그럴 양이면 왜 거금을 내고 속환하여 갔는가? 예절과 법도를 떠나서 사람의 인정이 그렇게 매정할 수가 있는가?'라고 말했습니다."

"서장관의 백부는 그 부인이 효부열녀라는 것을 몰랐던가?"

"효부열녀라는 것을 다 알고 있었지요."

"알면서도 조강지처를 몰아내었단 말인가?"

"예, 알면서도 양반과 종손을 지키려고 중과부적으로 부인을 몰아내었지요."

"서장관은 어려서 잘 몰랐겠구나?"

"소생도 어렸지만, 백모는 나쁜 일은 못 하는 사람이라는 것을 알면서도 나약하게 말 한 마디 못 하고 휩쓸리고 말았습니다."

"문제는 양반의 빈 치레야. 어찌 백모만 속환하고 어머니는 속환하지 않았는가?"

"처음 속환하러 갈 때 소신의 아버지와 큰아버지가 같이 갔는데, 병부 상서가 큰어머니만 데려오고 어머니는 데려오지 않았다고 했습니다."

"병부 상서가 왜 백모만 데리고 왔는가?"

공선호가 대답을 못 하고 머뭇거리고 있다.

"무슨 말을 하더라도 탓하지 않을 테니, 기휘치 말고 소상하게 다 말하라."

공선호는 억색한 마음을 누르지 못하다가 상감의 말씀에 울음을 터뜨리고 만다.

"으흐흐흐 엉엉……."

참고 참았던 울음이 한 번 터지자 자신도 모르게 그칠 줄 모르고, 울음을 그치려 하면 할수록 더 크게 엉엉 끝없이 밀려 나온다. 상감은 가만히 보고만 있다. 참으로 오랜 세월이 먹먹히 흐른다. 드디어 선호가 마음을 추스르고 아뢴다.

"전하, 황송하옵나이다."

"아니야, 아니야, 괜찮아."

"어머니는 귀환하는 걸 달갑게 여기지 않았습니다."

"귀환을 달갑게 여기지 않다니, 그게 무슨 말인가?"

"환향하여 모두가 반가워하다가도, 그 중 한 사람만이라도 훼절자라고 하는 사람이 나오면, 그것이 번져서 모두 훼절자라고 욕할 것이요, 만약 그렇게 된다면 속환되지 않은 것만도 못할 것이라고 짐작하고 눈물을 삼키며 귀향을 포기했습니다."

"속환하여 오지도 않고 욕을 할지 칭찬할지 어떻게 아는가?"

"어머니로서야 왜 속환되어 돌아오고 싶지 않았겠습니까? 남편도 남편이지만 아들이 둘이나 있는데요. 그러나 돌아온다면 아들에게 '너의 어머니는 훼절녀.'라는 말이 암초가 되지 않겠습니까? 그 때문에 어머니와 큰어머니는 처음 포로로 붙들릴

때부터 의견이 갈렸다고 했습니다."

"의견이 갈리다니."

"큰어머니는 '죽어도 고향에 돌아와서 공씨 댁의 귀신이 되어야 한다.'고 했고 어머니는 '귀향하여 훼절자로 몰리면 공씨 댁의 귀신은 되지도 못하고 친정 부모까지 욕을 먹일 것이다. 되놈에게 붙들려 죽은 줄 알 때 공씨 댁의 귀신이 옳게 될 수 있을 것이다. 고생이 되어도 운명에 순응할 수밖에 없다.'고 생각했습니다. 그래서 두 분은 상대를 더 걱정했다고 합니다."

"그건 또 무슨 말인가?"

"어머니는 큰어머니가 훼절자라는 비난을 어떻게 감내할 거냐고 걱정하고, 큰어머니는 동서가 삭막한 곳에서 지탱하기 힘들 거라고 걱정했습니다. 결국 아버지 형제가 큰어머니를 속환하여 환희에 찬 모습을 숨겨서

본 어머니는 뛰어나가 속환되고 싶은 마음을 피눈물을 삼키면서 참았다고 합니다."

"자당이 훼절된 것이 아니라면 왜 귀향을 포기하셨단 말인가?"

"훼절이라니요. 맨몸으로 시퍼런 칼날을 막아서 손바닥이 끊기면서도 시아버지를 구하는 것을 본 호인은 '이 여자들은 효부다, 의인이다.'라고 생각하며 손끝 하나도 건드리지 못했답니다."

"훼절되지도 않았으면서 귀국을 포기하셨단 말인가?"

"고국에서는 되놈들의 포로는 모두 훼절되었을 것이라고 지레 짐작할 것이라고 생각하고, 남편과 자식에게 암초가 되지 않으려고 환향을 포기했지요."

"공 서장관은 어떻게 생각하는가?"

"어머니의 생각이 옳았다고 보고 있습니다. 지금 우리나라가 어머니의 추측대로 흘러가고 있지 않습니까? 속환된 여자들은 모두 훼절되었을 것이라고 내치는 일이 전염병처럼 번져 도덕을 망치고 있지 않습니까?"

"공 서장관은 그렇게 선견지명이 높은 어머니에게 어떻게 했는가?"

"소신은 어머니에게 큰 죄를 지었습니다. 어머니는 자식을 위해 속환을 거절했고, 새벽 찬바람에 일어나 천지신명에게 십 수 년을 하루같이 자식이 잘되기를 빌고, 조선 사신이 파견될 때마다 명단을 입수하여 가족을 찾았는데, 아들인 이놈은 어머니를 보고도 이해타산을 따져 도망쳤으니, 이런 불효가 어디에 또 있겠습니까?"

말을 다 마치지도 못하고 또 울먹인다.

"공 서장관은 이번에 자당의 자애를 듬뿍 받고 왔겠구나!"

"예, 어머니는 소신의 사상이 여물지 못했음을 한탄하면서, 시간이 부족하여 다 지도하지 못하는 것을 안타까워하는 모습이 역력했습니다."

"무얼 그리 안타까워하시던가?"

"실의에 빠진 소신을 큰어머니께서 보듬어 안으면서 '내가 너의 어머니이니라, 열심히 노력하여 하늘에 계신 어머니를 기쁘게 하여 드려야 한다.'고 할 때는 하루에도 몇 번씩 백모를 찾아보고 용기를 얻었었는데, 성균관에 들어가서는 '백모는 화냥년이다.'라고 생각하면서 찾아보지 않았다는 소신의 말을 듣고 매우 안타까워하셨습니다. 어머니는 아들이 매정하고 이기적인 놈이라고 한탄하면서, 백성들의 고통을 덜어 주고 가려운 데를 긁어 주지 못하고 국록만 축내려면 차라리 농사꾼이 되라고 호통을 쳤습니다."

"백성의 가려운 데를 긁어 주라. 지당한 말씀이다. 자당의 말씀을 계속하라."

"어찌 하찮은 모자간의 이야기를 다 사뢸 수가 있겠습니까?"

"무슨 말을 하더라도 서장관을 탓하지 않을 것이니, 기탄없이 다 말하라."

"조선이 청을 능가할 수 있다면, 청을 물리침은 물론 중원을 넘어 천하를 통일하여 대국을 건설할 것이요, 청의 침략을 격퇴할 수 없다면 침략을 면할 수 있는 방법을 찾아야 할 것인데, 침략을 받고 세자를 인질로 보내고 백성을 어육으로 만들면서 허둥지둥 항복함은 세상물정을 모르는 거지만도 못한 통치라고 했습니다."

"뭐, 거지만도 못한 통치라고?"

"예, 전하, 거지도 제때 가야 밥을 얻어먹을 수 있을 것이요, 주인이 식사를 마친 후에 가면 밥도 얻어먹지 못할 것 아닙니까? 종사[1]와 백성의 안위를 망각한 통치는 하지하下之下의 통치라고 했습니다."

"모든 것은 명에 대한 의리 때문인 것도 모르는가?"

"예, 전하, 어머니의 말은 깊지 못한 여자의 좁은 소견이라 틀린 것이 많겠지요."

---

1) 종사宗社: 나라.

"어허, 무슨 말을 하더라도 탓하지 않을 테니 사실대로 말하라고 하지 않더냐?"

"예, 전하, 같은 민족 같은 나라였던 오패[1]칠웅[2]도 주周를 섬기지 않았고, 송을 섬기던 거란, 여진, 몽고가 국력을 길러 송을 짓밟아 송의 사대를 받았는데, 조선은 왜 명을 섬기기만 하고 섬김을 받을 생각은 못 하느냐고 호통을 쳤습니다."

"조선이 명을 능가하는 것은 불경이 아닌가?"

"대명 의리는 국력이 명보다 약할 때 나라를 지키는 방편이요, 명이 덕을 잃으면 조선도 무력을 증강하여 중원을 차지해야 될 것이요, 조선이 기회를 놓치고 청이 기회를 잡을 때는 종사를 지키는 자구책을 써야 할 텐데, 무력은 살피지도 않고 청을 반대함은 옳은 처사가 아니지요."

"명이 있는데도 청에 사대한단 말인가?"

"사대란 더 강한 나라에 하는 것이 맞겠지요."

"다른 말씀은 없었던가?"

"병자호란이 일어나기 20년 전, 후금의 무력이 지금보다 덜 강할 때도 광해가 명·청에 중립으로 평화를 지켰는데, 청에 반대하여 전하를 욕되게 한 무리들을 싹 쓸어 버려야지요."

수모를 느껴 창백해진 얼굴을 실룩거리는 왕은 분을 삭이며 불끈 쥔 손을 부르르 떨면서도 태연한 체 말한다.

"자당의 말씀을 계속하라."

"전하께서 너무 자비심이 깊으시다. 고 했습니다."

"그건 무슨 말이냐?"

---

1) 오패五霸: 춘추시대春秋時代의 다섯 강한 제후국. 제齊나라의 환공桓公. 진晉나라의 문왕文王. 초楚나라의 장왕莊王. 오吳나라의 부차夫差. 월越나라의 구천句踐을 말함.
2) 칠웅七雄: 전국시대戰國時代의 강한 일곱 나라. 진秦. 초楚. 연燕. 제齊. 한韓. 위魏. 조趙.

"만 번 죽어도 화친할 수 없다는 충의 열사들을 8도로 나누어 근왕병을 모집해 오도록 모두 성 밖으로 보내지 않으신 것이 헛된 자비심이라고 했습니다."

"뭐? 헛된 자비심이라고?"

"예, 전하."

"청이 성을 에워싸고 있는데 어떻게 성 밖으로 나갈 수 있겠는가?"

"만 번 죽어도 나라를 지키겠다는 충신들이 한 번도 못 죽겠습니까? 죽을 각오라면 무엇인들 못 하겠습니까?"

"서장관을 절대로 탓하지 않을 테니 계속 말하라."

"삼학사를 청에 보내지 말고 산성에 있던 전원을 보냈어야 된다고 했습니다."

"그러면 그들은 다 죽을 것이 아닌가?"

"산성에 있던 자들 중 후금이 국호를 청으로 고쳤을 때 주화파가 한 사람이라도 있었습니까? 조선이 청을 물리칠 수 있다고 반대했습니까? 천지를 모르는 불나방 같은 짓이지요. 정책 미비로 전하를 욕되게 함은 죽어 마땅하지요. 그러나 혀와 붓이 날랜 척화자들이 죽다니요. 미꾸라지같이 모두 살아 돌아왔을 것입니다."

"그 다음은?"

"나라 위해 목숨 바친 삼학사의 사당 하나 없으니 누가 충성을 바치겠습니까?"

"서장관의 말이 백번 옳으이. 부끄러운 일이로다. 자당의 말씀을 계속하라."

"한족이 청으로 넘어가서 호란을 부추기고, 삼전도비의 건립과 비문 교정까지 지시하는데, 명을 차버리는 것이 너무 늦었지요."

"호란과 송덕비 건립도 한족이 부추긴 것이라고?"

"예, 전하. 되놈이 문장의 장단을 어찌 알겠습니까? 교정까지도 한족의 짓이지요."

"으음."

"지천대감이 잡혀간 것도 이신의 고변 때문이었습니다."

"청에 붙은 한족이 그렇게도 많은가?"

"홍승주가 명의 상서로 있을 때는 조선의 군신쯤이야 발가락의 때만큼이나 여겼겠습니까? 그런 자가 세자(봉림대군) 및 소현과 몽고사람들까지 지켜보는 앞에서 청나라 옷을 입고 변발을 하고 삼배구고두의 항복의식을 할 때 얼마나 참담했겠습니까? 그러니 그자가 조선의 치부를 낱낱이 다 고해 바쳤지요."

"되놈들의 교활함이 대단하구나."

"예, 전하. 이신들이 청에 붙어 조선을 치라고 부추기는데 명을 섬기는 것이 바보지요. 치욕을 씻지 못하면 치욕으로 남고 치욕을 씻는다면 영광이니, 북경과 심양에 조선 황제 칭송의 비석을 그들이 세우게 할 때는 훈민정음으로 쓰라고 했습니다."

"대국인 명을 섬기지는 못할망정 칠 수야 있는가?"

"국가 간의 의리는 무력이 정의이며, 강국이 대국이 됨은 천하의 정도입니다. 요, 서하, 금, 원이 송을 짓밟았으니, 이번에는 조선이 일어설 차례지요."

"조선이 일어설 차례라고?"

"예, 전하. 야만족들도 송·명을 꺾었는데, 조선이 명·청을 누르고 천하를 제패할 때는 고구려의 백성이었던 여진족을 우리 백성으로 껴안아야 된다고 했습니다."

"조선이 어떻게 천하를 제패하며, 오랑캐가 어찌 우리 백성인가?"

"군신이 합심하면 성취할 수 있고, 고구려 백성이던 여진족은 우리 백성이 맞지요."

"오랑캐를 우리 백성이라니? 틀린 말은 하지도 말아라."

"예, 전하. 어머니의 말은 아녀자의 말이라 깊이 새길 일은 아닐 것입니다."

"호란도 한족의 계책이었다는 것이 이해되지 않는데, 다시 말해 보아라."

"모문룡[1] 밑에 있던 공유덕[2]과 경중명[3]이 청의 황제 추대에 앞장서고, 범문정[4]이 조선의 목을 누르면 일석백조라고 호란을 부추기고, 장성덕[5] 이 홍이포를 가져가서 공과 경이 강화도를 점령하고, 홍승주가 조선과 명의 관계를 고해 바쳐서 지천 대감이 잡혀가고, 지지 콸콸한 항복 의식도 한족에서 나온 것입니다. 한족이 부패한 명을 멸망시켜 청에 바치고, 관료의 대부분이 한족이요. 한족이 청의 덕치에 감읍하는데, 조선이 망한 명을 그리워하는 것은 부질없는 짓이지요."

독대는 허무하게 끝난다. 상대의 심중을 읽지도 못하니, 그 밖의 뭘 더 바랄 수 있으랴? 거지만도 못한 통치요, 광해보다 못하다며, 한족의 콧대를 꺾고 명을 숭앙하는 잔재를 버리라는 말에 상감은 더 들을 생각도 않고,

"이제 공 서장관은 나가 보아라."

한다. 둘은 다 깊이 뉘우치고 있다. 상감은 평화로운 아녀자가 겁탈 당하게 하고, 팔목이 끊기게 하고, 되놈에게 끌려가게 하고, 화냥년이라고 배척당하게 한 것이 모두 자신의 통치력 부재의 소치라고 후회한다. 그러면서도 내가 명나라 황제의 책봉을 받고 이 왕좌에 앉아 있는데, 저! 저! 저

---

1) 모문룡毛文龍: 1576-1629. 명나라의 장군. 평안도 철산鐵山 가도椵島에 진을 치고 후금을 치라고 강청하여 외교상 막대한 지장을 초래하던 중 원숭환에게 피살됨.

2) 공유덕孔有德: 명의 모문룡毛文龍의 부하로 있다가 청에 귀순하여 청 태종의 총병관總兵官에 임명되고, 병자호란 때 강화도를 정토하고 청에 많은 공을 세워 정남왕定南王으로 봉해졌다.

3) 경중명耿仲明: 명明의 모문룡毛文龍의 부하로 있다가 청淸에 귀순하여, 병자호란 때 강화도를 평정하고 청에 많은 공을 세워 회순왕懷順王과 정남왕靖南王에 봉해졌다.

4) 범문정范文程: 한족漢族으로 요동의 심양위瀋陽衛였는데, 청 태조에게 항복하여 그의 책사策士가 되어 명을 멸망시키고, 천하를 통일하는 데 일등 공신으로서 의정대신議政大臣이 되었다. 조선에서 삼전도비문을 지어 올리자, 이경석의 글이 제일 나으니 채택하여 고쳐 쓰라고 했다.

5) 장성덕張成德: 명의 모문룡 밑에 있다가 홍이포를 가지고 청으로 넘어가, 병자호란 때 강화도 점령에 홍이포로 큰 공을 세움.

놈이!

"광해보다 못하다. 대국을 꺾는다는 저 망측한 놈을 당장 거열형[1]에 처해야 되는데."

하고 벼른다. 선호는 물러나오면서 한없이 뉘우치고 있다. 아무리 임금이 무슨 말을 해도 탓하지 않겠다고 하고, 어머니의 말이라고 했지만, 명을 섬기지 않는다고 세자까지 죽이는 상감 앞에서 통치력 부재요, 대국의 콧대를 꺾는다는 말은 너무 앞선 것 같아 후회가 되어 혀를 끊어 내고 싶은 심정이다.

1) 거열형車裂刑: 두 팔, 두 다리를 네 개의 수레에 각각 묶어 당겨서 사지四肢를 찢어 죽이는 형벌.

34. 개과천선

공 서장관이 편전[1]에서 나가자 상감은 내관에게 말한다.

"정사와 부사를 부르라."

"정사와 부사께서는 편전으로 들어오시오."

"경들의 노고가 실로 컸습니다. 사신 다녀 온 소감을 기탄없이 말씀해 보시오."

"청에 처음 들어갔을 때는 상하 관료를 가릴 것 없이 차갑기가 얼음보다도 차갑고, 매섭기가 칼날보다도 더 날이 서 있었는데 공 서장관의 생모를 방문하여 조선의 절박한 형편을 말한 후로는 봄 햇살보다도 더 따사로웠습니다."

"공 서장관의 생모는 고국을 그리워하는 마음이 깊고, 그들 내외와 수숙[2]이 서로 존경하는 마음이 높은 것을 많이 느꼈습니다."

"섭정 왕이 '강건하던 소현세자가 귀국한 지 두 달 만에 요절한 것이 무슨 연유인가?'라고 물었습니다."

상감이 움찔 놀라면서 묻는다.

"뭐라고 대답했는가?"

"'모두가 소국의 국운이지요, 조선에서도 군신이 다 함께 한스러워하고 있사옵니다.'라고 대답했습니다."

---

1) 편전便殿: 임금이 정사를 보는 곳.

2) 수숙嫂叔: 아내와 남편의 형제를 수숙간이라 함.

"진정 그렇게 말했는가?"

"예, 전하. 달리 대답할 방법이 없지 않습니까?"

"공 서장관의 자당은 어떤 사람인가?"

"공선호의 모친은 학덕이 높고 앞일을 예측하는 혜안이 매우 깊은 사람입니다."

"혜안이 깊다는 것은 무슨 뜻인가?"

"모두가 속환되기를 학수고대하는데, 귀국하면 훼절자로 몰릴 걸 예측하고 눈물을 삼키면서 귀국을 포기한 것은 보통 이상의 예측이지요. 역사는 물론이요, 조·명·청·왜의 정세를 환히 꿰뚫어 능숙하게 대처할 수 있는 사람입니다."

비국회의에서 청의 칙유에 대한 의논을 하자,

김순덕의 포상에 대해서는 청에서 저 정도로 나오는데 조선에서도 응당 일천 석 정도의 토지를 하사해야 된다고 의견 일치를 보았다.

선호가 고향에 내려오니 모두 들떠 있다. 아들 하나만 바라보고 홀로 살던 아버지는 웃음을 찾은 것 같았다.

"우리 아들 선호가 장하다. 이제 시작임을 명심하고 계속 정진하여라."

"어머니께서는 아버님께서 속히 속현하시라고 말씀하셨습니다."

말을 잃었던 할아버지는

"우리 집에도 이제 봄이 찾아오는구나."

백모를 뵈려고 뒤채로 가려 하니, 뒤채에서 서기가 뻗치는 것 같은 환영을 느낀다. 뒤채의 방문 앞으로 갔다. 얼마 만인가. 언제 큰어머니에게 문안을 드렸는지 기억도 나지 않는다. 기쁨은 자책으로 돌변한다. 깊은 회한이 해일처럼 몰려온다.

"어머니, 소자 선호가 왔습니다."

라고 하니 방문이 덜컥 열린다. 선호가 문 밖 맨땅에 엎드려 큰절을 올린다.

"어머님! 그간 기력 만강하십니까?"

"어허! 우리 영감[1] 오셨는가? 방으로 들어오게."

"어머니, 소자의 이름을 불러 주십시오. 소자가 도리어 어색하옵니다."

"나는 우리 영감이 얼마나 대견한지 모르겠네. 먼 길을 무사히 잘 다녀왔는가?"

"예, 어머님 염려 덕분에 잘 다녀왔습니다."

"영감은 청에 가기 전에 집에 들러 백모를 보고 가라고 그렇게도 기별을 보냈건만, 집에는 들르지도 않고 그냥 가는 법도 있단 말인가?"

김 효부는 들떠 있는 분위기와는 달리 차분하다. 선호는 큰어머니로부터 항상 격려의 말씀만 듣고 자랐는데, 난생 처음 꾸지람을 듣는다. 선호가 집에 들르지 않고 사신으로 들어간 것이 많이 섭섭했던 모양이다. 전에는 아무리 잘못해도 너그러이 칭찬만 해주었는데 이번만은 다르다.

"어머님, 소자가 잘못했습니다. 앞으로는 그런 잘못이 없도록 명심하겠습니다."

"어허! 공씨 가문은 어찌 결정적으로 중대한 시기에 잘못을 저지른단 말인가?"

선호는 큰어머니의 꾸지람에 고개도 들지 못한다. 하얀 치마저고리를 입고 있는 큰어머니는 선호가 보기에 참으로 많이 늙었다. 난리 전의 두 어머니는 다 같이 청초하고 고왔는데, 큰어머니는 지금 청나라에 있는 어머니보다 한 살 위인데도 이십 년도 더 늙어 보여 할머니 같다. 지난날 자신의 불찰이 한꺼번에 자책으로 몰려온다. '왜 집에 들르지도 않고 그냥 청으로 갔는가?'라는 꾸지람에 자신의 미숙함이 주마등처럼 떠오른다. 절로 솟구치는 눈물을 주체하지 못하여 큰어머니의 무릎 앞에 엎드려 운다.

---

1) 영감슈監: 높은 관료나 지체가 높은 사람을 높여서 부르는 말.

"어머니, 소자의 잘못이 너무도 크옵니다. 소자를 용서하여 주십시오."

용서를 빌고 나니 10년의 잘못이 못 둑 터진 것처럼 깊은 회한으로 몰려와 울음으로 폭발하고 끝없이 이어진다.

"엉엉엉 어엉엉엉."

"영감이 왜 이러는가? 이제는 좋은 일만 남았을 텐데."

"미련한 소자가 너무 큰 죄를 저질렀습니다."

"영감이 무슨 죄를 지었다고 이러는가?"

"하해 같은 어머님 은공도 모르고 시류에 휩쓸리고 말았으니 불효가 크지요."

"다 지나간 일일세. 뉘우치고 고치면 더 높은 선행일세."

"어머님, 소자를 용서하여 주시는 것이지요?"

"용서하고 말고가 어디 있는가? 정답게 지내면 그만이지."

바다보다 넓고 깊은 백모님의 자애는 변함이 없구나. 유치한 행위들을 뉘우치니 울음이 더 크게 밀려나와 그쳐지지 않는다.

"이제 그만하게. 되었네."

하시며 등을 툭툭 두드리는 백모의 얼굴을 얼룩진 낯으로 우러르니 환하게 웃는 모습이 보살 같다. 불손한 행위가 죄스러워 바로 뵐 염치조차 없어 고개를 떨군다.

"영감이 왜 이러는가? 앞으로는 좋은 일만 남았다고 하지 않던가?"

"소자가 너무 많은 죄를 저질렀습니다."

어릴 적에는 어머니가 보고 싶을 적마다 큰어머니를 보러 왔고, 그때마다 큰어머니에게 안겨 '큰어머니가 어머니이시다.' 하고 생각하던 일들이 주마등같이 뇌리를 스친다. 어머니가 그리울 때마다 큰어머니에게 달려가 안겼던 세월이 얼마였던가? 큰어머니의 넓은 가슴에 안겨서 젖을 쭈물쭈물 주무르다 잠이 들었다가 깨면, 큰어머니는 환하게 웃으면서 말했다.

"대장부가 이렇게 마음이 여리면 어쩌는가? 이제 어머니는 잊어버리고, 학문에 정진하고 씩씩하게 자라야지."

하던 말씀이 어제같이 떠오른다, 사실은 대호 형보다 열 배도 더 많이 큰어머니에게 안겼던 것은 어머니가 너무너무 보고 싶었기 때문이 아니었던가? 큰어머니가 아니었으면 서글픈 어린 시절을 어떻게 보낼 수 있었을까?

청나라에 있는 어머니와 이곳의 어머니는 너무도 대조적이다. 한 분은 풍만했는데, 한 분은 너무도 초췌하다. 미련한 조카가 어머니를 너무너무 힘드시게 했구나! 참회의 눈물이 폭포처럼 쏟아진다. 저린 가슴을 누르고 어머니의 편지를 내어 드렸다. 큰어머니는 동서의 편지를 받아들고 희색이 만면하여,

"그래, 우리 영감이 어머니를 만나 보았다고? 그러면 그렇지. 암! 그렇고 말고……. 그런 다행이 없구나. 평안히 잘 있더냐?"

"예, 어머니도 강녕하십니다. 어머니의 지금 남편인 완안태씨는 예부 상서이고, 그 시동생은 병부 상서이며, 아들 삼형제는 참으로 영리하여 소자를 졸졸 따라다니면서 다정하기가 한이 없었습니다."

"어머니가 잘 있다니 안심이다. 이 어미는 말도 못 하고 어머니가 마음 먹은 대로 잘 풀려 나가는가 하고 가슴만 조렸단다. 완안씨 형제가 상서라고 했느냐?"

"예, 어머니! 형제가 다 상서였습니다."

"못난 사람같이, 네가 어머니를 찾은 게 아니고 어머니가 너를 찾았겠구나."

"예, 어머님. 어머니가 저를 부르셨습니다."

"옹졸한 짓거리로 어찌 그럴 수가 있느냐? 예의지국의 꼬락서니가 뭐가 되느냐?"

큰어머니는 완안씨 형제가 상서라는 말에 모자의 상봉 장면을 보지 않고도 다 짐작되는 모양이다. 어머니는 또 꾸짖으신다.

"이 미련한 것아, 글은 뭣에 써먹으려고 배우느냐? 본데없는 사람 같으니라고! 너의 어미가 십 수 년을 기다린 한 많은 자애를 그렇게 무참하게 짓밟는 법이 이 세상 어디에 그런 망측한 짓거리가 있단 말이냐?"

무심히 흘려 지나치듯 하신 말씀에도 회한에 젖은 조카는 얼굴도 들지 못한다. 어머니가 순절했다고 말하고는 선호가 마음의 끈을 늦추지 않도록 격려하고 지도하시던 큰어머니 모습이 눈에 선하다. 그러면서 속으로는 어머니가 잘 풀려 나가기를 바라면서 홀로 마음 졸인 걸 훤히 읽을 수 있다.

"완안씨 형제는 무술이 뛰어나고 재기가 발랄하여 높이 될 줄은 짐작했다마는, 상서까지 되었다니 참으로 대단하구나!"

"어머니의 지금 남편인 완안태씨는 아내 존경하기를 꼭 아이들이 자기를 가르치는 스승을 존경하는 것보다 더 존경하고 있었습니다. 그분이 말씀하시기를, 너의 어머니는 선견지명이 높아 그 말을 따르면 실수가 없고, 그 가르침은 우리 형제에게 등불이 되었다고 했습니다."

"그 말은 진실로 맞는 말이다. 너의 어머니는 생각하는 것이 이치에 딱딱 맞아 앞일을 예측하는 것이 한 치도 어긋남이 없었단다. 그리고 말이다. 그 여진 사람들이 순수하기가 한이 없었느니라. 너의 어머니를 떼어 놓고 오면서 저 마음이 변치 말아야 할 텐데 하고 마음 졸였는데, 이제는 안심이다."

큰어머니는 말은 안 해도 어머니 걱정을 많이 하신 것을 훤히 느낄 수 있었다.

"어머니의 집에는 만권 장서가 가득한데, 하루 종일 서재에서 연구하신 것을 저녁에 그 남편에게 의견을 말씀하고 가르치셨다고 했습니다."

백모는 동서가 써 보낸 만지장서를 읽으면서 눈물을 철철 흘린다. 구구절절이 한없는 그리움을 담고, 맏동서의 고초를 애틋한 마음으로 위로하고 있다. 그리움과 안부는 생략하고 편지의 내용을 중요한 내용만 요약하면 아래와 같다.

"형님의 지극하신 자애로 선호가 학문은 발전했으나, 인격은 다듬은 나무토막같이 규격은 맞아도 순수한 사람 냄새가 나지 않습니다. 이는 아마도 성균관에 들어가서 시류에 휩쓸리다 보니 그렇게 된 것 같습니다. 형님께서 정이 절로 우러나는 사람으로 지도하여 주시기 바랍니다. 정이 메마른 사람이 지위만 높아지면 백성들의 고달픔은 생각지도 않고 위로 올라가는 데 혈안이 된다면 자리가 높아질수록 화근만 커지지 않겠습니까? 형님의 인격을 진심으로 흠앙하는 저의 남편인 예부 상서 완안태씨와 시동생인 병부 상서 완안강씨가 형님께서 고생하시는 것을 마음 아파하면서 조금이라도 도움을 드리고자 애쓰고 있으니, 부디 행복하신 앞날이 전개되시기를 빌겠습니다."

큰어머니 방에서 나온 선호가 형님이 거처하는 방으로 가니 형님은 어디에 갔는지 알 수도 없다. 선호가 큰어머니를 뵈러 가기 전에 형의 방에다 이렇게 편지를 써놓고 갔었다.

"아우가 큰어머니를 뵌 후에 형님을 뵈러 올 테니, 형님께서는 어디 가지 마시고 아우가 만나 뵙도록 기다려 주십시오."

그러나 형님은 어디에 있는지 알 수가 없다. 하루 종일 기다려도 소식조차 없다. 자정이 넘어서야 고주망태가 되어 돌아왔다. 아우가 큰절을 올리면서

"형님, 그간 안녕하십니까?"

인사를 드리는데,

"오랑캐에게 세배하고 온 놈이 화냥년 새끼한테 뭣 하러 왔느냐? 물러가거라."

하고 호통을 친다. 형님을 저렇게 되도록 방치한 자신의 잘못이 너무 크

다고 느낀 아우는 형님의 손을 잡고 용서를 빈다.

"아우의 잘못이 매우 큽니다. 용서하여 주십시오."

그러자 대호는 손을 확 뿌리치며 내뱉는다.

"공무에 바쁜 놈이 제발 파락호 앞에 얼씬거리지 말고 당장 썩 꺼지라 니까!"

그러고는 벌렁 드러누워 이내 코를 드르렁 드르렁 골고 있다.

이튿날 아침 형을 찾아가니 전날 아우가 써놓은 편지를 몇 번이나 거듭 읽은 후 멍하니 앉아 있다. 그 편지에는 청나라에 있었던 일을 세세히 다 적어 놓았다. 편지의 내용을 요약하면 아래와 같다.

"완안강씨는 큰어머니를 한없이 흠앙하여 손끝 하나 건드리지 못하고 큰어머니의 뜻에 따라 환향시키며 잘살기를 바랐는데, 조선이 하는 짓거 리를 듣고 무슨 예의의 나라가 배은망덕한 법이 어디 있느냐며 의아해 했 습니다."

"어머니와 혼인했다는 완안강씨가 그런 말을 했단 말이냐?"

"예, 형님. '훼절은 무슨 훼절? 나는 온몸을 던져 시아버지를 살리는 걸 본 후로는 그 높은 효성과 인격을 존숭하여 혼인을 하고도 손끝 하나 건 드리지 못했는데, 훼절이란 무슨 말인가? 조선은 빈 말만 하고 헛 예절만 찾는 허 껍데기란 말이야.'라고 했습니다."

"이놈아, 혼인을 하고도 정조를 어떻게 지킬 수 있단 말이냐?"

"큰어머니께서는 백부께서 속환하러 올 때까지 삼년간만 기다려 달라 고 요청하여 단식으로 맞섰고, 완안강은 혼인을 하고도 손끝 한번 건드리 지 못했다니까요."

"이놈아, 이제 보니 어머니가 화냥년이 아니라 작은어머니가 화냥년일세."

"형님! 그렇다니까요. 어머니께서는 '내가 화냥년이지 큰어머니가 왜 화냥년이냐? 귀국하면 네놈이 당장 홍살문을 큰집에다 옮겨 놓으라.'고 호통을 치셨습니다. 어머니께서는 큰어머니께서 귀향하시면 혹시라도 훼절로 몰리지 않을까 하고 극구 말리셨는데도 기어코 공씨 댁의 귀신이 되어야 한다고 환향하셨다고 합니다. 그런데 끝내 배척을 당하시니 도저히 이해가 되지 않는다고요."

"그건 또 무슨 말이냐?"

"큰어머니의 효성과 지조를 잘 아시는 할아버지와 큰아버지께서 백모님을 보호하지 않은 것이 이해가 되지 않는다는 말입니다."

"너도 알다시피 그때 문로들의 강청을 어떻게 막아 낸단 말이냐?"

"그 정도의 강단도 없이 속환은 왜 하셨습니까? 큰어머니는 온몸을 던져 할아버지를 살리셨는데, 큰아버지께서도 모든 것을 다 버리시더라도 큰어머니를 보호하시는 것이 도리가 아닙니까? 사실 어머니는 완안강씨에게 백모님을 붙들어 두라고 권고하셨는데도 완안강씨가 말을 듣지 않았다고 했습니다."

"뭐라고? 그건 또 무슨 말이냐?"

"어머니는 큰어머님께서 귀향하시면 만의 일이라도 훼절되었다고 받을 고통을 걱정하셔서 완안강씨에게 속환소에 가서, 이런 사람이 오면 김순덕씨 두 동서는 압록강 물에 빠져 순절했다고 말하여 돌려보내라고 했는데도 자기 욕심만 차리고 지조 높은 분을 막을 수 없다면서 귀향시켰답니다."

"으음! 작은어머니께서는 조선의 짓거리를 다 짐작하고 붙들어 두라고 권유하셨는데도 완안강씨가 어머니의 인격을 존중하여 돌려보냈단 말인가?"

"예, 그렇다니까요. 조·청 양국의 효열 정려를 받으시면 큰어머니의 모든 오해가 풀릴 테니, 형님은 지금이라도 늦지 않았습니다. 제발 과거시험 준비를 하십시오. 거기에 필요한 서적과 자료는 이 아우가 다 가져왔으니,

한시라도 일찍 준비를 하십시오. 형님의 재능을 잘 아시는 어머니께서는 모자 상봉보다 숙질 상봉이 먼저일 거라고 생각하신 것 같았습니다. 어머니는 형님이 먼저 사신으로 오지 않고 아우의 사신 명단을 보시고는, 우리 집에 무슨 일이 있었구나. 짐작하고 계셨습니다."

"작은어머니의 예견이 그렇게도 높았단 말이냐?"

"그렇다니까요. 형님께서 속히 등과를 하셔서, 이 아우에 대한 어머니의 오해가 풀려 인정받게 하여 주십시오."

"이놈아, 작은어머니가 네놈을 오해하신다는 것은 또 무슨 말이냐?"

"어머니께서는 형님이 마음을 잡지 못할 때, 우리 형제가 열심히 노력하고 출세하여 큰어머니를 위로하여 드리자고 형님이 마음을 잡도록 제가 도와드리지 않았다고 엄한 꾸중을 내렸습니다. 그래서 형님이 등과를 하시기 전에는 네놈을 자식으로 인정도 하지 않겠다고 하셨습니다."

"작은어머니께서 네놈에게 그런 말씀을 다 하셨단 말이냐?"

"에, 형님! 아우가 형님에게 조금만 더 마음을 써드렸다면, 형님이 더욱 열심히 노력하여 큰어머니에 대한 모든 오해가 벌써 풀렸을 것이라고 호통을 치셨다니까요."

매일 술독에 빠져 있던 대호가 보름 동안이나 코빼기도 보이지 않는다.

인록이 의아하게 생각하여, 아랫것에게 시킨다.

하녀가 대호의 방문을 배시시 열고 들여다본다.

"작은 서방님이 책을 한 방 늘어놓고 정신없이 이 책 저 책 뒤지고 있습니다."

염치없는 인록이 기쁜 소식을 그래도 그 부인에게 가장 먼저 알린다.

"여보, 대호가 이제 마음을 잡은 것 같습니다. 독서삼매에 푹 빠져 있습니다."

"그래요?"

35. 도덕 선양회

선호가 고향에 다녀간 후 김 효부가 대청제국에서 내리는 효열 정려 포상을 받기 위해 전하를 알현하러 상경할 것이란 소문이 널리 퍼져 나갔다. 도덕이 무너지고 심성이 황폐해지는 것을 한탄하던 선비들이 이 좋은 기회를 놓칠 까닭이 있겠는가? 이때를 잘 활용하여 도덕을 바로 세우고 인심을 순화시키려는 일단들이 있었다. 그들은 다름 아닌 배티재에서 인록을 크게 응징한 광주의 선비들이었다. 당장 서울의 선비들과 연락하여 김 효부가 상감을 알현하고 나오는 날 대대적인 모임을 주선하기로 했다. 이 소문은 곧 서울 전 장안으로 급속히 퍼져 나갔다. 가족을 속환하여 온 후 화냥년을 데리고 사는 지조 없는 놈이라고 인간 취급을 받지 못하여 속을 끓이던 고관, 양반, 부호들이 거사를 주선하는 선비들에게, 뭐라도 도울 방법이 없느냐며 자진하여 적극적인 성의를 보이니 얼마나 고마운 일인가? 그럴 수밖에 더 있겠는가. 아무리 임금이 속환녀는 내쳐도 된다는 영을 내렸다고 해도, 나를 낳아 주신 어머니를 어떻게 내치며, 총명한 아들이 딸린 사랑하는 아내를 어찌 내치며, 귀여운 딸을 어찌 내친단 말인가.

김 효부의 입궐 행차를 주선하라는 조정의 명을 받은 광주 유수는 공씨 종택을 직접 방문하여 청나라 황제가 내린 효열 정려를 감축하면서, 김 효부 내외가 상감을 알현하러 가도록 주선한다. 말과 가마를 가져왔다. 남편은 말을 타고 가도록 말이 딸려오고, 아내는 가마를 타고 가도록 가마

꾼이 딸려서 왔다. 일을 총괄하는 집사가 와서 이 모든 일들을 처리한다. 김 효부가 탄 가마 앞에 인록이 말을 타고 가고, 가마의 앞에는 큰 소리로 외치는 여창자가 앞장을 선다.

"쉬! 물러서라, 만고 효부 김씨 부인 나가신다."

"쉬! 물러서라, 천하 효부 김씨 부인 나가신다."

"쉬! 물러서라, 만고 열녀 김씨 부인 나가신다."

"쉬! 물러서라, 천하 열녀 김씨 부인 나가신다."

조선이란 나라가 주견이 있는 나라인가 없는 나라인가? 화냥년이라고 욕하면서 쫓아내다가 쫓겨 가지 않으니 뒤채에 처박아 놓을 때는 언제고, 오랑캐가 효부라고 하니 그제야 한 술 더 떠서 천하효부 만고열녀라고 치켜세우는 건 또 뭔가? 인류를 망친 화냥년에서 일거에 인류의 전범典範인 만고효부 천하열녀로 올라가니, 이런 고무줄 잣대가 어디 있는가? 효부의 행차가 광주 고을을 벗어나자 건장한 선량 집단이 길을 막아서서 호령한다.

"네 이놈! 효부 열녀를 쫓아낸 배은망덕한 놈이 감히 효부의 행차에 동행을 한단 말이냐? 네놈은 부끄럽지도 않으냐? 당장 썩 꺼져라, 이놈아!"

인록이 휘딱 보니 배티재에서 똥이 타도록 두들겨 패던 바로 그 사람들이다. 배티재에 있던 사람들보다 몇 배가 되는지, 수도 다 셀 수 없을 정도로 훨씬 더 많다. 질겁하고 도망가려다가 마음을 가다듬는다. '내가 이러면 안 되지. 지난번에야 죽도록 두들겨 맞기만 했지만, 이번에는 아내가 보는 앞에서 어찌 도망을 친단 말인가. 죽을 때 죽더라도 당당한 남편의 체통이나 보여 주고 죽어야지.' 하고 생각하며 허세를 부린다.

"네놈들이 뭔데 쓸데없는 간섭이냐?"

"어! 이놈 봐라. 자기가 쫓아냈던 부인 덕에 큰소리치는구나. 부끄럽지도 않으냐? 이놈아, 네놈은 따라갈 자격이 없다. 네놈 계집은 네놈 집에 있는 평창댁이 아니냐? 효부를 내쫓아 인생을 망친 배은망덕한 놈이 효부 열녀께서 상감을 알현하러 가시는 행차에 감히 동행을 하다니, 네놈은 체면도 없고 부끄럽지도 않으냐?"

말에서 끄집어내려 멱살을 잡고 때리니 눈퉁이가 대번에 먹통이 된다. 집사가 앞에 나서서 말린다.

"어떤 사람들인데, 어명을 받고 가는 행차를 막는 게요? 그런 법이 어디 있소?"

"어명을 거역할 까닭이야 있겠습니까? 다만 효부 열녀를 몰아내어 인륜을 망친 놈을 응징하려는 것이니, 집사님께서는 가만히 계십시오."

"전하께서 효부 내외분을 뫼시고 오라는 어명을 받고 가는 길이니, 방해하지 말고 길을 비키시오."

"그럴 리가 어디 있겠소? 전하께서 효부를 뫼시고 오라고 하셨겠지. 효부를 몰아낸 배은망덕한 놈까지 데려오라고 하실 까닭이 어디 있겠소? 이놈을 떼어 놓고 가시오. 이런 배은망덕한 놈은 이 자리에서 당장 때려죽여 버리고 말겠습니다."

"효부 내외를 같이 모셔오라는 유시에 따라 가는 길이니 속히 길을 비켜 주시오."

"정 그렇다면 저놈이 말을 타고 갈 것이 아니라 가마채를 메고 가도록 하시오."

결국 집사와 선량들이 타협하여 공인록이 말을 타고 가기는 가되, 가마 앞에 갈 것이 아니라 가마 뒤에 따라가기로 했다. 그런데 낭패가 났다. 공인록이 먹통이 된 낯짝으로 상감을 뵈러 갈 수 없다고 가지 않으려 한다. 집사가 통사정을 한다.

"효부 내외분을 모셔오라는 어명을 거역할 수 없으니 같이 가셔야 합니다."

"이런 몰골로 어찌 상감을 뵈올 수 있겠습니까? 못 가겠습니다."

"말이 사나워서 낙마하여 다쳐서 그렇다고 말씀드리면 되지 않겠습니까? 어명을 거역할 수는 절대로 없으니, 반드시 같이 가서야 합니다."

그때 벼락 치는 소리가 들린다.

"네 이놈! 효열 부인을 내친 배은망덕한 놈이라고 정의의 선비들에게 훈계 받느라고 얼굴이 이렇게 되었습니다. 하고 상감에게 사실대로 고하면 될 것이 아니냐. 네놈은 그런 용기도 없단 말이냐?"

어명을 거역할 수 없어 따라가지 않을 수 없는 일이다. 어쩔 수 없어 인록은 말을 타고 고개를 푹 숙인 채 가마 뒤에 멀리 떨어져서 따라간다. 상감을 알현하러 홍겹게 가다가, 시꺼먼 머루송이 같은 낯짝으로 가마 뒤에 멀리 떨어져 어깨가 축 처진 채 따라가는 인록의 몰골이 처량하기 짝이 없다. 잠을 자는 여관마다 좋은 이부자리에 좋은 음식이 상다리가 부러지도록 차려 내온다. 드디어 대궐 앞에 당도하여 궁궐과 가까운 곳에서 하룻밤 유하고 이튿날 아침에 입궐했다.

"전하께서 물으시면 한 치의 거짓말도 해서는 아니 되고 사실대로 고하시오."

라고 내관이 정중하게 일러준다. 편전에 들어가서 상감이 앉아 계시는 용상은 처다 보지도 못하고 앞을 향하여 절부터 했다. 상감이 말한다.

"효부 김씨는 앞으로 나오시오."

효부 김씨 내외가 앞으로 나아가 섰다. 상감이

"더 가까이, 더 가까이"

라고 해서, 효부 김씨는 상감의 바로 앞에 가서 섰다.

"효부 김씨는 손을 앞으로 내어 보시오."

효부 김씨가 두 손을 앞으로 내밀고 고개를 푹 숙이고 있으니, 상감은 가냘픈 어수御手로 효부 김씨의 두 손을 붙잡고 말한다.

"이 손으로 시아버님의 목숨을 살리셨다. 참으로 거룩한 손이로다."

하면서 부인의 왼손은 놓고 손가락이 없는 오른손을 두 손으로 감싸 쥐고 어루만지고 톡톡 두드린다.

"만고의 효부로다, 만고의 효부로다. 그 당시의 정경을 기휘치 마시고 소상하게 다 말씀하여 보시오."

효부 김씨가 주저하고 있다. 내관이 크게 복창한다.

"그 당시의 정경을 한 가지도 빠뜨리지 말고 숨김없이 소상하게 다 말씀하시오."

주저하던 효부 김씨가 드디어 말을 한다. 되놈들이 가정집에 침범하여 행패를 부리자 시아버님께서 담뱃대꼬바리로 대장의 머리통을 때린 것과 그 후의 일까지 상세히 다 아뢴다.

"부인은 옷을 벗은 채로 일어섰는가?"

"예."

"시부모와 오랑캐들 앞에서 알몸으로 일어서서 칼을 받아내었던 말인가?"

"예, 실오라기 하나 걸친 것이 없었지요."

"과연 효부로다! 만고의 효부로다!"

상감은 짓궂게도 계속 묻는다.

"그 다음은 어떻게 되었는가?"

김 효부는 팔이 끊겨 피가 펑펑 쏟아지고 되놈들이 응급처치를 하려고 팔을 붙잡으려는 것을 거절하고 강제로 응급처치를 당한 것까지 상세히 다 말했다.

"부인의 곧은 마음이 참으로 대단하구려. 그래 속환하여 와서는 어찌 되었는가?"

이번에는 공인록이 대답을 한다.

"처음에는 만인들이 모두 효부라고 칭송하더니, 속환하여 돌아온 정승의 며느리를 나라에서 쫓아내도 된다는 어명이 내렸다는 소문이 나돌자,

문로들이 몰려와서 훼절자에게 불천위 제사를 받들게 할 수 없으니 내치라고 했습니다. 아버지께서는 효부를 어찌 내치느냐고 완강히 거절하셨지만, 문로들이 저의 집에 살다시피 매일 몰려와서 강청을 하자, 안사람이 아버지에게 '아버님 저를 내치십시오. 저는 물러가겠습니다.'라고 말씀드리고 스스로 뒤채로 물러갔고, 결국 아버지께서도 내치고 말았습니다."

"어허! 참! 합부인이 알몸으로 아버님을 살리셨다면 그대도 전력을 다해 부인을 보호하는 것이 마땅한 도리가 아닌가?"

"예?"

"에헴."

인록도 한 말씀 올리려고 목을 가누다가 속으로 삭이고 그만두고 만다. '전하께서 속환녀를 내쳐도 된다는 명령만 내리지 않으셨다면, 소신이 어찌 조강지처를 내치려는 꿈인들 꾸었겠습니까?'

인록은 목구멍에서 나오는 말을 끝내 뱉지 못한 채 삼키고는 또 후회한다.

"아! 아! 효가 뭔지! 예가 뭔지! 불천위가 뭔지! 짐은 도통 알 수가 없구먼!"

"예?"

"그대는 어찌 짐을 그렇게도 쏙 빼닮았단 말인가?"

"예? 무슨 말씀이신지요?"

"아니야!, 아니야! 나대로 해본 소리일 뿐이야."

상감의 말뜻은 청이라고 국호를 고칠 때 '너희들 나라가 대국하여라.'라고만 하면 될 것을 주견 없이 신하들의 말만 듣다가 나라가 판탕되었는데, 이 사람도 주견 없이 문로들의 말만 듣다가 가정을 망쳤구나 하는 생각이 들었던 것이다.

"부인은 속환된 후로 자녀를 몇이나 더 두었소?"

"그 후로는 자식이 없습니다."

"나이가 아직 젊은데 자식이 없다니?"

상감의 물음에 인록이 대답한다.

"소신이 찾지 않아서입니다."

상감은 똑같은 말을 또 하고 있다.

"그대는 어찌 짐을 그렇게도 쏘옥 빼닮았단 말인가?"

"예? 무슨 말씀이신지요?"

"아니야, 아니야. 나대로 해본 소리라니까."

이 말은 열다섯 살의 새 왕비를 맞이하여 십 수 년이 지난 지금까지도 자식이 없음은 후궁 조 귀인에게 눌려 왕비를 찾지 못했음을 자책하는 것으로서, 너나 나나 본처도 찾지 못하는 옹졸함은 마찬가지로구나 하는 뜻이다.

"그대의 얼굴이 왜 그런가? 다쳤는가?"

"예, 소신이 승마를 잘못하여 낙마하여 그렇습니다. 황공하옵나이다."

"선비라도 문무겸전을 해야 될 텐데, 조선의 선비들은 글만 읽고 승마조차 못하니 나라가 이 모양 이 꼴이 아닌가? 참으로 한스러운 일이로다."

인록의 등에서는 진땀이 흘러내린다.

상감은 청나라에서 내린 효열 쌍 정려 교지문을 읽고 청나라에서 보낸 포상품을 전해 주고 격려하면서 자택까지 안전하게 수송하라고 명령했다.

광주부의 선비들은 서울 선비들과 합력하여 온 장안에 김순덕의 효부 열녀 정려 소식을 널리 알리고, 김 효부가 퇴궐할 때 축하 행사를 대대적으로 벌이기로 했다. 효부 일행이 대궐문을 나서자 효열 부인을 보려는 사람들이 길 좌우에 쭉 깔려 인산인해를 이룬다. 모든 사람들이 여창에 따라 복창하니, 지축이 울리고 산천이 호응한다. 왜란과 호란으로 움츠렸던 백성들이 참으로 오랜만에 가슴을 활짝 열고 화응한다. 여창의 소리에 맞춰 관중의 호응은 장안을 진동한다.

쉬 물러서라 만고효부 김씨 부인 나가신다. - 만고효부 만세. 만고효부

만세.

쉬 물러서라 천하효부 김씨 부인 나가신다. - 천하효부 만세. 천하효부
만세.

쉬 물러서라 만고열녀 김씨 부인 나가신다. - 만고열녀 만세. 만고열녀
만세.

쉬 물러서라 천하열녀 김씨 부인 나가신다. - 천하열녀 만세. 천하열녀
만세.

관중의 호응은 끝없이 이어진다. 종로 거리에 이르자 효열 행차의 뒤에
징과 꽹과리의 풍물이 신나게 울리고 장안의 거리가 온통 축제 분위기
다. 서울 장안의 거리가 이렇게 환희에 들뜨기는 유사 이래 처음이다. 술
을 동이째 지고 오는 사람, 떡을 시루째로 싣고 오는 사람이 줄을 섰다.
왜 안 그렇겠는가? 자애 깊으신 어머니를, 자식까지 딸린 다정한 아내를
속환하여 와서 가정 화기가 일어나는데, 느닷없이 '환향녀는 훼절자다. 훼
절한 환향녀를 내쳐야 된다. 화냥년을 데리고 사는 놈은 오랑캐와 똑같은
놈이다.' 하면서 화냥년을 몰아내라는 성화가 빗발쳐서 도덕이 무너지고
인심이 사나워지니, 정다운 사람을 쫓아내지도 못하고 그냥두지도 못하
여 속을 끓이다가 이제 더는 손가락질 받지 않아도 될 테니, 이렇게 좋은
일이 세상천지 어디에 또 있겠는가. 고관의 행차라면 두려워서 멀리서나
구경할 텐데, 다만 평범한 아녀자가 착한 행신을 하여 상을 타고 가는데
무슨 두려움이나 거리낌이 있겠는가? 풍채 좋은 선비가 앞으로 달려 나가
집사에게 말한다.

"이 좋은 행차 잠시만 쉬어갑시다."

집사가 기꺼이 응하여 행차가 멈춘다.

어디서 나오는지 술과 음식이 푸짐하게 권해진다. 목청을 뽑내던 여창
자가 컬컬한 목을 축인다. 장안의 백성들이 모두 다정한 친구이고 형제이

며, 모두가 효부요 열녀다. 선비가 집사에게 간청한다.

"김 효부님을 한번 만나게 하여 주십시오."

"왜 그러십니까?"

"김 효부님의 거룩한 손을 한번 잡아보는 것이 일반 백성들로서야 얼마나 큰 영광이겠습니까? 허락하여 주십시오."

"그러시다면 둘이 같이 가서 김 효부님께 여쭤봅시다."

하며 같이 김 효부 앞으로 나아가 선비가 넙죽 절을 하면서 말한다.

"김 효부님! 효부님의 손을 한 번씩만 만질 수 있도록 허락하여 주십시오."

"안 됩니다. 아무리 보잘것없는 사람의 손이라도 어이 함부로 만질 수 있겠습니까? 안 됩니다."

선비가 더욱 깊숙이 머리를 숙여 공손히 또 말한다.

"거룩하신 효부님의 손에 손을 한번 대어 보는 것만으로도 일반 백성들로서는 참으로 큰 영광이 아니겠습니까? 허락하여 주십시오."

"정 그러시다면 여자들만 몇 분 손을 만질 수 있게 합시다."

김 효부의 허락이 떨어지자 선비가 큰 소리로 일갈을 한다.

"여러분! 거룩하신 김 효부님께서는 병자호란 때 청나라 군인들이 침입하여 시아버지를 죽이려고 칼로 내리치는 것을 맨손으로 가로막다가 손이 뎅겅 끊겨 나가고 시아버지는 살았습니다. 청군이 이 여인은 효부다, 의인이다, 라고 생각하며 만주까지 데려가서 혼인을 하려 하자

'장군님이 내 몸에 손만 댄다면 죽어 버리겠다.'

면서 열흘 동안이나 아무것도 먹지 않고 굶어 쓰러졌답니다. 그러자 청나라 장수도 김 효부가 스스로 마음을 열 때까지 기다리겠다면서 손끝한번 건드리지 못했는데, 남편이 속환하여 와서 온 고을 사람들이 효부라고 칭송했지요.

그러다가 나라에서 '환향녀는 내쳐도 된다.'는 명이 내리자 그 남편이 효

부를 몰아내고 새장가를 가는데도 죽어도 그 집 귀신이 되겠다고 그 집 뒤채에서 버티고 있다가 이번에 청나라에서 효부와 열녀 쌍 정려를 내리자 조선에서도 효부 정려와 열녀 정려를 내렸습니다. 그래서 이 김 효부님은 한꺼번에 청과 조선의 네 가지 정려를 다 받았습니다. 이러한 만고효부, 천하열녀 김 효부님의 손에 손을 대어 보기만 해도 효열충의사가 날 것은 자명한 일일 것입니다. 몇 분만 앞으로 나와서 거룩하신 효부님의 손을 잠깐씩 만져 보시기 바랍니다."

말이 떨어지자 우레와 같은 박수가 일어나고 풍악이 장안을 진동한다.

가마채 앞에 높다란 단을 만들어 단 위에 김 효부가 방석을 깔고 앉았다.

많은 사람들이 길게 줄을 서서 기다리고 있다. 먼저 남녀 두 사람이 앞으로 나와서 공손히 절을 한 후에, 남자는 돈을 한 꾸러미 쥐고 서 있다가 자루에 던져 넣고

여자는 앞으로 나아가 양손으로 김 효부의 손을 보듬어 안는다.

한쪽 손은 아주 보드랍고 곱고 예쁜 손이요, 한쪽 손은 끊긴 자욱이 툭툭 튀어 나오고 엄지손가락 하나뿐인, 거무튀튀한 흉터투성이의 반쪽 손등은 제모양이 아니다. 얼굴을 올려다보니 초췌하지만 엷은 미소에 온화하기가 보살 같다.

손을 만지고 얼굴을 올려다보더니 그 자리에 콱 꿇어앉아

"효부님 정말 장하십니다."

"열녀님 참으로 훌륭하십니다."

하면서 엉금엉금 기어서 앞으로 나아간다. 효부의 손을 만지는 행렬은 끝없이 이어진다. 이들은 벌써 그전부터 김 효부의 의행義行을 들어왔고, 대부분 이역만리 낯선 지옥으로 끌려갔다가 돌아온, 동병상련의 심신이 녹아내린 환자들이 아니겠는가! 효부의 손을 만지고 나온 부인들은 무더기로 앉아서 통곡하고 있다. 불쌍한 여자들의 가슴에 쌓인 응어리를 누

가 풀어 주겠는가? 부모, 남편, 자식에게도 말 못 하다가 김 효부의 거룩한 손을 만지는 순간 활화산처럼 폭발한다.

이들의 고난을 만든 자는 누구이며 고난을 풀어 줄 자는 과연 누구인가?

고난을 만든 자들은 잘못을 느낄 줄도 모르고 느끼려는 생각도 하지 않으면서, 자기들만 고고한 채 외면한다.

석양 무렵 효부 일행이 떠난 후에도 부인들의 응집은 그대로이다. 모두가 말로는 표현 못 하고 울음으로만 표하고 있다.

모인 성금이 몇 자루가 되는지 다 셀 수도 없다. 이 자금을 아직도 환향 못 한 불쌍한 겨레의 속환 자금으로 쓰려고 직접 대표를 뽑아 보내기로 했다는 소문에, 이번 선비들의 행동은 참으로 장관이라고 칭송이 만만하다.

서울 장안이 온통 환회에 들떠 있는데도 단 한 사람, 몸 둘 바를 모르고 회한에 젖어 먹빛이 되어 고개를 푹 수그리고 있는 사람이 있다.

군중 속에서 비하의 말이 한번 터지자 연달아 나오고, 그 말에 따라 머리는 더욱더 수그러져 고개를 땅바닥에 처박고 있다.

"효부도 몰라보는 조선의 일등 선비 양반 낯짝 꼴 좋다."

"어찌 저 정도로만 하고 마는가? 콧잔등을 싹둑 잘라 버리지 않고?"

"콧잔등만 잘라서야 되겠는가? 낯짝에 먹줄을 시커멓게 그려 넣어야지."

36. 효부 정려

　효부 일행이 집으로 돌아오니 광주부에서 목수를 보내어 대문을 고쳐 홍살문을 높이 세우고 있었다. 마당으로 들어서니 안방년이 앞에 와서 절을 넙죽이 한다.

　"형님, 그간 제가 너무 잘못했습니다. 용서하여 주십시오."

　"이 사람! 동서, 용서하고 말고가 어디 있는가? 우리는 외동서[1] 간이니 정답게 지내면 그만일세."

　"형님, 형님이 안방을 쓰세요, 제가 뒤채로 물러가겠습니다."

　"이 사람아! 그게 무슨 말인가? 자네는 옆방을 그대로 쓰게, 본래 외동서는 자매와 같이 다정하게 지내면 남보다 좋고, 다정한 정이 없으면 남보다 못하다는 말이 있네. 우리, 남보다 다정하고 사이좋게 지내세."

　효부의 너그러운 마음에 외동서는 언제 괄시를 했더냐?

　하듯 자매보다도 더 다정하게 지낸다.

　평창댁은 형님을 지성으로 섬겨 가정 화기가 절로 우러난다.

　유수가 효열 행사를 하려고 효부 내외와 고을의 유수[2]한 유림들을 초치한다.

　인록은 참새 소가지보다 주변머리 없었던 자신의 나약했던 행위가 부끄러워 도저히 참석할 용기가 나지 않는다. 하늘이 알고 온 세상이 다 알

----

1) 외동서: 한 남자를 같이 남편으로 하는 두 여자.
2) 유수有數: 손가락으로 꼽아서 셀 수 있는 몇몇 중에 들 만큼 훌륭한.

아주는 후덕지순하고 만물 고추보다도 더 매운 효열 조강지처를 내친 몰염치한 행위가 부끄러워서, 어떻게 한 고을의 선비들이 다 모인 장소에 갈 수 있겠는가? 선비들의 몰매도 맞음이 싸고 맹만화의 꾸중도 들어야 마땅하다. 만화의 마지막 말이 기억난다.

"지조 없고 머저리 같은 인성을 다 알고 오지 않은 사람이 현명한 사람이지."

그 말이 무슨 뜻이었던가. 이제야 겨우 짐작할 것 같기도 하다. 형식에 얽매여 은혜도 모르는 공씨 가문을 빗대 놓고 한 계수의 심정을 간접적으로 표현한 말이 아니었던가. 부친에게 아뢴다.

"아버님요, 소자의 지조 없던 행위가 부끄러워 광주부에서 초청하는 행사에 도저히 참석할 용기가 나지 않습니다."

"애비야, 너만 그러냐? 나도 마찬가지다. 그래도 어미를 위한 행사인데 애비가 참석하지 않을 수 없지 않느냐? 앞으로 우리가 어미에게 백 배 더 잘하면 되지 않겠느냐? 용기를 내어 기죽지 말고 당당하게 참석하고 오너라."

광주부에서는 효열 행사를 크게 열어 임금이 내리는 효열 정려 교지문을 유수가 대신 읽고, 숭고한 행신을 높이 기리며 토지 일천 석을 하사했다.

시동생은 포상 받고 돌아오는 형수에게 원망의 말을 쏟아낸다.

"형수님은 왜 거짓말을 하셨습니까?"

"내가 무슨 거짓말을 했습니까?"

"멀쩡히 살아 있는 사람을 왜 죽었다고 하셨습니까?"

"동서가 살아 있다고 하면 서방님은 가만히 있었겠습니까? 동서를 찾으려고 타국을 떠돌면서 환장을 하실 건데요."

"왜 타일러서 같이 속환되어 오시지 않았습니까?"

"그런 말씀은 아예 하지도 마십시오. 동서의 소견은 나보다 훨씬 높아서 환향하면 훼절자로 몰려 쫓겨날 것을 환하게 다 짐작하고, 나를 환향하지 말도록 얼마나 말렸는지 아십니까? 하루 저녁도 그냥 자본 날이 없었습니다."

"그건 또 무슨 말씀입니까?"

"나는 죽어도 환향하여 공씨 댁 귀신이 되어야 한다고 하고, 동서는 귀향하면 훼절녀로 몰려 공씨 댁 귀신이 되기는커녕 친정 부모님까지 욕을 먹이게 될 것을 환하게 다 짐작하고 한사코 말렸지요. 마지막 갈리는 날에는 서방님과 선호가 보고 싶어 한잠도 못 자고 울다가 날을 샜습니다."

서방이 보고 싶어 울다가 날을 샜다는 말에 시동생은 벌떡 일어나서 창밖을 하염없이 바라보고 있다. 두 볼에는 눈물이 주르르 흘러내린다. 형수는 계속 말한다.

"동서의 생각은 귀향하여 훼절녀로 몰리면 서방님과 선호에게 암초가 되고 친정도 지조 없는 가문으로 몰릴 터에 귀향도 못 하고, 남으려니 외롭고 서럽지만 서방님을 위하여 눈물을 삼키며 남아 있을 수밖에 없는 안타까움을 왜 모르십니까?"

"나를 위하여 남아 있었다고요?"

"세상천지에 되놈의 계집이 되고 싶은 사람이 어디 있겠습니까? 앞일을 환히 예견하는 동서는 서방님과 선호에게 훼절녀의 남편이요, 자식이라는 말을 듣기지 않게 하려고 홀로 남으려니, 그 외로움과 서러움이 어떠했겠습니까? 눈물을 삼키며 남아 있을 수밖에 없는 심정을 왜 모르십니까?"

"아이고, 그랬군요. 그 사람의 곧은 마음에 진정 그랬을 것이 맞겠네요."

"어찌 서방님 형제분은 똑같이 한치 앞도 짐작하지 못하십니까? 한번 떠나면 영원한 생이별이 될지도 모르는 판에, 얼굴도 한번 비치지 않고 그냥 훌쩍 가버리는 분이 어디 있습니까? 제발 공씨 가문의 남자 분들도 앞일을 바로 예견하고 좀 정다이 정표를 표해 보십시오. 점잖기만 하면 뭣합니까?"

"예?"

"서방님이 선암사로 떠나셨다는 말을 듣고 대호와 선호를 시켜서 서방님이 집에 들러 의논이라도 하고 가시라고 뒤쫓아 보내었으나 인홀불견[1]이니 말이 됩니까?"

"의논은 무슨 의논입니까?"

"이렇게 인정머리 없기는! 일각이 급한 때 서방님 형제분만 피난을 가면 어찌됩니까? 당장 온 식구가 다 같이 피난 갈 의논이지요."

허튼 말씀 한 마디 하지 않던 형수가 난생처음 마구 쏘아붙인다. 사실은 의록이 온 식구가 같이 피난을 가야 한다고 아버지에게 말했지만, 아버지가 그 말을 받아들이지 않았다고 어찌 말할 수 있겠는가? 공씨 가문의 남자들은 윗대나 아랫대나 잘한 것이 없으니 낯을 어떻게 치켜들겠는가. 형수님의 가슴에 막힌 울화를 어떻게 풀어 줄 수 있을까. 참으로 죄밑이 크다.

공씨 문중 종인들과 고을 유림들이 모여 불천위 사당에 효열 정려 고유 제사를 지내고 음복을 할 때, 대호는 유림 선비들과 문로들을 일일이 찾아뵙고 복주를 올리면서 말했다.

"지난날의 무례했던 언행을 용서하여 주십시오."

하고 진심으로 고개 숙여 빌자,

"우리가 잘못했지 자네가 잘못한 것이 뭐가 있는가? 앞으로나 좋은 일을 같이 해나가세."

하니 참으로 화기애애하고 뜻 깊은 행사가 되었다.

대호는 어머니가 뒤채로 물러날 때 어머니에게 말했었다.

"어머니, 동생 원호를 집에 두어서는 아니 됩니다. 혹시라도 남들이 원호에게 호로자식이라고 한 번만이라도 놀린다면, 애가 기가 죽고 마음의

---

1) 인홀불견因忽不見: 언뜻 보이다가 바로 없어져 보이지 않음.

상처를 받을 테니, 덕망이 높은 학자에게 맡깁시다."

"너의 말은 좋다마는 이제 겨우 다섯 살에 드는 것이 어미를 떨어져서 어떻게 지내겠느냐?"

"얕은 자정은 하지 마십시오, 좋은 선생이 어련히 알아서 가르치겠습니까? 경비는 소자가 알아서 제때 보내겠습니다."

인록이

"원호는 어디 갔느냐?"

하고 물으면,

"곡부 공씨 차종손께서 호로자식에게 무슨 관심이 있습니까? 호로자식은 오랑캐 사는 곳으로 보내 버렸습니다."

"얘가 무슨 소리를 하느냐?"

고 핀잔을 주면, 들은 체도 하지 않았다. 인록이 궁금하여 아내에게 물으면

"대호에게 물어보시오."

하고 만다. 어머니가 효부 정려를 받고 홍살문이 높이 서는데, 보고 싶은 아들 원호를 부르지 않을 수 있겠는가. 원호를 데려오니 훌쩍 큰 키에 소견도 넓고 매사에 긍정적이라 어른들의 자애가 절로 우러난다. 원호는 어머니가 효부 정려를 받았다니 어깨를 쭉 펴고 기가 살아서 더욱 당당해진다. 원호가 어머니를 찾으니 반가운 모자상봉에 다시는 이별이 없을 것이로다.

"착한 우리 아들 원호! 다 컸구나! 어디 안아나 보자."

다섯 살의 어릴 때 헤어져서 열 살이 훨씬 넘어 총각태가 나는 그리던 아들을 보는 순간 어머니는 눈물을 감출 수가 없다.

"애야, 어미가 보고 싶어 어이 지냈느냐?"

끌어안은 어머니는 아들의 머리를 한없이 쓰다듬으며 소낙비처럼 쏟아

지는 눈물을 그칠 수가 없다.

대호가 물었다.

"원호야, 네가 요새 배우는 책이 뭐냐?"

"『중용』을 읽고 있습니다."

"벌써 『중용』을 읽어? 우리 원호는 장차 큰 학자가 되겠구나!"

원호는 형의 격려에 기가 살아서 싱글벙글하며 입을 다물지 못한다.

김 효부는 아버지를 뵈러 남편과 아들 형제를 데리고 친정으로 간다.

"너희들 외할아버지를 뵈면 씩씩하고 희망이 넘쳐야 한다."

라고 타이른다. 친정에 오면 항상 부모님 양위분을 함께 뵈었는데, 몰라보게 늙어 허연 수염을 흩날리며 대문 앞에 홀로 서 계시는 아버지를 뵙자 자신도 모르게 울음이 봇물처럼 터져 나온다. 아버지의 바짝 마른 손을 잡으니 얼음장 같다. 아버지가 방으로 들어가자 딸이 마루에서 큰절을 올리고 방에 들어가서는 아버지의 무릎 앞에 엎드려 흐느낀다.

"불쌍한 것, 어찌 울음인들 마음 놓고 울어 볼 수 있었겠는가? 실컷 울어나 봐라. 나는 죽을 때까지 너를 보지도 못하고 죽는 줄 알았는데, 이렇게 다시 만나 보니 반갑기 그지없구나!"

얼마나 사랑하던 딸이며, 얼마나 미덥고 기대했던 사위인가?

"아버지 너무 죄송하옵니다. 이 못난 여식 때문에 얼마나 애태우셨습니까?"

"다 운명인 걸 어찌하겠느냐? 너의 효성을 하늘이 알고 도우신 거다. 너의 어머니의 교훈이 높았던 걸 새삼 느끼겠다. 지금 살아 있다면 얼마나 기뻐하시겠나?"

"예, 아버지. 어머니께서 친정에 와서 같이 살자고 하실 때 친정에 와서 살지는 못할망정, 한번 와서 부모님을 뵈옵고 조금이라도 안심시켜드리고 물러갔더라면, 심려를 다소라도 덜어드릴 수 있었을 텐데, 소녀의 치졸한 마음이 부모님을 더욱 애타시게 했습니다."

"그러게 말이다. 슬픈 일이나 기쁜 일이나 만나 보기나 하면 시름이 다소라도 줄어질 수 있을 텐데, 모녀 상봉도 못 했으니 그 참담한 마음이 어떠했겠느냐?"

"예, 아버지, 불효 여식은 하늘같은 부모님의 은혜를 어찌 갚을 수 있을까요? 어머니께서 불초한 여식을 그렇게도 보고 싶어 하시는데도, 옹졸한 마음에 한 번 와서 뵙지도 못하여 불효가 막심하옵니다."

"그래 말이다. 잠시라도 모녀 상면이나 했으면 여한이나 없겠지."

하시며 눈물을 흘린다. 눈물이 밴 아버지의 초췌하신 존안을 차마 바로 뵐 염치조차 없다. '아버지께서 너무도 여위신 것이 불효녀 때문이시구나?' 다시 눈물이 폭포처럼 쏟아진다. 인록이 말을 거든다.

"무능한 외생이 가정을 잘 이끌지 못한 사단이라 무어라 여쭐 말씀이 없습니다."

"다 국운인 것을 누구를 원망하며, 원망한들 무슨 소용이 있는가? 그런데 공 서방 면상이 왜 그런가? 다쳤는가?"

"예, 상감을 알현하러 가는데 말이 길이 들지 않아서 낙마하여 이렇습니다. 곧 낫겠지요. 별것 아니니 심려하지 마십시오."

"조심해야지! 면상이니 흉터가 생기지 않도록 잘 치료하게."

인록이 하는 짓거리를 늘 괘씸하게 여기는 일가 조카들이

"공가 고것이 선비님들에게 맞아서 낯짝이 시커먼 머루송이가 되어 버렸답니다."

하고 일러바치던 말을 들어 이미 알고 있는 장인은 더 말하지 않는다.

인록은 낯짝만 머루송이가 아니라 마음까지 머루송이요, 가슴은 납덩이가 짓누르는 것 같이 쓰리다.

사위 사랑은 장모라고 했는데, 처가엘 오니 장모님 생각이 나지 않을 수

없다. 딸을 생각하여 서약서까지 받아 놓고도 못 믿어서 사위에게 서약서를 읽게 하고 몇 번이나 다짐을 받으시던 장모님의 모습이 완연히 떠오른다. 사위 때문에 속을 끓이다가 돌아가신 후 문상도 못 하고 쫓겨나와 골병이 들도록 두들겨 맞은 생각, 아내가 바치는 지극 정성의 똥물을 먹고 겨우 살아난 것이 또렷이 떠오른다. 인록은 양반의 허 치레로 자신이 무능하고 우유부단했던 행위를 자책하며 고개도 들지 못한다. 장인도 뵐 면목이 없고, 처남도 바로 바라볼 수도 없다. 장모가 늘 앉아 있던 방에 들어서는 순간 장모의 꾸지람이 들리는 듯 환영을 느낀다.

"예끼! 못난 사람, 가정 하나도 다스리지 못하는 사람 같으니라고!"

그때 벼락 치는 소리가 방안을 진동한다.

"효부 좋아하네. 네 년 놈들이 인간이냐? 짐승만도 못한 것들, 불효 망측한 것들이 되놈이 포상한다고 우쭐거리지나 말아라. 부모의 마음을 편하게 하여드리는 것이 효도이지, 허튼 예와 법도 따위는 입 밖에 내지도 말아라. 네 년 놈이 보고 싶어 돌아가시게 되었는데도 발걸음도 않던 것들이, 어머니가 돌아가시어 계시지도 않은데 뭣 하러 왔느냐? 당장 되돌아가거라. 이 망측한 것들아."

어머니가 돌아가신 후 마음의 응어리가 풀리지 않은 오라비는 문을 쾅 닫고 나가 버린다. 사실 덕화는 아직까지도 동생 내외가 한번만이라도 와서 어머니를 안심시켜 드렸더라면 돌아가시기까지는 않으셨으리라 고 믿고 있다. 아버지가 말한다.

"공실아, 네가 오라비를 이해하거라."

"예, 오라버님 마음을 제가 왜 모르겠습니까? 불효녀의 잘못이 참으로 크지요."

사위는 입도 떼지 못하는데 장인이 또 말한다.

"도처유청산到處有靑山이라더니, 인류는 다 같은 모양이지."

"예?"

사위는 말뜻도 알아듣지 못하고 건성으로 대답한다.

"대국이나 오랑캐나 사람 사는 법도는 다 같다고 느끼지 않는가?"

"예?"

사위는 또 건성으로 대답한다.

"어미의 행동이 남의 나라를 쳐들어오는 무도한 오랑캐가 보기에도 본받을 만한 행동이라는 것을 느끼고 상을 주는 것이라는 생각이 들지 않는가?"

"예, 그렇지요."

사위는 장인의 말씀에 긍정의 표시로 예라고 대답했지만, '예끼 못난 사람 같으니라고, 오랑캐보다도 못난 놈.'이라고 빗대 놓고 꾸짖는 것 같아서 얼굴에 불을 담아 붓는 듯이 화끈거린다.

"조선이 과연 청을 야만족이라고 욕할 자격이 있다고 보는가?"

"예?"

"조선은 청에 무력에서만 진 것이 아니라, 도덕에서도 지고 말았네."

인록이 처가에 갈 때는 자신의 잘못을 만분의 일이라도 용서를 받고 오리라고 마음먹었는데, 돌아올 때는 개, 돼지만도 못했던 자신의 행동이 장인의 존안을 우러르기는커녕, 방안에 앉아 있는 것마저 송곳방석에 앉아 있는 것 같은 기분이다. 아내를 볼 면목도 없고, 아들인 대호가 애비에게 행패를 부리던 것도 자신이 자초한 것이요, 그러고도 아내를 내쫓았던 남편이 아내가 포상을 받으러 가는데 앞장서서 말을 타고 꺼덕꺼덕 간 것이 한없이 부끄럽게 느껴진다.

아들이 매가에 다녀와서

"이 사람아 설혹 되놈의 아이를 배어 온다고 해도 내 손자로 잘 키워야지 다른 방도가 있겠는가."

하는 사돈의 말을 전해 듣고도,

"공 서방네는 대가 약한 것이 탈이란 말이야."

하면서 마음을 놓지 못하셨다니, 아버지는 벌써 오래전에 딸의 운명을 예상했는지도 모른다. 김 효부가 아버지의 손을 놓고 물러나오려 하자 아버지는 딸의 다친 손을 두 손으로 감싸 쥐고는,

"이렇게 온몸을 던져 효를 바친 사람을 내치는 세상이 무엇이 옳은 일이고 도덕이 무엇인지 모르겠구나! 그 적적한 세월을 어떻게 보내었느냐?"

하면서 또 울먹인다. 그런 아버지를 김 효부는 차마 바로 뵐 수조차 없다. 결국 어머니는 딸의 애처로운 모습을 떨치지 못하여 돌아가셨고, 아버지는 그 적막을 이겨냈지만, 골목길에서 허연 수염을 흩날리며 손을 흔드는 초췌한 모습이 꼭 이 못난 여식 때문에 훨씬 더 기력이 쇠잔해진 것 같아, 돌아서 물러나오려니 눈물이 앞을 가려 발걸음을 분간하지 못하겠다.

동생 내외가 돌아간 후 덕화가 아버지가 계신 방으로 다시 들어오고 있다.

"애비는 공 서방네 부자가 제 정신이라고 보느냐?"

"예?"

"공 서방네 부자가 아무리 대가 세다고 해도 문중을 이겨내기 힘들 텐데, 마음이 약하기만 한 사람들이 어쩌겠는가? 공 서방네는 문중과 여론에 떠밀려 흘러가고 있을 뿐이지 제 정신이 아닐 것이다. 공실이가 워낙 꿋꿋하니 배겨내서 망정이지, 다른 사람 같으면 어림도 없는 일 아니냐? 공실이가 그 자리를 비우는 즉시 공씨 문중에서 우르르 몰려가서 방을 치워 버리고 대문 안으로 들어가지도 못하게 막는다면 어쩔 것인지 생각이나 해보았느냐? 애비가 공실을 이해하거라."

아들은 그렁그렁한 눈으로 아버지의 존안을 우러르다 말고 고개를 푹 수그리는데 닭똥 같은 눈물이 소낙비처럼 주르르 쏟아진다.

김 효부는 시동생과 조카와 같이 의록의 처가에도 가서 그 처부모를 찾아뵈었다. 의록의 처부모가 반가워하는 것은 친정아버지가 반가워하는 것과 다를 바가 없었다. 의록의 장인은 딸이 살아 있다는 것이, 죽었던 딸이 환생이나 한 것같이 한없이 반가우면서도 사위를 생각하여 별로 내색은 하지 않는다.

김 효부는 동서가 써 보낸 편지를 동서의 어머니에게 읽어 주며, 동서가 아니었으면 효열 정려도 받을 수 없었을 테고, 동서의 자상한 인정이 가정을 일으켜 세웠다고 감사했다. 김 효부는 만주에서 있었던 일을 소상하게 다 말했다.

"형님요, 전들 왜 귀향하고 싶은 마음이 없겠습니까? 만약 귀향하여 훼절자로 몰려 고생하는 몰골에 걱정하시는 부모님의 존안을 어이 뵈올 수가 있겠습니까?"

라고 말하던 동서는 앞일을 훤히 내다보는 안목이 깊은 사람이라고 말씀드렸다.

동서의 어머니는 친딸을 대하듯 진심으로 반긴다.

선호는 외조부모에게 청나라에서 있었던 일을 상세하게 말씀드리고, 영리한 세 동생의 이야기도 했다. 선호는 외가에 와서 느낀 점이 참으로 많았다. 동생인 완안창이 성님, 성님 하면서 이야기하던 것이 생각난다.

"어머니께서는 송덕리에는 소나무 숲이 울울창창하여 그 정기를 받아 큰 인물이 날 것인데, 그 큰 인물이 대호 성님과 선호 성님이라고 말씀하셨습니다."

라고 하던 말이 생각난다. 자신에 대한 어머니의 기대가 참으로 컸던 것을 느낀다. 외갓집 만산에 참꽃이 지천으로 피는 봄에는 외삼촌과 어머니가 참꽃을 따서 먹기도 하고, 꺾어서 자기병에 꽂아 놓고 바라보면 방안이 환해진다고 이야기하던 것이며, 가을이면 외삼촌이 빨간 홍시를 따서는

"이것은 예점이 줄까?"

해놓고는

"이것은 아버지 드려야지."

하고 광주리에 담고 또 한 개를 따서는

"이것은 예점이 줄까?"

하고는 또 광주리에 담으면서

"이것은 어머니 드려야지."

하고 또 한 개를 따서는

"이번에는 예점이 줄까?"

하고는

"오라비부터 먹어야지."

하면서, 홍시를 쭉 쪼개서 반쪽은 동생에게 주고 반쪽은 오라비가 먹곤 했다. 그 반쪽 홍시가 그렇게 맛있을 수 없었다. 또 한 개를 따서는

"제일 잘 익은 홍시는 우리 예쁜 동생 예점이 주어야지."

하며 주는 것을 먹으면 꿀보다 더 달더라고 이야기하던 것을 생각하며 앞산을 바라보니, 참꽃은 벌써 지고 푸른 물결만이 출렁인다. 집 주위에는 아름드리 감나무가 줄줄이 서 있다. 저 감나무에는 올 가을에도 붉은 감들이 주렁주렁 달릴 것 아닌가? 어머니와 완안창이 했다는 이야기를 되새기니 아름다운 자연의 흥취가 새로워진다. 외가에 한 번도 와보지 못한 완안창보다도 더 외가의 자연 경관을 모르고 있었으니, 자신의 정서가 얼마나 메말라 있었는가? 새롭게 뉘우쳐진다.

융융한 송덕리의 풍광이며 예쁜 여성의 체취같이 가을 단풍과 봄꽃의 화사한 외가 풍치의 명미함도 몰랐으니 금수강산의 미려함이야 느껴 보려고나 했겠는가?

어머니는 타관 객지에서 얼마나 고향을 그리며 향수에 젖어 계시는가?

눈시울이 절로 젖어 온다.

어머니 말씀과 같이, 사람은 정을 나누며 사람 냄새에 젖으며 사람 냄새를 풍기며 살아가는 것이 아름다운 인생이라고 생각되었다. 친 외가의 연만하신 어른들을 모두 내가 돌봐 드려야겠다고 생각하고, 나아가 온 세상을 덕화시켜 나가야지 하는 마음을 다졌다. 외할머니는 선호의 손을 잡고 부탁의 말을 한다.

"선호야, 너의 어미는 어릴 적부터 소견이 어른보다도 더 깊었단다. 너도 어미를 닮아서 소견이 깊고 대과 급제도 하고 벼슬도 높아지니, 남들을 잘 돌봐 줘라."

"예, 할머니. 외가에도 자주 들러 외할머니도 자주 찾아뵙겠습니다."

"오냐, 그래라. 언제 또 청나라에 사신 가느냐? 너의 어미를 죽기 전에 한번만이라도 만나봤으면 얼마나 좋겠냐?"

눈물 어린 할머니의 존안을 차마 바로 바라볼 수가 없다.

장인은 참고 참았던 생각을 말하지 않을 수 없는 모양이시다.

"공실이가 호인과 같이 산다니, 공 서방 볼 면목이 없네."

"빙장 어른께서는 별말씀을 다 하십니다. 그 사람이 어디 행실이 나빠서 그렇습니까? 외생이 하루만 일찍 피난을 갔더라면 아무런 사단이 없었을 것인데, 모든 불찰은 이 외생에게 있지요. 저는 그 사람의 정결한 마음을 다 알고 있습니다."

"공 서방이 그렇게까지 이해하여 주니 고맙네. 이제 자네도 속현을 해야지, 속히 새장가를 가게."

"예, 때가 되면 여자를 둘 때도 있겠지요. 너무 심려하지 마십시오."

"선호야, 너도 속히 혼인하거라. 애비는 너의 나이에 자식이 둘씩이나 있었다."

"예, 외할아버지의 분부를 따르도록 힘써 보겠습니다."

37. 보은報恩

대호는 외가에 다녀온 후에 말을 타고 길을 나선다. 황해도 황주의 맹만화 집을 찾아가고 있다. 작열하는 태양에 신록은 푸르다 못해 검은 빛이 돈다. 전쟁이 멎은 지 십년이 지났건만, 초록은 싱그러워도 인생의 고달픔은 예와 다를 바가 없다. 산길이나 들길이나 인적이 드물어 길을 묻기도 힘들다. 집을 떠난 지 사흘 만에야 드디어 덕암리 맹만화의 집을 찾았다. 산자락 끝의 낮은 초가집이다. 할머니 한 분이 맞는다. 말에서 내리는 것을 보고 관가에서 온 것이 아닌가 하고 놀라는 모습이다.

"이 댁이 맹만화 선생님 댁이십니까?"

"예, 그렇습니다마는, 어디에서 오신 누구신지요?"

"저는 광주 송덕리에서 왔습니다."

"아! 그러하십니까? 그러시다면 김 효부님을 아십니까?"

"예, 저의 어머니이십니다."

"그러십니까? 아이고 반갑습니다. 애들 할아버지는 들에 나가셨습니다. 잠시만 계시면 곧 불러오겠습니다. 말고삐를 이리 주십시오. 감나무에 매어 놓겠습니다."

"괜찮습니다. 제가 매어 놓겠습니다."

하면서 말고삐를 마당 모퉁이에 있는 감나무에 매어 놓는다. 할머니는 손자를 찾아서 할아버지를 부르러 보낸다.

"할아버지에게 송덕리 김 효부님 댁에서 손님이 오셨다고 말씀드려라."

좀 더 큰 손자에게는 말꼴을 베어 오라고 시킨다.

"김 효부님도 평안하십니까?"

"예, 어머니도 평안히 잘 계십니다. 맹 선생님은 안녕하십니까?"

"예, 사랑에서는 앉으면 김 효부님 동서분의 이야기를 하십니다. 보살 같다고 하다가 선녀 같다고도 하십니다."

그때 노인이 들어온다.

"먼 길에 어려운 걸음을 하셨습니다. 방으로 들어갑시다."

방에 들어가서 대호가 인사를 드린다.

"어머니께서 맹 선생님의 은공을 잊지 못하여 제가 찾아왔습니다."

"아이고, 별 말씀을 다 하십니다. 제가 오히려 높은 은혜를 입었지요."

"제가 아직 나이가 어린데 선생님께서는 말씀을 낮추십시오."

"아닙니다. 신분이 다른데 말을 낮추다니요."

"별 말씀을 다 하십니다. 연세도 높으시고 어머니의 은인이신데 말씀을 그렇게 하시면 제가 거북합니다. 말씀을 낮추어 주십시오."

그제야 노인이 말을 낮추기 시작한다.

"그래도 되겠는가? 자네가 말을 낮추라니 말은 놓네. 마는 파격일세."

밖에서는 닭을 잡아 손님 접대에 여념이 없고, 말꼴을 베어 와서 말에게 먹이고 분주하게 돌아가는 것을 방안에 앉아서도 다 느낄 수 있다. 젊은 주인이 들어와서 인사를 한다.

"멀리서 찾아 주시니 감사합니다. 저는 맹춘봉이라고 합니다."

"저는 공대호입니다. 춘부장의 높으신 은덕을 잊지 못하여 찾아왔습니다. 연세가 저보다 높은 것 같으니 형님은 말씀을 낮추십시오."

나이를 따지니 십년장도 더 된다. 노인이 말한다.

"신분으로 따지면 가당찮지만, 공군이 저렇게 겸양하니 서로 허교를 하게."

"허교라니요. 나이가 가당치도 않은데, 형님은 말씀을 낮추어 주십시오. 제가 형님으로 모시겠습니다."

곧 저녁을 차려왔는데 온갖 정성을 다 들였음을 대번에 느낄 수 있다. 상이 없어서 노인과 손님만 겸상이고, 다른 사람들은 방바닥에 그냥 놓고 식사를 한다. 진수성찬이 따로 없다. 닭고기 국에 조밥과 배추김치가 일미다. 자부도 한마디 거든다.

"높으신 양반께서 어설픈 음식을 어떻게 드실까 하고 죄송스러웠는데, 잡수어 주시니 감사합니다."

"형수님, 음식 솜씨가 좋으십니다. 참으로 잘 먹었습니다."

내외하는 것도 없고 스스럼이 없어 오래 사귄 가족 같아 정이 절로 우러난다. 맹 선생의 부인이 말한다.

"자당의 덕이 얼마나 높으시면 호랑이 같다는 완안강이 자당의 말씀 한마디에 우리 영감을 풀어놔 주더라니, 참으로 대단하시지요."

"그렇게 기가 센 완안강도 엄정한 자당의 행신 앞에는 기가 죽어 어떻게 하면 환심을 살까? 하고 늘 조심했지."

"아버지 말씀이 늘 김 효부님은 보살 같다고 하시더니, 자제분도 훌륭하시네요."

"어머니는 맹 선생님께서 그 깡다구 센 완안강에게 조선 부인들의 엄정한 지조를 설득력 있게 말하고 순화시키셔서, 못된 행동을 하지 않도록 길을 잘 들여 놓았다고 말씀하셨습니다."

"그렇지, 완안강은 김 효부님 앞에서는 늘 어린애들이 자기가 착한 것을 나타내려고 뽐내려는 것과 같은 모습을 보였지."

"자당께서 세상에서 제일 높은 효부요, 정절 있는 분으로 뽑히셨다면서요."

"예, 청과 조선 두 나라에서 내리는 효부와 열녀 두 정려를 다 받았습니다."

"사해의 여러 종족 중에서도 가장 높은 효부로 뽑혔다고, 이곳 해서지방에서도 선성이 높이 드날리고, 예절은 조선이 최고라고 으스대고 있습니다."

"어머니께서 포상품으로 하사받은 물품을 다른 분께는 드리지 못하더라도, 맹 선생님께 만은 꼭 드려야 한다고 하셔서 조금 가져왔습니다."

보자기를 풀어 놓으니 모두 눈이 휘둥그레진다.

"이것이 청나라 비단인가?"

"이것이 황금인가?"

"이것이 백은인가?"

처음 보는 귀중품을 모두 구경한 다음에 노인은 거두어 꼭꼭 싸매어 대호에게 도로 주면서 말한다.

"이 사람, 공군, 참으로 고맙네. 그런데 이 귀중품을 절대로 이렇게 나누면 안 되네. 자네는 자당께서 얼마나 힘들게 사셨는가를 짐작이나 할 수 있겠는가? 그 지옥 같은 곳을 얼마나 어렵게 사셨는지 자네는 상상도 못하네. 이것은 아무 곳에도 나누지 말고 유용하게 써야 하네. 도로 가져가서 보람 있게 쓰게. 우리는 받은 바와 진배없네."

노인은 한사코 받지 않으려 한다. 대호가 꿇어앉아 통사정을 한다.

"어머니께서 다른 곳은 아무 곳에도 드리지 않으면서, '내가 온전히 살아갈 수 있도록 이끌어 주신 맹 선생님에게만은 작은 정표라도 올리지 않을 수 없다.'고 저를 보내어 이렇게 드리는 성의를 생각하여 주십시오."

라면서 물품을 드리는 데 진땀을 빼고 있다.

"적선지가필유여경[1]이라더니, 옛 말 하나 그른 것이 없네. 김 효부님께서 그렇게도 정결하셨으니 앞으로 귀댁에는 좋은 일이 겹칠 것일세."

"예, 감사합니다."

대호는 저녁에 노인과 같이 자면서 두런두런 이야기를 한다.

"동서분의 정품이 그렇게 좋을 수가 없었지. 항상 서로 손을 꼭 잡고 계

---

1) 적선지가필유여경積善之家必有餘慶: 착한 일을 많이 한 집에는 반드시 경사스러운 일이 있는 법이라는 뜻.

셨지."

"왜 손을 잡고 계셨습니까?"

"내가 손은 왜 꼭 잡고 계시느냐고 물으니 숙모 되시는 분이, '우리가 얼마 더 같이 있지도 못할 처지인데, 있는 동안만이라도 형님의 손을 잡아보고 싶어서 잡고 있습니다.'라고 했다네."

"그것은 무슨 말씀입니까?"

"두 분의 정품은 한없이 좋아도 생각은 달랐으니까 그럴 수밖에 없지 않은가?"

"왜요?"

"자당께서는 죽어도 환향하여 공씨 댁의 귀신이 되어야 한다고 했고, 숙모님은 귀향하면 절대로 안 된다고 생각했지."

"작은어머니는 왜 귀향하는 것을 싫어하셨습니까?"

"숙모님은 귀향하면 혹시라도 훼절자라는 비방이 돌아올까 염려하신 것이었지."

"작은어머니는 귀향하지도 않으면서 훼절자란 말을 들을 걸 어이 아셨습니까?"

"사려가 깊으신 숙모님의 예견은 어긋남이 없었네. 숙모님은 만의 일이라도 훼절자라는 말이 나와서 자식들에게 암초가 될까봐 눈물을 삼키며 귀향을 포기하셨네."

"숙모님은 그래서 돌아오시지 않으셨군요."

대호는 선호가 하던 말이 허언이 아니었구나 하고 생각한다.

"우리는 자당께서 순절하시지나 않을까 하고 얼마나 마음 졸였는지 모른다네."

"어머니가 순절은 왜 하십니까?"

"아니야. 어머님의 고고한 인품으로 봐서 그렇게 느꼈을 따름이지. 새로 들어오신 자당은 좋으신가?"

맹 선생은 화재를 바꾸어 버린다. 의심은 더욱 짙은데 더 물어볼 수조차도 없다.

"예, 손자는 몇이나 두셨습니까?"

"손자가 셋일세."

"교육은 어떻게 시키고 있습니까?"

"가르쳐 봐야 써먹을 데도 없지만, 그래도 그대로 두는 것이 안타깝네. 천자문 정도야 내가 대강 가르쳐 보지만, 그 이상은 어디 가르칠 방법이 있겠는가?"

노인의 말뜻은, 신분이 낮아서 가르쳐도 과거도 볼 수 없다는 뜻이다.

"맹 선생님께서 여진 말을 가르치셔서 역관[1]으로 진출하는 것은 어떻습니까?"

"그것도 옳은 교육기관에서 배워야지, 우리 같은 막말 가지고야 되겠는가?"

"그렇다면 의술을 습득시켜 인술을 펴게 하는 것이 좋지 않을까요?"

대호의 생각은 역관이나 의원은 중인들의 직업이라, 다른 나라 말을 통역하는 역과譯科나 병을 고치는 의과醫科 시험은 양인들도 볼 수 있는 것이니, 그 길로 진출하는 것이 좋을 것 같다는 뜻이다.

"의술인들 배울 방법이 있겠는가?"

"큰 손자가 몇 살이나 되었습니까?

"큰 놈이 벌써 열세 살일세."

"저가 데려가서 알아볼까요?"

"그렇게 하여 주시면 고맙지. 자네야 데려가서 농사일을 시키든지 글을 가르치든지 우리는 간섭하지 않을 테니, 자네가 알아서 해주면 고맙겠네."

----

1) 역관譯官: 외국어를 통역하는 관리.

용미봉탕이 따로 없다. 정성들여 차려 주는 아침을 든든히 먹고 말에 올라타, 노인의 손자인 용성이가 뒤에 올라타서 허리를 꼭 껴안게 하고 말을 달리니, 세상천지가 다 자기 세상 같다. 갈 때보다는 거저먹기다. 다녀온 소감을 대호는 어머니에게 소상하게 아뢴다.

"맹 선생님은 집이 가난하여 너무 힘들게 사는 것 같습니다."

"농촌 상민들 생활이 다 그렇지, 별다를 수가 있겠느냐?"

"생활은 어려워도 서로 위하며 사는 것이, 푸근한 정이 넘쳐 훈기가 돌았습니다."

"맹 선생의 마음이 너그러우니 가족들이 다 거기에 따를 것이 아니겠느냐?"

"데려온 아이는 맹 선생의 손자인데, 좀 가르쳐서 보낼까 하여 데려왔습니다."

"잘했다. 어디 있을 자리를 구해 보거라."

김 효부는 맹용성을 불렀다.

"우리 착한 용성이는 훌륭한 할아버지가 계셔서 좋겠구나!"

"예."

"할아버지는 나라에 충성심이 높고 성실하고 착하셔서, 청나라에 계실 때 청나라의 장군도 어려운 일이 있으면 할아버지에게 꼭 여쭤보고 잘 따랐단다."

"예."

"사람이란 나는 '할 수 있다'는 큰 뜻을 가지고 노력하면 이루지 못할 일이 없느니라. 열심히 노력하거라."

"예."

"용성이는 형과 같은 방을 쓰고, 형이 보던 책도 읽어 보고, 여기가 내 집이다 생각하고 용성이가 하고 싶은 것이 있으면 스스럼없이 말하거라."

"예."

38. 다짐

대호는 마음에 켕기는 것을 물어보지 않을 수 없었다,

"어머니는 속환되어 오시면서 순절할 생각은 왜 하셨습니까?"

"얘가 무슨 소리를 하느냐? 너희들 형제가 있는데 내가 왜 죽느냐? 별소리를 다 하는구나. 맹 선생이 그런 말씀을 하시더냐?"

"아니요, 저대로 해본 소리예요."

대호는 마음에 걸리는 걸 누르지 못하여 아버지에게 또 말하지 않을 수 없었다.

"아버지는 어이하여 어머니가 순절하시려는 것을 막으셨습니까?"

"얘가 무슨 소리를 하느냐? 너의 어머니가 그런 말씀을 하더냐?"

"예, 어머니가 말씀하시던데요."

"어머니가 그런 말씀을 하셔?"

"예, 어머니가 그런 말씀을 하셨습니다."

허공을 응시하는 아버지의 눈에 눈물이 어린다.

"사실은 말이다. 너의 어머니는 훼절되지도 않았는데 청나라에 있을 때부터 환향하여 순절할 작정을 단단히 하고 왔단다. 깨끗이 이생을 마쳐 남편과 자식들의 앞길을 밝게 열어 주려고 기를 쓰고 귀향하여, 너를 안고서는 '어떤 여자가 들어와서 이 어린것을 자기가 낳은 자식같이 잘 길러 주겠는가?' 생각하니, 절로 쏟아지는 눈물을 감당하지 못해 너를 바로 내려놓고 사당에 들어가서 목을 매었단다."

"아버지께서는 여자 하나도 보호하지 못하십니까?"

"그것이 무슨 말이냐?"

"공씨 가문에 시집와서 희생하시는 분을 보호하시는 것이 도리가 아닙니까?"

"무슨 말이냐니까?"

"몸을 던져 할아버지를 살리고, 남편을 위해 순절하려던 어머니를 보호하셔야지요."

"애비 혼자 문중과 맞서는 것은 역부족이 아니냐?"

"무슨 말씀을 그렇게 하십니까? 옳은 일이라고 생각하면 실행하셔야지요."

"그게 가당한 일이라고 생각하느냐?"

"아버지께서 어머니를 지키겠다는 자세만 확고하다면 왜 못 하십니까?"

"그러게 말이다. 애비가 잘못했다. 내가 몹쓸 짓을 하고 말았다. 이제 와서 피눈물 흘리며 통곡한들 무슨 소용이 있겠느냐?"

이들 부자는 서로 애처롭게 여기면서도 터놓고는 말 한 마디도 못 한다. 서로가 바로 바라보지도 못한다. 애비는 자식을 바로 바라보지 못하고 항상 고개를 돌리고 말한다. 내가 가정만 잘 다스렸으면 대호가 선호보다 먼저 급제했을 거라고 생각하니, 아들 모자를 생각만 해도 가슴이 막힌다.

"애비가 잘못했다. 너의 모자에게 못할 짓을 하고 말았다."

인록 부자는 보름날의 밀물처럼 통곡으로 출렁인다. 얼음장같이 막혔던 응어리가 녹아내리는지, 간극이 더욱 깊이 파이는지 분간도 할 수 없다.

김 효부는 포상금을 함부로 써서는 안 되겠다, 그 많은 포로들 모두가 매한가지 아니었던가, 억울한 포로들에 대한 보답이 아니겠는가, 새로 사는 인생, 좋은 사업을 하여 오래도록 빛나게 해야겠다고 마음먹었다. 이 마음은 인록과 대호도 다를 바가 없다. 그러나 네 군데만은 최소한의 정표를 쓰지 않을 수 없었다. 그 네 군데란 시아버님, 친정아버지, 선호 외조모와 황주의 맹 선생이다. 그들에게 포상 물품을 조금씩이라도 똑같이 올려 드리고, 다른 곳은 눈감아 붙이기로 했다. 그리하여 가족이 모여 의논을 했다.

"토지와 포상금은 우리 가정만을 위하여 쓰지 말고 어려운 세상을 위하여 좋은 일에 같이 쓰는 것이 어떻겠습니까?"

하고 김 효부가 안을 내자 모두 좋다고 한다. 자금 관리자를 몇 명 두기로 하는데 인록이 말한다.

"귀중한 자금을 잘 관리하고 보람 있게 활용하려면 사무나 보고 보수나 챙기려는 사람은 배제하고, 옳은 일을 하려는 심지가 굳은 사람에게 맡겨야 할 텐데요. 그 사람은 다른 사람이 아닌 배티재에서 이 인록을 초죽음이 되도록 두들겨 팬 김칠봉씨가 적당할 것 같습니다."

한다. 그러자 공 진사는

"하필이면 불한당 같은 김칠봉이냐?"

"김칠봉씨가 소자를 응징한 것은 결코 개인적인 사감이 있어 그런 것이 아니고, 세상을 이렇게 이끌어 가서는 안 되겠다고 생각하여, 뜻이 같은 사람들이 모여 한 짓 같아서 김칠봉씨를 추천하는 것입니다."

"애비가 그래도 세상을 보는 안목이 너그러워 다행이다."

하면서 공 진사가 찬성을 표하자 다른 사람도 타당성 있는 말이라며 찬성한다.

김 효부가 남편에게 묻는다.

"돌쇠 아범이 문자를 압니까?"

"돌쇠 아범이 신분은 낮아도 학식은 웬만한 선비보다 못하지 않습니다."

"무던한 돌쇠 아범을 불러 이 일을 김칠봉씨와 같이 하도록 하면 어떻겠습니까?"

라고 하자 모두 좋다고 했다.

돌쇠 아범을 찾아 서울로 사람을 보내어 인록이 만나자고 하니 내려왔다.

"눈을 뻔히 뜨고 있는데도 코 베어 간다는 서울에서 어떻게 지내고 있는가?"

"서울이라 해도 사대문 안의 성 안에야 감히 들어가 살 형편이 되겠습니까? 성 밖에서 농사도 짓고 똥도 푸면서 살아가고 있습니다."

"농사를 지으려면 농토를 어떻게 구했으며, 똥값도 보통이 아닐 텐데 어찌 잘 맞추어 나가는가?"

"세상이 얼마나 변했다고요. 난리에 양반이나 부자들보다 하층 상민들이 훨씬 더 많이 죽었으니 농사지을 사람이 어디 있으며, 더구나 똥 풀 사람은 영 없다니까요. 험한 일을 하려고만 마음먹는다면 일거리는 얼마든지 있습니다."

"일거리가 많다니, 그게 무슨 말인가?"

"난리에 사람들이 너무 많이 죽어 농사지을 사람이 없으니까 묵은 토지를 개간하여 농사를 지으면 주인이 나타나서, '토지를 일궈 농사지어 주니, 고맙네, 개간한 공으로 첫 해는 농사를 거저 지어먹고, 다음 해부터 도조[1]를 달라.' 하니, 자신만 부지런히 일한다면 농사지을 토지는 얼마든지 많이 있습니다. 그뿐인 줄 아십니까? 농사짓던 사람도 없고 주인도 나타나지 않아 계속 거저 지어먹는 토지도 더러 있답니다."

"거름은 똥이 제일인데 뒷간은 마음대로 푸게 하는가?"

"농사지을 사람도 없는데 뒷간 푸러 그 먼 사대문 안까지 가는 사람이 어디 있겠습니까? 말 수레를 끌고 성 안에 들어가면 서로 뒷간을 퍼달라고 야단이라니까요."

---

1) 도조賭租: 소작료. 남의 땅을 빌려 부치고 내는 곡식.

"세상이 참 많이 변했네, 그려."

"상전벽해라니까요. 호란으로 나라가 완전히 망했다니까요."

"가족들은 모두 평안하신가?"

"어머니는 기력이 그만 하시고, 내자의 동상도 차차 나아지고, 아들 형제가 광제의원에서 약도 썰고 일을 거들면서, 글도 읽고 의원 공부를 하여 인술을 베풀겠다고 포부가 대단합니다."

"그거 참 좋은 일이네. 더욱이 자제들이 의원 공부를 하면 훗날 보람된 일을 할 것이라 다행이네. 자네가 워낙 성실하니 가정이 잘 펴지는 모양일세."

"저야 다만 똥을 푸면서도 더러운 것을 치우며 서울을 깨끗하게 한다고 긍지를 가지고 살아가고 있습니다."

"참으로 좋은 일일세. 이번에 안사람이 청과 조선 두 나라의 효부 열녀 쌍 정려를 받아서 재물이 많이 생겼네. 이 재물을 잘 활용하여 가정도 돕고 세상에도 보람 있는 일을 해보려고 하니, 자네 같은 사람이 도와준다면 진실로 고맙겠네."

"아이고, 그런 일이라면 당연히 도와드려야지요. 아씨께서 워낙 착하셔서 이런 경사가 생기네요. 감축 드립니다."

"돌쇠가 의술을 연마한다니, 한 가지 더 부탁을 해야겠네. 안사람이 청나라에 있을 때 같이 있었던 사람의 손자가 우리 집에 와 있는데, 돌쇠와 같이 의술을 가르치면 좋을 것 같아 부탁을 드리네."

"나이가 몇 살입니까?"

"열 세 살이네."

"우리 돌쇠가 워낙 성실하여, 이런 아이 하나 더 있었으면 하는 의원이 있다고 하니 한번 부탁해 보지요."

돌쇠 아범의 말을 듣고 곧 용성을 불렀다. 훤칠한 용성을 보고는,

"좋습니다. 이 아이를 제가 올라가는 길에 데려가지요."

돌쇠 아범은 흡족한 마음으로 용성을 데려간다.

한편 평계동으로 사람을 보내 김칠봉을 찾아서 공인록이 만나자고 기별을 하고는, 삼거리 주막집에서 두 사람이 만났다.

"김 진사, 안녕하십니까? 오랜만입니다."

하고 인사를 하자, 지난날 두 번이나 무례한 행동을 했던 것을 생각하며 찔끔 놀란다. 인록이 두 손을 마주 잡고

"이번에 나라에서 내린 자금으로 좋은 일을 해보려고 하는데 김 진사께서 맡아서 해주시면 고맙겠습니다."

그러자 대뜸 하는 말이

"이 김칠봉이 앞장서서 공 생원을 골병 들였는데, 공 생원은 내가 밉지도 않소?"

"김 진사가 의협심으로 저의 잘못된 생각과 행동을 고쳐 주려고 하셨는데 고맙다고 해야지요."

칠봉이 다시 손을 쑥 내밀며 악수를 청한다.

"공 생원이 저를 원수같이 여길 줄 알았는데, 진정 남아다운 친구를 만났습니다."

실컷 두들겨 패고 두들겨 맞은 두 사람이 단번에 백 년 지기가 되었다.

"그래, 공 생원의 생각은 어떤 것이요? 말씀해 보시오."

"우선 기민[1] 방지책도 좋고, 하여튼 세상에 좋은 일을 해보자는 것입니다."

"자금을 어떻게 마련합니까?"

"조선에서 내린 천석지기 토지와 청나라에서 내린 보물을 기본 자금으로 하여 영구 사업으로 계속 이끌어가야 되지 않겠습니까?"

"저는 공 생원이 구상하시는 사업을 하면서 합부인과 같이 억울한 사람

---

1) 기민饑民: 굶주린 백성.

들을 구제하는 사업을 병행해야 된다고 봅니다. 사실, 나라에서 속환녀를 내쳐도 된다는 영을 내린 후 고통 받고 있는 사람들이 우리 광주 고을에만도 헤아릴 수도 없이 많습니다. 뜻있는 선비들이 모여서 이들을 구제하는 것이 선결문제입니다. 공 생원의 일이 있은 이후로는 속환하러 가는 사람들이 뚝 끊기고 말았지 않습니까?"

"김 진사의 말씀이 참으로 지당합니다. 이들을 구제하지 않고는 다른 어떤 사업을 해도 빛이 나지 않을 것입니다."

"이 두 사업을 하기 위해서는 광주 유수의 협조가 절대적으로 필요합니다. 우리, 지금 유수를 뵈러 관아로 같이 갑시다."

"그럽시다."

의기투합한 두 사람은 관아로 가서 김 진사가 유수에게 말한다.

"공 생원의 합부인께서 정려로 받은 포상품으로 보람 있는 일을 하고자 하니, 대감님께서 선처하여 주시면 감사하겠습니다."

"참으로 좋으신 생각을 했습니다. 이 일은 유수인 내가 책임지고 기필코 좋은 결과가 나오도록 처리하겠으니 믿어 주십시오."

"대감님, 청이 또 한 가지 더 있습니다."

"무엇이든지 말씀을 해보십시오."

"병자년의 난리 이후에 너도 나도 청나라에 가서 정다운 사람을 속환해 와서 모든 가정이 화목하게 잘살았는데, 나라에서 속환녀를 내쳐도 된다는 영이 한 번 내린 후로는 너도 나도 속환녀를 내치는 일이 전염병처럼 번져서, 온 나라의 윤리가 엉망진창이 되고 말았습니다. 이번 김 효부님께서 조, 청 양국의 정려를 받았으니, 차제에 우리 광주부만이라도 속환하여 와서 내친 사람들을 모두 원상회복하고, 가정이 화목하게 살 수 있도록 대감님께서 선처하여 주시기 바랍니다."

"참으로 지당한 말씀입니다. 남한산성이 있는 광주부가 청나라 군인들이 가장 오래 점령하고 있던 주둔지라서 피해가 가장 심하여, 무너진 강상과 인심을 바로 세워야겠다고 생각하고 있었는데, 지금 그런 말씀을 하시니 이 고을 목민관으로서 반갑기 그지없습니다. 소관이 앞을 설 테니 유림의 적극적인 협조를 부탁드립니다."

"나라에서는 여자를 내친다는 것이 얼마나 큰 해악인 줄 몰랐다는 말씀입니까? 여자는 한번 시댁에서 쫓겨나면 당자는 물론이요. 그 친정까지 품행이 부정한 가문으로 따돌림을 당하여 백성들을 천 쪽 만 쪽으로 갈라놓아 서로 반목질시하게 하는 일이 나라에서 할 짓입니까? 처음 지천 대감께서 속환자를 내쳐서는 아니 된다고 하신 것이 다 이유가 있었던 것이 아니겠습니까?"

"지당한 말씀입니다. 우리 광주부 만이라도 도덕을 바로 세워 나갑시다."

유수는 국록을 먹는 사람으로서 나라에서 하는 일을 어쩌지 못하고 있다가, 이런 건의를 하니 같은 뜻을 가진 동지를 만난 듯 크게 기뻐하면서 힘을 내고 있다. 두 사람은 황공하여 동시에 말했다.

"참으로 감사합니다. 저희들은 대감님만 믿고 물러가겠습니다."

김칠봉의 말이 진실로 맞는 말이다. 혼인하여 두 가문이 화합하던 것이 속환자를 내치면 일시에 두 가문이 원수지간이 되어 온 나라가 천 갈래 만 갈래로 갈라져 반목질시하는 것을 막아야 되지 않겠는가?

이튿날 고을 각처에 방[1]이 나붙었다.

"광주부 송덕리 김순덕 효부가 대청제국으로부터 효열 쌍 정려로 포상받은 비단 일백 필, 황금 일백 냥, 백은 일천 냥으로 자선사업을 하고자, 이 물품들을 원하는 사람에게 고루 배포하려 합니다. 만약 원하는 사람이 많아서 모두에게 다 돌아가지 않을 때는 높은 가격에 따라 처분하겠

---

1) 방榜: 방문榜文. 여러 사람에게 알리기 위하여 사람이 많이 모이는 곳에 써 붙이는 글.

습니다. 상기 물품을 가지시는 가정은 효열 의사가 날 것이 자명한 일일
것입니다.

다만 비단은 1인당 2필 이내.

황금은 1인당 5돈 이내.

백은은 1인당 5냥 이내에 한하여 신청할 수 있음.

신청 기간-무자년 9월 말일까지

물품 경매일-무자년 10월 15일

물품교부 장소-광주부 관아."

방이 나붙고 전국 각 고을과 유수한 선비들에게 통첩[1], 통문[2]이 도달
되었다. 김 효부가 대청제국과 제후국 중에서도 가장 높은 효열로 선정되
어 김 효부의 의행은 더욱 높이 칭송하고, 공씨 문중과 종택에서 효부를
내친 것은 패륜 행위라고 매도한다. 나라에서 속환녀를 몰아내라고 할 때
는 말하지 못하다가, 청이 정려를 내린 후에는 나라가 강상을 망쳤다고 거
리낌 없이 말한다.

김순덕 효부의 포상금 한 쪽이라도 사려고 혈안이 되는 이유인즉, 병자
호란이 일어나자 온 조정이 강화도로 피난 갈 것이라고 고관대작들이 그
가족을 사전에 강화도로 보내고, 전국의 수령[3], 방백[4]들도 강화도로 들
어간 후, 강화도가 점령되어 포로가 된 부녀자들은 수천수만이요, 난리
이후 속환된 여자들은 훼절녀이니 축출시켜도 된다는 영이 내리자 세상
이 뒤집어졌다.

----

1) 통첩通牒: 관청과 단체 등에서 공식적인 문서로 통지함.

2) 통문通文: 여러 사람에게 알리는 통지문.

3) 수령守令: 원員. 고을을 다스리던 사람. 부윤府尹, 목사牧使, 부사府使, 군수郡守, 현감縣監,
현령縣令 등을 말함.

4) 방백方伯: 관찰사觀察使. 도지사道知事.

속환녀를 몰아내지 않은 집은 지조 없는 집이라고 매도하고,

내친 집은 조강지처를 몰아내는 배은망덕이라고 욕을 먹으니,

여론이 갈리고 인심이 사나워졌다.

어머니나 자식이 딸린 처를 속환한 가정에서는 이러지도 저러지도 못하여 속만 끓이다가, 김 효부의 의행을 듣고 역시 대국은 대국답다고 가슴의 응어리를 쓸어내리는가 하면, 저렇게 효와 의를 숭상하는 청을 옹졸한 조선이 오랑캐라고 욕할 자격이 있는가? 라고 자괴 어린 말을 하는 사람도 많았다.

남편이 새로 장가들고 화냥년이라고 내치는데도 그 집 귀신이 되겠다고 물러가지 않고, 남의 눈총과 괄시를 받으며 뒤채에서 버티고 있었다니, 효성과 정절을 겸했다고 칭송이 만만하다.

김 효부의 집에는 격려의 편지가 수도 없이 날아들었다. 격려의 편지는 주로 한양이나 기호 지방에서 어머니나 아내를 속환하여 진퇴양난에 빠진 관료 부호들이 대청제국의 정려 소식을 듣고 가슴을 쓸어내리며, 자신이 정려 포상을 받은 듯이 환희에 찬 사람들로부터 온 게 대부분이다.

수신자의 명칭도 공치겸 진사나 공인록 생원이라는 남자 주인의 성명을 쓰는 상례를 버리고, '정부인 효부 김씨 좌하'라고 바로 썼다. 그것은 줏대 없는 공씨 일문을 통틀어 싸잡아 무시하는 처사라는 걸 잘 아는 공씨 부자는 멀리서 하인들이 올 때마다 죄책감이 들어 온몸이 움찔 움찔 쪼그라든다.

"이 댁이 정부인 김 효부님 댁이십니까?"

하고 묻기는 사랑방 앞에 와서 묻고, 내실 앞에 와서는,

"정부인 김 효부님께 한양 이(김) 대감 댁에서 보내는 서찰을 올립니다."

하고는 서찰을 올리면서 절을 하고 간다. 그러면 대호는

"멀리서 오시느라 수고가 많았습니다."

하고는 여비를 두둑이 주어 보낸다. 그런데 높디높은 대청제국 황제의 포상품 한 쪽이라도 지니는 것은 가정의 명예를 더욱 높이는 것이니, 한양의 고관들도 광주 관아로 사견임을 전제하면서, 한 사람에게 많은 양이 돌아가게 하지 말고, 한 돈이나 반 돈이라도 좋으니 많은 사람에게 고루 돌아가도록 하는 것이 좋을 것이며, 한 사람이 단 한 가지 품목만을 신청할 수 있도록 해야 한다는 의견도 여러 곳에서 보내왔다. 그래서 방을 고쳐 붙이지 않을 수 없었다.

"비단은 1인당 1필 한정,
 황금은 1인당 2돈 한정,
 백은은 1인당 2냥 한정"

이렇게 줄이지 않을 수 없었다.

한 사람이 두 가지를 신청할 수 없음은 물론이다. 광주부에서는 보석상에게 부탁하여 규격에 맞게 나누고, 유수의 관인이 찍힌 보증서를 넣어서 개별 포장해 놓았다. 포상품을 배포하는 10월 보름날 오후 늦게야 물품은 동이 나고, 총 대금은 시중 일반 귀중품과는 비교도 할 수 없을 만큼 고가로 낙찰되었다.

속환자가 있는 가정에서는 정부인 효부 김씨가 받았던 포상품 중에 금한 돈, 은 한 냥을 가지더라도, 광주 유수의 관인이 찍힌 증서만 가지고도 속환자를 내칠 수 없다는 증서로 생각하는 것은 물론이요, 그 가정은 충신 의사가 나는 복덕 가정이 되고, 그 물품은 증서와 함께 다음 대에 며느리를 볼 때, 또 그 다음 대에 손부를 볼 때, 가장 보람 있고 값어치 있는 귀중품으로 간주되어 오래도록 전해져 내려가고, 물품보다 증서가 더 값어치 있는 보물로 전해짐은 물론 가보로 영구 보존된다. 물품보다 광주 유수의 관인이 찍힌 증서가 더 값어치 있는 보물로 인정됨은 당연한 일이 아니겠는가.

나중에 안 일이지만, 한 사람이 한꺼번에 많은 양을 신청하지 못하는 것은 물론, 한 가지 품목만을 신청해야 함을 알고 남의 이름을 빌려서 여러 사람의 명의로 신청한 사람들도 있고, 귀중품 중에서 백은이 양이 가장 많으므로 품목을 바꾸기도 하여 경쟁이 고루 높아졌다는 소문이 있기도 했다.

광주 고을에서는 향회鄕會를 열고 유림 선비들이 모여 의견을 합치하여 만장일치로 결의했다. 향회의 결의 내용은 아래와 같다.

"청나라에서 속환되어 온 아내를 내친 가정에서는 전처를 데려와서 본처로 삼고, 새로 혼인한 여자는 후처로 한다. 전처와 후처 사이의 정품은 자매와 같이 다정해야 하고, 조금이라도 격차가 있고 알력이 있어서는 아니 된다. 이를 실천할 가정은 사전에 신청할 것이며, 만약 환향녀를 내쳤던 가정에서 신청하지 않은 가정은 광주 고을의 유림 선비들이 그 댁을 방문하여 윤리 강상을 설명할 것이며, 권유해도 이해하지 못하는 가정은 선비들이 그 집에 유숙하면서 설득하여 나갈 것이다.

이는 임란 때의 예를 따를 뿐이며 조상 전래의 아름다운 유풍이요 향약의 규례인

첫째, 좋은 일은 서로 권하고.

둘째, 잘못하는 것은 서로 규찰하고.

셋째, 좋은 예의를 서로 교환하여 따르고.

넷째, 어려울 때는 서로 돕자는 것이로다.

신청 기간 무자년 10월 말일까지

신청 장소 광주부 관아

　　　　광주 향교"

　신청 장소는 광주부 관아와 광주 향교 두 곳이니, 어디나 편리한 대로 신청하면 된다. 방이 나붙고 향회 결의의 소문이 전해지자, 출처만 하고 새로 장가가지 않은 집이야 내보냈던 아내를 데려오기만 하면 되니 곧 향회의 결의에 따르겠다고 신청했지만, 새로 혼인한 사람과 자식까지 낳은 사람은 그리 간단한 문제가 아니다. 새 사돈댁과도 의논해야 하는 복잡한 문제가 있었지만, 세상인심과 정서가 바뀌고 여론이 좋은 방향으로 변하니 모두 스스로 따르려고 한다. 많은 가정에서 본처를 데려오겠다고 신청하고, 이로써 부부는 화락하고 외동서는 의가 좋아지니 아름다운 풍속이 생긴다.

　신청하지 않은 가정은 어떻게 될 것인가, 당해 보지 않고 상상만 해도 그것이 얼마나 번거로운 일인지 짐작하고도 남음이 있기 때문이다.

　세상인심이 조석변개라더니, 좋은 방향으로 흐르니 그런 다행이 없다. 본의 아니게 오랑캐에게 붙들려 갔다가 돌아온 사람이 무슨 죄가 있느냐며 동정하고 도와주려는 생각으로 바뀌니, 인심이 순후해지고 아름다운 윤리가 되살아나고 있다. 김 효부가 뒤채로 물러난 후 평창댁이 그렇게도 구박했는데도 지금은 김 효부가 외동서를 친자매같이 다정하게 감싼다는 말에 누가 따르지 않겠는가?

　공인록의 꼴이 가관이다. 정승의 아들이 속환한 아내를 쫓아냈다는 말이 나돌자, 아버지를 살린 효부 아내를 남 먼저 출처하고 새장가를 가면서 예절 높은 가문인 양 뽐내다가, 청에서 효부 정려를 내리자 이번에는 쫓아낸 아내를 도로 모셔 와야 한다고 앞장서 열을 내고 있으니, 줏대가 있는가, 없는가? 이를 개과천선이라고 좋게만 보아도 되겠는가 말이다.

　그러나 명성 높은 곡부 공씨 차종손께서 솔선수범하니, 너도나도 따르려 하고 세상인심이 몰라보게 변해 가고 있다. 평창댁은 사람이 확 달라졌다. 외동서 섬기기를 하늘같이 한다. 형님, 형님 하면서 존경하기가 한이 없다. 무엇보다 파락호로 소문났던 대호가 의젓하게 점잖은 선비로 환골탈태하니 고을이 평온하다. 문로들에게도 깍듯이 대우하니 감격하여, '종손은 대가 세야지 대가 약하면 큰일을 못 해낸다.'며, 차차 종손인 대호를 대견해 하면서도 전에 혼쭐난 예가 있어 두려워한다.

대문 앞에는 효열 쌍 정려 홍살문이 높이 솟고, 많은 포상금으로 가정이 윤택하게 되었지만 공 진사에게는 깊은 시름이 또 하나 남아 있다. 그것은 며느리를 화냥년으로 몰아낸 이후 억색한 가사와 대호의 분탕으로 손부를 하나도 보지 못하고 혼기를 놓친 것이다.

김 효부는 효열 정려를 받은 이후로 수도 다 셀 수 없을 만큼 많은 격려편지를 받았는데, 그 중에 마음이 끌리는 곳에 사람을 보내고 있다. 그곳은 다름 아닌 충청도 충주 고을의 두메산골 구석리의 최만회씨 댁이다. 최만회는 본래 충주의 세족[1] 경주 최씨 문창후공[2]의 후예로서 본명은 최달원이다. 일찍이 문과 급제를 하고 도학이 높았는데, 병자호란 때 형조참판으로 있으면서 본인은 임금을 따라 남한산성으로 들어가고 가족은 강화도로 피난을 보냈는데, 산성에서 내려오니 피난 갔던 어머니, 아내, 두 딸이 모두 되놈에게 포로로 붙잡혀 가버려 낭패를 당했다.

산성에서 내려온 즉시 관직에서 물러나 가족을 속환해 와서는, 눈물을 흘리며 세거지인 충주의 고향을 지나 더 깊은 두메산골로 들어가서 은거하여 직접 농사를 짓고 있는 선비이다. 이름을 만회萬悔라고 고친 것은 어머니와 아내를 적의 포로가 되게 했으니, 만 번도 더 후회한다는 뜻이다.

---

1) 세족世族: 문벌 높은 가문.
2) 문창후공文昌侯公: 최치원의 시호. 857 – ?. 12세에 당에 유학. 18세에 과거의 빈공과에 장원으로 급제. 토황소격문討黃巢檄文을 지어 문명을 날렸다. 유불선儒佛仙에 능통. 문묘에 배향. 저서는 계원필경桂苑筆耕

김 효부는 시아버지, 남편, 시동생에게 묻는다.

"대호와 선호를 최만회씨의 두 딸에게 장가보내는 것이 어떻겠습니까?"

"그 사람의 결단력이 대단하구만! 어찌 경직[1]의 고관 자리를 헌신짝같이 버리고 낙향할 수 있단 말인가? 그 댁에서 우리 집을 거들떠보기나 하겠는가?"

"지난날은 어쨌건 지금은 우리 집이 그 집보다 못할 것도 없지 않겠습니까?"

"그래도 겹사돈까지 하는 것은 뭣 하지 않습니까?"

"사람만 좋다면 겹사돈이 뭐 흠이 될 거야 있겠습니까? 문제는 당자이지요."

"어쨌건 매파나 한 번 보내 보십시오."

또 대호와 선호에게 묻는다.

"너희들 최 참판 댁으로 장가가는 것이 어떠하냐?"

"저희들이야 어머니(큰어머니)의 뜻을 따르겠습니다."

인록이 매파를 최만회씨 댁으로 보내자 최만회가 직접 찾아왔다.

"정부인의 높은 효열 행을 진심으로 존경합니다."

"별 말씀을 다 하십니다. 당연히 할 일을 한 것뿐인데요."

"어찌 불쌍한 속환녀를 며느리로 삼으려 하십니까?"

"속환녀가 속환녀를 며느리로 삼으려는 것이 당연한 일 아니겠습니까?"

"불초한 여식이 혼기를 놓쳐 나이가 스무 살이 넘었는데도 상관없으시겠습니까?"

"우리 아이들도 스무 살이 넘었는데 무슨 상관이 있겠습니까?"

"훗날 후회하신다면 아니함만 못하니, 진중히 생각하시지요."

"우리는 대감님께서 가정교육을 잘하셨으리라 믿고, 다만 신부가 몸만

---

1) 경직京職: 내직內職. 서울 중앙 관청의 관리. 지방 관리인 관찰사나 고을 원은 외직外職이다.

건강하다면 더 바라지 않습니다. 혼수는 걱정 마시고 규수만 보내 주시면 감사하겠습니다."

최만회는 어머니와 아내에게 김 효부의 고고한 인품을 높이 칭찬하고 딸애들에게도 기뻐하며 이른다.

"나는 말은 못 해도 너희들 걱정을 많이 했는데, 후덕하신 가문으로 시집보내게 되어 한시름 놓았다."

인록이 문중 종인들에게 최참판 댁과 혼사를 맺겠다고 하자 이구동성으로 대답한다.

"종손이 알아서 잘하는데, 앞으로는 문중에서 쓸데없는 간섭은 하지 않겠습니다."

대호와 선호가 한 날 한 집에 장가들어 사촌 간에 친 동서가 되었다.

자매간인 최 규수들은 종동서가 되었다.

신부의 인품들이 출중하고 교양이 높아 종인들은

"나이 과년하면 어떤가? 신랑도 혼기가 지났는데, 이런 보옥이 깊이 감춰졌다가 이제 나타나서 우리의 종부가 되는가?"

라고 기뻐했다. 다음해에 차례로 생남하니 경사가 겹친다. 정부인 김 효부는 조카에게 말한다.

"영감, 언제 또 사신 들어가는가? 어머니에게 생남한 것을 알려드려야지? 얼마나 기뻐하겠나? 나는 동서가 기뻐하는 모습이 눈으로 보듯 환히 떠오르네."

"지난번 사신이 들어가는 편에 저희들이 혼인한 것은 알려 드렸습니다마는, 생남한 것은 다음 사신이 들어갈 때 알려 드리겠습니다."

"영감, 자당에게 좋은 소식을 전했다니 다행이다. 나는 종형제의 우애가좋으니 이보다 기분이 더 좋을 수가 없네."

"소자의 옹졸함이 지나쳤습니다. 앞으로는 더 잘하도록 힘쓰겠습니다. 영특하고 항상 정도로 나가는 형님은 멀지 않아 좋은 소식이 있을 것입니다."

"암, 그래야 되고말고. 거듭 말하지만, 종형제의 우애가 항상 돈독하기를 바라네."

"예, 어머님 말씀 명심하겠습니다."

그런데 곡부 공씨 종택은 물론 문중에는 새로운 문풍이 저절로 생겨나고 있다. 공 진사는 지극히 참회한다.

"저렇게 착한 며느리에게 생명의 은덕을 입고도 너무 몹쓸 짓을 하고 사람으로서 감당하기 힘든 고통을 주었는데도 행신이 이토록 정결하니, 앞으로는 며느리가 하자는 대로 다 들어 주어야겠다."

하고 작심한다. 이 마음은 어찌 공 진사뿐이겠는가. 아들 손자는 물론이요 전 문중이 한 마음 한 뜻으로 종부의 의사를 존중하여, 지난날의 잘못을 뉘우치고 보은하기로 마음먹고 있다.

대호는 선호가 갖다 준 책과 중국에 계신 숙모가 보내 주신 서책으로 열심히 과시 준비를 한다. 선호는 자주 내려와서 성균관의 교육 방향과 과시의 경향을 서로 토론하고, 세상의 변화에 대해서도 기탄없이 의견을 나눈다. 대호가 어머니가 포상 받은 지 3년이 지나 문과 식년시에 아원(亞元, 2등)으로 등과하니 명성이 높이 드날린다.

도문잔치에 손님들이 한도 없이 몰려오는데,

정 참봉이 남들보다 일찍 와서 말술을 들이키고 있다.

기분이 한껏 높아진 공 진사는 정 참봉에게 말한다.

"정 참봉, 그간 오지도 않고 음주도 못 한 것을 오늘 몽땅 마셔 주게."

"대호의 총명과 너그러운 인품으로 봐서 장족의 발전이 있을 걸세. 나는 영손[1]의 총명과 능력을 믿네."

---

1) 영손令孫: 남을 높여서 그 손자를 이르는 말.

인록은 술독과 안주상을 푸짐하게 차려서 길거리에 차려 놓고, 오가는 사람들이 마음대로 먹고 가도록 지시한다.

"오늘이 무슨 날입니까?"

"공 진사의 장손이 대과 급제를 하여 도문잔치 날입니다."

"아! 공씨 댁 신동이 그 사촌동생보다 급제가 늦었구면."

"어허, 왕대는 뭐가 달라도 달라. 파락호가 마음만 잡으니 금세 득천 하네."

"적선지가필유여경일세. 아름다운 사연들이 많다네, 우선 술이나 실컷 들고 가게."

대호는 사관에 임명받고 직필을 많이 써서 칭송이 자자하다.

39. 회한悔恨

인록이 부인에게 말한다.

"사당을 증축하는 데 포상 자금을 좀 씁시다."

김 효부가 아무 말도 없이 얼굴을 들어 조용히 바라본다.

인록이 다시 말한다.

"포상 자금으로 사당을 크게 증축합시다."

"당신 그걸 말씀이라고 하십니까? 종택과 문중에 그런 돈이 없다면야 당연히 써야겠지요. 그러나 종택에 사당 지을 자금 하나 없단 말씀입니까? 곡부 공씨의 대 문중에 그 정도의 돈도 없단 말씀입니까? 높고 존경스러운 불천위 사당을 증축함에 어찌 화냥년의 돈을 쓰려고 하다니요? 기가 막힙니다. 송구스럽지도 않으십니까?"

김 효부가 언제 한번이라도 남편의 말을 거역한 적이 있던가?

하나를 하자고 하면 열을 해야 한다고 먼저 앞장서던 아내가 반대를 하다니, 깊은 자책감에 싸인 인록이 고개를 들지 못한다.

사실 김 효부가 포상받기 전까지는 남편의 말에 토를 단다는 것은 상상도 할 수 없는 일이었다. 오직 내 한 몸 쓰러져 죽어 없어져도 공씨 종택만 바로 선다면 여한이 없겠다고 정신을 곤두세워 오매일념 외곬으로만 정진했을 뿐이다.

그런데 돌쇠 네가 서울로 이사를 가면서 온 식구들이 문밖에 와서 절을 하면서 그 할머니가 하던 말을 들은 이후로는 마음이 흔들리기 시작했다.

"아씨께서 우리 돌쇠 어미를 살리신 은공을 갚아드리지는 못하고 가더라도 결코 잊어버리지는 않겠습니다."

"왜 이러십니까? 돌쇠 어멈이 자주 찾아와서 적적함을 달래 준 것만으로도 그까짓 신발을 벗어 준 정이야 벌써 열 번을 갚고도 남았습니다. 이제는 부디 그런 생각일랑 하지도 마시고, 하시는 일이 잘 풀려 소원 성취하시기 바랍니다."

무쇠가 태어났을 때 모자가 했다는 말을 되새기며 공씨와 이씨의 신분을 뒤바꾸는 것이 온당하지 않은가? 하고 생각했던 기억이 되살아난다.

작은 도움이라도 잊지 않으려는 순수한 마음을 어찌 잊을 수 있겠는가?

뒤채로 물러난 이후 그 많은 세월 동안 원통하고 억울했던 일은 다 말하지 않더라도, 어머니께서 딸자식을 걱정하여 돌아가시게 되었는데, 한 번도 찾아뵙지 못하여 별세하신 것은 순전히 쓸데없는 외고집으로 불효를 저지른 것이라고 참회하며 아들의 장래마저 꺾었다고 생각한다.

포상 받으러 갈 때 선비들의 당당함과 남편의 비굴함이 극명하게 드러나지 않았던가. 더욱이 종로 거리에서

"저 정도로야 되겠는가? 효부도 몰라보는 못된 놈 낯짝에 먹물을 시커멓게 그려 넣어야지."

하며 자발적으로 우러나는 군중들의 당당한 행동에 쥐구멍에라도 들어가고 싶어 하는 남편의 행태에 자신도 모르게 쾌재를 부르면서도,

내가 어찌 이러는가? 하고 자조自嘲한 일이 생생하게 떠오른다.

오랑캐도 자기를 끝까지 배척한 사람마저 잊지 않고,

옳다고 생각하는 것을 실천하려 애쓰지 않는가.

나라의 동태나 문중과 집안이 하는 꼬락서니가 인륜 법도란 한 가지도 찾을 길이 없으니, 어찌 비애가 생기지 않을 수 있겠는가?

청의 침략에 만 번 죽어도 오랑캐와는 화친할 수 없다고 뻗대면서 순박

한 백성을 지옥에 처박아 놓던 조정이, 오랑캐가 정려를 내리자 굽실거리며 엄청난 토지를 하사하는 꼬락서니며, 그런 나라의 짓거리에 화냥년이라고 괄시하여 뒷방으로 처박던 서방이 언제 그랬느냐는 듯 일시에 신주 모시듯 하는 짓 따위가 매스껍다.

속환녀를 내쳐도 된다는 어명이 내렸을 때 문로들이 김 효부의 포로생활이 어떠했다는 말이라도 한번 들어 보려고나 했던가? 평소에 그렇게도 종가의 범절을 흠선하고 따르던 종인들이 하루아침에 안면을 싹 바꾸고, 말 한번 해볼 기회조차 주지 않고 한 사람의 인생을 망치고, 문중을 들쑤셔 종가를 뒤엎어 버리던 인간들이 나라의 정려 소식에 낯짝에 웃음을 띠며 알랑거리는 꼴들이 가소로울 뿐이다.

무도한 오랑캐라고 매도하던 예의지국이 오랑캐가 보낸 종이쪽지 하나에 기겁하고 부랴부랴 토지를 천 석 지기나 포상으로 주는 나라의 체통이며, 오랑캐에게 포상 받는다. 는 소식에 돌변하는 시아버지마저 구역질이 나지 않을 수 없다.

"헛된 규범閨範으로 어머니도 돌아가시게 하고 아들의 장래마저 가로막아 참담하던 세월을 어찌 잊을 수 있으리오. 내가 이때까지 헛된 것에만 매달려 살았구나. 어찌 회한이 되지 않을 수 있겠는가? 분하고 한스럽기 그지없다. 이제라도 자제만 하지 말고 마음 내키는 대로 살아 보자."

40. 사랑의 전파

김칠봉 도감과 이철금 집사의 궁합이 그렇게 척척 잘 맞을 수가 없다. 김칠봉은,

"내가 두 번이나 공인록을 골병이 들도록 두들겨 패서 죽음의 문턱까지 이르게 했는데, 하필이면 자금 관리를 내게 맡기는 공인록의 마음 씀이 대견하구나. 그러니 멋있게 관리하여 진실로 모범을 보여 주어야겠다."

하고 이철금은,

"동상이 깊이 든 돌쇠 어미가 심양에 도착하기도 전에 죽었을 것을 아씨께서 살려 주셨으니, 아씨의 뜻을 잘 받들어 보람 있는 일을 하는 것이 보은 아니겠는가?"

한다. 뜻이 통하는 두 사람은 이재[1]를 얼마나 잘하는지, 재산은 한 해가 다르게 눈덩이같이 불어난다.

김 효부는 늘 죄 짓는 기분으로 살아가고 있다. 심양에서 들은 이야기를 한시도 잊을 수가 없다. 포로 생활이 너무 고통스럽고 가족이 보고 싶어, 가다가 죽더라도 도망갈 수밖에 없어서 도망갔다가 붙들려 온 사람들은 모조리 작두로 다리를 끊어 버리는데, 그것도 조선 포로들에게 팔 다리를 붙들게 하여 시킨다고 한다. 그러니 포로들이 차마 악독한 짓을 할 수 없어 거절하다가 한없이 두들겨 맞고는, 결국 동료의 발을 끊어 내고

---

1) 이재理財: 재산 관리.

서로 붙들고 울었다는 이야기를 어찌 잊을 수 있겠는가? 같은 사람으로서 고통 받는 것을 훤히 다 알고 있는 사람이 홀로 고향에 돌아와서 편하게 지내는 것이 송구하여 소견을 말하지 않을 수 없었다.

"김 도감님과 이 집사님요. 자금을 정리하여 만리타국에서 고생하는 포로들을 속환하여 오는 것이 어떻겠습니까?"

"정부인의 말씀이 지당합니다마는, 국내에 더 급한 일이 일어날 것 같은데요."

"그것이 무엇입니까?"

"지금 가뭄이 너무 심하지 않습니까? 금년 같은 가뭄에는 유례없는 흉년이 들 것이니, 곧 굶는 사람들을 구제해야 되지 않겠습니까?"

"참, 그렇습니다. 가뭄이 너무 심하지요. 비가 오지 않은 것이 몇 달째나 되지 않습니까? 제가 거기까지는 생각하지 못해 죄송합니다."

그렇다. 정부인은 나라 밖의 일보다 나라 안의 일이 더 급박할 것 같아 마음을 바꾸지 않을 수 없다.

오라는 비는 오지 않고, 불 땡볕이 내리쬐어 가뭄이 말이 아니다. 임금이 비 오기를 기원하여 기우제를 지냈으나 하늘은 본 체도 않는다. 농사가 잘되어야 백성들이 편할 텐데 전국에 흉년이 드니, 추수하는 가을인데도 곡식 값이 치솟고 인심마저 흉흉해진다.

"내년 봄에는 기민들이 많이 생기지 않을까 염려됩니다."

"금년 같은 흉년에는 설을 쇠기도 전에 절량[1] 가정이 많이 생기지 않겠습니까? 진작부터 기민 구제에 힘쓰는 것이 좋을 것입니다."

"기민 구제를 하고 나면 재산이 많이 줄어들 것이 걱정됩니다."

"두 어른이 워낙 이재를 잘하셔서 이 어려운 때에 많은 도움이 되겠습니다. 기금을 늘린 것도 어려울 때 유용하게 쓰려고 한 것이 아닙니까? 기

---

1) 절량絕糧: 식량이 떨어지는 것.

금이 줄어드는 것을 걱정하지 마시고, 선행이나 잘하도록 주선하여 주십시오."

"비축미가 많이 있으니 별 걱정은 하지 않으셔도 될 것입니다."

"비축미만 가지고야 되겠습니까? 지금부터 식량을 더 많이 구입하셔야지요. 기민 구제는 일찍 서두르는 것이 좋을 것입니다. 계획을 잘 세워 주선해 주십시오."

"기민 구제는 어떤 방법으로 하는 것이 좋겠습니까?"

"기민 구제 방법이란 무슨 말씀입니까?"

"그거야 일정 양의 식량을 관가에 희사하는 방법도 있고, 직접 절량 가정을 찾아 식량을 얼마씩 나눠주는 방법도 있고, 휼민소를 차려서 밥을 해주는 방법도 있지 않겠습니까?"

"밥을 해먹이려면 하루 이틀도 아니고, 그 많은 세월을 장소도 문제요 기구도 문제이며 노력도 많이 들것이오. 사람도 문제 아니겠습니까?"

"무슨 말씀을 하십니까? 그렇게 편하게 적선을 하려면 몇 사람이나 구할 수 있겠습니까? 직접 나물죽을 쒀 먹여야지요."

"밥도 아니고 나물죽을 쒀준단 말인가?"

"식량을 늘리고 많은 사람을 구제하려면 나물죽이 제일이지요."

"밥을 하지 않고 죽을 쒀준다니, 이해가 되지 않는데?"

"저는 어릴 때 집이 가난하여 가을이 되어도 추수할 것도 별로 없고 식량이 태부족하여, 어머니께서 햇보리가 날 때까지 초가을부터 나물죽밖에 쑤시지 않았습니다. 그것도 하루에 아침저녁 두 끼만 하셨죠. 나물죽이 싫어서 칭얼거리면 '너는 나가 놀아라.'라고 했습니다. 하루를 굶고 나면 이튿날은 나물죽이 꿀맛 같았습니다. 잘해 주는 것이 문제가 아니라, 어떻게 하면 식량을 오래 늘릴 수 있는가? 어떻게 하면 굶어죽을 사람을 더 많이 살릴 수 있는가? 하는 것이 문제 아니겠습니까?"

"나물죽을 쒀주려면, 나물인들 어디 그렇게 많이 있겠습니까?"

"지금부터 나물을 채집해야지요."

"나물을 채집한다니, 이 가뭄에 어디 가서 어떻게 나물을 수집한단 말씀입니까?"

"흉년이라 채소도 흉작이라 드물 테니, 호박잎, 들깻잎, 콩잎도 좋고, 쑥, 냉이, 달래, 씀바귀도 좋고, 곰취, 수리취, 미역취, 삽주, 도라지, 더덕, 칡뿌리 등 먹을 수 있는 산야초는 모조리 다 채취해야지요."

"그 많은 나물을 어떻게 채취한단 말씀입니까?"

"놉[1]을 구해서 단풍이 들고 서리가 오기 전에 하루라도 속히 시작해야지요."

"놉을 구해서 산으로 들로 나물을 채집한다니, 말도 되지 않습니다."

"식량만 무한정 있다면야 이밥과 고기반찬에 용미봉탕을 차려주면 좋겠지만, 그 많을 사람을 구제하려면 그렇게 하지 않을 수 없습니다."

"이 가을에 놉을 구해서 산으로 들로 나물을 뜯게 하다니, 세상이 웃을 일입니다."

"많은 사람을 구제하는 데 곡식이야 물론 많이 있어야 되겠지만, 곡식 이외의 구황식물을 많이 준비하는 것이 좋을 것입니다. 휼민한다는 입내[2]만 내려면 뭣 하러 어려운 일을 찾아 하겠습니까? 또 밥을 해주려면 장과 반찬이 필요할 것인데, 나중에는 반찬이 쌀보다 더 구하기 힘들 것 아닙니까? 나물죽은 소금만 있어도 됩니다."

어릴 때부터 흉년을 많이 겪고 자란 이 집사는 기어코 자기 의사를 관철시킨다. 정부인과 김 도감은 진심으로 말한다.

"그러면 이 집사의 노고가 너무 크겠습니다."

---

1) 놉: 품삯을 받고 일을 해주는 사람.
2) 입내: 무엇을 하는 체 시늉만 하는 것.

"정부인 댁에서도 식음을 기민들과 같이하시면 좋을 것 같습니다."

"연세 높으신 공 진사께서 기민과 같은 식사를 하시게 하는 것은 너무 송구한 일이 아니겠는가?"

"그런 문제는 염려놓으시고, 휼민 사업은 이 집사의 뜻대로 잘 실천하여 주십시오."

정부인이 나가고 난 다음에 감탄을 한다.

"정부인께서 마음을 너그럽게 가지시니 한결 마음이 놓입니다."

"정부인이 후덕하시니 다행입니다."

"그렇지요, 저런 분을 몰라보고 막돼먹은 세상이 한스럽지요."

이 집사는 홀로 결심을 굳힌다.

"이제 아씨의 은혜를 반이라도 갚을 수 있겠구나. 아씨의 뜻을 받들어 휼민[1] 사업을 잘하는 것이 보은 아니겠는가?"

김 효부는 시아버지에게 아뢴다.

"아버님 요, 휼민소를 어디에 차리면 좋겠습니까?"

"재실齋室을 활용하면 되지 않겠느냐?"

"기민들이 많이 모이면 장소가 협소하지 않겠습니까?"

"그 넓은 재실도 협소하단 말이냐?"

"기민들이 한이 있겠습니까? 재실은 물론 활용하지만, 재실 앞 빈터에 임시 막사를 크게 지으면 좋을 것 같습니다."

"어미야, 새로 집을 지으려면 배보다 배꼽이 더 크겠구나."

"임시로 짓는 집이야 풍우만 막으면 되지 않겠습니까?"

김칠봉 도감과 이철금 집사는 곡부 공씨 재실에 '정부인 김순덕 효부 휼민소貞夫人金順德孝婦恤民所'라는 간판을 내걸고 기민 구제책을 착실히 시

---

1) 휼민恤民: 이재민을 구휼하는 것. 이재罹災란 불의의 재해를 입은 것. 구휼救恤이란 이재민을 구제하는 것.

행한다.

목수와 놉을 구하여 우선 재실 앞 공터에 막사를 크게 짓는다.

산과 들에 있는 먹을 수 있는 것은 무엇이거나 다 채취한다.

비축미와 소작료로 받아 놓은 곡식이 많이 쌓여 있는데도 곡식을 거둬들인다. 쌀보다는 잡곡, 그 중에도 겉곡을 더 사들인다. 이는 흉년에 식량이 부족할 때 쌀보다는 잡곡이 값도 헐하고 식량을 늘이는 데 더 좋기 때문이다. 곡식뿐만 아니라 지게나 농기구 같은 것도 많이 구해 놓는다.

『주역』을 잘 안다는 사람이

"자산을 늘리기 좋은 금년 같은 흉년에 식량이 떨어져서 헐값으로 나오는 토지를 사 모으면 재산이 배나 늘어날 것을, 바보같이 엉뚱한 짓을 하는구나."

라고 비웃어도 김 효부는 들은 체도 않는다.

설을 쇠기가 바쁘게 이곳저곳에서 굶는 사람이 생기고 인심이 흉흉하다. '정부인 김순덕 효부 휼민소'에서는 가마솥을 여남은 개나 걸어 놓고 나물죽을 쑤어 먹이고 있다. 밥은 아예 하지도 않는다. 그것도 그냥 공짜로 먹이는 것이 아니라, 반드시 먹은 이상 일을 해야 다음 식사를 얻어먹을 수 있게 한다. 죽만 먹고 그냥 가는 사람은 다음 식사를 얻어먹지 못한다. 시키는 일이란 무엇이든지 취미와 소질에 따라서 자기가 할 수 있는 일을 본인들이 알아서 하면 된다. 겉곡을 많이 구해 놓았으므로 방아를 찧는 것도 좋은 일감이다. 또는 땔감 나무를 해오거나 새끼를 꼬거나, 멍석이나 봉새기를 만들어도 좋고, 나물을 체취하거나 약초를 캐도 좋다. 무엇이든지 자기의 능력과 취미에 맞게 하면 된다. 여러 사람이 같이 하니 능률도 오르고 신도 난다.

봄이 되자 냉이, 달래, 쑥, 씀바귀 같은 들나물과 고사리, 곰취, 두릅, 도라지, 더덕 같은 산나물, 그리고 칡뿌리, 주치, 백출, 하수오, 시호 같은 약초도 캐니, 일거리가 더욱 많이 늘어났다.

잘 먹이는 것이 문제가 아니라, 어려운 흉년을 어떻게 굶어 죽지 않고 무사히 넘기느냐가 문제인 것이다. 수건으로 얼굴을 감싼 사람이 이 집사의 손을 잡고 어렵게 말을 꺼낸다.

"이 집사 날세. 어려운 부탁을 해도 되겠는가?"

자세히 보니 이웃마을 춘곡리에서 책만 읽고 있다는 추팔용이란 선비다.

"무슨 말씀이라도 해보십시오."

"이 사람아, 식량이 똑 떨어져서 식구들이 며칠째 굶고 있네. 가족을 죄다 데려와도 되겠는가?"

"식구들이 몇이며 나이는 얼마입니까?"

"안사람과 아이들 삼남매는 열 살이 조금 넘었네."

"여기 오시면 어른 아이 할 것 없이 일을 해야 되는데요."

"살려만 준다면 무슨 일이라도 하겠네."

"죽이 어떻습니까? 잡수실 만합디까?"

"인명을 구하는 일인데 맛을 따지겠는가? 죽을 먹으니 배가 편해서 좋았네."

"시키는 일만 한다는 마음으로 하시면 안 됩니다. 얻어먹는다는 생각은 아예 버리시고, 내가 남을 돕는다, 내가 사람을 살린다는 긍지를 가지고 떳떳하고 당당하게 일을 찾아서 하셔야 합니다."

선비는 집사의 손을 꼭 잡고 말한다.

"이 집사, 참으로 고맙네. 이 은혜를 어떻게 갚지?"

"아직 그런 인사하실 계제가 아닙니다. 온 식구가 모두 내가 남을 돕는다, 내가 적선을 한다는 마음으로 당당하게 일하실 때, 우리는 한 식구가 되는 것입니다."

선비는 감탄을 한다.

'평생 읽은 책에도 없는 말을 상민이 하고 있구나!'

추팔용이 식구들을 모두 데리고 와서 방을 얻어 살면서 온 식구가 휼민소 사람이 되어 버렸다. 추팔용이 휼민소에 들어가 앞장서서 자선사업을 한다는 소문에 원근 각처에서 사람들이 구름같이 몰려온다. 이 집사가 정부인에게 아뢴다.

"정부요, 어려운 일이 생겼습니다."

"무슨 말씀이라도 하여 보십시오."

"사람들이 한도 없이 몰려오고 있으니 수용할 문제가 걱정입니다."

"며칠 말미를 주십시오. 좋은 방도를 강구해 보지요."

정부인은 시아버지에게 아뢴다.

"아버님 요, 어려운 일이 생겼습니다. 아버님께서 선처하여 주십시오."

"어미야 말해 봐라. 내가 도울 수 있는 일이라면 뭐라도 도와야 되지 않겠느냐?"

"기민들이 많이 몰려오고 있으니, 문회를 여시어 집집이 수용하여 자기 집의 한 식구 같이 거처하고 감싸 안으면 좋을 것 같습니다."

"그 일이라면 조금도 걱정하지 마라. 내가 주선하여 보마."

공 진사는 곧 문회를 열어 며느리의 말을 전하자 종인들이 이구동성으로 말한다.

"종손 어른 좋은 말씀 하셨습니다. 후덕하신 종부를 몰라보고 그 고생을 하시도록 했는데, 이번에는 문중에서 종부를 도와야지요."

"기민들이 여러 계층의 신분이 다 섞여 있을 테니, 천대하지 말고 모두 다 내 식구같이 사랑으로 감싸 안아야 할 것입니다."

공씨 문중 종인 전부가 정부인 못지않은 자선 사업가가 되었다. 봄이 깊어지자 겨울에 지은 막사에도 사람들이 넘친다. 의술을 잘 안다는 사람도 있어서 한결 흐뭇하다. "식약동원食藥同源인데 산야에 나는 식물이 다

음식이요, 보약이다."라면서 약초도 가르쳐 주며 같이 캐고 산나물도 같이 채집한다.

배가 아프면 탱자를 삶아 먹어라. 약쑥을 삶아 먹어라. 감기가 들면 인동초 덩굴을 삶아 먹어라. 으름덩굴을 걷어서 삶아 먹어라. 달거리로 아플 때는 '익모초 생즙을 먹어라. 마른 것은 달여 먹어라.……

그대로 하니 낫기도 잘 낫는다. 모두가 한 가족같이 서로 도우려 애쓴다. 휼민소의 도감이 김칠봉 진사라는 걸 알고는,

"저분이 못된 사람에게는 호랑이보다도 더 무섭지만, 일반 양민들에게는 더없이 후덕한 부처 같은 분이란다."

하면서 어긋나는 사람 하나 없다. 벙거지를 눌러쓴 사람이 줄을 서서 차례가 되자 죽 그릇을 받는다. 죽을 떠주던 사람이 손이 고운 것을 보고 이 어설픈 죽을 다 먹겠나 싶어서 주의를 준다.

"귀한 음식 남기면 안 됩니다."

"모자라면 더 줍니까?"

"더 드리는 거야 문제없지만, 그 대신 일을 더 하셔야 되는데요."

죽 두 그릇을 뚝딱 하고 나가서, 바빠서 정신이 없는 이철금 집사의 손을 덥석 잡는다. 이 집사가 깜짝 놀라며 인사를 한다.

"아이고, 공 영감이 어쩐 일이십니까?"

"집사 어른께서 적선하시는 데 구경하러 한 번 와봤습니다. 좋은 일을 참으로 잘하십니다. 와서 보니, 듣던 바와 같이 흐뭇하네요."

"햇보리가 날 때까지 세월이 까마득한데, 무사히 잘 넘길지 걱정입니다."

"약소하지만 보태어 써주시면 감사하겠습니다."

하면서 거금 쌀 한 말 값이나 주고 간다. 선호가 집에 오니 온 가족이 반기는 것은 말할 것도 없다. 할아버지는 선호만 보면 저절로 흥이 솟는다.

"큰어머님요, 이 집사가 휼민소를 잘 이끌어 가는 것 같습니다. 오면서

죽을 두 그릇이나 먹고 왔습니다."

"이 집사가 사심 없이 잘하니 휼민소에 가면 모두 한 가족같이 훈기가
돈다네."

정부인 김 효부 휼민소에서는 반상상하 따로 없고 모두 동등하다. 이럴
때 나도 남을 돕는다는 한마음으로 활기가 넘치고 인심이 순후해진다. 모
두가 효부요, 효자다. 강쇠 형제와 분녀 동서가 집안일은 아예 제쳐두고
휼민소의 일을 도우러 찾아와서는 네 사람이 안마당에 엎드려 정부인에
게 큰절을 올린다.

"어머님, 그간 기력 만강하시나이까?"

"오냐. 너희들이 농사일도 바쁠 텐데 멀리서 어이 왔느냐? 방으로 들어
오너라."

"마님께서 휼민소를 차리셨다는 소문을 듣고 어머니께서 마님을 도와
드려야 한다고 말씀하셔서 저희들이 더 일찍 왔습니다."

"잘 왔다. 어머님도 평안하시냐?"

"예, 마님, 어머님도 평안히 잘 계십니다."

"적선을 하고 나면 복을 많이 받을 것이다."

강쇠와 떡바위는 어려운 부탁을 드린다.

"마님, 저희들도 어머니라고 부르도록 허락해 주십시오."

"그거야 너희들 좋을 대로 하려무나. 지금부터 당장 어머니라고 불러라."

"예, 어머니, 참으로 감사합니다. 저희들은 낳아 주신 어머니와 길러 주
신 어머니와 사람의 도리를 할 수 있도록 해주신 세 분의 어머니가 계시
니 참으로 행복합니다. 일을 해도 즐겁고, 밥을 먹어도 즐겁고, 잠을 자도
즐겁습니다."

"그렇게도 좋으냐?"

분녀가 거든다.

"좋고말고요. 늘 싱글벙글하면서 얼마나 부지런히 일하는지, 땅도 많이 샀습니다."

"듣던 중 반가운 말이구나. 사람이 부지런한 것보다 더 보배는 없느니라. 다음에 올 때는 더 많은 토지를 샀다는 소식을 들려 다오. 이 어미는 그게 소원이다. 그래, 땅을 샀다면 누가 더 많이 샀느냐?"

"네 것 내 것이 어디 있습니까? 형제가 힘을 합해서 샀으니 모두 형제 것이지요."

"참 잘하는구나. 두 사람이 힘을 합하면 세 사람 몫을 하고, 세 사람이 힘을 합하면 열 사람 몫을 한다는 것을 너희들이 실천하는구나. 그 마음 변하지 말거라."

"예, 어머님."

"옛날 장영실[1]이란 분은 동래현 노비였지만, 측우기도 만들고 상호군까지 올라갔단다. 부지런한 너희들은 장래가 아주 창창할 것이다."

"예, 어머님, 감사합니다. 어머님 말씀 명심하겠습니다."

강쇠네 넷은 참으로 열심히 휼민소 일을 한다. 항상 이 집사에게

"우리는 뭘 하면 좋겠습니까? 내일 할 일은 무엇입니까?"

하고 물어서 집사 어른이 시키는 대로 앞장서서 솔선한다. 그러니까 휼민소가 참으로 잘 돌아가고 있다. 분녀와 기선은 혹시라도 '내가 너의 어미(아비)다.'라는 말이 나오지 않을까 생각하며 열심히 일을 하고, 황주에서 맹춘봉도 와서 휼민소의 일을 돕고 있다. 대호가 인사를 한다.

"형님은 농사일도 바쁘실 텐데, 먼 길에 오셔서 휼민소를 돕습니까?"

"용성을 좋은 의원 선생에게 안내했는데, 지난달에 용성이가 다녀가면서 김 효부님께서 휼민소를 차리셨다는 말을 하기에, 그 말을 듣고 나도

---

1) 장영실蔣英實: 세종대왕 때의 과학자. 동래東萊 관노官奴였는데, 세계 최초로 측우기를 만들고 많은 과학 기구를 제작하여 벼슬이 상호군上護軍에 이름.

적선하러 왔네."

"형님, 감사합니다. 용성이가 뭐라고 합디까?"

"그놈이 어의나 된 양 기가 살아나는 것을 보니 마음이 놓인다네."

"용성이가 뭐라고 하는데요?"

"사람이 작은 우주라서 마음만 잘 다스리면 병은 저절로 낫는다고 하더구나!"

"허허, 용성이가 의원 공부를 한 것이 얼마가 되었다고 벌써 그런 말을 다 해요?"

"사람도 음양오행으로 형성되었는데, 음양만 잘 다스려도 병은 반은 치료한 것이라고도 하더라."

"흥미를 가지고 노력하면 성공할 것이니, 기를 살리고 흥미를 유발하는 것이 좋을 것입니다."

"용성이가 제 갈 길을 바로 찾은 것 같으니 아우가 한없이 고맙네."

"용성이가 열심히 한다니 다행입니다."

"아우는 한양에서 높은 벼슬 한다는 말을 들었는데, 여기 와 있으면 어쩌는가?"

"오늘 하루 말미를 내었습니다."

대호는 의원이라는 사람의 손을 덥석 잡고 말한다.

"선생님, 저는 아무것도 모릅니다. 약초도 모르고 나물도 잘 모릅니다. 오늘 하루 잘 가르쳐 주십시오. 열심히 해보겠습니다."

"이것은 도라지인데 나물로 먹어도 좋고, 약명은 길경인데 기침이나 목병에 좋고, 이것은 두릅인데 나물도 맛이 있지만 신장병에도 좋답니다."

하면서 아주 친절히 가르쳐 주니 대호는 하루 종일 열심히 일하더니 저녁에 나물과 약초를 한 짐이나 부려 놓고 가버렸다.

"저 사람이 누구입니까?"

"누구긴 누구, 정부인의 맏아들이지."

"한양에서 높은 벼슬 한다는 사람이 여기 와서 이 짓을 한단 말인가?"

"오늘 하루 말미를 내었겠지. 관리들이 모두 저러면 나라가 참 잘될 것인데."

그런데 큰일이 생겼다. 송기[1]죽을 먹고 변비가 생기고 어린애들은 똥을 누지 못하여 젓가락이나 나무 꼬챙이로 궁둥이를 벌려 똥을 후벼 파내기도 하는 일이 생긴 것이다. 그러자 불평하는 사람들이 많이 나왔다.

"창고에 쌀을 많이 쌓아 놓고 죽만 쑤어 주는가?"

"똥도 나오지 않는 송기죽만 쒀주면 어찌 된단 말인가?"

"말만 적선한다고 하면서 죽만 퍼주고, 이래가지고 되겠는가?"

하면서 여러 사람들이 모여 불평을 늘어놓는다. 도감이 호통을 친다.

"뭐 이런 것들이 다 있어! 물에 빠진 사람 건져 놓으니 보따리 내놓으라는 것도 분수가 있어야 되지 않겠는가?"

여러 사람들이 우, 몰려가서 항의를 하고 있다.

"진사 어른께 드릴 말씀이 있습니다."

"할 말이 있으면 방에 들어와서 하게나."

"아닙니다. 밖에서 말씀만 드리고 가렵니다."

"괜찮대도. 방으로 들어오게나."

불평하던 많은 사람들 중 몇은 방으로 들어가고, 여럿은 뜰과 마당에 서 있다. 방에 들어가니 공 진사 어른이 마침 아침을 들고 계시는 중이다. 자기들이 생각하기로는 공 진사 어른은 좋은 음식을 잡수실 줄 알았는데, 상 위에 자기들이 먹던 것과 똑같은 송기죽 대접 하나만 달랑 놓여 있지 않은가!

"그래, 할 말이란 무엇인가? 하여 보게. 내가 들어 줄 수 있는 일이라면

---

1) 송기松肌: 소나무의 속껍질. 구황식물救荒植物로 죽도 쑤어 먹고 떡도 해먹는다.

기꺼이 들어 주겠네."

"아닙니다. 아닙니다. 자부님께서 적선을 잘하셔서 감사하다는 인사나 드리려고 왔을 뿐입니다."

"연세 높으신 어른께서 이런 험한 음식을 어찌 드십니까요? 송구하옵니다."

"이 사람들아, 그런 말씀은 아예 하지도 말게. 이 송기죽에도 쌀, 좁쌀, 송기와 나물이 고루 들어 있어서 근기도 있고 몸에도 이롭다네. 이런 것 도 못 먹는 사람들이 많다니, 금년 봄을 잘 넘겨야 할 텐데 걱정일세."

"예, 그렇지요. 송기죽이 근기가 있지요."

방에서 나가니 사람들이 우, 몰려와서는 묻는다.

"무슨 좋은 소식이라도 있습니까?"

"좋은 소식은 무슨 좋은 소식. 우리 모두 나물도 뜯고 송기도 벗기고 열 심히 일을 해야지, 다른 방법이 어디 있겠소."

"우리는 고기반찬은 못 먹더라도 쌀밥이야 먹을 줄 알았는데, 무슨 말 씀을 그렇게 하시오."

"나도 그렇게 생각하고 방으로 들어갔지만, 공 진사 어른께서 우리와 똑같이 송기죽 잡수시는 걸 보고 송구하여 할 말을 잃었소. 그 어른이 왜 송기죽을 잡수시겠소? 황송해서 방에 더 있지 못하고 휘딱 나왔소. 우리 모두 송기나 벗기러 갑시다."

"쌀이 아무리 많다고 해도 봄이 까마득한데, 끝까지 잘 넘겨야 하지 않 겠소."

감격하여 혼자 씨부렁거리던 그 사람이 휼민소 도감과 딱 마주쳤다.

"우리 모두 한 가족인데 서로 협력하여 나가세."

"예, 그래야지요. 나물도 뜯고 송기도 벗기고 열심히 하겠습니다."

"그래야지. 고맙습니다."

불평하던 사람들한테서 불평의 말은 쑥 들어가 버리고, 휼민소를 칭찬하고 선전하는 사람이 되어 버렸다. 휼민소에서는 자기만 마음먹고 부지런히 노력하면 흉년을 무사히 넘기는 것은 걱정하지 않아도 될 수 있게 되었다.

관아에서 김 도감을 호출해 갔다.

"관에서 기민들을 구제하고 있는데 어찌 사사로이 휼민 사업을 하는가? 아직까지 남아 있는 식량을 관에 기탁하시오."

"식량을 기탁하면 어떻게 하십니까?"

"식량을 기탁하면 관청에서 기민들에게 환곡[1]으로 나눠주어 기민들을 구제하고, 추수기에 이식을 붙여 환수하면 내년에는 더 많은 기민들을 구할 수 있지 않겠소."

"그렇다면 정부인 김 효부님과도 의논을 하고, 기민들의 말도 들어보고 결정하여 알려 드리겠습니다."

"관청의 명령을 거역하지 말고 조속히 실천하시오."

김 도감이 돌아와서 정부인에게 말하자,

"굶는 사람들을 살리는 일이라면 아무려면 어떻습니까? 도감님과 집사님께서 알아서 하십시오."

한다. 휼민소의 식량을 관청에 기탁하여 환곡으로 준다는 말이 나오자 기민들이 벌떼같이 일어난다.

"백성들의 고혈이나 빨아먹는 관가에서 환곡을 준다는 것이, 줄 때는 되를 얇게 주고 받을 때는 엄하게 받아서, 이식이 삼 할이라고 하지만 실제로는 오 할도 넘고, 한 번 환곡을 먹기 시작하면 영영 관의 올가미를 벗어나지 못합니다."

"휼민소의 식량이 아무리 많다고 해도 여기 있는 기민들의 십분의 일 할도 구제하지 못할 것이요. 혹시 관청의 곡식을 환곡으로 받는다고 해

....

1) 환곡還穀: 관청에서 춘궁기에 곡식을 빌려주었다가 추수기에 이식을 붙여 반납하는 제도.

도, 받는 즉시 해마다 환곡을 먹지 않고는 배기지 못할 텐데, 그 짓을 왜 합니까? 우리는 굶어 죽었으면 죽었지, 그 짓만은 절대로 못 합니다."

"관청에 있는 곡식을 나눠 주시지, 사사로이 적선하는 것을 왜 뺏으려 하십니까?"

"백성의 피만 빨아먹는 관청에는 절대로 쌀 한 바가지라도 주시면 안 됩니다."

"우리는 도감님이 시키는 대로 무슨 일이라도 하겠습니다. 송기를 벗기라면 송기를 벗기고 나물을 하라면 나물을 할 테니, 우리를 버리지 말고 살려 주십시오."

며칠 후 관가에서 이속吏屬들과 포졸들이 많이 왔다가 기민들의 세찬 농성에 아무 말도 없이 슬그머니 가버렸다.

삼사월 보릿고개가 닥치자 기민들은 더욱 늘어나서 가마솥을 스무 개도 넘게 늘려서 죽을 쑤어 대니, 스스로 무슨 일이라도 도와주려는 사람들은 더욱 늘어난다. 웃음꽃이 그치지 않고, 나물죽 잔치는 항상 걸쭉하다. 서로 앞장서서 일을 하려하고, 가르치고 잘 따라서 모두가 형제요, 한 식구다.

햇보리가 익어가기 시작하자 휼민소에서는 다행히 흉년을 무사히 넘기고 떠나는 사람들이 늘어나고 있다. 고맙다는 인사가 산을 넘고 들을 건넌다.

"집사님, 고맙습니다. 참 좋은 것을 잘 배웠습니다. 이제부터는 아무리 흉년이 들어도 하나도 겁나지 않습니다. 평안히 계십시오."

"아이고, 감사합니다. 여러 어른들께서는 도움을 받고 가시는 것이 아니고 적선을 하고 가시니, 다음 해부터는 여러 어른 분께서 휼민 사업을 잘 하실 것으로 믿습니다. 부디 소원 성취하시기 바랍니다."

"도감 어른, 진정으로 감사합니다. 벌써 굶어죽었을 인간이 사람대접을 받고 세상 살아가는 법도를 깨달아 새 인간이 되어 나갑니다. 안녕히 계십시오."

"고맙습니다. 여러 형씨들이 적선하시는데 저야말로 뒷바라지만 조금 한 것뿐입니다. 부디 마음먹은 대로 잘 풀리기를 바랍니다."

흐뭇한 마음, 아쉬운 마음, 감사한 마음으로 새로운 희망을 안고 이별한다.

41. 새 각오 覺悟

 그해 가을에는 풍년이 들어 도처에서 '격양가'를 부르고, 어려운 흉년을 무사히 넘긴 휼민소에서는 온 봄 내내 수고를 같이한 수많은 봉사자들을 모아 놓고 자축 연회를 크게 열었다. 고량진미가 아니라 막걸리와 나물 안주이지만 푸짐하게 즐겼다. 김 도감과 이 집사가 휼민소의 재산 내역을 아뢴다. 정부인은 깜짝 놀라며.

 "이런 법이 어디 있어요, 이것이 도대체 뭡니까?"

 김칠봉 도감도 놀라며

 "무엇이 잘못되었습니까?"

 "잘못되지 않고요, 이런 법이 어디 있습니까?"

 "잘못된 것이 있으면 지적하여 주십시오."

 "도감님도 생각을 좀 해보십시오. 나는 재산이 거덜 난 줄 알았는데, 그렇게 혹독한 흉년을 치르고도 재산이 별로 줄지를 않았으니, 그 많은 기민을 흙을 퍼주고 살렸습니까, 돌을 삶아 주고 살렸습니까? 이래도 이상하지 않단 말씀입니까?"

 "아! 그것은 기민 구제를 하면서 한 사람도 노는 이 없이 모두 일을 시켜서, 기민들 중에도 저축을 해서 간 사람도 더러 있습니다. 그리고 재산 내역은 토지만 보시면 안 됩니다. 수년간 보관해 두었던 비축 곡식은 모두 거덜 났으니, 실질 재산은 많이 줄었다고 보셔야 됩니다. 저는 재산이 한 해에 이렇게 많이 축소된 것이 송구하여 몸 둘 바를 모르겠는데, 이렇게까지 이해해 주시니 정말 황감합니다."

"참으로 잘하셨습니다. 구휼한 사람이 얼마나 많습니까? 재산을 어찌 귀중한 인명에야 비교할 수가 있겠습니까? 다시 이재를 잘하시면 더 좋은 일을 또 할 수 있지 않겠습니까? 머리도 잘 쓰시고 활용도 잘하셨습니다, 참으로 노고가 크셨습니다. 심한 흉년을 무사히 잘 넘겼으니, 다음에는 어떤 사업을 하면 좋겠습니까?

"환과고독[1]을 덜 외롭게 하고 앞길을 열어 주는 것이 좋을 것 같습니다."

"참 좋으신 생각이십니다. 환과고독의 경제적 부담은 우리 휼민소에서 덜어 줄 수 있겠지만, 고아의 교육이나 미혼자의 혼취 같은 것은 힘들지 않겠습니까?"

"유림의 협조를 구해야지요."

"좋습니다, 유림의 협조를 구하서서 잘 추진해 주십시오."

"정부인께서 흔쾌히 허락해 주시니 감사합니다."

그때 강쇠가 기어들어가는 소리로 겨우 말을 꺼낸다.

"저도 한 말씀 올려도 되겠습니까?"

"좋습니다. 무슨 말씀이라도 기탄없이 하십시오."

"소인의 생각은 아무리 적은 인원이라도 노비를 면천시켜 나가는 것이 좋을 것 같습니다마는."

말이 떨어지기가 무섭게 여러 곳에서 웅성거린다. 노비 한 사람의 값이 얼마인데 몇 사람 면천시키지도 못하고 휼민소 기금이 거덜 날 것이라는 둥 말이 많다. 그때 또 떡바위가 벌떡 일어나서 소견을 말한다.

"소인은 이 나이가 되도록 겨우 두 번 행복을 느껴 보았습니다. 한 번은

---

1) 환과고독鰥寡孤獨: 늙고 아내가 없는 사람. 젊어서 남편을 잃은 여자. 부모가 없는 고아. 늙어서 자식이 없는 사람.

어머니께서 저를 면천시켜 주신 날이고, 또 한 번은 휼민소에 와서 죽 그릇을 날라다 주고 설거지하는 것이었습니다. 저같이 하찮은 사람도 남을 도울 때가 있구나 하고 얼마나 기뻤는지 모릅니다. 십년에 한 사람을 면천시키더라도 이 일을 하는 것이 보람 있는 일이라고 생각합니다. 소인도 형편대로 작은 정성을 드리겠습니다."

하면서 엽전 한 냥을 내어들고 집사에게 준다. 돈을 받아야 하는가 말아야 하는가. 집사가 머뭇거린다. 정부인이 말한다.

"집사님, 기꺼이 받으십시오. 빗방울이 모여 한강물이 되듯이, 이 정성을 면천 기금으로 합시다. 우리 아들 떡바위의 심성이 이렇게 착한 줄 몰랐네. 참으로 대견하다."

좌중은 눈이 휘둥그레졌다. 떡바위 따위가 감히 정부인에게 어머니라 하고, 정부인께서 종놈을 아들이라고 하다니, 놀란 것은 한두 사람이 아니다. 한참이나 지난 후 좌중의 감동은 이만저만이 아니다. 너도 나도 호응하여 십시일반으로 모인 돈이 제법 되는데, 정부인도 거금을 희사하면서 말한다.

"오늘은 진정으로 뜻 깊고 흥겨운 날입니다. 환과고독을 보호하기로 결정하고 노비의 면천 기금을 조성했으니 세상이 더욱 밝아질 것입니다. 집사님, 오늘 모인 면천 기금을 별도로 관리하여 보람 있게 써주십시오. 집사님의 일이 점점 불어나네요. 다음 사업이 확정되었으니 도감님과 집사님께 공감서功感書를 증정하겠습니다. 두 어른은 앞으로 나오십시오."

"예? 공감서가 무엇입니까?"

"말씀대로 높은 공로에 감사하여 올리는 것입니다. 두 분은 앞으로 나오십시오."

"우리가 한 일도 별로 없거니와 받을 만큼 받으면서 일했는데 왜 이러십니까?"

"두 분이 밤낮을 가리지 않고 열심히 노력하셔서 휼민 사업을 예상 이상으로 잘 이루어 귀중한 인명을 구해 드린 것이 한이 있습니까? 사실 처음 죽을 쑬 때는 앞이 캄캄했는데, 시일이 지날수록 참 잘 시작했구나 하는 자찬이 절로 나왔지 않습니까? 너무 사양하지 말고 앞으로 나오셔서, 저의 작은 성의나마 받아 주시면 감사하겠습니다."

정부인은 김칠봉 도감과 이철금 집사에게 높은 공적에 깊이 감사하여 각각 대문짝만 한 공감서와 은화가 가득 담긴 봉투 하나씩을 증정했다. 좌중은 높은 기지와 불철주야 힘쓴 노고에 함께 치하했다.

"의논은 이것으로 마치고 오늘 하루 즐겁게 지냅시다. 자, 자! 모두들 남은 음식을 더 듭시다."

이어서 풍악이 울리니 마음이 상통한 봉사자들의 웃음꽃이 흥겹게 피고 좌중은 다정한 정감으로 농익어 간다. 모임을 파하고 정부인과 도감과 집사가 의논을 나눈다.

"노비의 면천 기금을 노비의 면천에 바로 쓰는 것보다, 노비를 가진 자의 심성에 호소하여 자진하여 선행을 하도록 유도하는 것이 좋지 않을까요?"

"그렇겠네요. 노비의 면천 사업은 워낙 거창한 사업이라, 휼민소에서 지원하신다고 해도 완수하기가 어려운 일이니, 세인들의 심성에 호소하면서 휼민소에서는 그 뒷받침을 하도록 합시다."

"그렇게 하는 것이 좋을 듯합니다."

"도감어른께서 인성 교화에 주력해 주십시오."

정부인 김 효부의 선심은 구름 위에 둥실 떠가고 있다.

돌쇠 어미가 김 효부를 찾아와서 보약을 한 재 드린다.

"돌쇠가 의원 시험에 합격하여 동대문 거리에다 평화의원을 차렸습니다."

"아이고, 이 사람아! 진정으로 축하하네. 의원 시험이 얼마나 어렵다는

데, 어찌 쉽게 합격했는가?"

"아이고, 아씨님 요, 쉽게라니요? 벌써 두 번이나 시험을 쳐서 처음에는 떨어지고 이번에 되었다지 않습니까?"

"아이고, 이 사람아! 몇 번을 치고도 안 된 사람이 많다는데, 돌쇠는 재주가 있고 노력도 많이 하여 참으로 잘되었네. 그런데 서울에다 의원을 차리려면 돈도 많이 들 텐데 보약부터 지어 오는가?"

"아이고, 아씨님 요, 의원을 차리면서 은혜를 다 갚아드리지는 못하더라도, 아씨님께 보약이라도 지어 올리는 것이 도리가 아니겠습니까?"

"의원 모친, 참으로 고맙네. 그런데 의원 모친의 발의 동상은 다 나았는가?"

칭호부터 바뀌었다. 돌쇠 어멈이 의원 모친으로 바뀐 것이다.

"워낙 심한 동상이라 완치가 어려울 것이라고 하는 사람도 많았으나, 돌쇠 아범이 조약을 많이 하여 이제는 거의 다 나았습니다."

"동상이 나았다니 그런 다행이 없네. 이 집사의 높은 성의의 덕인 줄이나 알게."

"그렇고말고요, 돈이 없을 때도 안 써본 조약이 없습니다. 혹시 재발되더라도 우리 돌쇠가 이 어미 병이야 고쳐 주겠지요."

"의원을 처음 차려 힘들 텐데, 사업은 잘되는가?"

"벌써 의술이 용하다고 소문이 나서 제 동생 무쇠가 거들어도 바쁘답니다."

의원 모친이 생전 하지도 않던 자식 자랑을 다하고 있으니 푸근하고 듣기가 좋다. 덕을 쌓은 가정에는 반드시 좋은 경사가 겹친다더니, 돌쇠네 평화의원의 인술이 높고 족집게 같다는 소문이 퍼져 약 짓는 사람들이 줄을 서야 하고 돈을 갈퀴로 끌어들인다는 소문이 퍼져 나간다.

원호가 새해에도 가정의 평안대길을 기원하면서 아침 일찍 일어나서 입춘 첩지를 사방에 붙이고 있다. 대문 앞에는 입춘대길이 아니라 입춘대통 立春大通이라고 써 붙인다. 상하가 통하고, 이웃과 통하고, 가진 자와 없는

자가 통하여 진실로 만인이 상통하고, 만사가 형통하기를 바라는 마음에 서이다. 사랑방에 들어와서는,

"할아버지 만수무강하옵소서!"

하면서 조부의 천 년 장수를 기원하니

"벌써 입춘이지? 너희들도 만사형통하거라."

하며 손자를 격려한다. 다시 부모님 방에 들어와서

"어머니, 아버지 만수무강하옵소서."

하며 양위분의 강녕을 바란다.

"벌써 입춘이구나. 새해에는 좋은 일들이 겹쳐 만사형통하거라."

"새 애기가 인성이 착하니 더 바랄 것이 없습니다."

"여자나 남자나 가정교육이 제일이란 말이요. 당신은 며느리를 잘도 고르셨소."

"그거야 사돈께서 높은 벼슬자리를 헌신짝처럼 버리고 가족을 속환해 와서 두메산골로 은거하신 걸 보면, 그분의 인품을 짐작하고도 남지요. 그 부모를 보면 그 자식들이야 보지 않고도 알 수 있지 않겠습니까?"

도둑이 제 발 저리다더니, 아내의 말에 인록은 괜히 죄책감이 또 밀려온다. 사돈은 부인과 어머니를 속환해 온 후로 모든 걸 자신이 걸머지고, 만 번이나 뉘우친다고 이름까지 고치고 아내를 감싸 안았는데, 자신은 뭐였던가? 내가 아내와 같이 즐겁게 대화할 수 있는 자격이나마 있단 말인가? 깊은 회한에 젖어든다.

대호는 청주 대평리의 경주 최씨 세거지에 가서 처가 어른들에게 인사를 드린다.

"자네가 그 명성 높은 김 효부님의 자제인 공 서방인가?"

"예, 그러하옵니다. 진작 찾아뵙는다는 것이 인사가 너무 늦어 죄송하옵니다."

"공 서방, 참으로 반갑네. 자당 같은 어른이 계신 것이 나라의 자랑이고, 더욱이나 공 서방이 우리 문객이 되니 문중의 영광일세."

"아이고, 별말씀을 다 하십니다. 빙장 어른께서 벽지에 계셔서 걱정이옵니다."

"그러게 말이야, 서원의 일이며 위선 사업이나 후진계도 등 문사가 쌓였는데, 참판 아저씨께서 왜 그런 벽지에 가서 계시는지 모르겠네."

"고향으로 환고 하시게 해야 되지 않겠습니까?"

"그런 어른이 환고하시면 좋은 일이고말고. 우리 문중에서도 말씀드릴 터이지만 공 서방이 주선해 주시면 참으로 고맙겠네."

대호는 처가에 가서 말한다.

"빙장 어른, 어찌하여 세거지에 가서서 위선 사업이나 아랫사람들을 지도도하지 않으시고, 이 깊은 산골에 은거하여 계시면 어찌 되십니까?"

"이 사람 공 서방! 임금을 오랑캐에게 욕되게 하고 어머니를 되놈의 포로가 되게 하여 불충불효한 사람이 은거밖에 할 일이 뭐가 있단 말인가?"

"빙장 어른, 그런 말씀 마십시오. 빙장 어른은 종사를 지키셨고 장조모님을 모셔오셨으니 충효를 양전[1]하신 것입니다. 과공비례라고 하지 않습니까? 다시 관직에 나가시지 않으시려면 환고 하여 후진들이라도 계도하셔야지요."

장인은 '이 사람 봐라. 참 맹랑치도 않구먼, 장인을 꼭 아랫사람 나무라듯이 훈계를 다 하고 있네.' 하고 생각하면서도 한편으로는 흐뭇해한다. 그 부인은

"대감님께서 뭔 죄를 그렇게 저질렀다고 관직을 버리고 이런 산골에 와서 이 짓을 하고 계십니까? 공 서방 말이 백 번 옳지요."

하며 한술 더 뜬다. 대호는 대평리에 가서 넓은 대지를 구입하여 저택

----

1) 양전兩全: 두 가지를 다 이룸.

크게 지어 장인을 귀향시키는 데 만전을 기하고 있다.

정월 대보름의 둥근 달이 동쪽 하늘에 높이 솟아오르고 있다.

청나라 팔기군에 들어간 완안창은 그 어머니에게 아뢴다.

"어머니, 오늘 조선에서 정조사로 사신 일행이 들어왔는데요, 공선호 형이 홍문관의 대제학이 되었다고 합디다. 형님이 보낸 편지도 여기 있습니다."

"그래, 참으로 반가운 일이로구나! 너의 형은 학문이 높아 경연도 참 잘할 것이다. 너야말로 착하고 충의로우니 형의 나이가 되면 더 높게 날 것이다."

그렇게 격려하고는 고국에서 보내온 아들의 편지를 뜯어본다. 봉서에는 두 통의 편지가 들어 있다. 대호와 선호 종형제의 편지다.

"어머님께 올립니다.

뵙고 싶은 어머님요. 소자는 기계처럼 문자만 익혔을 뿐인데, 어머님을 뵈옵고 참다운 사람의 도리가 무엇이며 사람이 어떻게 살아가야 하는가를 새삼 깨닫게 되었습니다. 어머님은 소자를 낳아 주시고 살려 주시고 사로[1]에 든 것을 바루어 주셨으니, 세 번의 어머니가 되시며 높은 스승이십니다. 자애 깊으신 어머님의 지도를 따르려고 애쓰고 있으나, 세월이 가고 지위가 올라갈수록 실천하기가 더욱 어려워지는 것 같습니다. 소자로부터 어머님의 나라를 생각하시는 마음을 전해들은 형님은 소자보다도 어머님을 더욱 숭앙하고 있습니다. 소자는 대제학으로서 어머님께서 하시하신 말씀과 같이 국사에 대한 경연을 해보니 전조[2]의 선정이 많아 궁지를 느낍니다. 어머님의 손자는 벌써 군군신신하며 놀고 있으니 태평성세가 이어질 것입니다. 큰어머님께서 경영하시는 휼민소는 광주 고을을

---

1) 사로邪路: 나쁜 길.
2) 전조前朝: 전대前代의 왕조. 고려.

한 가족으로 이끌어 그 덕화가 온 산하에 넘쳐납니다. 소자는 높으신 선견지명으로 역경을 순경으로 개척해 나가시는 어머님이 자랑스럽습니다. 어머님 오래오래 사셔서 소자들이 발전하고 나라가 융창하는 모습을 지켜봐 주십시오. 어머님의 만수무강을 거듭 기원하옵니다."

"존경하는 작은어머님께 올립니다.

어머님과 작은어머님의 높으신 우애는 소자들뿐만 아니라 만인이 따라야 할 산 교훈입니다. 소자는 작은어머님께서 보내 주신 서책으로 공부하고 종제가 가르쳐 준 시류에 합당한 경향으로 노력하고 등과하여 뜻을 펼치려 하고 있습니다. 지금은 대사간으로 바른 언로를 열어 가고 있습니다.

우리 민족은 자질이 영민하여 백성들의 인성만 바루어 놓는다면 앞선 나라가 되고도 남을 것입니다. 양반 상놈이 없는 사민[1] 평등, 경자유전의 토지제도 개혁, 모든 백성이 다 같이 부담하는 조세와 군사제도 개혁, 교육의 기회 균등, 명분과 실리를 조화시키는 세상을 지향하여 선진문화 군사강국으로 발전하여, 작은어머님께서 염원하시는 바와 같은 나라를 반드시 이뤄 나갈 것이옵니다. 작은어머님을 닮은 종제가 민족의 자긍심을 살려 가고 있으니 참으로 자랑스럽습니다.

작은어머님, 만수무강하옵소서."

고국에서 부쳐온 소중한 아들과 조카의 편지를 가슴에 품고 마루로 나온 정부인 한씨 부인은 둥근 대보름달을 향하여 고국을 그리며 합장을 한다.

"형님, 감사하옵니다. 대호가 대사간이 되고 선호가 대제학이 되었다니, 모두가 형님의 지극하신 자애와 인화의 덕분입니다. 어디 그뿐입니까? 좋

---

1) 사민四民: 조선시대의 네 가지 신분계급. 양반, 중인, 상민, 노예.

은 사람을 가려 뽑아 질부와 며느리도 맞으셨고 똘똘한 손자들도 보았으니, 모두가 형님의 한없이 높으신 인내와 덕화의 소치로 보입니다. 아랫동서는 형님의 은혜를 잊지 못하고 있습니다. 형님! 내내 가정 화락하시고 만수무강하옵소서."

그리운 정을 누르지 못하여 남쪽 하늘을 바라보면서 맏동서의 평안대길을 기원하고 있다. 조선의 사신이 청나라에 들어갈 때마다 선호는 나라의 사정과 가정 형편을 그의 어머니에게 소상하게 편지를 써서 보내니, 정부인 한씨 부인은 조선 사신이 들어오는 것을 기다리는 버릇이 생겼다.

조선의 송덕리에서도 김 효부가 대보름달을 바라보며 기원한다.

"동서, 금년에도 가정 화목하고 건강하게 잘살아 가기를 바라네. 동서의 다정한 정품이 나만 살린 것이 아니라 세상인심을 순화하고 있으니, 동서가 한없이 고맙고 자랑스럽네. 앞을 바르게 내다보는 동서의 높은 식견을 죽는다 한들 어찌 잊을 수 있겠는가? 우리가 할머니가 된 지도 벌써 오래일세. 부디 강령하고 화락한 가정을 이뤄 가기 바라네."

그리움을 이기지 못한 김 효부의 눈시울이 젖어 든다.

광주고을의 마을과 골짝과 산봉우리와 들판마다 많은 사람들이 나와서 달맞이 불을 놓고 둥근 달을 바라보며 대보름의 홍취에 젖어서, 국태민안과 송덕리 정부인 김 효부의 만수무강을 진심으로 빌고 있다.

김 효부의 특지를 받은 맹만화, 김칠봉, 이철금 등 일행 여럿이 큰 뜻을 품고 겨레의 아픔을 달래기 위해서 말을 타고 압록강을 넘어 만주 벌판의 광활한 평원을 달린다. 부푼 가슴은 세상천지가 모두 우리의 것이다. 야호!

세월은 백 년도 더 흘러 유조호 호숫가에 우뚝 솟은

'조선국정부인김순덕효부선행송덕비'를 어루만지며,

"아아! 우리의 할머니 중에도 이렇게 훌륭하신 분이 계셨구나."

하며 감탄을 연발하고 한없이 절을 올리는 사람은 바로 유득공[1]이다.

그는 끝없이 절을 하고 벅찬 가슴으로 포효한다.

"여기는 우리의 땅이다.

고구려 때도 우리의 국토였고.

발해 때도 우리의 영토였다.

우리는 이 대지를 넘어 중원으로, 서역[2]으로 한없이 뻗어갈 것이다.

야호! 야호!! 야호!!!

야야호!!!!!"

---

1) 유득공柳得恭: 영조 24년(1748~?). 자는 혜풍惠風. 호는 냉재泠齋. 본관은 문화文化. 실학자. 국학자. 정조 때 규장각 검서檢書. 중국 중심의 세계관에서 탈피하여 민족 주체의식을 강조했다. 『발해고渤海考』를 지어 요동과 만주가 우리 땅임을 강조하고, 통일신라시대를 최초로 발해와 통일신라의 두 나라라고, 남북국시대南北國時代라고 칭했다. 이십일도회고시二十一都懷古詩는 단군조선에서 고려까지 우리 민족이 세운 21개 도읍지의 전도奠都와 번영을 읊은 회고시懷古詩로서 민족 주체의식을 강조했다. 정조 때의 사대검서四大檢書. 한학사가漢學四家에 속한다. 그 외의 저서는 『영재집』, 『고운당필기古芸堂筆記』, 『영엽기』, 『경도잡지京都雜志』, 『사군지四郡志』, 『연대재유록燕臺再游錄』, 『삼한시기三韓詩紀』 등.

2) 서역西域: 중국 서쪽에 있는 여러 나라. 인도. 소아시아. 페르시아. 시리아. 이집트. 유럽. 아프리카까지 포함한다.